dtv
Reihe Hanser

Jason Reynolds
BRÜDER
Mutig wie wir

Roman

Aus dem Englischen von
Klaus Fritz

dtv

Ausführliche Informationen über
unsere Autoren und Bücher
www.dtv.de

Jason Reynolds in der *Reihe Hanser*

»Coole Nummer« (dtv 65018)
»Nichts ist okay« (dtv 62677)
»Ghost« (dtv 64041)
»Patina« (dtv 64042)
»Sunny« (dtv 64046)
»Lu« (dtv 64947)
»Long Way Down« (dtv 65031)
»Die Sache mit dem Glücklichsein« (dtv 62725)

©2016 Jason Reynolds
Titel der Originalausgabe: »As brave as you«
Published by Atheneum Books for Young Readers,
an imprint of Simon and Schuster
Children's Publishing Division.
Published by arrangement with Pippin Properties, Inc.
through Rights People, London
Alle Rechte der deutschen Ausgabe:
©2020 dtv Verlagsgesellschaft & Co. KG, München
Umschlaggestaltung: Katharina Netolitzky unter Verwendung von
Fotos von Stocksy/HOWL und Stocksy/Bruce and Rebecca Meissner
Gesetzt aus der Berling 11,75/15,5˙
Satz: Greiner & Reichel, Köln
Druck und Bindung: GGP Media GmbH, Pößneck
Printed in Germany · ISBN 978-3-423-64068-8

*Für meinen Großvater Brooke Reynolds
und meinen lieben Freund Brook Stephenson.
Ihr habt die Welt so hell erleuchtet.*

#437: Der dümmste Name für einen Sport ist Football. Warum nennt man American Football nicht einfach Rempelball? Echter Fußball heißt bei uns Soccer. Soccer ist der zweitdümmste Name für einen Sport, das könnte eigentlich der Name für Frauenboxen sein, aber Frauenboxen heißt schon Boxen, obwohl Boxen der Sport sein sollte, bei dem es darum geht, wer irgendwelche Sachen, Klamotten zum Beispiel, am schnellsten einpacken kann. Warum ist das kein Sport? Wenn es ein Sport wäre, dann wäre Ma die Weltmeisterin.

#438: Auch so ein komisches Wort ist »Bank«. Im Park gibt es viele davon, und ich kann sagen, ich gehe zur Bank, und ich kann mich auf eine Bank setzen. Aber ich kann nicht sagen: Es gibt so viele Banken hier im Park. Banken gibt es draußen vor dem Park, da holt Dad Geld. Aber wenn er mit dem Auto kommt, kann er im Park nicht parken.

EINS

#460: Kacke. Kack ist doof. Doofe Kacke. Doof. Kacka. Kackadu. Gibt es das Wort Kackedikack?

Genie stand ein paar Meter von Samanthas schäbiger alter Hundehütte entfernt auf dem Hof und kritzelte wild in sein Notizbuch, während sein älterer Bruder Ernie die Hündin mit einem Topf Hühnchen, Schinken, Grütze, Grünzeugs und sonstigen Resten zu einem saubereren Fleck Erde lockte.

»Okay, jetzt ist sie eine Weile beschäftigt«, sagte Ernie zufrieden. Er ging hinüber zu Großmutters und Großvaters Haus, packte eine rostige Schaufel, die an der Hauswand stand, kam zu Genie zurück und fing an, sie mit eingetrockneter Hundekacke zu beladen.

»Würd schon gern wissen, was du damit anfangen willst«, sagte Genie und zupfte und zerrte an seinen Shorts, die ihn am Hintern kniff. Dass er seit letztem Jahr ganz ordentlich gewachsen war, hatte Ma wohl nicht bedacht, als sie ihm seine alten Sommerklamotten eingepackt hatte.

»Wenn du das Geschreibsel mal sein lässt, siehst du es«,

sagte Ernie, hob die Schaufel und ging zur Rückseite des Hauses, wo Bäume standen. Als er nah genug am Waldrand war, blickte er über die Schulter. Genie schob das kleine Heft in seine Gesäßtasche. »Guckst du?«, rief Ernie, um sicherzugehen, dass alle Blicke auf ihn gerichtet waren.

Genie rannte zu ihm. »Jep.« Ernie ließ ein verschlagenes Grinsen aufblitzen, das perfekt zu seiner dunklen Sonnenbrille passte. Dann, ganz ohne Vorwarnung, schwang er mit der Schaufel aus und schleuderte die Kacke in hohem Bogen rüber in den Wald, wo sie gegen die Bäume klatschte und zerstieb.

»Jach-aah«, juchzte Ernie und stieß die Schaufel in die Höhe, als ob ihm gerade ein Touchdown gelungen wäre.

Als Ernie die Schaufel wieder mit Kacke belud, schaute ihn Genie mit großen Augen und offenem Mund an. »Willst du hier einfach nur rumstehen, oder willst du mitmachen?«, fragte Ernie und deutete mit dem Kinn zu einer Schaufel, die an der Hauswand lehnte.

Genie wollte das Kackeschleudern auf keinen Fall verpassen. Das *Kackedikack*. Auf. Keinen. Fall. Wie oft kriegst du die Chance, Kacke in einen Wald zu katapultieren? Nie. Genie rannte los und nahm sich die andere Schaufel.

»Nimm den da«, sagte Ernie und stupfte gegen einen ekligen Haufen, der immer noch stank.

Genie verzog das Gesicht, aber er stieß die Schaufel unter die Kacke, verzog erneut das Gesicht beim Kratzen von Metall auf Erde, dann hob er die Kacke hoch und folgte Ernie zum Waldrand.

»Jetzt zeig mal was«, sagte Ernie nickend.

Genie trat mit einem Fuß vor, hielt die Schaufel, als wäre sie ein Baseballschläger, mit dem er gleich den schlechtesten Schlag aller Zeiten versuchen würde. Er riss die Schaufel nach vorn, aber nicht annähernd kraftvoll genug, und die Kacke klatschte praktisch nur einen halben Meter von ihm entfernt zu Boden. Es war ein ziemlich kläglicher Wurf, und um Haaresbreite hätte er sich die Kacke über seine eigenen Converse gespritzt. Gut, die waren schon voller Staub, aber Staub ist das eine, selbst mit Matsch konnte er leben, aber Hundekacke? Davon erholst du dich nicht mehr.

»Du musst sie *schleudern*, Genie. *Schleudern.*« Ernie führte es mit ein paar pantomimischen Schwüngen vor. »Siehst du diesen Baum dort drüben?«

Genie sah die vielen Bäume an und fragte sich, welchen genau Ernie meinte. Das war doch eigentlich … ein Wald. Überall Bäume. In der ganzen Gegend. Und Ernie deutete doch eigentlich nicht auf einen bestimmten. Er sagte nur *dieser Baum dort drüben*, als ob einer der Bäume mit einem Schild markiert wäre, auf dem DIESER BAUM, DU BLÖDMANN stand. Aber Ernie war ständig genervt von Genie, weil der so viele Fragen stellte, also nickte er nur.

»Pass mal auf, wie ich das mache, du Anfänger.« Ernie ließ die Schaufel tief hinter sich hängen, ehe er die Kacke schwungvoll wegschleuderte. Sie klatschte gegen einen Baum. Perfekter Schuss. Das musste genau der Baum gewesen sein, auf den Ernie gezielt hatte, weil er schon wieder triumphierend die Hände hochriss. »Peng, peng! Hab ihn«, brüllte er. »Und jetzt versuch's noch mal.«

Genie lud einen weiteren Klumpen auf die Schaufel, während ihm Fragen durch den Kopf schwirrten wie diese Fliegen auf dem … Kackedikack. Warum gab es hier eigentlich so viel Kacke? War allen anderen egal, dass der Hof so dreckig war? Wann hatten sie den Hof das letzte Mal von Kacke gereinigt? Genie versuchte Ernies Bewegungen genau nachzumachen. Er hielt die Schaufel tief unten und ein wenig seitlich, damit er gut Schwung holen konnte. Wir reden hier von Technik. Komplizierte Sache.

»Ziel auf das alte Haus dort drüben«, sagte Ernie und deutete in den Wald. Genie konzentrierte sich und zählte. Eins, zwei, und bei drei schwang er seinen ganzen Körper herum. Es wurde eine Art misslungener Golfschlag, der Dreck flog von der Schaufelspitze und hatte diesmal definitiv Schwung drauf! Aber wie man ein Ziel anpeilte, hatte Genie noch nicht raus – den Teil hatte Ernie ausgelassen. Die Kacke flog hinter ihm weg und klatschte gegen ein Fenster. Am *falschen* Haus. Am Haus seiner Großeltern.

»Genie«, schrie Ernie mit hervortretenden Augen. Und in diesem Moment kam Oma.

»Genie!«, rief sie. »Ernie! Was zum Sam Hill treibt ihr beide denn da?«

Überhaupt war es doch Großmutter, die Ernie und Genie auf Hundekackepatrouille geschickt hatte. Keiner von den beiden hatte je Kacke von irgendeinem Hof schaufeln müssen, denn erstens haben in Brooklyn die meisten Leute gar keine Höfe. Und zweitens heben die meisten Leute in Brooklyn die Kacke mit Plastiktüten auf, wenn ihr Hund sein Geschäft auf dem Gehweg macht. Nicht alle, aber die meisten. Aber in North Hill, Virginia, gibt es keine Gehwege. Keine Brownstones mit den zementenen Vortreppen, von denen aus du Busse, Eiskremkarren und Taxis vorbeifahren siehst. Nada. North Hill, Virginia, ist auf dem Land. Und zwar *richtig* auf dem Land. Und Genie und Ernie wohnten in einem kleinen weißen Haus auf einer Anhöhe. Im Haus von Großmutter und Großvater. Einen Monat lang. Das heißt *ganze* dreißig Tage.

Die Jungs waren zwei Abende zuvor nach einer langen, unbequemen Fahrt im alten Honda ihres Vaters angekommen. Unbequem zumindest für Genie, denn Ernie hatte sich auf dem Rücksitz breitgemacht, als würde es sich um sein Privatsofa handeln, todmüde von einem Haufen Cheeseburgern, und hatte Genie die längste Zeit der Reise ans Fenster gequetscht. Genie hatte überlegt, ob er Ernie ärgern sollte, indem er seine üblen Schnarcher nachäffte, aber dann wurde ihm klar, dass es witzlos war, denn Ernie war nicht wach zu kriegen und hätte sich ebendeshalb nicht geärgert. Derart unter Ernies Bein eingeklemmt, in der eisigen Stille, die zwischen seinen Eltern herrschte, blätterte Genie zur Ablenkung durch sein Notizbuch – in das er seine besten Fragen hineingeschrieben hatte. Manche waren schon beantwortet, und manche waren immer noch Rätsel. Er stieß auf eine, die er schon völlig vergessen hatte – **#389: Fressen Honigdachse Honig?** –, dann versuchte er seinen Eltern zu erklären, dass er im Internet gelesen habe, dass Honigdachse *wirklich* Honig fressen, und wie viele von ihnen von Bienen totgestochen würden, weil sie so scharf auf Honig aus dem Bienenstock seien. Das tapferste, verrückteste Tier überhaupt.

»Die sind so ungefähr wie Wiesel. Aber tapferer, wisst ihr, was ich meine? Also, die sind klein, aber die haben keine Angst, sich zu schlagen, sogar mit Löwen«, hatte Genie vor sich hin gebrummelt.

Dass seine Eltern ihn weder nach den Honigdachsen gefragt hatten noch wussten, warum er sich dafür interessierte, hielt ihn nicht davon ab, frei von der Leber weg weitere Neuigkeiten mitzuteilen. Das war gewissermaßen sein Ding. Da war er anders als Ernie. Genie war die Sorte Kind, die ein zerknittertes Notizbüchlein und einen Stift in der Tasche trugen, um sich interessante Dinge zu notieren, wann immer sie ihnen unterkamen. Das Entscheidende war, eine Liste zu führen – eine nummerierte Liste – von all den Dingen, die er googeln musste, denn für Genie galt, je mehr Fragen du hattest, desto mehr Antworten konntest du finden. Und je mehr Antworten du fandest, desto mehr wusstest du. Und je mehr du wusstest, desto weniger Fehler würdest du machen. Fehler waren Genies Sache nicht.

Ernie dagegen gehörte zu der Sorte von Jungen, die tagein, tagaus eine Sonnenbrille trugen, nur um sicherzugehen, dass alle wussten, dass sie cool waren, und für ihn war es der größte Fehler, den jemand machen konnte, eben nicht cool zu sein. Und sich nicht verteidigen zu können. Tatsächlich kam es nur selten vor, dass Ernie keine Sonnenbrille trug, etwa wenn er Karate übte, was er schon machte, seit er sieben war. Er hatte den braunen Gürtel oder, wie er es ausdrückte, den »schwarzen Gürtel für die Jungen«. Genie sah sich Ernies Wettkämpfe gern an, aber nicht so gern, wie er Quizsendungen oder Glücksrad guckte. Ernie wiederum guckte gerne Mädchen an. Genie baute gern Modellautos. Ernie … schaute gern Mädchen an.

»Junge, wenn du jetzt nicht schläfst, mach ich dir den Dachs«, hatte Ma vom Vordersitz her geschimpft, nachdem Genie ihr von dem Video erzählt hatte, in dem ein Honigdachs sich tatsächlich mit einem Löwen angelegt hatte. Sie starrte aus dem Fenster, und das schon, seit sie losgefahren waren. Genie schnalzte mit der Zunge. Da verdrehte Dad den Rückspiegel so, dass er Genie sehen konnte.

»Sag mal, mein Junge.« Sein erschöpft wirkender Blick zuckte vom Rückspiegel rasch wieder auf die Straße. »Was weißt du über Faultiere?«

»Faultiere?« Genie dachte einen Moment nach. »Also, ich weiß, dass sie faul sind und dass sie die ganze Zeit schlafen«, antwortete er widerstrebend, weil er eine Falle ahnte.

»Hmm-hm«, sagte Dad tonlos. Er blickte wieder in den Spiegel. »Du weißt, worauf ich hinauswill?«

Genie schnalzte wieder mit der Zunge. Er wusste genau, worauf Dad hinauswollte. Nämlich geradewegs auf *Genie, sei jetzt bitte still und schlaf endlich mal.*

Aber Genie konnte nicht einfach einschlafen, auch wenn seine Eltern das wollten. Stattdessen starrte er aus dem Fenster wie Ma, etwa eine halbe Stunde lang, spähte in die Dunkelheit, dachte an seine Freundin Shelly und an seinen besten Freund Aaron. Er fragte sich, ob sie all die Sachen machen würden, die sie im Sommer immer machten, zum Beispiel am Hydranten spielen oder Raketeneis am Eiskremwagen kaufen, und alles ohne ihn. Ob sie seine Vorträge und sein ganzes Wissen über irgendwelche Tiere und Insekten vermissen würden und ob Shelly in der Lage wäre, eine Wanze zu erkennen, wie er es ihr beigebracht hatte. Er fragte sich, ob Aaron versuchen würde, Shelly mit einem Rückwärtssalto zu beeindrucken (Mädchen mochten Typen, die einen Salto rückwärts konnten), und ob sie dem Reiz dieses flippigen Typen erliegen und ihn küssen würde. Wenn sie das tun würde, dann wäre das natürlich ein Ersatzkuss, befand Genie. Ein Kuss dafür, dass *er* nicht da war. Nichts Echtes. Genie saß da und dachte über all diese Dinge nach, genervt vom Schnarchen seines Bruders, und hörte seinen Eltern dabei zu, wie sie kein Wort sagten, unsicher, was passieren würde, wenn sie endlich in Virginia ankamen. Er wusste nur eins, nämlich *warum* sie aufs Land fuhren, warum er und Ernie einen ganzen Monat lang aus Brooklyn weg sein mussten, zum ersten Mal in ihrem Leben.

Das alles hatte mit Jamaika zu tun. Also, eigentlich hatte es damit zu tun, dass seine Eltern »kein Wort sagten«. Sie hatten »Probleme«, was, wie Genie wusste, nur Elternsprech war für vielleicht/möglicherweise/wahrscheinlich lassen wir uns scheiden. Sie sagten, sie bräuchten Zeit, um sich neu zu sortieren. Als seine Mutter ihm zum ersten Mal von den »Problemen« erzählte, fiel Genie unwillkürlich ein, was seine Freundin Marshé Brown ihm erzählt hatte, als ihre Eltern sich trennten. Sie hatte nämlich ihren Vater nicht wiedergesehen. Als er seine Mutter fragte, ob er sich zu entscheiden hätte, bei wem er leben wollte, oder ob er und Ernie sich auch trennen müssten, sagte sie nur: »Wie auch immer, dein Daddy und ich lieben euch beide. Dabei bleibt es.« Aber das beantwortete die Frage nicht richtig, und damit war für Genie klar, dass dieses »sich neu sortieren« – das übrigens in Jamaika passieren sollte, wo seine Eltern erstmals ohne ihn und Ernie Urlaub machen würden –, dass dies »sich neu sortieren« eigentlich bedeutete, dass sie sortieren würden, wer welches Kind bekommen würde. Und das bedeutete natürlich auch, dass dies der *letzte* Urlaub sein würde, den seine Eltern gemeinsam verbringen würden. Und es veranlasste Genie, darüber nachzudenken, bei wem er leben wollte, bei Ma oder Dad, was ihn dazu brachte, im Dunkeln eine Liste hinzukritzeln. Eigentlich zwei Listen.

#439
Mit Dad leben
Pro: Ich wäre sicher vor Feuer und Dieben.
Contra: Dad arbeitet die ganze Zeit und ist nie zu Hause.
Contra: Also wäre ich wahrscheinlich gar nicht sicher vor Feuer und Dieben.
Pro: Ich könnte gruslige Filme angucken.
Contra: Dad kann nicht kochen.
Contra: Dad riecht fast die ganze Zeit, wegen der Arbeit.

Mit Ma leben
Pro: Sie kann kochen, richtig gut.
Pro: Sie riecht immer gut.
Contra: Sie wird mich keine gruslige Filme angucken lassen.
Contra: Ich weiß nicht, ob sie mich vor Feuer und Dieben beschützen kann.
Contra: Was heißt, ich müsste sie beschützen, und ich kann kein Karate!

Schließlich, nachdem er minutenlang hin- und hergeschwankt war, mit wem er leben wollte, und seine Gedanken wirr ins Notizbuch gekritzelt hatte, hypnotisierte ihn die dunkle gerade Straße und lullte ihn in den Schlaf. Er hatte nicht einmal bemerkt, dass er wegdämmerte, bis ihn das Geräusch von Ästen weckte, die am Auto entlangkratzten. Der Honda holperte eine Anhöhe hoch, und die Äste sahen aus wie lange Finger an großen Greifarmen, die versuchten, an ihn heranzukommen und ihn zu packen. Es war immer noch dunkel, Dad hatte sein Fenster einen Spalt offen und ließ ein wenig Luft rein, und er wechselte die Musik, von leichtem Jazz zu Neunziger-Hip-Hop.

»Sind wir da?«, murmelte Genie und wischte sich den Schlaf aus den Augen. Er blickte aus dem Fenster, aber er konnte nichts sehen außer Ästen. Der Wagen ruckelte und stotterte alle paar Sekunden, weil Dad immer in die Bremsen treten musste, um nicht in ein Schlagloch zu geraten.

»Jessas! Diese Straße ist eine Katastrophe«, fauchte er und machte das Radio aus, damit er sich konzentrieren konnte. Genie tastete rasch den Platz neben sich auf dem Sitz ab, auf der Suche nach seinem Stift. Als er ihn gefunden hatte, schlug er die nächste Seite seines Notizhefts auf. #440: **Hilft es dir, besser zu fahren, wenn du das Radio ausmachst?**, schrieb er hektisch, als Ma sich zu ihm umwandte und ihn schläfrig anlächelte.

»Ja, Schatz, wir sind da.« Ihr Gesicht wirkte müde, und

Genie fragte sich, ob sie während der Fahrt überhaupt geschlafen hatte. In Wahrheit wirkte ihr Gesicht schon seit Monaten müde. Seit sie und Dad den großen Krach gehabt hatten, wo sie geschrien hatte, also richtig *geschrien*, dass seine ganze Zeit der Arbeit und den Jungs gehöre und er scheinbar nie Zeit für sie übrig habe. Ernie und Genie waren draußen gewesen und hatten sich eine Schneeballschlacht geliefert, und Donnie der Eckensteher, bekanntlich ein Knallkopf, hatte einen Vierteldollar in einen Schneeball gepackt und damit nach Genie geworfen. Hatte ihn direkt aufs Auge getroffen. Ernie kam angerannt und sah es sich an, und als er die Münze entdeckte, fing er an, Eckensteher-Donnie zu karatisieren … bis zur nächsten Ecke. Unterdessen lief Genie ins Haus, die Hand auf dem Auge, und geriet direkt in den wilden Streit von Ma und Dad darüber, dass Ma sich vernachlässigt fühlte. Genies Auge schwoll irgendwann ab. Aber die Müdigkeit auf Mas Gesicht verschwand nicht.

Wie auch immer, der Punkt war, dass Genie hoffte, Ma hätte auf dem Weg nach Virginia ein wenig geschlafen, denn das eine, was er über Virginia zu wissen glaubte, stimmte tatsächlich. Es war *weit*, viel zu weit weg, um die ganze Zeit wach zu bleiben.

Ernie hingegen hatte während der ganzen Reise geschlafen – schlief immer noch, mit weit offenem Mund, sodass sein Gesicht aussah, als würde es unten wegschmelzen. Seine Sonnenbrille war verrutscht und bedeckte nur ein Auge. Genie schob Ernies Bein von sich weg, aber es schnappte gleich wieder zurück auf seinen Platz auf Genies Schoß, als wäre eine Feder darin.

»Ern, wach auf«, sagte Genie und drückte den Finger in Ernies Oberschenkel. »Wir sind da.« Ernie rührte sich nicht. »Ern!«, schrie Genie, so laut, dass es Ma hörte. Sie wandte sich um und gab Ernie einen Klaps aufs Bein. Er zuckte verwirrt aus dem Schlaf, rückte seine Sonnenbrille zurecht und wischte sich mit dem Saum seines T-Shirts Spucke vom Kinn.

Als der Wagen die Kuppe der Anhöhe fast erreicht hatte, ertönte plötzlich das Bellen eines Hundes. Genie drückte das Gesicht an die Scheibe. War das der Hund von Großmutter und Großvater? Wieso war er draußen? Wussten sie, dass er ausgerissen war? War Großvater etwa mitten in der Nacht mit ihm spazieren?

»Ernie, erinnerst du dich noch an Samantha?«, fragte Dad und machte den Wagen aus.

Ernie reckte den Hals und sah gähnend aus dem Fenster. Er war schon einmal in North Hill gewesen, vor langer Zeit, als er vier Jahre alt war. Genie war damals nicht mitgekommen, weil er noch ein Baby war. Es war auch das letzte Mal gewesen, dass Dad seinen Vater gesehen hatte. Das war jetzt fast zehn Jahre her. Und Genie hatte keine Ahnung, was das bedeuten sollte.

Genie war jedenfalls zum ersten Mal in North Hill. Tatsächlich kam er zum ersten Mal überhaupt aus der Stadt raus. Er war in New Jersey gewesen, aber das zählte eigentlich nicht. Es dauerte länger, um zum Haus seiner anderen Großeltern, den Eltern seiner Mutter, zu gelangen, die in der Bronx lebten, als nach New Jersey.

Genie hatte Dads Vater, seinen Großvater, noch nie gesehen, aber seine Großmutter hatte er einmal getroffen. Sie war nach New York zu Besuch gekommen, als er noch viel jünger war, aber er wusste nicht mehr viel über sie, außer dass sie aussah wie Dad. Eine Art Dad als alte Dame ohne Schnurrbart und Bart. Und sie roch nach Seife. Daran erinnerte sich Genie noch.

»Natürlich erinnere ich mich an Samantha«, knurrte Ernie, die Stimme bleischwer vom Schlaf. Endlich bewegte er sein Bein und setzte sich auf. Genie hörte eine Kette über den Boden schleifen, bis ein Knall ertönte und sie nicht mehr weiter zu spannen war. Eigentlich hatte er keine Angst vor Hunden, aber es war entschieden beruhigend – und merkwürdig –, dass diese Hündin Samantha draußen im Dunkeln angekettet war. Hunde, die in Brooklyn draußen gelassen wurden, landeten im Tierheim!

»Wir haben's geschafft. Alle aussteigen«, sagte Dad, und als sich die Wagentüren geöffnet hatten und Dad auch die Heckklappe hatte aufspringen lassen, flackerte ein gelbes Licht vor dem Haus auf. Die Tür öffnete sich, und ein formloser Schatten erfüllte den Eingang wie eine Art Gespenst. Der Hund, die Bäume, das kleine Haus so allein auf dem Hügel – das, dachte Genie, waren wirklich die Zutaten für einen Gruselfilm.

Eine krächzende, aber feste Stimme rief: »Sam! Hör auf mit dem blöden Gebell!« Es war dieselbe krächzende, aber feste Stimme, die Genie von den dreiminütigen Anrufen alle zwei Monate kannte, bei denen es immer darum ging, wie es bei ihm in der Schule lief und ob er auf seinen Bruder und seine Mutter aufpasste, was ihn immer verwirrte, weil er doch der Jüngste in der Familie war. Omas Stimme. Jetzt trat Oma hinaus auf die Veranda und schloss die Fliegentür hinter sich. Es war ein dunkleres Dunkel hier draußen, als Genie es gewohnt war, aber er konnte dennoch die Blumen auf Omas Nachthemd erkennen.

Dad nickte Genie und Ernie aufmunternd zu, ihm zu folgen, und schleifte den Familienkoffer auf die oberste Stufe der Veranda. Er stellte ihn ab und schlang die Arme um die alte Dame, ganz fest. »Hey, Mama.«

»Mein Gott«, sagte sie und küsste ihn auf die Wange, dann streckte sie die Arme nach Ma aus. »Hat sicher 'ne Ewigkeit gedauert, bis ihr hier wart.«

»Du kennst ja deinen Sohn«, sagte Ma, umarmte Großmutter etwas flüchtiger und drehte sich dann rasch um, um sich zu vergewissern, dass Genie und Ernie gleich hinter ihr waren. »Fünf Meilen über dem Tempolimit ist praktisch ein Verbrechen.« Ma schüttelte den Kopf, als wäre sie genervt von Dad, ein Ausdruck, den Genie zu Hause die ganze Zeit sah. Aber Genie verstand es dieses Mal eigentlich nicht, weil, nun ja, fünf Meilen über dem Tempolimit *waren* nun mal ein Gesetzesverstoß.

Genie nahm es hin, dass seine Mutter ihn an der Hand nach vorne zog. Ernie hielt sich zurück.

»Also, das hat er von mir, meine Liebe. Ich bin die Vorsichtige in der Familie«, sagte Großmutter. »Nun kommt rein, kommt nur rein. Ich will euch mal richtig ansehen«, fuhr sie aufgeregt fort, als sie die Tür weit aufmachte. »Hier lang.«

Im Haus war es genauso dunkel wie draußen, bis Großmutter endlich gegen einen Schalter schnippte. Ein trübes gelbliches Licht ließ nun alles aussehen wie ein auf vergilbt getrimmtes Handy-Bild. Sie waren in einer altmodischen Küche mit sich abschälender meergrüner Tapete und einem schulbusgelben Kühlschrank, der so laut surrte wie eine Maschine im Waschsalon.

Großmutters Gesicht war etwas runzlig, aber um die Augen herum sah sie immer noch wie Dad aus. Das war alles, was Genie von ihr sehen konnte – ihr Gesicht –, weil alles andere von dem geblümten Nachthemd bedeckt war, das eher nach einem Bettlaken aussah, in das man ein Loch für den Kopf geschnitten hatte.

»Stellt euch nebeneinander hin und lasst mich euch ansehen«, ordnete Großmutter an, während sie auf dem Linoleumboden herumschlurften. »Diese Stadt macht euch fertig, ist doch wahr, oder?«, sagte sie und musterte zuerst Dad.

»Mama, ich bin seit gestern Morgen um neun auf«, erklärte er, ärgerlich und müde klingend.

»Ich weiß, ich weiß«, sagte sie und tätschelte ihm den Bauch. »Wenigstens schmeckt dir das Essen da oben.« Dann wandte sie sich an Ma. »Danke, dass du ihn gut im Futter hältst, Liebes.«

»Ist mir ein Vergnügen, Mama.«

»Und sieh mal einer an. Meine süße Schwiegertochter«, sagte Großmutter mit einem leichten Seufzen, während sie Ma von Kopf bis Fuß musterte. »Zwei Jungs, und sieht immer noch aus wie in der Grundschule.« Ma biss sich einen Moment auf die Lippe, ehe sie sich ein Lächeln erlaubte. Ein kleines Kompliment wirkte doch immer, fiel Genie auf. Allerdings log Oma doch. Er hatte viele Mädchen in der Grundschule gekannt, und die meisten von ihnen sahen viel besser aus als Ma, seiner Meinung nach jedenfalls. Vor allem Shelly.

»Und sieh mal einer diesen coolen Kerl hier an«, sagte Großmutter und ging weiter zu Ernie, der – natürlich – seine Sonnenbrille trug.

»Ernie!«, blaffte Ma mit zusammengebissenen Zähnen. Ernie riss sich blitzschnell die Brille herunter.

»Ohhh, schon gut. Wie geht es dir, Ernie?«, sagte sie und gab ihm einen Kuss auf die Wange.

»Gut«, murmelte Ernie, unter den rollenden Augen von Ma.

»Und sieh mal einer an, wie groß der hier geworden

ist«, sagte Großmutter zum Schluss und legte die Hand auf Genies Kopf. »Erinnerst du dich an mich, Genie?« Sie nahm ihn in die Arme. Er konnte die Seife riechen. Die Seife, wegen der er sich an sie erinnerte. Die gleiche Sorte, die seine Mutter benutzte.

Nach der Begrüßung bugsierte Großmutter sie alle, Ernie, Genie, Ma und Dad, weiter in ein Zimmer mit zwei großen alten Betten. Ma und Dad nickten rasch weg, kein Wunder, wo sie doch die ganze Nacht gefahren waren. Ernie schlief gleich nach ihnen ein, weil, nun ja, er hatte einfach nie ein Problem mit dem Schlafen. Es war egal, ob er in einem Auto oder in einem fremden Haus war, Ernie würde immer irgendwie seine Mütze Schlaf finden. Im Gegensatz zu Genie. Er fühlte sich einfach unbehaglich. Er war nicht in *seinem* Bett. Und nicht in *seinem* Haus. Und nicht mal in *seiner* Stadt. Er lag reglos auf der Matratze, die nach alten Socken stank. Die Matratze war so dünn, dass er die Federn im Rücken spüren konnte, als würde er auf geballten Fäusten liegen. Und noch seltsamer: Es war hier so irre ruhig! Keine Polizeisirenen, keine laute Musik, keine streitenden Pärchen draußen vor seinem Fenster auf der Straße. Keine hungrigen Katzen, deren Miauen aus irgendeinem Grund immer wie Babygeschrei klang. Die einzigen Geräusche außer Ernies Schnarchen waren die von einer Million Grillen und einer Million Frösche, die sich einen Zirp- und Quakwettbewerb lieferten.

Unmöglich würde er da jemals einschlafen können. Unmöglich ...

Als der Morgen kam, mit dem hellsten Sonnenlicht ÜBERHAUPT, und der Duft von Eiern und Schinken durch die Risse im Holzboden drang, vermischt mit dem Geruch von Ernies großem Zeh, der viel zu nah an Genies Nase war, da erwachte Genie. Also musste er doch eingeschlafen sein. Ma war schon aufgestanden, das Bett, in dem sie und Dad geschlafen hatten, war schon gemacht, als ob sie es gar nicht benutzt hätten, und ein buntes Laken klemmte zwischen Mas Kinn und Brust, während sie es einschlug. Sie hatte Genie zu Hause gezeigt, wie man auf diese Weise ein Laken faltet. Er hatte den Bogen immer noch nicht richtig raus, sie aber war eine Meisterin.

»Guten Morgen«, trällerte sie, schlug das Laken noch einmal um und legte es auf die Bettkante. Ein perfektes Rechteck. »Gut geschlafen?«

Genie, der die Tränensäcke unter den Augen seiner Mutter bemerkte, wollte ihr die gleiche Frage stellen, aber er nickte nur und rutschte unter Ernies Bein hervor. Er glaubte, Ernie würde schlafen, aber dann spürte er, dass sein Bruder vor Kichern bebte.

»Hey, Genie, wonach riecht mein Zeh?«, platzte Ernie lachend unter der Bettdecke hervor.

»Nach deinem Arsch!«

»Genie!«, fauchte Ma.

Er richtete sich in dem Moment auf, als Ernie versuchte, ihn mit dem Knie vom Bett zu schubsen.

»Lass das!«, sagte Genie, schubste zurück und versuchte dabei nicht hinzufallen.

»Ernie, Schluss jetzt. Es ist zu früh für so was«, warnte ihn Ma.

»Was? Ich mach doch nur Spaß mit ihm.« Ernie schnalzte mit der Zunge und griff nach seiner Sonnenbrille, die er in der Nacht sorgfältig auf den Boden neben das Bett gelegt hatte. Ma versetzte ihm einen *Wag es bloß nicht*-Blick.

»Komm schon, Ma. Es ist irre hell hier drin«, sagte er und setzte die Brille auf, ganz der Coole. Die Fenster hatten keine Vorhänge oder Jalousien, also strömte das Sonnenlicht einfach herein. Es prallte vom Holzboden und den gelblichen Wänden ab und ließ das ganze Zimmer orange wirken. Es schien fast, als wären sie im Innern der Sonne.

Das Zimmer war gerammelt voll mit irgendwelchen Sachen. Altes Zeugs, Poster von Basketballspielern in diesen verrückten kurzen Höschen. Ein verblasster *Zurück in die Zukunft*-Kalender von 1985 hing an der Wand. Eine Kommode, deren marineblauer Anstrich sich schuppte wie Haut von der Nase, wenn man einen Sonnenbrand hatte. Es gab auch Orden und Bändchen und eine gefaltete Flagge. Und da, mitten auf der Kommode, stand ein kleiner roter Laster – ein Wagen, wie ihn früher die Feuerwehr hatte. Genie sprang vom Bett und wollte ihn genauer betrachten.

»Pass auf, dass du keine Spreißel kriegst, Schatz«, mahnte

ihn seine Mutter, als er über die Holzdielen mit den vielen Spalten lief. Als er an der Kommode war, erkannte er, dass der rote Laster ein altes Modellauto war, und die Details, die Leiter, die Seitenspiegel … waren einfach perfekt. Besser noch, als er es selbst hinbekam – Menno! Seine Modelle hatte er zu Hause vergessen! Und Ma hatte ihm gerade zwei neue gekauft, extra für diese Reise. *Krrrh!*

Gerade hatte er die Hand nach dem roten Feuerwehrauto ausgestreckt, da rief Großmutter von unten: »Raus aus den Federn, Kinder! Frühstück ist fertig!«

Die Jungen und ihre Mutter folgten dem Essensduft die kipplige Holztreppe hinunter zur Küchentür. Großmutter stand am Herd und schnippte mit einer Gabel Schinken um. Jedes Mal, wenn sie ein Stück anstach, spritzte Fett, aber sie zuckte nie. Ein alter Mann – Großvater! – saß am runden Küchentisch. Er trug ein weißes Hemd mit hochgerollten Ärmeln und, wie Ernie, eine dunkle Sonnenbrille. Sein Gesicht hatte den Ausdruck, den alte Männer kriegen, wenn sie sich tags zuvor rasiert haben und das Haar gerade wieder zu wachsen anfängt, mit weißen Staubflocken überall auf den Wangen.

»Kommt rein und sagt Hallo zu eurem Großvater«, sagte Großmutter, legte die Gabel auf den Tresen und rührte etwas in einem Kupfertopf um. Sie nickte Genie zu und bedeutete ihm, sich auf einen freien Stuhl neben dem alten Mann zu setzen. Ernie setzte sich gegenüber. Ma saß neben Ernie und schloss den Kreis.

Ernie sprach als Erster. »Hallo, Opa.«

»Ernie. Der Junge, der bald Geburtstag hat.« Großvater grinste und streckte seine Riesenhand aus. »Dachte schon, ich warte bis zum Sankt Nimmerleinstag, mein Junge. Lange nicht gesehen.« Genie wusste nicht so recht, was der »Sankt Nimmerleinstag« sein sollte, vermutete aber, Ernie müsse es wissen, denn der hob die Hand und klatschte Opas Hand ab. Diese Stimme. Genie erkannte sie wieder, von den Telefonanrufen. Es war Opa, der ihn immer fragte, ob Genie denn auf seinen Vater aufpassen würde, und dann kam es ihm immer vor, als ob seine Großeltern erwarteten, dass er auf *alle* aufpassen solle.

Ernie stupste Genie an, damit er etwas sagte.

»Hallo«, sagte Genie leise.

»Genie.« Wieder streckte Großvater die Hand aus. »Schön, dich endlich zu sehen.«

Genie wollte ihn gerade abklatschen, aber Großvater fing seine Hand ab, drückte sie nach unten wie eine Mausefalle eine Maus und schüttelte sie hart und fest. So fest, dass eins von Genies Augen sich schloss. So fest, dass er beinahe fragen wollte: *Was ist dein Problem?*

»Das erste Mal mach ich es immer so.« Großvater neigte sich zu Genie hin, so nah, dass er ihn riechen konnte – eine Mischung aus Süßem und Schweiß –, und senkte seine Stimme, bis er fast flüsterte. »Aber jetzt, wo wir uns kennen, sind's von nun an High fives.« Dann grinste er breit. Seine Zähne waren wie die von Dad und Ernie. Ein perfekter weißer Lattenzaun. Ach ja, Dad, wo war er eigentlich, wann würde er auftauchen und ihn vielleicht vor diesem weißzähnigen Verrückten retten? Während Opa immer noch seine Hand festhielt, sah Genie sich suchend nach seinem Vater um.

»Lass den Jungen in Ruhe, Brooke«, sagte Großmutter und gab dem alten Mann einen Klaps auf die Schulter, während sie ihm einen Frühstücksteller vorsetzte. Großvater ließ los, und Genie, froh, endlich seine Hand wiederzuhaben, rieb sich die Finger. Großmutter musste Genies Nervosität bemerkt haben, denn sie fragte: »Wen suchst du denn, deinen Daddy? Der ist draußen. Kommt gleich wieder.« Sie küsste Großvater auf die Wange, dann wich sie ihm aus, als er ihr auf dem Rückweg zum Tresen, wo sie einen weiteren Teller holen wollte, einen Klaps auf den Hintern geben wollte. Ihr silbriges Haar war oben auf dem Kopf zu einem Knoten gebunden, und ihr geblümtes Nachthemd war bei Tageslicht viel hübscher. Und sie auch.

Den nächsten Teller bekam Genie. Eier, Schinken, Toast und ein klumpiges weißes Zeug aus diesem Topf, den Großmutter umgerührt hatte. Sah aus wie Gefängnisfraß im Film.

Großmutter strahlte. »Hoffe, ihr Jungs mögt Grütze.«

Ma lachte. »Die wissen nicht, was Grütze ist, Mama, aber heute werden sie mal kosten.«

Genie stach die Gabel in den weißen Schleim und

hoffte, er würde nicht nach Erbsen schmecken. Erbsen, die hasste er mehr als alles andere. Dieses Zeug war nicht grün, das war schon mal ein gutes Zeichen. Er ließ den grützigen Glibber durch die Zähne der Gabel gleiten und auf den Teller zurückklatschen. Dann sah er seinen Bruder an. Ernie schien genauso besorgt, hob die Gabel jedoch einfach zum Mund und probierte. Ernie war nun mal so mutig. Er machte ein Gesicht, als ob das weiße Zeug – die Grütze – gut schmecken würde, also probierte auch Genie davon.

»Schmeckt wie Sand«, prustete Genie los, ausspucken wollte er es nicht gerade, aber schlucken auch nicht. Er wollte es einfach da in seinem Mund liegen lassen, bis es sich auflöste.

»Genie!«, fauchte Ma. Sie hasste es, wenn er solche Sachen sagte. Gleichzeitig bläute sie ihm immer ein, die Wahrheit zu sagen. Und die Wahrheit war, dass die Grütze für ihn schmeckte, als würde er Sand essen.

»Sand?«, sagte Großvater mit belustigter Miene. »Also, da kann ich helfen.« Er rückte mit seinem Stuhl zurück, gerade als Oma sich endlich hinsetzte, und ging hinüber zum Tresen, wo drei Kaffeedosen standen. Er schnippte den Deckel der mittleren auf, holte mit den Fingern etwas heraus und machte sie wieder zu. Dann kam er zum Tisch zurück und streute etwas auf Genies Grütze.

»Jetzt probier noch mal.«

»Was war das?«, fragte Genie besorgt.

»Magischer Staub.« Großvater grinste, diesmal nicht so unheimlich, und setzte sich wieder. »Probier.«

Genie nahm eine Gabel voll und führte sie zur Zunge, gerade so, dass er kosten konnte. Zucker! Und jaha, jetzt schmeckte die Grütze um einiges besser.

Großmutter sah Genie eindringlich an, mit schrägem Kopf, als ob ihr plötzlich ein Licht aufgehen würde. »Weißt du, wer seine Grütze auch nur gezuckert mochte?«, fragte sie.

»Hm-hm. Wood«, sagte Großvater. Er hatte mit der Gabel in seinen Eiern herumgestochert, hielt aber plötzlich inne, als ob ihn das Essen am Denken hindern würde. »He. Das ist ja mal was, oder?«

»Onkel Wood?«, warf Genie ein.

»Iss dein Frühstück«, wies ihn seine Mutter an. »Vor allem jetzt, wo es gezuckert ist.«

»Bitte passt auf, dass die Zähne meines Sohnes am Ende des Sommers nicht völlig verrottet sind.«

Eine neue Stimme im Raum. Dads. Urplötzlich war er da, kam herüber zum Tisch und küsste erst Genie auf die Stirn, dann Ernie. Er beugte sich vor und streifte Mamas Wange nur flüchtig mit den Lippen, ein wenig gezwungen. Es war freundlich, aber nicht … liebevoll. Doch immer noch besser als das, was Großvater kriegte, nämlich gar nichts.

»Dein Teller steht auf dem Tresen, aber wasch dir die Hände, bevor du isst«, sagte Großmutter leise, als ob Dad immer noch ein kleiner Junge wäre. »Wo du doch draußen warst und mit diesem dreckigen Hund gespielt hast.«

»Was redest du da von verrotteten Zähnen«, sattelte Opa noch drauf auf Großmutters Anweisung zum Händewaschen. »Ich bitte dich. Du hast mehr Zucker gegessen als jedes Kind in der Geschichte der Menschheit, und trotzdem hast du perlweiße Beißerchen, richtig?« Dad antwortete nicht. Stattdessen ließ er sich in der Spüle einfach Wasser über die Hände laufen. Großvater häufte sich jetzt seine Eier auf den Toast, tat Grütze obendrauf und krönte alles mit einer Scheibe Schinken. Ma warf Dad einen Blick zu, während auch sie einen Löffel Grütze nahm. Ernie, der zugesehen hatte, wie Großvater seinen Frühstückssturm baute, machte es ihm nach. Der Nachahmungstrieb! Das brachte Genie auf den Gedanken, ob Ernie seinen Spleen, die Sonnenbrille auch im Haus zu tragen, von Opa hatte.

Dad trocknete sich die Hände an einem Küchentuch, das an der Herdklappe hing, und blieb stehen. An dem kleinen Tisch gab es weder genug Stühle noch Plätze, aber er schien ohnehin keine Lust zu haben, sich zu setzen. Großvater bot ihm seinen Platz an, aber Dad lehnte ab und aß am Tresen.

»Wie auch immer, Mama, warum soll ich nicht ein wenig Geld in die Hand nehmen und hier das eine oder andere in Schuss bringen? Oben hat sich der Fußboden völlig verzogen, und zwischen den Dielen sind Lücken. Ich kann direkt ins Wohnzimmer runtersehen.«

»Muss nichts in Ordnung gebracht werden, mein Junge«, antwortete Großvater, ehe Großmutter auch nur ein Wort sagen konnte. »Ich hab viel Herzblut in dieses Haus gesteckt. Du weißt, dass ich es mit eigenen Händen gebaut hab. Es wird alt, genau wie ich. Aber es steht immer noch, genau wie ich.« Großvater hob die Gabel zum Mund und grinste. »Und ... genau wie du.«

Dad verdrehte die Augen, und Großmutter meldete sich. »Ernest, ähm, das ist lieb von dir. Aber spar dir das Geld besser für die Jungs hier. Und für Jamaika. Ihr fliegt wann, in zwei Wochen, stimmt's?«

»Jep. Und ich bin so dankbar, dass du die Jungen so lange aufnehmen kannst. Es war die einzige Gelegenheit, zumal Ernest jetzt Doppelschichten machen muss, damit er überhaupt zwei Wochen wegkann«, sagte Ma entschuldigend.

»Ach, Liebes, kein Problem. Bin froh, dass wir sie hierhaben.« Großmutter wischte Mamas Entschuldigung mit einem strahlenden Lächeln beiseite.

Dad biss sich nur auf die Lippe und starrte seinen Vater an, ehe er sich wieder dem Essen zuwandte. Genie jedoch war immer noch gebannt von Großvater – von seinem Gesicht, vor allem von seiner Sonnenbrille. Immer wenn er ein paar Bissen genommen hatte, blickte er auf und sah sein Spiegelbild in der Brille. Dann senkte er den Blick wieder auf den Teller, ganz verlegen, weil er so hingestarrt hatte. Aber er konnte einfach nicht anders.

»Was ist los, Genie?«, fragte Opa schließlich, der Turm war geschleift, der Teller leer geputzt. Er schlürfte Kaffee aus einem weißen Becher, auf dem in schwarzen Buchstaben VIRGINIA IS FOR LOVERS stand, wobei alle Vs durch Herzchen ersetzt waren.

»Hä?«

»Was ist los? Du starrst mich dauernd an. Ich hab dir doch gesagt, jetzt kennen wir uns, nach diesem Händedruck, das heißt also, du kannst mir alles sagen.« Er nahm noch einen Schlürfer Kaffee und schluckte. »Also, schieß los.«

Alle starrten jetzt Genie an. Außer Ernie, der zu sehr damit beschäftigt war, sämtlich Reste auf seinem Teller auf das letzte Stück Toast zu häufeln. Dann nickte Mama, was hieß, dass es in Ordnung war, wenn Genie frei von der Leber weg redete.

»Ähm«, fing er nervös an. »Also, es ist nur –« Genie sah noch einmal seine Mutter an, nur um sicherzugehen. Sie nickte erneut. »Es ist nur so, dass Mama immer sagt, man soll im Haus keine Sonnenbrille tragen. Das verdirbt die Augen, und außerdem sieht man völlig durchgeknallt aus.«

Mutter ließ die Gabel fallen. Vater schnaubte.

»Papa Harris, ich –«, legte sie entschuldigend los, aber Großvater unterbrach sie.

»Nun«, begann er, »deine Mom ist eine kluge Frau, aber bei mir liegt sie falsch.« Er wischte sich den Mund mit einer Serviette, knüllte sie zusammen und ließ sie auf den Tisch fallen. »Willst du wissen, warum?«

»Warum?«, fragte Genie.

Wieder neigte sich Großvater nah zu ihm hin, diesmal so nah, dass Genie einen Kaffeehauch in seinem Atem wahrnahm. »Weil ich schon jetzt überhaupt nichts sehen kann und schon seit Jahren durchgeknallt bin.«

ZWEI

#441: Warum ist Opa blind geworden? Ich wette, es war die grelle Sonne, die Ernie und mich heute Morgen auch fast blind gemacht hätte. Wie ist es eigentlich, blind zu sein? Ist alles nur schwarz? Ist es, als ob man schläft, aber wach ist, ist es wie Schlafwandeln? Und tut Opa einfach schlafwandeln und schlafsprechen und schlafessen? Und wenn er dann wirklich wach ist, ist ihm dann immer nach Schlaf zumute? Ich hab gehört, wenn du ein Tuch über einen Vogelkäfig legst und der Vogel nicht mehr wissen kann, ob es Tag ist, dann schläft er einfach ein.

»Warum hast du mir nicht gesagt, dass er nichts sehen kann?!«, fragte Genie, als seine Mutter den kleinen Beutel zuzippte, in dem sie Zahnpasta, Zahnbürste und Creme aufbewahrte. Er hatte das rote Feuerwehrauto von der alten blauen Kommode genommen, saß auf dem Fußboden und fuhr mit dem Daumen über die Räder. Griffbereit neben ihm lag natürlich sein praktisches Notizbuch. Er hatte viele Fragen, aber die wichtigste hatte er gerade gestellt. *Warum hast du mir nicht gesagt, dass er blind ist?* Und das war eine Frage, die laut ausgesprochen werden musste.

»Dein Opa ist ein schwieriger Mensch, mein Schatz«, begann Ma zu erklären, aber dann stockte sie und schien nach Worten zu suchen, also sah sie Dad an. »Senior«, schnurrte sie und riss Dad aus seiner Trance. Senior, so nannte sie ihn, weil er ebenfalls Ernie hieß und sie sicher sein wollte, dass der Ernie, den sie gerade im Moment anschrie, wissen würde, dass er gemeint war und nicht der andere.

»Ja – ähm – ja«, stammelte Dad, immer noch ein wenig abwesend.

»Alles in Ordnung mit dir?«, fragte sie.

»Jep, was gibt's?«

Ma neigte den Kopf schräg. »Würdest du unserem Jüngsten hier mal erklären, warum wir ihm das mit Opa nicht gesagt haben?«

Er sah Genie an und seufzte. »Also, er ist so 'ne Art wilder Typ, Genie –«

»Nicht *wild*, Genie«, warf Ma ein. »Nur, ähm, interessant.«

»Richtig«, stimmte Dad rasch zu. »Wir wollten euch nichts verheimlichen … Es ist nur so, dass er mir vor langer Zeit das Versprechen abgenommen hat, dass ich niemandem sagen würde, dass er blind ist. Niemandem. Nicht mal euch beiden. Es ist etwas, das er gerne selbst übernimmt, wenn er einen erst mal kennengelernt hat. So kommt man nicht einfach zu ihm und denkt, nun ja, er ist halt behindert.«

»Ein Mensch mit einer Behinderung«, korrigierte ihn Ma.

»Ja, ich meine ein Mensch mit Behinderung. Das kann er gar nicht ausstehen.« Dad rutschte zur Kante seines Betts, dicht an Genie heran. »Opa mag nicht, dass, weißt du, dass Leute ihm helfen wollen.« Genie zog die Knie hoch – seine Beine wurden allmählich taub –, und Dad bemerkte das rote Auto in seiner Hand.

»Sei vorsichtig mit dem Ding, mein Junge«, sagte er und streckte Genie die Hand entgegen, damit er ihm das Auto gab.

»Das hat Wood gebaut, und es ist das Einzige aus seiner Kindheit, was Oma noch hat. Es ist ihr Ein und Alles.« Dad sah sich das Auto an, als könnte er Onkel Wood auf dem Fahrersitz erkennen. Offenbar bedeutete es auch ihm etwas. »Hab vergessen, dass Wood ein Modellbauer war. Genau wie du.« Er schüttelte den Kopf. »Verrückt.« Er gab Genie das Auto zurück, der in diesem Moment nur einen Gedanken hatte, nämlich was er und Onkel Wood sonst noch gemeinsam haben könnten. Aber Dad holte ihn wieder in die Gegenwart zurück. »Also, was deinen Großvater angeht – auch Ernie ist was passiert, als er zum ersten Mal hier zu Besuch war.« Dad sah Ernie an, der auf dem anderen Bett fläzte und auf seinem Handy rumdaddelte. »Was treibst du denn da, Ernie?«

»Ich versuch diesen Text hier wegzuschicken, geht aber nicht raus.« Ernie starrte angewidert auf das Display. Er hatte vor einigen Wochen mit seiner Freundin Keisha Schluss gemacht. Also, eigentlich hatte sie mit ihm Schluss gemacht. Ihm den Laufpass gegeben für einen Typen aus Flatbush namens Dante, den aber alle Two Train nannten. Das war sein Rappername. Und als Keisha Ernie erzählte, dass Two Train Raps über sie schrieb, schickte ihr Ernie von nun an jeden Tag eine Textbotschaft, bescheuerte Liebesgedichte, lächerliche Versuche zu reimen, die sein ganzes »cooles« Image gefährden würden, falls irgendjemand außer ihr, Genie oder seinen Eltern es jemals spitzkriegen sollte.

Dad lachte. »Texten? Vergiss es. Kein Netz hier draußen, mein Junge.«

»Und kein Computer«, ergänzte Ma.

Da endlich blickte Ernie auf, mit völlig verdatterter Miene. *Kein Netz? Kein Computer?* Das war eine schlechte Nachricht. Eine ganz schlechte Nachricht. Nicht nur für Ernie, auch für Genie. Wie sollte er jetzt irgendwas nachschauen? Er hatte sich seit dem Frühstück mindestens sechzehn neue Fragen aufgeschrieben, die meisten übers Blindsein. Was sollte er denn jetzt tun?

»Dann leg doch einfach mal das Ding weg und lass diese Keisha in Ruhe«, riet Ma. »Sie war ohnehin nicht gut genug für dich. Viel Glück mit Two Train, Schätzchen.« Ma wedelte mit der Hand, um die Erinnerung an Ernies Exfreundin zu verscheuchen. »Was soll das eigentlich für ein Rappername sein, Two Train?«

Dad brachte das Gespräch wieder auf die Spur. »Unwichtig. Ernie, erzähl deinem kleinen Bruder, wie es dir ergangen ist, als du Opa zum ersten Mal gesehen hast.« Er grinste. »Und bei ihm war es noch viel schlimmer als bei dir, Genie.«

Verdrossen dreinblickend warf Ernie das Handy aufs Bett. »Ich kann mich gar nicht mehr erinnern. Ihr behauptet immer nur, dass es passiert ist.«

»Weil es passiert ist.«

»Aber ich war erst *vier*.«

»Ich weiß, ich weiß.« Daddy war allmählich sichtlich verärgert wegen Ernies ständiger Widerrede. »Vergiss es. Ich erzähl's ihm. Du musst wissen, Genie, Ernie hat sich wie ein Trottel aufgeführt, genau wie heute« – Ernie schnalzte mit der Zunge –, »also sagte ich ihm, wenn er einfach mal still sein könnte – «

»Ein stilles Mäuschen sein könnte«, erläuterte Ma.

»Ein Faultier sein«, warf Genie in den Pott.

»Richtig. Wenn er mal für zwanzig Minuten mucksmäuschenstill sein könnte, würde ich ihn zu McDonald's mitnehmen.«

Bestechung mit Pommes. So machten ihre Eltern immer ihre Deals mit ihnen. »Also, Ernie sitzt auf dem Boden, mucksmäuschenstill, und ich unterhalte mich mit Oma. Opa war im Bad. Und eh ich's mich versehe, kommt der alte Herr aus der Tür und stolpert über deinen Bruder!«

»Opa ist glatt aufs Gesicht gefallen«, fügte Ma hinzu,

während sie stapelweise Klamotten von Genie und Ernie – für einen ganzen *Monat* – in die Schubladen der blauen Kommode einräumte. Ernies Sachen in die mittlere. Genies in die untere. Nichts in die obere, weil die schon voll war, zumindest dachte sich Genie das, weil Ma sie öffnete und dann sofort wieder zumachte und die nächste nahm.

»Ich dachte schon, wir hätten ihn umgebracht!«, stieß sie hervor.

»Aber keiner hat sich Sorgen um mich gemacht«, fügte Ernie an.

»Natürlich schon, Ernie, aber mit dir war alles in Ordnung. Nichts könnte *diesem* Quadratschädel was anhaben!«, sagte Dad mit einem Lachen und warf ein verknäultes Sockenpaar nach ihm. Ernie schmetterte es ab. »Weißt du noch, was Opa nach dem Sturz gesagt hat?«

Ernie setzte sich auf. »Hat er nicht gesagt, ich hätte den McDonald's gewonnen?«

»Genau, er meinte, du hättest dir eine Woche McDonald's verdient, weil du so leise bist, dass nicht mal ein Blinder dich hören könnte«, schloss Dad. »Und auf die Art hat dein Opa Ernie gesagt, dass er blind ist. Auf dem Boden liegend mit einer blutenden Lippe. Ich weiß, dass es lächerlich klingt, aber so mag er es. Das ist nun mal seine Art.«

Genie starrte Ernie mit seiner strengsten Miene an, die, bei der er die Augen zukniff. »Und du hast es mir *nicht gesagt*?«

»Dein Opa wollte es so«, bestätigte Dad. »Und du kannst mir glauben, dass ich von klein auf gelernt hab, mich an die Regeln meines Daddys zu halten. Also hat Ernie mir versprechen müssen, es dir nicht zu sagen. Außerdem wollten wir einfach nicht, dass du dir Sorgen über die Zeit hier machst.«

Das musste Genie ihnen lassen: Sie kannten ihn gut. Er machte sich viel Sorgen.

»Und ihr schuldet mir immer noch eine Portion Nuggets oder Pommes oder irgendwas, aber zehn Dollar würd ich auch nehmen«, sagte Ernie jetzt. Dad versetzte Ernie einen finsteren Blick, dann fiel ihm auf, dass Genies Miene *Das gefällt mir jetzt aber gar nicht* zu sagen schien. Denn vor fünf Minuten hatte sich Genie noch keine Sorgen darüber gemacht, dass er hierbleiben müsste. Aber jetzt ...

»Es wird dir hier schon gut gehen, versprochen, Genie. Glaubst du wirklich, dass ich und Mom dich hierlassen würden, wenn wir nicht denken würden, dass es dir gut geht?« Dad legte die Hände auf die Knie. »Außerdem ist der alte Herr ganz in Ordnung, wenn man bedenkt, dass er blind ist. Er kann praktisch so ziemlich alles selbst machen.« Er stand auf und reckte die Arme hoch, beugte sich nach links und nach rechts, um seinen steifen Rücken zu lockern.

»Er kann nicht Auto fahren«, sagte Genie scharf und ließ das Spielzeugauto in seiner Hand hüpfen.

»Nun –« Dad unterbrach sich, ließ die Arme sinken und sagte mit erhobenem Zeigefinger: »Vorsicht mit dem Ding. Das mein ich ernst.«

»Er kann nicht Auto fahren«, wiederholte Genie und setzte das Modell sachte auf den Boden. Sein Vater steckte die Hände in die Taschen.

»Schätze, das stimmt. Das kann er nicht.« Dad warf Ma einen Blick zu, die nur die Achseln zuckte.

»Also kann er nicht alles machen.«

Genie hatte mal wieder recht behalten.

Als Ma die Klamotten ausgepackt hatte, wies sie Genie und Ernie an, den Koffer zurück in den Wagen zu bringen, was im Klartext hieß, sie sollten die Erwachsenen mal allein lassen. Kaum waren sie draußen, fing Samantha an wie verrückt zu bellen. Beide zuckten zusammen vor Schreck.

»Ruhig, Samantha«, sagte Ernie, bemüht zu überspielen, dass auch er erschrocken war. Genie hatte es doch gesehen, ließ es ihm aber durchgehen. Ernie ließ die Heckklappe aufschnappen und warf den Koffer zu all dem anderen Zeug, das ihr Vater dort aufbewahrte. Ersatzreifen, Starthilfekabel, Werkzeug, ein Handtuch – Dads Notfallausrüstung, die er nie brauchte, weil sie zu Hause in Brooklyn mit dem Auto nie irgendwo hinfuhren. Samantha bellte und sprang weiter umher, die Kette um ihren Hals peitschte Staub in die Luft. Sie klang wie Dads Honda, wenn der Motor im Winter eingefroren war.

»Haste Angst?«, fragte Ernie, schlug die Heckklappe zu und blickte von Genie zu Samantha.

»Weiß nich«, sagte Genie. »Irgendwie schon, aber nicht richtig.« Zu Hause in ihrer Nachbarschaft gab es jede Menge Hunde. In ihrem Block mussten es mindestens zehn sein, und wir reden hier nicht von niedlichen kleinen Kläffern. Wir reden von großen Hunden. Hunden, die durch die Straßen gehen wie Bodybuilder. Allerdings *kannte* Genie diese Hunde. Er war mit ihnen aufgewachsen. Aber er und dieser Hund, Samantha, waren einander fremd.

»Komm mit.« Ernie ging auf Samantha zu. Sie war ganz schwarz außer einem weißen Fleck auf dem Gesicht und auf jeder Pfote. Und sie hatte eine rosa Schnauze. Als Genie Dad gefragt hatte, was für eine Art Hund Samantha war, hatte er nur gesagt, sie sei halt irgend so eine Promenadenmischung, und der einzige Grund, weswegen sie sie hier hielten, sei, dass Opa so mitkriegte, wenn jemand auf den Hof kam.

Jetzt, da sie ganz in Samanthas Nähe waren, hörte sie auf zu bellen und hechelte, während sie ihre bräunliche Zunge aus dem Maul hängen ließ wie geschmolzenes Karamell und Speichel umherspritzte.

»Schau mal da.« Ernie hob den Zeigefinger. »Sie wedelt mit dem Schwanz. Die will uns nichts tun, Mann.« Langsam streckte er den Arm aus, bis sein Handrücken vor Samanthas Schnauze war. Während Ernie sich näherte, wich Genie zurück. Samantha stupste mit der Nase Ernies Hand an, schnüffelte, und dann, als sie einen feuchten Streifen auf seinen Knöcheln hinterlassen hatte, setzte sie sich.

»Siehst du?«, sagte er und kraulte Samantha nun hinter den Ohren. »Musst sie nur an dir schnuppern lassen. Dann wird sie sanft. Wette, dass sie mich noch kennt vom letzten Mal.«

»Ist das nicht zu lang her?« Genie fragte sich, ob ein Hundegedächtnis so gut sein konnte. Also Elefanten – die erinnern sich an alle ihre Familienmitglieder.

»Vielleicht.« Samantha hatte sich nun auf den Rücken gerollt, und Ernie massierte ihren rosa Bauch mit schwarzen Tupfern.

»Jedenfalls hat sie mich noch nie gesehen«, sagte Genie und kam dennoch ein wenig näher.

Die Fliegentür quietschte, und Ma und Dad erschienen, dann hielten sie inne, um Oma kurz zu umarmen und ihr einen Kuss zu geben. Sie versprach, sich gut um die Jungs zu kümmern, keine Sorge, und sie sollten Jamaika genießen – Dad sagte, das würden sie, Ma sagte nichts – und auf jeden Fall anrufen, wenn sie wieder in Brooklyn seien.

»Jungs, kommt und lasst euch mal umarmen«, sagte Ma und kam mit offenen Armen auf sie zu. Genie ging zuerst und umschlang sie eng, während sie ihm den Nacken rieb.

»Wird alles gut. Ihr seid hier, während ich und euer Vater schon ... In Ordnung?«

Genie nickte. Er wollte ihr glauben, weil sie praktisch

immer recht hatte. Aber diesmal war er sich nicht so sicher.

Dann rief Ma Ernie zu sich. »Du lass dich auch mal knuddeln, du Schwerenöter«, sagte sie. »Ich weiß, dass du fast vierzehn bist und so, aber du bist nicht zu alt, um deine Mutter zu umarmen.« Genie ließ los, und Ernie holte sich seine Umarmung. Die war nicht so verrückt fest wie Genies, aber echt. Ma hasste falsche Umarmungen oder »klopfe-klopfe«, wie sie es nannte. Das ist, wenn du nur den Arm um den anderen legst und ihm auf den Rücken klopfst, aber ihn nicht drückst. Echte Umarmer drücken. Dann nahm Ma Ernies Gesicht in die Hände und küsste ihn auf die Stirn. Er zog eine Schnute. Sie lächelte. »Pass auf deinen kleinen Bruder auf, verstanden?«

»Natürlich«, sagte Ernie. Ma kannte ihn gut, sie wusste, dass er hinter seiner Sonnenbrille mit den Augen rollte.

»Ich mein es ernst, mein Junge«, sagte sie mit etwas Nachdruck in der Stimme.

Dad trat mit ausgestreckter Hand hinzu. Er klatschte Genies Hand ab und schloss ihn dann in die Arme. Dann holte er Ernie heran. »Ihr beiden passt mir aufeinander auf. Vergesst nicht, ihr seid Brüder. Verstanden?«

»Klaro«, sagte Ernie.

»Du auch«, sagte Dad mit Blick auf Genie. »Verstanden?«

»Verstanden.«

Dad meinte, Ma und er würden auch später von Jamaika aus mal anrufen. Dann sagte er, dass er sie lieb habe, dann sagte Ma das auch, und dann sagte Oma, sie würde alle lieb haben, während Dad und Ma ins Auto stiegen. Ein regelrechtes Liebesfest. Samantha jaulte und jaulte, während der Motor jaulte und jaulte, bis er endlich ansprang. Dad kurbelte das Fenster runter und winkte. Ma wandte sich um, damit sie Genie und Ernie sehen konnte, und sah sie unverwandt an, während der Wagen sich entfernte.

Der Honda fuhr auf den Abhang zu, Samantha bellte immer noch und wollte ihm nachjagen, doch die Kette riss sie zurück, also lief Genie los. Er rannte hinter dem Wagen her, so lange er konnte, bis dieser die Kuppe erreichte und hinunterzuholpern begann. Der Abhang war so steil, dass es von da, wo Genie stand, so aussah, als wäre der Wagen gerade über eine Klippe gestürzt. Er rannte zur Kuppe und sah die Bremslichter immer wieder aufleuchten, bis sie verschwanden.

DREI

Die Hitze hier draußen schien viel größer als die in Brooklyn, an die Genie und Ernie gewöhnt waren. Vielleicht lag es daran, dass die Häuser in ihrer Nachbarschaft Schatten spendeten und die Straßen kühlten, dachte Genie. Hier gab es zwar überall Bäume, aber die kamen einfach nicht gegen die Sonne an.

»Ich sag dir eins, hier ist es heißer«, klagte Genie und kickte einen Stock in Richtung Samantha, dann wandte er sich von ihr ab.

»Nein, ist es nicht«, sagte Ernie. »Das bildest du dir nur ein.«

»Einbilden?« Genie hob die Hand. »Überleg mal. Du siehst doch, dass wir hier oben viel näher an der Sonne sind. Ich schätze, mit richtigem Anlauf könnte ich hochspringen und sie berühren. Und dann, wenn ich könnte, würde ich ihr da drüben hinter den Bäumen eine klatschen.«

Ernie ignorierte ihn und spielte weiter mit Samantha, also beschloss Genie, vor der Gluthitze ins Haus zu flüchten.

Oma und Opa waren immer noch in der Küche. Oma hatte gerade das Frühstücksgeschirr abgetrocknet und räumte es in den Schrank.

»Ich weiß, das geht schon lange so, aber am Ende wird Ernest drüber wegkommen. Du kannst ihn nicht zwingen, dir zu vergeben«, sagte sie, als Genie eintrat. Omas und Opas Gespräch – das nur Erwachsene anging – brach sofort ab. »Genie!«, juchzte Oma. »Setz dich, ich bring dir einen Eistee.« Sie ging zum Kühlschrank. »Ihr trinkt doch alle Tee da oben in New York, oder?« Genie nickte und setzte sich auf denselben Stuhl wie beim Frühstück, entschlossen, ihn zu seinem Stammplatz zu machen. Opa saß immer noch genau da, wo sie ihn verlassen hatten, auf *seinem* Platz, die Hände im Schoß, und hörte Radio. Knisternde Nachrichten.

»Ich hol den Tee«, sagte Opa plötzlich. »Ich hol den Tee«, wiederholte er, diesmal leiser, und schob sich vom Tisch weg.

Oma wich aus, schüttelte aber leicht irritiert über ihn den Kopf. »Na gut, dann schau ich mal nach, ob Samantha Ernie nicht schon gefressen hat.«

»Hat sie nicht«, versicherte ihr Genie. »Übrigens, die sind schon beste Freunde.« Oma lächelte und ging dennoch zur Tür. Genie beobachtete, wie Opa vom Tisch aufstand. Dann traf ihn der Schlag. Wie wollte Opa den Tee denn einschenken? Er konnte ihn ja nicht mal *sehen*!

»Ich kann das machen«, erbot sich Genie rasch. Und genau wie Opa Oma mit fuchtelnder Hand verscheucht hatte, machte er es nun mit Genie.

»*Junge* …« Opa zog die Augenbrauen weit über den Rand seiner Sonnenbrille hoch und machte Genie überdeutlich, dass es ihm ernst damit war, den Tee zu holen. Als Opa sich dem Kühlschrank zuwandte, fiel Genie auf, dass etwas aus seiner Hose ragte, etwas wie ein Schwanzstummel. *Oh … mein … G…* – es war eine Pistole – der Kolben einer Pistole! Genie hatte im echten Leben tatsächlich noch keine gesehen. Er kannte sie nur aus den Polizeidokus, die Ma immer guckte, oder aus Filmen – Actionstreifen, Sci-Fi-Streifen und sogar den grusligen Streifen, die Genie und Ernie eigentlich gar nicht gucken durften. Genie machte das nicht weniger neugierig als der Honigdachs. Und wie immer sprudelte es in seinem Kopf vor Fragen, aber er hatte sein Notizbuch nicht zur Hand.

Fragen, die er sich merken wollte: *Was macht ein Blinder mit einer Pistole? Wozu brauchte Opa denn im Ernst jetzt eine Schusswaffe?* Genie starrte sie unverhohlen an, doch als Opa den Kühlschrank zumachte, einen großen Krug Tee in der Hand, wandte er sich rasch ab, nur für den Fall, dass der alte Herr ihn doch irgendwie sehen konnte. Das war lächerlich, das wusste Genie – oder zumindest dachte er das. Sicher, man hatte ihm gesagt, dass Opa blind sei, aber er wollte auf Nummer sicher gehen. Das konnte doch ein Bluff sein, und dieser Gedanke kam ihm nach dem, was als Nächstes passierte, viel weniger abwegig vor.

Zitronenscheiben schwappten in dem Krug wie gelbe Seerosenblätter in einem braunen See, während Opa in den Schrank griff und ein großes Einmachglas, ein leeres, beim ersten Versuch in die Hand nahm. Während er mit den Fingern über den Rand des Glases fuhr, begann er, den Tee einzuschenken. Perfekt. Genie staunte erneut Bauklötze, als Opa den Krug immer höher hob und ein Wasserfall aus Tee sich in das sich rasch füllende Glas ergoss. Als er es fast randvoll hatte, hörte er auf. Er stellte den Krug wieder in den Kühlschrank und das Glas vor Genie hin. Ohne. Einen. Einzigen. Tropfen. Verschüttet. Zu. Haben. Dann setzte er sich wieder, als wäre das alles selbstverständlich. *Wow.*

»Na, dann trink mal«, sagte Opa und schob ihm das Glas ein wenig näher hin. Genie beugte sich vor und schlürfte daraus – es war so voll, dass *er* etwas Tee verschütten würde, wenn er versuchen würde, es hochzunehmen. Der Rand fühlte sich komisch an auf seinen Lippen, er hatte das Gefühl, er würde aus einem Mayonnaise-Glas trinken. Und der Tee war … *süß.* Zu süß, obwohl Genie problemlos jeden Tag drei oder vier Stück Raketeneis verschlingen konnte.

»Gut?«, fragte Opa.

»Mm-hm«, sagte Genie und würgte den Tee hinunter. Er wollte seinem Opa nicht sagen, dass er wie flüssiger Zucker schmeckte. Nachdem er sich beim Frühstück schon unmöglich benommen hatte, war er zu dem Schluss gekommen, dass die Wahrheit manchmal eine beklommene Stimmung hervorrufen konnte.

»Fehlt Zucker?«, fragte Opa. »Du magst deine Grütze süß, wie Wood früher, da magst du vielleicht auch deinen Tee wie er – süß.« Als ob der Tee nicht ohnehin schon so süß war wie Sirup, da fehlte nur noch ein Löffel Zucker!

»Nein, nein«, presste Genie hervor und schluckte mit aller Mühe noch einen Mundvoll. »Der ... der ist ... in Ordnung.«

»Gut«, sagte Opa und lehnte sich zurück, und Genie fragte sich, ob es für ihn unbequem war, mit einer Pistole hinten im Hosenbund dazusitzen, oder ob er manchmal Angst hatte, sich aus Versehen selbst in den Hintern zu schießen. *AUTSCH!* Opa allerdings schien überhaupt keinen Gedanken daran zu verschwenden und machte das Radio leiser. »Also, lass uns mal reden, Little Wood.« Er warf das einfach so hin, als ob der Spitzname Little Wood längst beschlossene Sache wäre. Genie runzelte die Stirn, ließ es aber durchgehen. Alte Leute durften einem nach Lust und Laune irgendwelche Namen verpassen. Das war das einzig Tolle am Altsein, überlegte Genie. »Deine Mom meinte, du hättest ein wenig Angst, hier bei mir zu sein.«

Peng! Genie senkte rasch den Kopf, nahm noch einen Schlürfer Tee und fragte sich, was zum Teufel seine Mutter getrieben hatte, Opa das zu sagen. Er wollte nicht, dass sein Opa irgendetwas Schlechtes von ihm dachte, als ob er ein Angsthase oder so was wäre.

»Und das ist schon in Ordnung«, sagte Opa zu Genies Überraschung. »Aber weißt du, wie man Angst am besten überwindet? Man greift sie direkt an.«

Genie trank weiter, mit großen, eklig-süßen Schlucken. Immer weiter, dann musste er nicht antworten.

»Also, greif mich an.«

Genie hätte den Tee fast ausgespuckt, so erschrocken war er. »Was meinst du mit *angreifen*?«

»Ich weiß nicht – frag mich halt irgendwas, was du wissen willst. Egal was. Wenn du erst mal ein paar Antworten hast, fühlst du dich vielleicht besser hier bei uns.«

»Ähm ... okay«, sagte Genie, doch jetzt war sein Kopf völlig leer gefegt. Er hätte am liebsten sein Notizbuch genommen, aber das hatte er oben gelassen. Und er hatte so viele Fragen für Opa aufgeschrieben, Fragen wie:

Wann bist du blind geworden? Und:

Hat es wehgetan?

Ganz zu schweigen von der neuesten Frage, die ihm gerade eingefallen war, in seinem Gehirn tick, tick, tick machte und gleich aus seinem Mund herausplatzen würde – *Was macht ein Blinder mit einer Pistole?*

Fragen zu stellen war normalerweise nie schwierig für ihn, denn Fragen hatte er immer. Immer. Ma und Dad fanden das gut, aber Ernie machte es verrückt. Er sagte immer, Genie würde zu viele Fragen stellen. Ma sagte, Ernie würde das nur sagen, weil er nie genug Antworten hätte. Und nun hatte es Genie mit jemandem zu tun, der all seine Fragen hören *wollte*, der *verlangte*, dass er Fragen stellte, und aus irgendeinem Grund war er jetzt nervös. Nervös!

Opa sah Genie an – blickte in seine Richtung –, ganz gespannt.

»Ich darf alles fragen?«, spielte Genie auf Zeit, hob das Glas und nahm noch einen kleinen Schluck, wobei er versuchte, nicht das Gesicht zu verziehen, obwohl Opa doch ziemlich sicher sein Gesicht nicht sehen konnte.

»Schieß los.«

»Okay.« Genie beschloss, alles auf eine Karte zu setzen. »Wann bist du blind geworden?«

»Vor zwanzig Jahren.« Und damit öffneten sich die Schleusen für eine Flut von Fragen. Ein Fest.

»Wie?«

»Grüner Star. Das ist eine Krankheit, die das Sehvermögen zerstört.«

Was? Man kann eine Krankheit kriegen, die einen blind macht? Genie war entsetzt. Notiz im Hinterkopf: *Such nach Grüner Star.* Aber was er sagte, war: »Oh. Hat es, ähm, wehgetan?«

»Blind werden? Nö. Es war, als ob jeder Tag ein wenig dunkler wäre und noch ein wenig dunkler, bis ich eines Tages aufwachte und alles … war schwarz.«

»Hattest du … Angst?«

»Im Grunde nicht.«

»Warum nicht? Ich hätte Angst.«

»Bringt nichts, Angst zu haben. Ich wusste, es würde kommen, und ich konnte es nicht aufhalten, also musste ich eben damit klarkommen und weitermachen.«

Das Glas war nun beschlagen, und es tropfte auf Genies Beine.

»Also … erinnerst du dich noch, wie Dad aussieht?«

»Natürlich. Er sieht aus wie seine Mutter.«

»Du weißt, wie ich aussehe?«

»Komm her. Ich sag's dir.« Opa streckte die Hand aus und befühlte Genies Wangen, wie Ma es mit den Tomaten beim Gemüsehändler tat. Er strich mit den Fingern über Genies Augen, Nase und Mund. »Du siehst aus wie dein Vater.«

Genie sah tatsächlich aus wie Dad. Ernie sah aus wie Ma, hatte aber das Glück, Dads Lächeln zu haben.

»Woher weißt du das?«, fragte Genie.

»Zauberei.«

Bitte. Ich bin elf, nicht sechs, wollte Genie sagen, doch stattdessen fuhr er einfach fort mit den Fragen.

»Wie hast du es geschafft, diesen Tee einzuschenken?«

»Ich wusste nun mal, wo das Glas ist.«

»Aber woher wusstest du, wann du aufhören musstest?«

»Weil ich das hören kann. Je näher es oben an den Rand kommt, desto dunkler hört es sich an.«

»Aber woher wusstest du, *wann* genau du aufhören musstest?«

Opa zuckte die Achseln. »Einfach so nach Gefühl.«

»Dad meint, du kannst ganz schön viel allein tun.«

»Wie ich höre, kannst du das auch.«

»Aber er hat mir gesagt, du kannst Dinge wie zum Beispiel kochen.«

»'türlich kann ich das.«

»Aber ... wie schaffst du das? Hast du keine Angst, dass du dich verbrennst oder dass du das ganze Haus abfackelst?« Genie blickte auf die Wand. Der meergrüne Anstrich war, wo die Farbe abgeblättert war, von weißen Stellen durchsetzt, die aussahen wie die Kontinente auf einer Weltkarte. Genie stellte sich vor, wie die »Wandwelt« brannte.

»Quatsch. Ich mach es einfach. Ich kann die Hitze der Flamme spüren. Ich weiß, wo die Zutaten sind. Ich weiß, wo die Töpfe und Pfannen sind. Kein großes Ding.«

»Aber, na ja, woher weißt du, wo alles ist?«

»Weil es so ist, seit ich und deine Oma geheiratet haben. Die Töpfe stehen da, wo sie stehen, seit dein Daddy ein kleiner Junge war«, erklärte Opa.

»Aber trotzdem, du vergisst es nie?«, fuhr Genie fort.

»Nö.«

»Nie?«

»Nie.«

»Aber was, wenn doch?«

»Passiert nicht.« Opa langte in seine Hemdtasche und zog ein weißes Taschentuch heraus, das eigentlich nicht mehr so richtig weiß war, und tupfte sich die Stirn. Es war entschieden heiß im Haus. Fast so heiß wie draußen. Fast so heiß, wie es in der Küche bei Genie und Ernie zu Hause wurde, wenn Ma am Kochen war. Aber der Tee half, und das Getröpfel von dem Glas auf Genies Beinen half noch mehr.

»Nächste Frage.«

»Was hat Oma gemacht, bevor sie sich um dich kümmern musste?«

»Sie kümmert sich nicht um mich«, sagte Opa gereizt mit schlagartig höherer Stimme.

Genie zuckte auf dem Stuhl zusammen. »Stimmt. Aber, ähm, was hat sie früher so gemacht?«

»Sie war Krankenschwester.«

»Oh, gut. Also kann sie sich um dich kümmern.«

»Sie kümmert sich *nicht* um mich«, fauchte Opa.

Plötzlich klingelte das Telefon. Opa hob die Hand und bedeutete Genie, dass er sitzen bleiben sollte. Das Telefon begann mit Roboterstimme zu sprechen und nannte laut die Nummer dessen, der anrief. Genie konnte die Ansage aus der Küche, aus Opas und Omas Schlafzimmer und selbst aus dem Bad hören. Es war, als wären sie von Automaten umgeben, die allesamt Zahlen ausriefen, was unheimlich und cool zugleich war.

»Wer ist es?«, rief Oma durch die Fliegentür.

»Nur die Kirche«, sagte Opa.

»Warum bist du nicht rangegangen?«, fragte Genie. Er dachte, die Leute würden immer rangehen, wenn die Kirche anrief. Kam ihm einfach richtig vor. Vielleicht wollten sie Opa sagen, dass es eine Wunderheilung für seine Augen gab.

»Weil wir beide uns gerade glänzend unterhalten. Außerdem wollen die immer für die Kranken beten; und das ist schon nett, aber ich bin nicht krank«, erklärte Opa. Und ehe Genie darüber nachdenken konnte, ob Opas Blindheit tatsächlich eine Krankheit war – vor allem, da er gesagt hatte, dass der Grüne Star eine Krankheit *war* –, fiel ihm eine weitere Frage ein.

»Woher hast du gewusst, dass es die Kirche war? Prägst du dir die Telefonnummern ein?«

»Jep.«

»Sogar meine?«

»Sogar deine.«

»Das glaub ich nicht.«

»Warum nicht?«

»Weil du nie anrufst«, sagte Genie. »Oma schon, aber du nicht.«

Opa blickte zum Fenster, was irgendwie merkwürdig war, weil er nicht raussehen konnte. Er ließ die Zunge über seine Zähne gleiten, dann wandte er sich wieder an Genie.

»Trotzdem kenne ich sie.«

»Und wie lautet sie?«

»Ähm … ähm …« Er tippte sich mit dem Zeigefinger gegen die Stirn. »Ich bin mir nicht sicher. Mist. Ich schwör … das ist mir noch nie passiert.«

»Siehst du?« Genie wusste doch, dass Opa sie nicht kennen konnte.

Opa kniff ihm in den Arm. Woher wusste er eigentlich, dass sein Arm da war? Dann sagte Opa: »War nur 'n Scherz. 646-555-8349. Ich kann dir die Handynummer von deinem Daddy geben, von deiner Mama und die Nummern von da, wo sie arbeiten, wenn du magst, Chef. *Und* deine Adresse.«

»Und wie lautet sie? Meine Adresse.« Genie konnte einfach nicht aufhören, ihn zu testen.

»Es ist 346 Macon Street, Brooklyn, New York, 11233.«

Genie lächelte und nahm noch einen Schluck Tee. Der Mann im Radio lachte über etwas, dann sagte er: »Es ist einfach unglaublich«, und obwohl er die Nachrichten meinte, schien es, als ob er von Opa reden würde.

»Und, was hast du noch auf Lager?«, ermunterte ihn Opa.

»Okay ...« Genie überlegte sich fieberhaft eine neue Frage. Und da war sie. »Warum trägst du diese Sonnenbrille, wo du doch die Sonne nicht sehen kannst?«

Opa lachte genau wie der Mann im Radio. »Warum ich die trage? Weil es cool aussieht. Warum sonst?«

Das war der gleiche Grund, weshalb Ernie seine die ganze Zeit trug – da tickten sie genau gleich!

Genie blickte auf sein Spiegelbild in Opas Sonnenbrille. Dann streckte er einen Finger aus und führte ihn nah an Opas Gesicht. Er musste es einfach ausprobieren.

»Weg mit deinem Finger da und raus mit der nächsten Frage«, befahl Opa, nicht auf eine böse Art, aber eindeutig streng. Genie riss seine Hand so schnell zurück, dass sie auf den Tisch schlug.

»Ah«, zischte er und fuchtelte so heftig mit ihr, als würde sie brennen. Opa grinste nur.

»Okay«, sagte Genie und rieb sich die Finger. »Sitzt du hier einfach den ganzen Tag rum?«

»Ob ich was tue? Natürlich nicht, das ist keine Art zu leben. Außerdem ist dieser Stuhl zu hart für meinen alten Hintern.«

Genie hätte am liebsten gleich nachgesetzt mit: *Aber du hast eine Pistole da hinten drin, tut die nicht weh?*, doch aus irgendeinem Grund brachte er es nicht über sich, also fragte er: »Wie weißt du denn, wo dein Zimmer ist? Oder was ist, wenn du ins Bad musst?«

»Ich bin nur blind, mein Junge. Meine Muckis funktionieren noch.« Opa ließ die Schultern zucken.

»Das meine ich nicht!«, japste Genie laut auflachend. »Also, wie schaffst du das?«

»Ich zähle.«

»Du zählst?« Genie hob eine Braue. »Mathe? Ich kann Mathe nicht ausstehen.«

»Ich früher auch nicht. Aber jetzt liebe ich sie, weil ich sie jeden Tag benutzen muss.«

»Was meinst du damit?«

»Ich muss zählen. Von meinem Zimmer in die Küche

dreizehn Schritte. Von meinem Zimmer ins Bad zehn Schritte. Von der Küche ins Bad sechzehn Schritte. Von der Küche zur Vordertür elf Schritte. Geht nur ums Zählen.«

»Das ist cool.«

Es war cool. Und es war auch cool, dass Genie Opa all diese Fragen stellen durfte, ohne dass es dem auf die Nerven ging. Ernie hätte ihm inzwischen eine reingehauen, und übrigens, wo war eigentlich Ernie? Immer noch da draußen beim Hund? Da war er schon ewig, und Dad hatte ihnen eingeschärft, dass sie aufeinander aufpassen sollten. Außerdem war Genie neugierig. Schlicht und einfach. Also bat er Opa um eine Auszeit, in der er nach Ernie schauen wollte.

Draußen auf der Veranda stellte Genie überrascht fest, dass es tatsächlich *im* Haus heißer war als draußen. Ein kleiner Vogel hüpfte über die Bodenbretter. Er hatte tiefblaue Federn, die sich über den Rücken bis hinunter zum Schwanz zogen und sich aufzuspalten schienen wie eine Schlangenzunge. Das blaue Federkleid des Vogels zog sich über seinen Kopf und seine Augen wie eine Kapuze, doch unter dem Schnabel und auf der Brust war er orangerot. Genie hatte noch nie einen solchen Vogel gesehen. Er kannte Tauben, die passten zur Farbe von Beton. Nicht zu vergleichen mit dem hier, einem Vogel, der zur Farbe des Himmels und zur Erde hier auf dem Land passte. Er pickte nach etwas in den Spalten der Veranda. Genie setzte sich leise hin, um ihn besser beobachten zu können, ohne ihn zu verscheuchen. Aber natürlich ging das nicht wie geplant. In einer raschen, flüssigen Bewegung hob der Vogel den Kopf, wandte ihn ganz um, erspähte Genie und flog davon.

Genie sprang von der Veranda und ging um die Ecke des Hauses, wo Ernie Samanthas Kopf kraulte und ihr wie ein Spinner zuflüsterte.

»Was machst du da?«, fragte Genie.

»Bring ihr was bei«, sagte Ernie.

»Indem du mit ihr sprichst?«

»Jep. Gibt 'ne ganze Fernsehserie, die sich mit dieser Methode beschäftigt«, sagte Ernie völlig von sich überzeugt; er hatte so eine Art, Dinge zu sagen, dass Genie sie glauben musste, auch wenn sie nicht viel Sinn ergaben.

»Wenn du meinst.« Da er sich nun umschaute und Oma nicht sah, fragte er, wo sie sei.

»Keine Ahnung. Wahrscheinlich auf der anderen Seite vom Haus«, sagte Ernie und fing dann erneut mit dieser Hundeflüsterei an. Genie war nur gekommen, um zu sehen, ob es Ernie gut ging, und es ging ihm gut, also ging es auch Genie gut.

Zurück an der Tür fiel Genie ein, was Opa über das Schrittezählen gesagt hatte, und beschloss, es auszuprobieren. Er brauchte dreizehn Schritte zur Küche. Opa hatte gesagt, er bräuchte elf, aber das lag daran, überlegte Genie, dass dessen Beine länger waren. Opa saß immer noch am Tisch, drehte am Senderknopf seines Radios und versuchte, das Rauschen wegzubekommen.

»Und, ist dein Bruder gefressen worden?«, fragte er.

»Nö.« Genie setzte sich wieder, mit dem guten Gefühl, dass er nach Ernie gesehen hatte und bereit war, Opa wieder mit Fragen zu bombardieren.

»Gut. Wo waren wir jetzt noch mal in diesem Verhör?«, fragte Opa.

»Verhör?«

»Ich meine Befragung«, neckte ihn Opa. Dann setzte er hinzu: »Herr Inspektor.«

Inspektor Genie Harris. Oder vielleicht Inspektor Little Wood. Wie auch immer, es war irgendwie cool.

»Gut ... ähm ... ich überleg grad.« Genie legte die Hände zusammen und versuchte, sich etwas einfallen zu lassen. »Sucht Oma deine Klamotten aus?«

»Wieso, gefallen sie dir nicht?«

»Sie sind schon okay.«

»Gut, weil ich sie selber auswähle.« Opa machte einen großen Wirbel darum, gar nichts von seiner Schulter zu klopfen.

»Sind die alle schwarz oder weiß?«

Er lachte. »Ha, ha, nie und nimmer.«

»Und wie kriegst du sie dann so zusammen, dass sie zueinanderpassen?«, sagte Genie.

»Komisch, dass Sie fragen, Herr Inspektor. Fassen Sie mal hier an.« Opa rollte seinen Hemdsärmel herunter und hielt ihm den Ärmelaufschlag hin. »Genau da. Spürst du das?«

Genie fuhr mit dem Finger über den Stoff und spürte eine Reihe von kleinen Hubbeln, als ob das Hemd eine unsichtbare Gänsehaut hätte.

»Wonach fühlt sich das an?«, fragte Opa.

»Ich weiß nicht«, antwortete Genie unsicher.

»Mach die Augen zu«, forderte ihn Opa auf.

Genie schloss die Augen und rieb mit dem Finger über diese hubbelige Stelle. Er wusste nicht, um was es eigentlich ging.

»Was ist das?«

Genie öffnete die Augen. Er war nicht darauf gekommen.

»Es ist ein W. Steht für Weiß. Deshalb weiß ich, dass das Hemd, das ich trage, weiß ist«, erkärte Opa.

Genie rieb noch einmal mit dem Finger über die Knötchen, und dann begriff er. Es war tatsächlich ein W.

»Deine Oma fing an, in all meine Sachen Anfangsbuchstaben reinzusticken, als wir erfuhren, dass ich erblinden würde. Schicke kleine Stickwerke, die man französische Knötchenstickerei nennt. Ein blaues Hemd hat ein B. Ein rotes Hemd ein R. Meine Hosen haben die Buchstaben im Bund, und sogar meine Socken haben welche. Also seh ich nie durchgeknallt aus.«

»Aber du *bist* doch durchgeknallt, oder?«, erinnerte ihn Genie.

Opa lachte erneut und legte Genie die Hand auf den Kopf. Er tat es, ohne zu zögern, als wüsste er genau, wo Genies Kopf war!

»Ja, schon, aber der Trick besteht darin, nie durchgeknallt auszusehen.«

Opa rollte seinen Ärmel wieder bis zum Ellbogen hoch.

»Noch was?«, fragte er jetzt herausfordernd.

Der Eistee war fast alle, und allmählich schmeckte er ziemlich gut. Tatsächlich wollte Genie mehr davon. Die Sache war nur, Ma legte immer großen Wert darauf, dass man nicht allzu gierig war bei anderen Leuten, deshalb wollte Genie Opa nicht darum bitten. Aber, Mann, es war *so* heiß, und der Tee war *so* kalt.

»Ja. Wie heißt du?«

»Opa.«

»Nein, wie heißt du richtig.«

Opa sah Genie an, und für einen Moment schien es, als ob er ihn wirklich sehen könnte. Also, er *blickte* ihn an.

»Brooke.«

Genie hatte gehört, wie Oma das gesagt hatte, aber er war sich nicht sicher, ob er richtig gehört hatte.

»Brooke? Wie der Mädchenname?«

Opa grinste. »Ist es ein Mädchenname, wenn es doch mein Name ist?«

So hatte es Genie wirklich noch nie betrachtet. Er hatte noch nie von einem Mann namens Brooke gehört, aber er kam damit zurecht, dass es ein Mädchenname war, weil

Genie ja auch einer war. Zu Hause gab es ein paar Jungs, die ihn deswegen aufzogen, das heißt, bis Ernie erschien. Dann war es vorbei mit den Sticheleien von wegen *Deine Mom wollte lieber ein Mädchen haben* und *Genie, Genie, das Mädchen mit dem Mini*. Aber Opa hatte einen Mädchennamen als Jungennamen und fand es gut, also war sein Name dann doch nicht unbedingt ein Mädchenname. Es war einfach … seiner.

»Schätze nicht«, sagte Genie endlich. Er schwenkte das Glas und trank den letzten Rest Tee – es fühlte sich immer noch komisch an, aus einem Einmachglas zu trinken. »Wart mal – noch eine letzte Frage?«

Opa zupfte erneut das Tuch aus seiner Brusttasche, wie ein Zauberer, bevor er es in einen Vogel verwandelt. Er wischte sich damit den Hals, einmal ringsum, dann kam die Stirn dran, und schließlich steckte er es wieder an seinen Platz. »Das ist dann die letzte.«

»Was war dein Beruf?«

Opa verschränkte die Arme und lehnte sich zurück, bis die Vorderbeine seines Stuhls vom Boden abhoben.

»Ich war in der Armee. Kämpfte in Vietnam. Erstes Bataillon, Sechste Infanterie. Mein Rang war Schütze.«

»Schütze wie Gewehrschütze? Dein Job war es, mit Gewehren zu schießen?«

»So ungefähr.«

Dad hatte ihm und Ernie erzählt, dass Opa ihm das Schießen beigebracht hatte, als er noch jung war, aber nie gesagt, dass es deswegen gewesen war, weil der alte Herr ein Fachmann war, dass es so was wie sein Beruf war zu schießen. Genie kannte nun kein Halten mehr.

»Hast du deswegen eine Waffe in deiner Hose?«, fragte er mit scheinbar perfektem Timing. Aber er war so aufgeregt, dass er nicht erst die Antwort abwartete. Er raste einfach weiter. »Wart mal ... damit du mir das Schießen beibringen kannst?«

Opa erstarrte. Dann *blickte* er Genie wieder an.

»Nun, Little Wood –« Opa räusperte sich. »Ich fürchte, du hast deine letzte Frage bereits gestellt.«

VIER

Als die Fragezeit vorbei war, ging Genie wieder nach draußen, aber diesmal hatte seine Oma etwas auszusetzen. Sie hielt ihn auf der Veranda an und hob den Zeigefinger. »Jetzt hör mal zu. Du kannst nicht den ganzen Tag hier rein- und rauslaufen, verstehst du mich? Entweder rein oder raus, also was möchtest du?«

Genie sah blinzelnd im grellen Licht, wie Ernie Samanthas Pfote schüttelte, dann erst antwortete er.

»Raus.«

»Gut. Dann bleib draußen. Ich will nicht den ganzen Nachmittag lang Fliegen in der Küche jagen.«

Als Oma ins Haus ging, schaute Genie auf der Veranda nach diesem Himmel/Erde-Vogel, aber er war nicht da, und so ging er über den Hof und immer weiter, bis zum Rand des Abhangs. Es war, als wäre ein Stück Land hier abgebrochen, schartig und kantig wie zerrissenes Brot. Steil ging es hinunter. Noch faszinierender jedoch war die Aussicht. Der Himmel kam ihm weiter vor, als er ihn je gesehen hatte. Weiße Wolken erschienen ihm wie Pistolen – er dachte immer noch an Opa –, bis er sich jäh aus solchen Gedanken riss und sie sich wieder in große formlose Wattebäusche verwandelten. All die Bäume, saftig grün, dazwischen die Tupfen von nur wenigen Häusern. Ein gelbes mit schwarzen Jalousien. Eines wie das von Oma und Opa, nur gelb mit eingestürztem Dach und zur Hälfte verkohlt. Zwei rote Häuser nebeneinander. Die waren es, die Genies ganze Aufmerksamkeit erregten. Sie standen ganz unten am Fuß des Hügels, jenseits der engen Straße, die zum Haus seiner Großeltern führte. Dort war jemand auf der Veranda, jemand auf allen vieren, der auf etwas einhämmerte.

»Hey, Ernie«, rief Genie. »Sieh dir das mal an.«

»Was denn?«, sagte Ernie und kam herübergelaufen. Er sah den Hügel hinab. »Wer ist das?«

»Woher soll ich das wissen?«

»Sieht aus wie jemand Junges«, sagte Ernie und hielt die Hand über die Augenbrauen, um die Sonne abzuhalten.

»Ist das ein Mädchen?«

»Sieht so aus«, sagte Genie, während sie beide auf das Mädchen und das rote Haus starrten, als ob sie noch nie ein Mädchen oder ein rotes Haus gesehen hätten. Ein grünes Auto kam die Straße lang und bog in den Hof des zweiten roten Hauses ein. Das Mädchen sah auf und winkte dem Fahrer, der hupte und dann holpernd weiter über das Gras hinter das Haus fuhr.

»Was macht sie denn da?«, fragte Ernie, der jetzt derjenige mit den ganzen Fragen war.

Genie antwortete nicht, er versuchte ja, genau das ebenfalls rauszukriegen. Nach dem andauernden Hämmern zu schließen, reparierte sie entweder etwas oder machte etwas kaputt. Vielleicht hatte sich eine Bohle der Veranda gelöst und sie fügte eine neue ein. Auf Omas und Opas Veranda gab es auch ein paar rissige Bodenbretter, die ein wenig aufgemöbelt werden sollten, vielleicht macht sie so etwas, dachte sich Genie, als ihm Ernie einen Klaps auf den Arm gab.

»Komm mit.« Und er machte sich auf den Weg den Abhang hinunter. Genie ging ihm hastig hinterher, versuchte es mit leichten Schritten, aber verdammt, war dieser Hügel steil. Zu steil. Die Schwerkraft zog sie beide viel schneller nach unten, als sie erwartet hatten. Sie kamen ins Schlittern und *wow, wow, wow* taten alles, um auf den Beinen zu bleiben. Ernie hielt sich besser im Gleichgewicht – das musste man beherrschen, wenn man in Karate halbwegs gut sein wollte. Immerhin konnte er vierundsiebzig Sekunden lang auf einem Bein stehen. Genie hatte mitgezählt. Genie jedoch besaß diese Gabe nicht, und nachdem er einige Sekunden den Hügel hinuntergeschlittert war, rutschte er aus. Und eins muss man sagen, es gibt einen großen Unterschied zwischen schlittern und ausrutschen. Schlittern ist fast ausrutschen. Aber ausrutschen … da haben wir ein Problem.

Ein Ausrutscher führt zu einem Sturz, aber Genie stürzte nicht einfach. Er stürzte und *überschlug sich*. Machte eine Rolle rückwärts und noch eine und noch eine, bis er ächzend und taumelnd unten ankam, in einer Wolke aus Staub und verbranntem, trockenem Gras.

»Genie!«, brüllte Ernie und schlitterte vorsichtig, so schnell er konnte, nach unten. Genie lag flach auf dem Rücken, die Arme ausgebreitet, als würde er einen Schneeengel oder besser einen Grasengel machen.

»Genie!«, sagte Ernie noch einmal voller Panik, als er neben ihm stand. »Alles okay mit dir?«

Genie öffnete schwer atmend die Augen. »Aaauah«, stöhnte er und langte nach Ernies Hand. »Ist gut, ist gut. Blöder Hügel.«

Doch als Ernie ihn wieder aufgerichtet und sich vergewissert hatte, dass nichts gebrochen war, schlug die Angst in Spaß um. Zumindest für Ernie, der sich alle Mühe gab, ein Grienen zu unterdrücken.

»Das ist nicht lustig!«, sagte Genie verlegen. Er prüfte seine Knie und Ellbogen auf Kratzer und Blut. »Das ist nicht zum Lachen.«

»Hier lacht doch keiner, Mann«, sagte Ernie mit einem verkniffenen Grinsen im Gesicht.

»Hey!« Eine Stimme unterbrach die beiden scharf und erinnerte sie daran, weshalb sie überhaupt hier heruntergekommen waren. Genie hob den Kopf. Auf der anderen Seite der Straße war ein Mädchen, das Mädchen mit dem Hammer. Nach wie vor auf der Veranda, blickte sie finster herüber, jetzt mit dem Hammer als Waffe in der Hand. Sie trug Shorts und ein T-Shirt. Keine Schuhe, keine Socken. Ihre Haut war dunkel und glänzend wie eine nasse Straße, ebenso ihr Haar. Sie hatte es zu einem lässigen Pferdeschwanz zusammengebunden. »Wer seid 'n ihr?«

Genie und Ernie standen erstarrt da wie zwei Statuen, einer staubiger als der andere.

Ernie fand als Erster wieder seine Sprache. »Sorry«, sagte er. »Sorry, sorry. Wollten dir keine Angst einjagen.« Er hob die Hände, um sie zu versichern, dass sie in friedlicher Absicht gekommen waren.

Das Mädchen, das ungefähr in Ernies Alter zu sein schien, wischte sich den Schweiß von der Stirn und blinzelte, als ob er und Genie eigentlich gar nicht da wären, sondern eine Art Trugbild. Sie hob den Hammer noch höher, als Ernie über einen kleinen Graben sprang und über die Straße auf ihren Hof zuging, während Genie, der Gras und Dreck von fast jedem Körperteil abklopfte, ihm hinterherkam.

Als Ernie, der sich von dem Hammer nicht abschrecken ließ, die Veranda erreichte, stellte er sich vor. »Ich bin Ernie, und dieser geniale Akrobat hier ist mein Bruder, Genie.« Er wartete auf ein Lächeln. Es kam nichts. »Ähm ... wir sind den Sommer über bei unseren Großeltern zu Besuch.« Ernie deutete hinauf zum Hügel.

»Bei wem?«, sagte das Mädchen und ließ den Hammer sinken, aber nur ein paar Zentimeter. »Ma und Pop Harris?«

Genie nickte und fragte sich, ob das Mädchen irgendwie verwandt war, weil sie doch Großmutter und Großvater als Ma und Pop bezeichnete.

»Genau«, sagte Ernie mit einem Nicken. »Kennst du sie?«

»Alle kennen sie«, sagte das Mädchen und legte den Hammer jetzt auf der Veranda ab. »Da gehört ihr also zur Sippe, was?«

»Ich ...« Ernie sah Genie an. Genie zuckte die Achseln. »Sippe? Was meinst du?«

»Sippe«, wiederholte sie. »Gott, wisst ihr denn nicht, was Sippe heißt?« Sie sprang auf. »Heißt Familie. Verwandtschaft. Blutsbande«, ratterte sie los und machte ein Wasseid-ihr-doch-für-Trottel-Gesicht.

»Ach ja, genau«, sagte Ernie, bemüht, ein wenig Coolness zurückzugewinnen. »Wir gehören zur Sippe.«

»Also, ihr seid nicht von hier, klar, woher kommt ihr denn?«

Genie traute sich. »Brooklyn.«

»Brooklyn«, bestätigte Ernie kurz nach ihm. Wenn du laut Brooklyn sagst, hast du das Gefühl, als ob du ein paar Zentimeter gewachsen wärst, vielleicht ein paar Haare am Kinn mehr hättest oder noch kräftigere Muckis. Und dein ganzer Körper fließt in das Wort.

»Nie von gehört«, sagte das Mädchen, die Augenlider auf Was-soll's-Höhe gesenkt.

»Wie bitte?«, blaffte Ernie.

»Nee, nee, natürlich weiß ich, wo Brooklyn ist. Ihr Städter denkt einfach immer, wir vom Land hätten keine Ahnung. Haben wir aber.« Sie lächelte. »Wir haben Ahnung.« Bunte Gummibänder, die über Spangen gewoben waren, spannten sich über ihre Zähne. Ein Regenbogen in ihrem Mund.

»Übrigens, ich bin Tess.« Nun sprang sie von der Veranda und landete einen Fuß entfernt vor ihnen. »Also, was sucht ihr hier unten?«

»Wir besuchen unsere Großeltern«, sagte Genie, der dachte, Ernie hätte das schon mit dem Wort »Sippe« klargemacht.

»Nein, ich meine, *hier* unten. Was wollt ihr zwei denn hier?«

»Na ja, wir haben dich von da oben hämmern sehen. Und da haben wir uns halt gefragt, was du da machst.« Nachdem Genie es gesagt hatte, wurde ihm klar, wie merkwürdig sich das anhörte. Als würden er und Ernie sie stalken.

»Hast du was repariert?«, fragte Ernie.

»Ne«, sagte Tess und wandte sich zu der roten Veranda um. »Ich reparier nix. Ich mach etwas.«

Sie ging zurück an ihre Arbeit, die Jungen vorsichtig auf ihren Fersen. Auf der Veranda waren zwei Kaffeedosen, eine rote Tasse, der Hammer, eine Drahtschere und ein Nagel.

»In dieser Dose« – Tess hielt eine hoch – »sind Kronkorken von Bierflaschen.«

Sie nahm einen heraus und legte ihn auf eine der hölzernen Verandadielen. Dann, ohne Vorwarnung, nahm sie den Hammer und BAM! BAM! BAM! schlug auf den Deckel ein, immer wieder, bis er flach war. Ernie und Genie zuckten erst, dann versuchten sie es so schnell wie möglich zu überspielen, damit Tess es nicht bemerkte. Vor allem Ernie. Ernie wollte *auf keinen Fall*, dass sie es bemerkte. Tess hielt den platt geschlagenen Deckel hoch und wirkte so stolz, als ob sie gerade ein Stück Gold ausgegraben hätte.

»Perfekt«, sagte sie und legte ihn wieder hin.

Genie fand, dass er wie eine ausländische Münze aussah. Er hatte noch nie Münzen von woanders gesehen, aber er wäre nicht überrascht gewesen, wenn ein Vierteldollar in Afrika aussehen würde wie ein platt gemachter Deckel.

»Dann«, fuhr Tess fort, »nehme ich als Nächstes diesen Nagel hier und setze ihn ganz oben auf den Deckel, seht mal.« Sie setzte den Nagel dicht an den Rand des Kronkorkens. »Und dann mach ich ein Loch.« Sie schlug mit dem Hammer leicht auf den Nagel, bis er das Metall durchstoßen hatte.

Nun langte sie in die rote Tasse und zog einen kleinen Angelhaken heraus. »Danach nehm ich einen von denen hier und steche ihn durch das Loch, aber erst muss man das Ende abknipsen, damit sie einen nicht piksen.«

Mit dem Drahtschneider knipste sie das spitze Ende des Hakens ab, dann steckte sie ihn durch das Loch, das sie gerade im Deckel gemacht hatte. »Dann dreht ihr daran, so, damit er nicht wieder rauskommt.« Sie verdrehte den Haken ein paarmal, dann hob sie den Flaschenverschluss hoch und ließ ihn vor Genie und Ernie baumeln. »Und Simsalabim, schon habt ihr einen Ohrring.«

»Einen Ohrring?«, sagte Ernie und streckte die Hand aus. Tess gab ihm den Ohrring.

»Genau.« Sie hielt die andere Kaffeedose in die Höhe. Die war voll mit Ohrringen. »Ich verkauf diese hübschen Dinger unten auf dem Markt. Wollt ihr mal probieren? Also, normalerweise würde ich das nicht anbieten, weil nämlich, das ist schlecht fürs Geschäft. Aber ich glaub nich, dass ihr mir die ganzen Gewinne versaut. Außerdem, ihr gehört zur Sippe von Ma und Pop Harris, also mach ich 'ne Ausnahme.«

Ernie war so schnell Feuer und Flamme, dass Genie sofort klar war, dass Ernies bisherige Freundin praktisch schon abgehakt war. Pech für Ernie war nur, dass er tatsächlich noch nie einen Hammer benutzt hatte. Beim Deckel-platt-machen stellte er sich noch ganz ordentlich an, aber als es darum ging, den Nagel zu treffen, hatte er offenkundig ein Problem. Während er mit dem Hammer immer wieder danebenschlug, ließ Genie ein Feuerwerk an Fragen los, die ihm im Kopf umhergeschwirrt waren, seit Tess alles zu erklären begonnen hatte.

»Woher kriegst du denn die ganzen Angelhaken?«, fragte er als Erstes, während er sich über Ernie beugte, der wiederum ständig gegen Genies Bein stieß, damit er endlich mal zur Seite trete.

»Wo ich die herkrieg? Von 'nem Angler, von wem sonst?«

»Und mit was angelt der dann, wenn du die ganzen Haken von dem hast?«, bohrte Genie nach. Er konnte einfach nicht verstehen, warum ein Angler seine ganzen Angelhaken weggeben sollte. Das wäre ja, als ob ein Basketballspieler seinen Ball weggeben würde. Ergab einfach keinen Sinn.

»Es ist nicht irgendein Angler. Sondern mein Daddy. Und der angelt nicht mehr. Roanoke River ist zu weit weg, außerdem hat seit Langem keiner mehr so richtig angebissen.«

»Und woher kriegt ihr jetzt Fische?«, wollte Genie wissen.

Ernie schnalzte mit der Zunge, offensichtlich gefrustet von Genies Fragerei und von dem Nagel, den er nicht richtig traf.

»Aaaah, lass mich mal überlegen, Stadtjunge. Aus dem Laden!«, spottete Tess. Ernie lachte und schlug endlich den Nagel durch den Flaschendeckel. Genie, ganz verlegen, lächelte schief. Aber so peinlich war es ihm nicht, dass er keine weitere Frage stellen konnte.

»Was ist mit den Flaschendeckeln? Du hast so viele. Woher kriegst du die?«

»Ich weiß, das glaubst du mir jetzt nicht, aber ich hab die ganzen Bierflaschen selbst ausgetrunken.« Tess tätschelte ihren Bauch.

Diesmal lachte Genie, weil er wusste, dass sie ihn verulken wollte.

»Im Ernst jetzt«, warf Ernie ein. »Woher hast du die denn alle?«

Tess hob den grünen Flaschendeckel hoch, den Ernie gerade platt geschlagen und durchlöchert hatte. Sie nahm sich einen Angelhaken, führte ihn durch das Loch, verdrehte ihn ein-, zwei-, dreimal und warf ihn in die »Fertig«-Dose.

»Kommt. Ich zeig's euch.«

Sie hüpfte von der Veranda und ging zur Rückseite des Nachbarhauses, brav gefolgt von Genie und Ernie, die sich fragende Blicke zuwarfen. Dort hinten standen einige Autos, ziemlich kreuz und quer auf einem Platz, der früher wohl mal ein Rasen gewesen war, jetzt aber praktisch nur noch rohe Erde, und die Reifenspuren darauf zeigten, dass meist mehr als nur ein paar Autos dort standen. Sie folgten Tess die Hintertreppe hoch. Ein kleines Schild, auf das MARLON gemalt war, hing an einem Nagel an einer weißen Tür, Tess stieß sie auf und trat ein, gefolgt von Ernie und Genie. Fast schlagartig war ihnen klar, dass sie nicht in irgendein Haus gegangen waren. Sie waren in einer Kneipe.

»Hey, Jim«, sagte Tess und wandte sich zum Tresen, als ob es gar keine Rolle spielte, dass sie noch ein Kind war … in einer Kneipe. Der Mann, Jim, war ziemlich mager – Arme, Gesicht, Hals –, hatte aber einen dicken Bauch. Wie ein Bauch, aus dem in wenigen Tagen ein Baby herauskommen würde. Es saß auch noch ein anderer Mann an der Bar. Er war alt, hatte eine ebenso stattliche Wampe wie Jim und einen langen grauen Bart. Black Santa. Tess ging an ihm vorbei und zog drei Schemel vor. Sie sprang auf den mittleren und klatschte auf die beiden zu ihren Seiten, ein Zeichen für Genie und Ernie, dass sie sich setzen sollten.

»Die kesse Tess!«, grüßte sie der Barmann. »Wen hast du denn da mitgebracht?«

Ernie und Genie nahmen ihre Plätze auf den Hockern ein.

»Das sind Ernie und Genie, die Enkel von Ma und Pop Harris. Sie kommen aus New York.«

»Ohhhhh«, sagte Jim. »New York, soso. Wenn das so ist, dann muss ich euch Jungs den North Hill Spezial geben.«

»Oh, danke, aber wir brauchen nichts«, sagte Ernie und winkte selbstsicher ab.

»Na, kommt schon. Ihr Jungs nehmt doch einen kleinen Drink, oder?«

»Drei, bitte!«, sagte Tess und schlug kräftig mit der Hand auf die Bar. Genie und Ernie wechselten noch einen Fragezeichenblick. Wie war es überhaupt möglich, dass Kinder Getränke an einer Bar bestellen durften? Vielleicht war das auf dem Land nun mal so? Weil in New York, da durftest du nicht mal an einer Bar *sitzen*, wenn du nicht einundzwanzig warst. Einmal, als Genie und Ernie mit

Dad um die Häuser zogen, gingen sie in ein Restaurant, um schnell was zu essen. Es war proppenvoll, also fragte Dad, ob sie an der Bar sitzen dürften. Die Antwort – nein.
»Die drei Spezial kommen gleich!«
»Nicht für –«, begann Ernie, jetzt weniger selbstsicher.
»Schhhh!«, beruhigte ihn Tess. »Ihr könnt doch nicht hier runterkommen nach North Hill, eure stinkigen Hintern an die Bar setzen und jetzt kein Spezial trinken.«
Ernie verkniff sich den Rest seines Satzes. Genie schwieg ebenfalls und hoffte nur, er würde nicht gleich beim ersten Schluck betrunken werden. Er kannte die Trinker daheim in Brooklyn. Sie sahen alle so entspannt aus, redeten aber voll Zorn. Irgendwie waren sie dauernd am Brüllen, sagten aber nichts. Machten nur Lärm.

Aus dem Radio kamen leise Oldies, aber dazwischen gab es alle Sekunden ein Sirren an der Tür. Genie sah hinüber und bemerkte eine Art glühende Laterne über dem Eingang. Tess folgte seinem Blick.
»Das ist ein Zapper.«
»Ein Zapper?«
»Genau. Für Fliegen. Sie lieben das blaue Licht. Jedes Mal, wenn du das Sirren hörst, macht eine Fliege den Abflug, bye-bye, hinauf in den Himmel.«

Tess warf dem Ding einen Handkuss zu. »Vielen Dank, Fliegenzapper.« Während sie sich wieder dem Barmann zuwandte, starrte Genie weiter auf das bläulich glühende Licht. Zzzz. Eklig.

Wenige Augenblicke später glitten drei Spezial über den hölzernen Tresen. Black Santa nahm ein paar Schlucke von seinem Glas, das aussah wie die Gläser, die jetzt vor Genie, Ernie und Tess standen. Auch das Getränk war gleich – goldfarben und sprudlig. Ohne Strohhalm. Der Mann sah Genie an, dann hob er sein Glas.

»Zum Wohl, Jungspund.«

Genie nickte verlegen und sah abwartend zu Ernie hinüber, ob der den ersten Schluck nehmen würde. Ernie hob das Glas an den Mund. Tess ließ ihr Gummiregenbogenlächeln aufblitzen.

Ernie sagte überhaupt nichts. Er schnalzte nur mit der Zunge und griente, das Signal für Genie, dass er beruhigt einen Schluck trinken konnte.

Genie erkannte den Geschmack sofort. »Ingwerbier?«, fragte er überrascht. Immer wenn sie zu Hause jamaikanisches Essen bestellten, nahm Ma ein Ingwerbier dazu. Das war die perfekte Limo für ein scharf gewürztes Essen und offensichtlich auch, um naive Stadtjungs wie Genie und Ernie reinzulegen.

Tess und Jim johlten vor Lachen.

»Stadtjungs«, spottete Jim und hob die Hand.

»Stadtjungs!«, wiederholte Tess und klatschte sie ab.

Genie lief rot an, wieder betreten, aber auch ganz glücklich, dass er dieses Ingwerbier hatte, denn sein Durst war echt.

Zzzz, machte der Zapper erneut.

»Hör zu, Kleine«, sagte Jim zu Tess, während sein Lachen allmählich erstarb. »Ich hab nur ein paar. Du bist heute zu früh dran.« Er griff unter den Tresen und holte einen Beutel mit wenigen Flaschendeckeln darin hervor. »Tubs hier muss einfach mehr Bier trinken«, setzte er hinzu, laut genug, dass es Black Santa hörte. Der bärtige Mann sah Jim missmutig an und hob die Faust.

»Schon gut«, sagte Tess. »Ich wollte nur kurz reinschauen und den beiden Jungs zeigen, was hier los ist.« Sie nahm noch einen Schluck von ihrem Ingwerbier, dann hüpfte sie vom Hocker. Sie ist eine Hüpferin, dachte Genie. »Ist mein Daddy da?«

Jim nahm ihr Glas und schüttete den Rest in den Ausguss. »Jep, er ist unten. Soll ich ihn holen?«

»Ne, schon gut. Ich seh ihn ja später.«

Ernie und Genie rutschten von ihren Hockern. »Danke«, sagte Ernie und nahm einen letzten Schluck.

»Ja, vielen Dank«, kam von Genie, besonders aufrichtig, weil er tatsächlich dankbar war – dankbar und erleichtert. Erleichtert, weil das Spezial kein Bier war. Also jedenfalls kein *echtes* Bier. Und wie erleichtert er war.

Jim streckte ihnen die Hand entgegen. »Jederzeit wieder«, sagte er. »War mir ein Vergnügen, euch kennenzulernen, Jungs.« Sein Händedruck fühlte sich rau an, als ob auch er Flaschendeckel platt gehauen hätte, aber ohne Hammer. »Und willkommen auf dem Land.«

Sie waren nur eine Viertelstunde in der Kneipe gewesen,

aber während dieser Zeit war der weite blaue Himmel zu einem weiten grauen Himmel geworden. Der Wind war aufgefrischt, und der Geruch von Regen waberte durch die Luft wie Essensgeruch. Sobald sie draußen waren, hörten sie Oma, die oben am Abhang stand, ihre Namen rufen. Ernie und Genie verabschiedeten sich von Tess und kraxelten, als es schon zu tröpfeln begann, den Hang wieder hinauf.

FÜNF

»Wo wart ihr denn?«, fragte Oma, als Ernie und Genie schnaufend oben ankamen. Den Hang hochzugehen war eindeutig schwerer als runterzugehen – oder runterzustürzen –, und Genie war überrascht, wie heftig er nach Luft rang. In Brooklyn gab es keine Hügel. Solche jedenfalls nicht. Zumindest nicht in dem Teil, wo Genie und Ernie wohnten.

»Da unten, wir waren bei diesem Mädchen, es heißt Tess«, erklärte Genie tief nach Luft schnappend, während Oma vorausging zum Haus. »Du kennst sie, weil sie hat gesagt, dass sie dich kennt.«

Die Fliegentür schlug gegen den Rahmen, als Oma die hölzerne Tür hinter ihnen schloss.

»Ja, Schatz, ich kenn sie«, sagte sie, packte Ernie an der Schulter und bugsierte ihn weg von der Küche. Ohne auf Tess einzugehen, fuhr sie fort: »Keiner von euch spaziert in meine Küche mit all dem Dreck von draußen an den Händen. Marsch ins Bad und wascht euch. Ihr wart da draußen mit dem Hund und weiß Gott mit was noch.« Sie sagte es genauso, wie sie es beim Frühstück zu Dad gesagt hatte.

KRAWUMM! Es donnerte. So laut, dass die Wände zitterten. So laut, dass es die Nägel aus dem Boden trieb und das Linoleum sich wellte. Genie blickte hoch zur Badezimmerdecke, als ob er durch sie hindurch die Wolken sehen könnte. Während er seine Hände sauber schrubbte, tat es noch zwei Donnerschläge, rasch in Folge, als ob der Himmel buchstäblich aufreißen würde.

»Mama und Daddy haben angerufen. Sie sind sicher nach Hause gekommen. Nur gut, dass sie so früh aufgebrochen sind, da mussten sie nicht durch dieses Gewitter.« Sie blickte zur Decke hoch wie Genie wenige Augenblicke zuvor. »Mein Gott, ich hoffe, es wird nicht zu schlimm«, sagte sie, als Genie und Ernie die Küche betraten. »Auch gut, dass ich mit dem Abendessen früh angefangen hab, denn nichts ist schlimmer als im Dunkeln zu sitzen und Hunger zu haben.«

»Das kannst du wohl sagen«, meinte Opa, der aus einer Tür gleich neben dem Wohnzimmer kam – das wiederum gleich neben der Küche war – und ein Glas in der Hand hielt. Es war nicht seine Schlafzimmertür oder eine Schranktür. Es war eine andere Tür.

»Was ist da drin?«, fragte Genie auf seine gewohnt neugierige Art. Ernie schien es egal zu sein; er ging zum Herd, um zu sehen, was es zu essen gab.

Opa steckte einen Schlüssel in den Knauf und drehte ihn um. Dann rüttelte er kurz daran, um sicherzugehen, dass die Tür abgeschlossen war.

»Geht euch nix an«, fauchte Opa, aber scherzhaft. Er ließ den Schlüssel in seine Tasche gleiten und bedeutete Genie, dass er sich setzen solle. Genie war jetzt natürlich umso neugieriger, was in diesem Zimmer war. Außerdem wunderte er sich immer noch über die Pistole, die er vorher gesehen hatte, und nahm sich vor, Ernie davon zu erzählen. Und nicht genug damit, er fragte sich auch noch, was wohl in Opas Glas war. Diesem stechenden Geruch nach war es sicher kein Tee. Tatsächlich fragte er sich im Grunde gar nicht, was es war. Er wusste es genau. Dieser Geruch – derselbe Geruch, von dem Genie eben noch im MARLON mehr als nur eine Nase voll abbekommen hatte – erinnerte ihn an Ms Swanson, die betrunkene Frau, die daheim im Waschsalon herumhing.

Oma tat eine Prise von diesem und eine von jenem in die Töpfe auf dem Herd, verscheuchte Ernie und sagte ihm, er solle sich setzen. Während sie kochte – das Aroma von Zwiebeln, Peperoni und Knoblauch überwältigte den Gestank von Opas Schnaps –, ließ sich Opa ein paar Geschichten einfallen. Erinnerungen und Scherze, wonach er mal ein besserer Koch als Oma gewesen sei, aber heute sei sie besser oder, wie er es ausdrückte, »mit zwei Augen im Vorteil«. Unglaubliche Geschichten aus seiner Kindheit, wo er seinem Vater zugesehen hatte, wie er Schweine geschlachtet und ausgenommen hatte, »von der Schnauze bis zum Schwanz«. Aber die meisten Geschichten hatten mit den verrückten Sachen zu tun, in die seine Söhne –

Dad und dessen Bruder Wood, ein Kürzel für Sherwood, wie Genie herausfand – geraten waren, als sie noch Kinder waren.

»Ich möcht euch jetzt mal von diesem Jungen erzählen«, begann er. »Gary Daniels, der hier an der Straße gewohnt und immer die kleineren Kinder nach der Schule gehänselt hat. Er war groß für ein Kind. Verdammt, er war groß für einen Erwachsenen!« Opa nahm einen kleinen Schluck aus seinem Glas, und sein Gesicht verzog sich, als er schluckte. »Jedenfalls, dieser Junge, Gary – alle haben ihn Keks genannt – kam eines Tages zu eurem Daddy. Ich glaub, Ernest war damals in der dritten Klasse und Wood in der sechsten, und ich meine, Keks war in der achten oder neunten, aber er sah alt genug aus, um beim Militär anheuern zu können. Keks kommt also zu Ernest und fängt an, seine Taschen abzuklopfen, wollt ihm alles abnehmen, was er hatte, was nicht viel war, denn wir hatten nicht viel, was wir ihm geben konnten. Also, das hat mir Ernest erzählt. Wood sei aus dem Nichts aufgetaucht und hätte Keks sein Buch, so hart er konnte, auf den Hinterkopf geschlagen.«

»Oh Mann!«, sagte Ernie und beugte sich vor.

»Hat ihn wahrscheinlich glatt k. o. geschlagen!«, fügte Genie fasziniert hinzu.

»K. o. geschlagen? Keks war ein Riese!«, sagte Opa mit schriller Stimme. »Das hat ihn nur zum Ausrasten gebracht! Wood ist mit 'nem blauen Auge heimgekommen, so was hab ich noch nicht gesehn. *Und* mit einer blutigen Lippe. *Und* er hat gehumpelt.«

»Verdammt. Onkel Wood hätt lernen sollen, wie man abblockt!« Ernie riss die Hände hoch und machte einige seiner beliebtesten Karate-Blocks vor, offensichtlich für den Moment vergessend, dass Opa es nicht sehen konnte.

»Was war mit Dad?«, fragte Genie.

Opa nahm sein Glas in die Hand und schwenkte die Flüssigkeit. »Nicht mal ein Kratzer. Und wisst ihr, was Wood gesagt hat? ›Mir lieber, wenn Keks mich verprügelt statt meinen kleinen Bruder.‹« Genie beobachtete, wie Opa wieder an seinem Drink nippte, und dachte daran, wie stolz Opa auf Dad und Onkel Wood sein musste. Was Genie auch darauf brachte, wie gar nicht stolz Dad zuvor auf Opa gewesen zu sein schien.

»Genau«, sagte Ernie entrüstet. »Nur dass keiner einen von *uns* je verprügeln wird.« Er gab Genie einen Klaps auf den Arm, dann ließ er seine Knöchel knacken.

Genie war zum Lächeln zumute wegen Ernies Worten, aber er verkniff es sich und fragte stattdessen: »Also ist Keks nie was passiert?«

Es donnerte, und Opa klammerte sich kurz an der Tischkante fest. Es dauerte nur eine Sekunde, aber Genie hatte ihn ertappt.

»Oh doch, etwas ist schon passiert«, sagte Opa, bemüht, seine Ruhe wiederzufinden. »Seht mal, alle sind erwachsen geworden. Und Wood ging zur Armee. Und eines Tages, als dein Daddy in der High School und Wood nach der Grundausbildung zu Hause war, stieß er auf dem Jahrmarkt mit Keks zusammen. Sie hatten einen kurzen Wortwechsel, weil, müsst ihr wissen, Wood hat nie was auf sich beruhen lassen. Das hatte er von mir. Da hat er also Keks gesehen, ein Wort kam zum anderen, und dann hat ihm Wood die Hölle heißgemacht.«

»Ihn zusammengeschlagen?«, fragte Ernie.

»Ihm das Licht ausgeblasen, verdammich!« Opa grinste breit und hielt Ernie die Hand hin.

»Das mein ich doch«, sagte Ernie und klatschte Opas Hand ab.

Jetzt drehte Oma alle Knöpfe am Herd herunter, bis sie klick machten und die Flammen erloschen. »Okay, genug jetzt mit diesen Räuberpistolen. Essen ist fertig.« Sie zog einen Stapel Teller aus dem Schrank, dann belud sie jeden mit Backhähnchen, Kartoffelstampf und Grünzeug. Sobald sie die Teller auf den Tisch gestellt hatte und ihren Platz eingenommen hatte ... *KRAWUMM!*

Und es wurde dunkel im Haus.

Oma stand gleich wieder auf, nahm eine Kerze, zündete sie an und stellte sie mitten auf den Tisch, als wäre es das Normalste von der Welt. Genie konnte sich nicht erinnern, dass der Donner in Brooklyn je so laut gewesen war. Er erinnerte sich eigentlich auch nicht daran, dass einmal der Strom ausgefallen wäre. Aber Omas Reaktion nach schien es ganz normal zu sein. Sie setzte sich bereits wieder hin und machte sich über ihren Teller her. Verdammt! Landleben! Doch nach ein paar Bissen legte Opa seine Gabel auf dem Tellerrand ab. »Wollt ihr Jungs noch was hören?«

»Herrje«, stöhnte Oma.

»Nein, nein. Keine Geschichte mehr. Was anderes.«

»Klar«, sagte Ernie und nagte ein Hühnerbein ab.

»Klar«, sagte Genie der Wiederholer.

»*Süße?*«, sagte Opa freundlich. Genie wusste, dass Opa hinter seiner Sonnenbrille mit den Augenlidern klimperte.

Oma schüttelte den Kopf und gab nach. »Okay ... na gut.«

»Also, wenn du drauf bestehst ...« Blitzschnell steckte Opa seine Hand in die Tasche, und Genies erster Gedanke war, dass er seine Pistole rausziehen würde. Die wollte er bestimmt nicht hören – es donnerte ohnehin schon –, und er wusste nicht, warum Opa das während eines Abendessens im Dunkeln tun sollte. Aber Genie wusste auch nicht, weshalb Opa sonst allerlei tat, zum Beispiel ... warum er überhaupt eine trug. Es stellte sich jedoch heraus, dass Opa nach seiner Harmonika gegriffen hatte. Er hielt sie hoch, sie schimmerte silbrig im flackernden Kerzenlicht.

»Kannst du denn Harmonika spielen?«, fragte Genie, schlagartig fasziniert.

Opa klopfte mit ihr einige Male auf den Tisch, ehe er sie an den Mund nahm. »Ich improvisier halt ein wenig«, sagte er. Dann drückte er das Metallgitter an seine Lippen und begann zu blasen und zu saugen, wobei er die Harmonika hin- und herbewegte wie eine Comicfigur, die einen Maiskolben isst. Es klang wie Geistermusik. Noch dazu, da sie mitten in einem Gewitter waren, in einem Raum, der nur von einer Kerze beleuchtet war. Opa spielte und spielte, seine Wangen bliesen sich auf und wurden wieder schmal, er wiegte mit dem Kopf, und manchmal war der Ton ganz, ganz leise, dann wieder schrill und laut. Es gab einen Teil, bei dem Opa das Geräusch eines Zuges nachmachte, puff-puff. Ein Geisterzug. Gruslig. Aber cool, sehr cool, dachte Genie. Er vergaß vollkommen das Essen. Ernie genauso. Opa hörte erst auf, als er schwitzte und völlig außer Atem war. Oma beugte sich vor und rieb ihm den Rücken, während er versuchte, wieder zu Atem zu kommen. Genie und Ernie klatschten, als ob man ihnen gerade eine Art Gratiskonzert geboten hätte. Opa nickte nur – als hätte er all seine Worte hinausgeblasen.

SECHS

Nachdem Genie und Ernie eingefallen war, dass sie weiteressen sollten und schließlich Omas Spezialnachtisch, nämlich Bananenpudding, verschlungen hatten, war eigentlich nichts mehr zu tun, denn:
1. Der Sturm. Es regnete in Strömen – nein, eher schüttete es aus Kübeln, und 2. im ganzen Haus war es dunkel. Also gingen sie nach oben, Oma führte sie mit einer Kerze in der Hand. Als sie zwei oder drei Schritte in Genies und Ernies Zimmer gemacht hatte: *knirsch*. Sie war auf etwas getreten.
»Was war das denn?« Sie stellte die Kerze auf die blaue Kommode, dann tastete sie nach der Taschenlampe in der oberen Schublade. Sie knipste sie an, ein weißer Lichtstrahl fiel eine Sekunde lang durch das Zimmer, ehe sie ihn auf den Boden richtete. »Was um Himmels willen hat das denn hier unten zu suchen?«, fragte sie und bückte sich. Es war das rote Feuerwehrauto. Als sie es aufhob, bemerkte sie, dass eines der Räder noch auf dem Boden lag. In Stücken. Zerbrochen wie ein Bonbon. Zerbrochen offenbar wie Omas Herz. »Oh nein«, rief sie. »Oh ... *nein*«,

wiederholte sie, und ihre Stimme war schlagartig voller Trauer. Genie überlegte, ob dies eine dieser Wahrheiten war, die er für sich behalten sollte. Aber er konnte es nicht. »Oma, ähm, ich hab es da liegen lassen«, begann er, und als ihm klar wurde, dass es nicht ausreichte, beschloss er, alles zu erklären. »Ich hab es liegen lassen, als Ma sagte, wir sollten die Koffer ins Auto laden, und ich dachte, wir würden wieder hochkommen, aber dann hast du gesagt, entweder rein oder raus, also bin ich draußen geblieben, und ich wusste ja nicht, dass es regnen würde und das Licht ausgehen würde, weil die Lichter in Brooklyn nämlich nie ausgehen, stimmt's, Ernie? Und ich wusste einfach nicht, dass sie hier ausgehen würden. Wenn ich gewusst hätte, dass all das passieren würde, dann hätte ich es nicht liegen lassen. Es war ein Unfall. Ich schwör es, Oma, und es tut mir so leid.« Ein flehender Ton war in Genies Stimme. Er bückte sich, um die Bruchstücke des Rads aufzuheben, das größere ließ er in die hohle Hand fallen, das kleinere konnte er nur mit Mühe zwischen die Finger klemmen. Und kaum hatte er es zu fassen bekommen, entglitt ihm das kleine Stück Plastik, fiel auf die Dielen, hüpfte noch einmal hoch und fiel dann – wie in Zeitlupe – durch einen Spalt. Genie legte sich sofort platt auf den Boden und spähte verzweifelt zwischen den Dielen hinunter in die Dunkelheit. Dann sah er mit trockener Kehle zu Oma auf, die mit der Hand auf dem Mund vor ihm stand. »Oma ... es tut mir so, so – «

»Schhhh«, unterbrach sie ihn und streckte die Hand aus, in der das Feuerwehrauto auf die Seite gekippt lag. Genie tat das Radbruchstück hinzu. »Es ist, hm ... es ist schon gut«, presste Oma zwischen den Zähnen hervor. »Unfälle passieren.« Sie stellte das dreirädrige Modell zurück auf die Kommode, wo es hingehörte, und lehnte das Teil vom Rad daran an. Sie sagte nichts mehr. Das musste sie auch nicht: Genie konnte ihre Traurigkeit spüren. »Ihr Jungs, ähm ... schlaft gut«, sagte Oma leise. Sie legte die Taschenlampe auf die Kommode neben das Auto, nahm die Kerze hoch, umarmte Ernie, küsste Genie auf die Stirn und stieg dann die Treppe hinunter. Immer noch roch sie nach Seife. Und Hühnchen. Und jetzt auch nach Enttäuschung.

Während Genie sich zum Schlafengehen seine Basketball-Shorts anzog, fiel nach wie vor schwerer Regen. Er setzte sich mit seinem Notizbuch aufs Bett und stellte sich vor, wie er in einem weiß rauschenden Fernseher gefangen war. Einem Ort, wo man nicht sehen, hören oder verstehen konnte.

#442: Warum bin ich so dumm?

Warum nur hatte er das Auto auf dem Boden lassen müssen? Warum? Es war sein erster Tag bei Oma und Opa, und schon hatte er sich einen gewaltigen Patzer geleistet. Am *ersten* Tag. Er konnte es einfach nicht fassen. Er hasste es, Fehler zu machen. Er konnte nur noch daran denken, wie er es wiedergutmachen könnte, irgendwie. Er musste das Auto reparieren. Aber ... wie?

»Mach dir keine Gedanken, Genie. Es war ein Unfall«, sagte Ernie und zog sich das Hemd über den Kopf. Genie fragte sich, wieso Ernie immer wusste, wann er am liebsten im Boden versinken würde.

»Ein Unfall hoch zwei. *Unfälle*«, betonte Genie. »Ich hab so ein schlechtes Gewissen.«

»Ja, aber davon wird es auch nicht wieder ganz«, sagte Ernie rundheraus. »Das weißt du. Also mach dir jetzt einfach mal keine Gedanken mehr darüber.«

Genie nickte, schüttelte den Kopf, dann nickte er wieder, entschlossen, sich etwas einfallen zu lassen, aber nicht heute Abend. Er brauchte einen klaren Kopf, damit er anfangen konnte zu überlegen, was er mit dem Feuerwehrauto tun könnte. Keinen Kopf, der voll war mit seinen Eltern, die sich vielleicht scheiden lassen würden, und Flaschendeckeln und Angelhaken und verbrannten Fliegen und Gewittern und Stromausfall und Harmonikas und Fragen, die er noch aufschreiben musste über Schusswaffen im Hosenbund von alten Männern, und die Taschenlampe gab gerade mal genügend Licht, damit er das tun konnte. Also:

#443: Wozu braucht ein blinder Mann eine Waffe?

Und dann fiel Genie ein, dass er es Ernie noch gar nicht erzählt hatte.

»Hey, ich wollt dir noch sagen … also, hör mal, heute Morgen, als du mit dem Hund draußen warst, da saß ich doch bei Opa. Also, als er aufstand, da steckte eine Waffe hinten in seiner Hose.«

»Was?«, antwortete Ernie. Er hatte im Spiegel seine Muskeln begutachtet, und Genie schätzte, in dem schlechten Licht hätten sie vielleicht größer ausgesehen. »Hast du was dazu gesagt?«

»Ja, aber er hat mir keine Antwort gegeben. Gesagt hat er nur, dass er Schütze war, damals, als er noch sehen konnte. Das war nämlich sein *Beruf*«, fügte Genie hinzu. »Aber jetzt kann er nicht mehr sehen, also warum sollte ausgerechnet ein Blinder eine Waffe brauchen?«

Ernie wandte sich vom Spiegel ab und lehnte sich gegen die Kommode. »Mann, keine Ahnung, vielleicht nur 'ne Gewohnheit. Also, wenn ich blind wär, dann würd ich trotzdem jeden Tag meine Sonnenbrille tragen wollen. Auch wenn ich sie nicht sehen könnte, würd ich sie noch tragen, weil sie zu meinem Leben dazugehört. Ich würd immer noch cool sein wollen, auch wenn ich nicht sehen könnte, wie cool ich bin. Vielleicht denkt Opa von sich als Schütze auch so. Er wird sich immer als einen sehen, auch wenn er sich nicht wirklich als einen *sehen* kann, verstehst du, was ich meine?« Das klang für Genie halbwegs verständlich, aber er antwortete nur mit einem »*Hmmh*«. Er wandte sich wieder seinem Notizbuch zu, platzte geradezu vor Fragen, während Ernie die Arme dehnte.

#444: Sieht sich Opa immer noch als Schütze? Beruht das, was wir sind, nur auf dem, was wir tun? Wenn ja, sind Ma und Dad nur Streithähne? Werden sie irgendwann Geschiedene? Und bin ich ein Modellautokaputtmacher? Oder nur ein Fragesteller? Und wenn ich ein reicher und berühmter Fragesteller werde, macht mich das zu einem Fragenkatalog?

#445: Was muss man für eine Prüfung machen, wenn man Scharfschütze werden will? Kriegt man eine Note? Kannst du noch ein Scharfschütze werden, wenn du nur eine Drei kriegst? Eigentlich hat man da ja bestanden.

#446: Auf was oder wen hat Opa geschossen?

#447: Was heißt es, etwas in den Wind zu schießen? Eins weiß ich, hier gibt es keinen Wind, in den man etwas schießen kann.

#448: Was bedeutet Sankt Nimmerleinstag? Hat es jemals einen Sankt Nimmerlein gegeben? Oder wird noch einer kommen?

#449: Ist die Sonne im Süden heißer? Wenn ja, darf man dann nicht noch mehr Eis essen als zu Hause?

#450: Von der Schnauze bis zum Schwänzchen ist doof. Wieso nicht von der Klappe bis zur Kacke? Oder vom Denker zum Stänker?

#451: Wieso kommt mir der Donner in Brooklyn nicht so laut vor? Und wieso gehen bei uns zu Hause die Lichter nie aus?

#452: ~~Warum bin ich so dumm?~~

#453: ~~Warum bin ich so dumm?~~

#454: ~~Warum bin ich so~~

»War 'ne irre Story über Dad und Onkel Wood, oder?«, fragte Ernie aus heiterem Himmel. Genie wusste, dass Ernie versuchte, ihn abzulenken, und er fand das gut, weil seine Fragen allmählich den Abhang runterpurzelten wie er selbst heute Nachmittag. Ernie hatte sich auf den Boden gelegt und machte Liegestütz. Das war seine allabendliche Übung, fünfzig Liegestütz, um seinen Körper »fit für den Kampf« zu halten, wie er sich ausdrückte. »Sieben, acht, neun«, keuchte er.

Genie schloss sein Notizbuch für den Moment, aber mit dem Finger auf der richtigen Seite steckend, und überlegte, wie er mit diesem Typen, diesem Keks, umgegangen wäre. Ob er fähig gewesen wäre, sich vor seinen Bruder zu stellen, wie Ernie es sicher für ihn getan hätte. Ob er überhaupt fähig gewesen wäre, für sich selbst einzustehen. Er war sich nicht sicher. Er hatte ein paar Raufereien mit anderen Kindern in der Schule gehabt wegen dieses Mädchennamendings, aber nichts Ernstes. Ein bisschen Gerempel, aber keine Schläge ins Gesicht. Nichts, das es nötig machte, nach Beistand zu rufen. Aber was, wenn doch? Er wusste nicht, wie man sich selbst schützte, außer den paar Bewegungen, die er gelernt hatte, als er Ernie zusah. Na ja, die paar Tricks, die Ernie an ihm ausprobiert hatte. Einen Beinfeger. Einen Roundhouse-Kick. Genie schlug das Notizbuch wieder auf.

#455: Würde ich für Ernie kämpfen?

Dann strich er es aus, denn er wusste, dass er es tun würde – natürlich würde er das –, außerdem gab es im Internet ohnehin keine Antwort darauf. In seinem Kopf sprudelten die Fragen weiter – viele Fragen von einem langen, langen Tag.

#456: Warum heißt grüner Star nicht schwarzer Star? Eigentlich sind Opas Augen doch schwarz, oder? Schwarzer ... Star. Ist doch sinnvoller.

#457: Warum fliegen Fliegen eigentlich in dieses Zapperlicht, das sie umbringt? Tess meint, sie können nicht anders, sie sind einfach scharf auf dieses Licht. Vielleicht riecht es nach Hundekacke.

So viele Fragen. *So* viele Fragen.

#458: Grütze? Was genau ist das. Und ich versteh, warum es Grütze heißt, weil es grützig ist, aber wer hat geglaubt, der Name wäre eine gute Idee? Das ist, als ob man Erbsen Grünschleimkugeln nennen würde.

#459: Wenn ich Zucker über die Erbsen tue, schmecken sie dann besser? Wahrscheinlich nicht. Dumm. So was Dummes zu denken. ~~Warum bin ich so ...~~

Dann dachte er sich eine Frage für Ernie aus. Doch bevor er sie stellen konnte, kam ihm Ernie zuvor.
»Was hältst du von Tess?« Ernie machte jetzt Sit-ups.
Genies Gedanken waren weit, weit *weg* von Tess. Aber er tippte sich mit dem Stift an die Lippen und antwortete dennoch. »Schon cool. Was meinst *du*?«
»Ich find sie auch cool, aber, also, glaubst du, sie mag mich?«
»Mann, weiß ich nicht. Wir haben sie eben erst getroffen.« Genie steckte den Stift in den Mund wie eine Zigarre.
»Dauert nicht lang, bis man das merkt, Kleiner. Glaub mir, ich wusste schon am ersten Tag, dass Keisha auf mich steht.«
»Aber Keisha hat mir dir Schluss gemacht.«
Ernie hielt mitten im Sit-up inne. »Was soll das heißen?«
»Nichts, Mann. Ich find Tess cool. Und außerdem ist es gut zu wissen, dass wir nicht die einzigen Teenager hier sind.«

»*Du* bist doch kein Teenager«, sagte Ernie. Er war eingeschnappt wegen der Bemerkung über Keisha, das war Genie klar.

»Mann, und du bist auch kein richtiger.«

»Egal. Ich bin dreizehn. Immerhin dreizehn. Fast vierzehn.« Dann machte er seine letzten Sit-ups in Windeseile.

Genie legte sich auf sein Bett und sah die Fragen durch, ohne auf Ernies Teenie-Sticheleien zu achten. Seltsam, unter allen Fragen, die er hatte, war gar keine zu dem roten Feuerwehrauto. Es gab da gar keine Fragen, außer einer, und Genie wusste bereits die Antwort darauf. Frage: *Wessen Schuld ist es, dass es kaputt ist?* Antwort: *Genies.* Aber Genie hatte immer noch eine Frage für Ernie. Eine, die ihm unter den Nägeln brannte.

»Hey, Ernie, was ist da los mit Dad und Opa? Also Dad schien sich hier mit ihm nicht wohlzufühlen, und ich hab gehört, wie Oma Opa sagte, Dad würde ihm irgendwann verzeihen oder so. Aber was verzeihen?«

Ernie übte jetzt seine Fußstöße. Dann legte er eine Pause ein und balancierte auf einem Bein.

»Dass er Onkel Wood gedrängt hat, in die Armee einzutreten. Das vermute ich jedenfalls. Sieh mal, Dad hat mir gesagt, dass Onkel Wood Feuerwehrmann werden wollte, aber Opa hat ihn gedrängt, zum Militär zu gehen, wie er selbst früher. Also hat Onkel Wood es gemacht. Und dann kam ein Krieg …«

»Und in dem ist er gestorben«, sagte Genie den Satz zu Ende.

»Genau«, sagte Ernie. »Und ich schätze, dass Dad Opa die Schuld gibt.«

»Aaaah, und *deshalb* ist wahrscheinlich Dad Feuerwehrmann geworden.«

Ernie sah ihn überrascht an. »Yo, ich hab da noch nie drüber nachgedacht. Hey. Stimmt wahrscheinlich.«

Ernie ließ das Bein sinken – vermutlich wieder ein Weltrekord – und nahm die Taschenlampe von der Kommode, um sie auf den Boden zwischen den beiden Betten zu stellen. Er musste mit seinen Übungen endlich fertig sein, weil er ins Bett kroch. Genie wusste, dass es nur ein paar Minuten dauern würde, bis Ernie weggetreten war. Er konnte ohne einen Fernseher einfach nicht wach bleiben, und wenn einer da gewesen wäre, würde er dennoch dösen. So war er nun mal. Wenn Ernie es bequem hatte, dann machte er ein Nickerchen. Aber Genie konnte sich nicht so leicht entspannen. Vor allem nicht in einer neuen Umgebung, wo auch noch so viel passierte. Selbst die Geräusche dieser Nacht waren anders als die von letzter Nacht, als alle Nachtviecher draußen waren, um zu spielen – man konnte in Brooklyn den Regen auf dem Dach nicht hören. Nicht so wie hier. Und das brachte Genie auf die Grillen.

»Hey, Ern, wenn es regnet, wo gehen dann die ganzen Grillen hin?«

»Hä?«, grunzte Ernie, schon halb im Schlaf.
»Die Grillen, wo gehen die hin, wenn es regnet?«
»Weiß nicht, schreib's auf und schau später nach«, murmelte Ernie. Dann fügte er hinzu: »Vielleicht sind sie da draußen, aber man kann sie nicht hören, weil der Regen zu laut ist.«
»Sie ertrinken nicht? Ich glaub, die Grillen ertrinken ganz leicht, wenn es so doll regnet.«
Ernie antwortete nicht.
»Ern?«
Ernie war schon im Tiefschlaf. Es konnte nicht länger als zwei Minuten gedauert haben. Das musste auch ein Weltrekord sein.

Genie war sich nicht sicher, ob es dieser strömende Regen war oder der viele süße Tee, den Opa ihn hatte trinken lassen, aber sobald er es sich bequem gemacht hatte und langsam in den Schlaf dämmerte, musste er pinkeln. Natürlich. Er überlegte, ob er es sich bis zum Morgen verkneifen sollte, aber er hatte Angst, dass er diesen Traum haben würde, in dem er ins Bad ging, nur dass er dann in echt musste und das ganze Bett vollpinkelte. Und dafür war er viel zu alt. Außerdem konnte er Oma nicht ein zweites Mal enttäuschen.

Also stand er auf. Es gab nur eine Toilette im ganzen Haus, und die war unten. Frage nicht vergessen: *Warum hat eigentlich ein Haus mit einem Zimmer im oberen Stock nicht auch ein Bad oben?* Genie schlich, die Wand entlangtastend, superlangsam die dunkle Treppe hinunter. Das Haus machte Geräusche wie knackende Knöchel. *Sei still, Haus!* Er wollte Oma und Opa nicht aufwecken.

Als er endlich unten war, hörte er ein Geräusch. Vielleicht eine Maus. Es kam aus der Küche, ein Klicken und Klackern, drang durch das Rauschen des Regens. Was es auch war, es war ihm egal, weil er einfach nur ins Bad musste. Er schob die Füße über den Boden, statt sie zu heben – war leiser so.

Klick, klack, KLACK!

Es war zu laut für eine Maus. Genie lugte um die Ecke, und obwohl er im Dunkeln nichts sehen konnte, war ihm klar, dass da jemand am Tisch saß.

»Hallo?«, flüsterte er nervös und stahl sich durch das Wohnzimmer. Er wollte nicht einfach reinplatzen und den, der dort war, erschrecken.

»Genie?« Es war Opa.

»'tschuldigung, ich muss nur mal pinkeln«, sagte Genie und huschte durch die Küche weiter ins Bad. Sechzehn Schritte. Siebzehneinhalb für Genie.

Als er herauskam, fragte er Opa, warum er noch auf sei. Vielleicht schnarchte Oma auch laut.

»Bin nicht richtig müde. Das macht der Regen. Hält mich wach.«

Genie konnte wieder diesen Schnapsgeruch wahrnehmen. »Mich auch«, sagte er, obwohl er, wenn er nicht hätte pinkeln müssen, wahrscheinlich schon geschlafen hätte.

»Zu viel Donner.« Ja, das, und nicht genug Brooklyn. Ach ja, und den Kopf voller Waffen und kaputter Autos. Opa stieß den Stuhl unter dem Tisch hervor, damit Genie sich setzen konnte. Es war dunkel, doch nach ein paar Sekunden gewöhnten sich Genies Augen daran, und er konnte seinen Großvater sehen. Nicht richtig sehen, aber genug von ihm sehen, um zu wissen, dass er kein Hemd anhatte und dass da ein Glas, eine Flasche und irgendein Behälter vor ihm auf dem Tisch standen.

»Hier, nimm dir von der Eiskrem«, sagte Opa und schob den Karton zu Genie hin. »Das hilft dir mit diesem Feuerwehrauto. Außerdem schmilzt die sowieso.« Opa wischte einen Löffel mit einer Serviette sauber und reichte ihn Genie. Genie nahm ihn, mehr als nur ein wenig nervös, weil Opa wusste, was mit Onkel Woods Modellauto passiert war. Genie wollte deswegen etwas sagen, aber er war einfach zu aufgeregt dazu.

Opa, der weiter klickte, mit was auch immer er klickte, fiel irgendwie auf, dass Genie das Eis noch nicht angerührt hatte. Er hielt inne und sagte: »Im Ernst, mein Junge. Es war ein Unfall. Oma wird drüber hinwegkommen. Geht ihr gut.« Genie meinte Opa schmunzeln zu sehen. Er war sich nicht sicher. Aber er hörte es eindeutig aus der Stimme heraus.

Dann wandte sich Opa wieder seinem Klick-klack-Ding zu. Also stach Genie endlich den Löffel in die Eiskrem und fragte: »Was machst du denn da?«

Opa antwortete nicht. Jetzt schraubte er auch noch an etwas herum. War es seine Harmonika?

»Opa, was ist das?«, wandelte Genie die ursprüngliche Frage ab.

Opa seufzte, als ob er wirklich nicht darüber reden wollte, was Genie ein schlechtes Gewissen machte, weil er gefragt hatte. Aber dann nahm Opa ein Schlückchen aus seinem Glas und sagte: »Ein Revolver. Weißt du, was das ist?«

Das war überhaupt nicht, was Genie erwartet hatte, und in diesem Moment war er überglücklich, dass Opa nichts sehen konnte, denn ihm quollen die Augen über. »Ein Revolver, so was ... wie eine Waffe?« Genie dachte an die Pistole, die er tagsüber bei Opa im Hosenbund gesehen hatte. Er hatte noch nie einen Revolver gesehen und bestimmt keinen, der in Stücke zerlegt war.

»Ja, die Waffe, nach der du schon gefragt hast«, sagte Opa, als ob nichts weiter wäre. Er schraubte noch etwas zu, dann klickte und klackte er noch etwas mehr.

»Warum machst du sie kaputt?«, fragte Genie und löffelte sich eine dicke gefrorene Erdbeere heraus. Das Beste dran.

»Sie ist nicht kaputt«, erklärte Opa. »Das nennt man Zerlegen. Das ist etwas, das wir ständig gemacht haben, als ich noch gearbeitet hab. Nicht mit dieser Art von Waffe, aber so ähnlichen. Ich hab sie ganz auseinandergenommen, jetzt setze ich sie wieder zusammen.«

Genie fand das merkwürdig. Er hatte noch nie von jemandem gehört, der eine Schusswaffe zerlegt hatte. »Warum machst du das?«

Wieder erschütterte ein Donnerschlag das Haus. Diesmal zuckte Genie kaum, Opa jedoch schrak gewaltig zusammen. Erneut.

»Der Donner bringt mich noch um«, murmelte Opa. Er nippte wieder an seinem Glas, dann kam er auf die Frage zurück. »Ich mach es einfach, um mich zu vergewissern, dass ich es noch kann.«

»Oh.« Genie dachte daran, was Ernie vorhin über die Sonnenbrille gesagt hatte. Gehörte einfach zu Opas Leben. Nicht dass Opa eine Sonnenbrille trug. Sondern dass Opa ein Schütze gewesen war. Genie überlegte, dass es ihm nichts ausmachen würde, auch Teil seines Lebens zu sein, also fragte er: »Und, kann ich helfen?«

»Nein«, sagte Opa streng. Genie fand, dass er diesmal vielleicht doch zu viele Fragen gestellt hatte. Opa klickte ein letztes Mal und verriegelte etwas. Dann drehte er den dünnen Schraubenzieher noch ein paarmal. »Fertig.« Er legte den Revolver auf den Tisch. Genie hatte Lust, die Hand auszustrecken und ihn zu berühren. Wie sollte Opa es denn mitkriegen?

»Denk nicht mal drüber nach«, sagte Opa. Er *wusste* es. Verdammt.

Der Regen fiel weiter, schlug gegen die Fenster. Opa und Genie saßen ein paar Minuten stumm da. Genie wartete –

hoffte –, dass Opa sich beruhigen würde, und in der Zwischenzeit (wie *Zwischenmahlzeit*) aß er weiter sein Eis, das jetzt zu Erdbeermilch geschmolzen war, auch gut, bis eine leise Automatenstimme die Stille durchbrach: »*Es ist zweiundzwanzig Uhr achtundzwanzig.*«

»Was war das?«, fragte Genie.

»Nur die Uhr. Gute Sache, aber sie braucht Batterien.«

Genie konnte Opas linke Hand auf dem Uhrenradio sehen, dem er tagsüber gelauscht hatte. »Wollt nur wissen, wie spät es ist«, sagte er, wieder mit seiner gewohnt schroffen Stimme und nicht mit der genervten schroffen Stimme. Ein kleiner, aber feiner Unterschied.

Nachdem das Uhrenradio »*Zweiundzwanzig Uhr achtundzwanzig*« wiederholt hatte, brannte Genie eine weitere Frage auf den Nägeln.

»Weißt du noch, dass du heute gesagt hast, dass es unterschiedlich viele Schritte zu deinem Zimmer und zum Bad und so sind?«, fragte Genie.

»Ja, ich weiß.«

»Also, was ist mit draußen? Gehst du mal nach draußen?«

Opa rieb sich über das Gesicht. Es klang wie zerreißendes Papier. »Eigentlich nicht«, sagte er. »Das heißt, ich geh von der Tür zum Auto und vom Auto zur Tür des Arztes und dann wieder zurück. Damit hat es sich auch schon. Der Witz ist, ich weiß nicht mal mehr, wann ich das letzte Mal mit Samantha gespielt hab.«

»Aber warum nicht?«, fragte Genie.

»Gute Frage«, sagte Opa. Genie hielt es nicht gerade für eine großartige Frage. Nicht annähernd so gut wie: *Kann ich helfen?* Aber Opa seufzte schwer und fuhr fort. »Ich werd dir ein Geheimnis verraten, aber du musst versprechen, dass du es keinem erzählst. Einverstanden?«

Er will mir ein Geheimnis verraten? Keiner erzählte Genie je ein Geheimnis. Es schien, als ob die Leute ihm immer nur Geheimnisse vorenthielten. Zumindest seine Eltern.

»Versprochen«, sagte Genie. Er war ganz Ohr.

»Ich geh nicht nach draußen … weil, ich habe Bedenken.«

»Bedenken?« fragte Genie.

Opa räusperte sich. Zwei Mal. »Sieh mal, drinnen weiß ich, wo alles ist. Aber draußen, da weiß ich nicht, wo was ist. Die Dinge bewegen sich von alleine. Dann gibt es da diesen großen steilen Abhang. Wenn ich die Orientierung verliere und runterfalle, wäre das wohl mein letzter Sturz. Zu viele Unwägbarkeiten für einen alten Mann, der im Dunkeln lebt, weißt du, was ich meine?«

Genie vermutete, dass »Bedenken« für Erwachsene das Wort für Angst war.

»Ja, schon, aber du gehst nicht mal, was weiß ich, nur ein wenig auf deinem Hof spazieren? Nicht ganz bis zur Kuppe, nur ein kleines Stück weit? Weil wenn ich zu Hause einen so großen Hof hätte, dann würde ich immer draußen sein. Selbst wenn ich blind *wäre*«, sagte Genie.

Opa zuckte mit dem Kopf. »Tatsächlich?«

Genie wischte sich mit dem Handrücken den Mund. »Jep.«

»Also, da muss ich wohl rausfinden, wie man so mutig wird wie du, Little Wood.«

Genie wusste nicht, wie er darauf antworten sollte, also saß er einfach da und fragte sich, wie es sein musste, in einem Haus festzusitzen. Nicht mal dazu zu kommen, mit dem eigenen Hund zu spielen. Auch Opa saß eine Minute lang schweigend da. Genie wurde allmählich ein bisschen schläfrig, aber noch wollte er nicht ins Bett zurück. Nicht, ehe Opa fertig war.

»Der Regen schafft mich immer«, sagte Opa urplötzlich. Er rieb sich mit der Hand übers Gesicht, auf und ab, genau wie Dad, wenn er nach einer Nachtschicht bei der Feuerwehr müde war, aber wach bleiben musste, während Ma ihm das Neueste über das, was Genie und Ernie angestellt hatten, mitteilte.

»Senior, ich weiß, du bist müde, aber ich muss dir noch was über deinen jüngsten Sohn erzählen«, sagte sie immer, während sich Dad das Gesicht rieb, mit einer Hand, von oben nach unten, immer wieder.

»Was meinst du damit?«, fragte Genie jetzt Opa. »Der Regen schafft dich. Wie?«

»Ich denk dann immer an Wood. Er wurde an einem Regentag geboren, und obwohl es draußen garstig war, war es der glücklichste Tag meines Lebens.« Opa hob sein

Glas und stellte es sofort wieder hin. Genie merkte daran, wie es sich beim Aufsetzen anhörte, dass es leer war. Plötzlich dachte er, so muss es sein, wenn man blind ist. Man sieht Dinge dank der Art, wie sie sich anhören. Opa fuhr fort. »Und er wurde an einem Regentag begraben. Ich weiß noch, dass jeder Tropfen sich anfühlte, als würde eine Bombe auf mich fallen.« Er seufzte, packte die Flasche und goss sich noch ein Glas ein. »Das ist rund fünfundzwanzig Jahre her, aber jedes Mal, wenn es regnet, denke ich an meinen Jungen.«

»In welchem Krieg war er denn?« Zusammen mit seinem Dad mussten sie am Memorial Day alle eine lange Schweigeminute einlegen, aber Genie konnte sich nicht entsinnen, dass Dad je irgendwelche Einzelheiten erzählt hätte.

Opa nippte, schluckte.

»Golfkrieg. Desert Storm. Wir haben nur etwa hundertfünfzig Mann verloren. Das war's. Und *mein* Junge ... *mein* Sohn war ...« Die Worte in Opas Kehle wurden zu Lehm. Und ehe Genie den Faden, den Opa hatte liegen lassen, aufnehmen, oder sogar noch mehr über Opas und Dads merkwürdige und angespannte Beziehung nach Woods Tod erfahren konnte, streckte Opa die Hand aus und drückte auf genau den Knopf des Uhrenradios, der die Automatenstimme ertönen ließ.

»*Es ist zweiundzwanzig Uhr vierundfünfzig.*« Opa legte die Hand auf Genies Schulter – und Genie war immer noch so überrascht, dass Opa wusste, wo seine Schulter war, während die alte Uhr sich wiederholte:

»*Zweiundzwanzig Uhr vierundfünfzig.*«

»Ich, ähm, glaub, der Regen lässt nach. Du solltest jetzt wieder zu Bett gehen, Little Wood«, schlug Opa vor. Genie wusste, dass das Gespräch beendet war.

Aber der Regen ließ gar nicht nach.

SIEBEN

Als es dann nur noch ein wenig tröpfelte, schlief Genie ein mit den Gedanken an sein neues Geheimnis, Opas Angst, das er für sich behalten musste, während das Geräusch, wie Opa seinen Revolver zerlegte und wieder zusammensetzte, schwach durch die Dielen nach oben drang. Es kam ihm vor, als hätte er eben erst die Augen geschlossen, als der Morgen kam und er und Ernie aus dem Schlaf gerissen wurden von Oma, die unten an der Treppe auf einen Topf hämmerte. Was zum …?

»Wie viel Uhr ist es?«, fragte Ernie, als er und Genie schlaftrunken in die Küche wankten. Genie hatte rasch den Boden des Wohnzimmers nach dem Bruchstück des Rads abgesucht. Nichts zu sehen. Auch Opa war nicht da, aber schlafen würde er sicher nicht mehr nach dem ganzen Gehämmere.

»Setzt euch.« Sie deutete auf die Küchenstühle. »Also, Jungs, jetzt, da wir hier alle zusammen sind, nenn ich euch mal einige Regeln, die ihr befolgen solltet, einverstanden?« Oma schritt auf und ab wie eine Lehrerin vor der Tafel. Genie musterte ihr Gesicht, vielleicht war sie ja noch etwas traurig wegen dem roten Feuerwehrauto. Aber ihre Gedanken lesen konnte er einfach nicht.

»Regel Nummer eins«, begann Oma, und Genie stellte sie sich vor, wie sie weitermachen würde. *Spielsachen, die mir ans Herz gewachsen sind, werden nicht auf dem Fußboden liegen gelassen.* »Wir stehen jeden Morgen um halb acht auf.«

»Halb acht!«, japste Ernie.

»Ja, halb acht. Und das ist spät. Ich lass euch Jungs ausschlafen. Ich steh jeden Tag mit der Sonne auf. Gegen Viertel vor sieben.«

»Aber warum müssen *wir* dann so früh aufstehen?« Ernie mal wieder.

»Um den Haushalt zu machen.«

»Jeden Tag? Aber – aber – wir haben Sommerferien! Müssen wir jeden Tag im Haus arbeiten?«

»Ja, Ernest. Jeden Tag.«

»Aber daheim bei Ma müssen wir das nur samstags. Und unser Haus ist immer ziemlich sauber«, erklärte ihr Genie, offenbar in der Angst, dass es sich um eine Art Bestrafung handelte.

Oma ignorierte das und hob zwei Finger.

»Regel Nummer zwei.« In Genies Kopf machte es wieder Klick. *Fasst nichts Rotes in diesem Haus an. Nichts. Keinen Apfel und keinen Feuerlöscher und auf keinen Fall das kleine Feuerwehrauto, das mein lieber Sohn gebastelt hat!*

»Sonntags gehen wir in die Kirche. Ich hab keine Ahnung,

was ihr da oben im Big Apple treibt« – Oma betonte *Big Apple*, als wäre es eine Krankheit –, »aber hier unten gehen wir in die Kirche. Da möcht ich kein Gejammer hören, verstanden?«

»Verstanden«, sagte Genie und sehnte sich ein großes Wunder herbei. Die Kirche störte ihn eigentlich nicht – es ging ja nicht bis zum Sankt Nimmerleinstag so –, obwohl sie zu Hause eigentlich nicht so häufig hingingen. Sie gingen an Weihnachten und an Ostern zu den langen Gottesdiensten, zusammen mit ihren Großeltern in der Bronx. Aber das war es dann auch.

»Ja«, murmelte Ernie.

»Und Regel Nummer drei.« Drei erhobene Finger. *Genie, du musst in der Hundehütte bei Samantha schlafen.* Genie sagte seinem Gehirn: *Hör auf!* »Und hier geht es um euer gestriges Abenteuer. Ihr dürft euch gerne draußen herumtreiben. Das hier ist nicht die Stadt, wo die Kinder im Block bleiben müssen. Hier könnt ihr den Hang runtergehen oder nach hinten in den Wald und Cowboy spielen oder Football oder was immer ihr wollt. Aaaber« – Oma zog das »A« extra in die Länge – »wenn ich euch rufe, dann kommt ihr besser. Ich ruf euch fünf Mal. Das heißt, ihr müsst so nah am Haus sein, dass ihr es hören könnt. Wenn ihr mir nach dem fünften Mal nicht ins Gesicht seht, also, dann werdet ihr es bereuen. Habt ihr mich verstanden?«

Ernie und Genie stimmten zu, aber Genie spürte, dass

Ernie schon genervt war, obwohl sie erst bei Regel Nummer drei waren. Auch wenn sie zu Hause viel mehr Regeln hatten.

Es war die erste Regel, die mit dem Haushalt, die sie dazu brachte, überhaupt zum ersten Mal Kacke auf dem Hof herumzuschleudern. Sie brachte Ernie dazu, Hundekacke tief in den Wald zu katapultieren, und Genie schaffte es irgendwie, seine Ladung hinter sich wegzuschleudern, die dann ein Fenster hinten am Haus vollspritzte, genau in dem Moment, als ein Auto in den Hof fuhr.

Der Hund drehte völlig durch. Dann hörte man das Quietschen und Schlagen der Fliegentür. Oma.

»Genie! Ernie! Was zum Sam Hill treibt ihr beide denn da?«, rief sie.

»Nichts«, sagten sie wie aus einem Munde. Sie flitzten zurück nach vorn. Oma war schon auf dem Hof, sah die beiden Enkel abwechselnd an und achtete nicht im Geringsten auf den Umstand, dass gerade jemand angekommen war, im ramponiertesten Auto, das Genie je gesehen hatte.

»Ham die ganze Kacke weggeräumt, Oma«, verkündete Ernie. Oma sah ihn scharf an, mit gerunzelter Stirn, als wüsste sie, dass er und Genie etwas ausgefressen hatten.

Der Motor des Wagens erstarb, und der Mann darin stieg aus. Er war groß und schlaksig und sah aus, als wäre er in Dads Alter. Im Gehen schwang er sich auf die Zehenspitzen, als versuchte er zu fliegen, käme aber nicht vom Boden weg. In den Händen hielt er zwei braune Papiertüten.

»Mary«, sagte er zu Oma, mit einer kurzen, nicht brennenden Zigarre wie einen abgebissenen Finger im Mund. Er hob die Hand und berührte die Krempe seines schmutzigen Huts. Endlich sah Oma in seine Richtung.

»Crab.« Wie sie es sagte, gab Genie das Gefühl, dass sie ihn nicht besonders mochte.

»Wer sind 'n die Jungs da?«, fragte der Mann namens Crab. Er nahm die Zigarre aus dem Mund und spuckte auf den Boden.

»Meine Enkelchen«, sagte Oma und winkte sie zu sich heran. »Ernie, Genie, das ist Mr Crabtree, der Freund eures Großvaters.« Jetzt war das »Crab« klar.

»Hey«, sagte Ernie.

»Ernie?«, sagte Crab. »*Du* bist Ernie, hm? Du bist der, von dem meine Tochter die ganze Zeit immer nur Andeutungen macht.«

»Wer?«, fragte Ernie.

»*Wer?* Hast sie schon vergessen?«

»Halt den Mund, Crab.« Oma kam Ernie zu Hilfe. »Ernie, mein Schatz, dass ist der Daddy von Tess.«

»Jep, ich bin der Daddy von Tess.« Crab musterte Ernie von Kopf bis Fuß und sah dabei die ganze Zeit finster drein. Dann hellte sich sein Gesicht auf, und er murmelte: »Ich schätz, sie mag dich.« Ernie lächelte mit geschlossenem Mund. Er wollte es sich verkneifen, aber Genie war klar, dass er nicht anders konnte. »Aber dreh bloß kein krummes Ding, oder ich mach dir die Birne platt, wie sie das mit den Kronkorken macht.« Um dem Nachdruck zu geben, schlug Crab eine Faust in die andere Hand. Dann wandte er sich an Genie. »Und Genie? Genie, stimmt's?« Crab hielt Genie die Hand entgegen. Genie packte die große Pranke, schüttelte sie kräftig und nickte.

Crab spuckte wieder aus, dann steckte er sich die Zigarre wieder in den Mund. »Aus welchem Kaff seid ihr denn?«, sagte er und ließ ein Lächeln aufblitzen. Jeder Zahn seiner oberen Reihe war länger als sein Nachbar. Wie eine auf dem Kopf stehende Treppe.

»Ich bin aus Brooklyn.« Genie verzog keine Miene. Das machte man in Brooklyn so.

Crab sah Oma an, aber die verzog auch keine Miene. Genie war unsicher, was es war, aber bei diesem Kerl hatte er kein gutes Gefühl.

»Ist der alte Herr im Haus?«, fragte Crab.

»Wo soll er denn sonst sein?«, erwiderte Oma und sah ihn missmutig an.

Crab ging zum Haus, und die drei wandten sich um und sahen ihm nach, wie er auf dem Fußballen wippte wie eine Ballerina mit gichtigen Zehen. Samantha hörte endlich auf zu bellen.

»Ist das wirklich der Dad von Tess?«, fragte Ernie.

»Leider ja, mein Schatz«, sagte Oma, als würde sie Ernie

bedauern und Tess noch mehr.»Er kommt so einmal die Woche hierher und jagt dort hinten im Wald.«
»Schießt er denn auch mal was?«, fragte Genie.
»Manchmal. Ein Eichhörnchen hier, einen Hasen da.«
»Eichhörnchen und Hasen tun doch keinem was. Warum schießt er denn *die*?«, setzte Genie nach.
Oma rollte mit den Augen. »Damit er sie essen kann.«
»*Essen*?«, kreischte Ernie. »Eichhörnchen isst doch kein Mensch!«
Oma zuckte die Achseln. »Er schon.«
So angewidert Genie auch war von diesem Crab, der Pelztiere schoss und, Oma zufolge, auch aß, so beeindruckt war er wiederum davon, dass Crab so gut war, tatsächlich ein Eichhörnchen zu treffen. Die waren nämlich *flink*. Und klein!
»Da muss er ein guter Schütze sein, oder?«
Oma nickte. »Sollte er schon. Dein Narr von Großvater hat es ihm beigebracht.« Dann stöhnte sie auf und ging hinüber zum Wasserschlauch, der sich neben dem Haus verknäult hatte wie eine tote Schlange – gleich da, wo Ernie und Genie die Kackeschaufeln hingestellt hatten.
»Nur ein blöder Wasserhahn ist hier, und auch noch auf der falschen Seite vom Haus«, schimpfte sie und drehte das Wasser auf. Dann verpasste sie Samantha einen kurzen Spritzer, die sich fast wehtat, so schnell sprintete sie in ihre Hundehütte. Oma lachte. »Der Hund bellt die ganze Zeit, aber haut vor ein bisschen Wasser ab. Ist ein Mädchen,

aber da führt sie sich eher auf wie ein Junge.« Oma näherte sich Samanthas Bereich und füllte die Wasserschüssel der Hündin randvoll, was auch gut war, denn es war schon heiß hier draußen. *So heiß.* Dann zog Oma den Schlauch zu Ernie und Genie hin. »Ernie, komm, nimm ihn«, sagte sie und reichte ihm den Schlauch. Ihre Stirn glänzte vor Schweiß. »Wir müssen die Erbsen gießen.«

»Erbsen«, wiederholte Genie.

»Der halbe Garten ist voll damit. Die Leute hier lieben meine Erbsen – wart nur, bis du sie mal probiert hast.«

Sie machte Witze, oder? Alle wussten, dass Genie Erbsen geradezu hasste und nochmals hasste. Nein, nein und nochmals nein. Er würde *keine* Erbsen probieren. Aber tatsächlich, Oma hatte ein richtiges Erbsenbeet (Erbsenbett?) auf der anderen Seite des Hauses. Genie hatte noch nie ein Erbsenbeet – einen Erbsengarten – gesehen. Es sah aus wie ein Miniaturwald, wenn da nicht die kleinen zaunartigen Dinger in der Mitte gewesen wären, um welche die Triebe sich rankten. Das Seltsame war, dass Genie gar keine Erbsen sah. Vielleicht, weil sie grün waren und die Ranken auch grün waren und alles ein Mischmasch war. Oder vielleicht lief es mit dem Erbsenanbau nicht so gut.

»Gut, wir schauen als Erstes mal, ob sie Wasser brauchen. Es hat ja so viel geregnet letzte Nacht, also sollten sie in Ordnung sein, aber Nachsehen kann nicht schaden«, sagte Oma. Sie kniete sich hin und drückte die Finger tief in die Erde, dann zog sie sie wieder raus und steckte sie an einer anderen Stelle rein. Und wieder zog sie die Finger raus. »Ne, wir brauchen keins, also könntest du den Schlauch hinlegen, mein Schatz«, sagte sie zu Ernie gewandt. Sie wischte sich die Finger am Oberschenkel ab und hinterließ einen braunen Schmierer. »Also zupfen wir heute nur die reifen.«

Aber Genie konnte immer noch keine richtigen Erbsen sehen. Die mussten unsichtbar oder was sein. Also fragte er natürlich.

»Kommt runter hier«, sagte Oma und bedeutete ihnen mit einer Geste, dass sie sich zu ihr auf die Erde knien sollten. Und wenn es mit Stadtjungs, wie Tess sie genannt hatte, eine besondere Bewandtnis hat, dann die, dass sie mit Dreck nichts am Hut haben. Besonders mit Schlamm. »Ihr müsst richtig ran an die Triebe, um die Hülsen zu finden«, sagte sie und langte in ein Gewirr von Grün. »Seht ihr?«

»Hülsen?«, fragte Genie und hockte sich schüchtern hin. Mücken surrten um seinen Kopf.

»Genau, so nennt man sie. Es sind Hülsenfrüchte.«

Also das war vielleicht ein blöder Name. Früchte, das waren doch Orangen und Äpfel. Und nicht diese komischen grünen Dinger, die man nicht roh essen konnte.

Oma plauderte munter weiter, Erbsen hier, Erbsen dort, nur unterbrochen vom Geräusch der Fliegentür und dann dem Schlag eines Kofferraumdeckels. Genie vermutete, dass Crab auf dem Weg zur Jagd war, und wollte kurz aufstehen und gucken, ob er sein Gewehr bei sich trug, fand aber, dass Oma das nicht behagen würde. Also blieb er hocken und lauschte weiter.

»Und wenn ihr die in der Mitte hier aufbrecht, könnt ihr die Erbsen im Innern sehen.« Oma reichte Ernie die Hülse, der sie bog, bis sie aufbrach, und sie dann Genie sehen ließ. Die Erbsen sahen aus wie kleine grüne Pillen, die sich versteckten. Genie konnte es nicht fassen.

»Und wenn ihr wissen wollt, ob die Erbsen schon reif sind, dann drückt die Hülsen. Bevor ihr sie pflückt! Wenn sie sich leer anfühlen, als ob ihr gar keine Erbsen spüren könnt« – Oma nahm die aufgebrochene Hülse aus Ernies Hand und drückte sie, was den Jungen zeigte, dass die Erbsen gerade die richtige Größe hatten –, »dann sind sie noch nicht reif. Tut die guten in diesen Korb dort drüben.«

»Essen wir diese ganzen Erbsen auch?«, fragte Ernie und schlug nach einer Mücke in seinem Nacken. Genie wollte sagen *Ich ess keine Erbsen*, aber er wusste bereits, dass Oma das nicht hören wollte.

»Nein, mein Junge. Ich hab dir gesagt, die Leute hier in der Gegend lieben sie. Ich geh auf den Markt und verkauf sie. Nächste Woche, und weil ihr alle schon mal hier seid und kräftig anpacken könnt, könnte es gut sein, dass ihr mitkommen müsst.«

»Oh, gut«, erwiderte Ernie mit einem *Was bin ich stark*-Grinsen.

»Wenn ihr irgendwas braucht, ruft einfach. Ich bin dort

drüben und kümmre mich ums Unkraut. Und ihr gewöhnt euch am besten an die ganzen Mücken und Fliegen, weil man die Biester ohnehin nicht loskriegt. Ihr müsst alle süßes Blut haben. Das habt ihr von mir«, sagte Oma und ging langsam, sich selbst auf den Arm schlagend, davon.

Genie fragte sich, warum Oma sich nicht einfach einen dieser Fliegenzapper anschaffte, die sie unten in Marlons Kneipe gesehen hatten, während er und Ernie Erbsen drückten und von den Stängeln pflückten, um sie dann in den Korb zu werfen. Sie arbeiteten, so schnell sie konnten, und rissen manchmal zwei auf einmal herunter, weil sie nicht den ganzen Tag hier draußen sein wollten. Nicht bei dieser Hitze, nicht auf dem feuchten Boden und bestimmt nicht bei diesen Mücken.

Alle paar Minuten hörten sie Schüsse. Crab. Genie zuckte jedes Mal zusammen, aber er dachte unablässig daran, wie cool es wäre, dort draußen zu sein und auf alles Mögliche zu schießen.

»Glaubst du, der Typ isst wirklich Eichhörnchen?«, fragte Ernie, drückte eine Hülse und ließ sie dann am Stiel hängen.

»Weiß nich«, sagte Genie, der jetzt kapitulierte und in der feuchten Erde auf die Knie ging, um an die reifen Hülsen heranzukommen, die dort unten hingen. Manche davon waren so groß geworden, dass sie aufgeplatzt waren. Oma hatte nicht gesagt, was man mit denen machen sollte, also befand Genie, er sollte sie lieber hängen lassen.

»Mann, ich glaub nicht«, beantwortete Ernie seine eigene Frage. »Isst doch keiner Eichhörnchen. Das ist eklig. Ich glaub, Oma hat uns nur auf den Arm genommen.«
Wieder knallte ein Schuss.
»Ja, schon, nur dass Oma nicht so recht dazu aufgelegt ist«, erwiderte Genie.
Als sie alle reifen Erbsen gepflückt hatten, nahm Ernie den Wasserschlauch, spritzte ihre Hände sauber und ließ dann eine feine Sprühfontäne in die Luft aufsteigen. Das Wasser rieselte auf sie hinunter wie Schneeflöckchen und kitzelte ihre Haut. Es fühlte sich toll an, doch ehe Genie Ernie auffordern konnte, es noch einmal zu machen, ließ Ernie den Schlauch fallen und rannte hinüber zum Abhang, wo er den Hals reckte, als ob er einem fernen Geräusch lauschte.
»Dachte, ich hätt was gehört«, sagte er, als Genie zu ihm aufgeschlossen hatte.
»Ich nicht«, sagte Genie tonlos. Er wusste, was sein Bruder machte. Er tat, was er immer tat, wenn Mädchen in der Nähe waren – vollkommen durchdrehen, oder, wie Ma es ausdrücken würde, er fing an, sich selbst zu riechen, was hieß, seine Nase war offen, was hieß ... Mädchen.
»Ich aber. Ich mein, ich glaub schon«, sagte Ernie ganz rappelig. »Ich schau mal nach.«
Ehe Genie auch nur antworten konnte, war Ernie schon auf dem Weg den Hang hinab. Genie könne auch mitkommen, rief er, aber so wie es sich anhörte – wie ein Pass ins

Aus –, meinte er eher *bitte komm nicht mit.* Also ging Genie zurück zum Erbsenbeet, nahm den Korb mit den guten, die er und Ernie gepflückt hatten, und wandte sich zum Haus.

Vielleicht konnte er die Zeit nutzen, um nach dem verlorenen Bruchstück von dem Rad zu suchen. Es musste irgendwo im Wohnzimmer sein, und wenn er es fand, konnte er es einfach wieder ankleben. Doch Opa hatte andere Pläne.

»Wer kommt da rein und bringt den ganzen Dreck von draußen mit?« Opa stand am Küchentresen und schmierte mit einem Löffel Erdnussbutter auf einen Apfel.

»Ich bin's, Genie.« Er ließ die Erbsen auf der Veranda, zog seine schmutzigen Converse vor der Tür aus und ließ die Badezimmertür offen, während er sich die schlammige Erde von den Fingern wusch. Dann gesellte er sich zu Opa in die Küche.

»Sag mal, mein Sohn, wie kommt es, dass ein kleiner Junge wie du schon riecht wie ein Elefant?« Opa grinste.

Genie hob die Arme. Schnüffelte. Roch überhaupt nichts.

Opa trug ein weißes T-Shirt mit V-Ausschnitt, das er in eine marineblaue Flanellhose gestopft hatte. Einen schwarzen Gürtel. Keine Schusswaffe, was Genie sofort bemerkte. An Opas Kinn klebte ein kleines Stück Pflaster. Er musste sich beim Rasieren geschnitten habe, dachte Genie. Dad passierte das die ganze Zeit.

Genie setzte sich an den Tisch. Opa füllte ein Glas mit Wasser.

»Wenn du da draußen sitzt, dann sitzt du allein«, sagte Opa und stellte Genie das Wasser hin.

»Wo gehst du denn hin?«, fragte Genie.

Opa schenkte sich ein Glas ... Nicht-Wasser ein, aus der Flasche in der Papiertüte, die Crab gebracht hatte. Er hielt das Glas in der einen Hand, und ehe er den mit Erdnussbutter beschmierten Apfel nahm, stellte er die kleinere Papiertüte – in der keine Flasche war – vor Genie hin.

»Little Wood, die eigentliche Frage ist, kommst du mit?« Dann ging er aus der Küche.

Was sollte das denn heißen?, fragte sich Genie, doch er nahm einen Schluck Wasser, packte die Tüte und folgte ihm. Sie gingen nicht weit. Vielleicht acht oder neun Schritte, ehe sie die Tür erreichten. Die *Geht dich nichts an*-Tür. Genie inspizierte rasch den Fußboden, sein Blick heftete sich auf jeden Ast in den Dielen, denn er war vielleicht in Wahrheit die andere Hälfte des Rads. Wo konnte es denn hin sein? Vielleicht war es aufgeprallt und in *noch einen* Schlitz gehüpft – einen Schlitz im Wohnzimmerboden –, was Genie zum größten Pechvogel der Welt machen würde. Oder zumindest in North Hill.

»Enkelchen, steck die Hand in meine Tasche und nimm die Schlüssel raus«, sagte Opa und unterbrach Genies hektische Suche. Er ließ die Hand in Opas Hosentasche gleiten und zog einen Schlüsselbund mit einem Ring heraus. Wozu um alles in der Welt sollte Opa so viele Schlüssel brauchen? Er ging doch mit Oma nirgendwo hin. »Es ist der rechteckige.« Genie steckte den Schlüssel rein, drehte ihn, dann drehte er den Türknauf. Die Tür bewegte sich keinen Zentimeter. »Richtig drücken, mein Junge«, riet ihm Opa.

Also drückte Genie, so gut er konnte, und als die Tür aufflog, stolperte er vor in ... in ... was zum Teufel? Genie quollen die Augen über, während er in alle Richtungen gleichzeitig zu blicken versuchte. Er warf einen Blick zurück zur Tür. Wo war er? Hatte Opa irgendein unheimliches Portal im Haus? War North Hill eine Art ländliche Version von Narnia oder so? Kam ihm tatsächlich so vor. Durch die Tür hinter ihm konnte er den Teil des Hauses sehen, den er kannte. Die sich schälenden meergrünen Wände. Den Linoleumboden in der Küche. Den Fernseher im Wohnzimmer. Es war alles immer noch da, also war auch er immer noch »da«.

Doch hier in diesem Raum – dem *Geht dich nichts an*-Raum – war es ... seltsam. *Seltsam.* Zunächst mal fiel die Sonne in jede Ritze, denn die ganze Decke war aus Glas. Wie ein riesiges Sonnendach. Dann waren da überall Pflanzen. Ü-ber-all! Drei Meter hohe Bäume wuchsen in Töpfen, etwa zwanzig Stück! Ranken krochen die Wände entlang und Pflanzen mit Blättern in irren Farben, manche so groß wie Papierteller. Dann war da der Boden. Der war bedeckt mit dichtem künstlichem Rasen – Rasen! – sattem Rasen. Es war eine Art Golfplatzrasen in klein.

Als seine Augen (und sein Gehirn) sich daran gewöhnt hatten, merkte er, dass hier auch ein irrer Lärm herrschte. Überall Vogelgeräusche! Zwitschern und Zirpen und lauter Gesang, alles auf einmal. Waaas? Genie machte einen zögerlichen Schritt nach vorn, dann noch einen, bis er, zwischen all dem Grünzeug, fünf Vogelkäfige aus Holz und Draht wie Miniaturschlösser versteckt sah. Einige waren von den Pflanzen umrankt, und Blätter wuchsen zwischen den feingliedrigen Gittern. Genie warf seinem Großvater einen vorsichtigen Blick zu, dann ging er von Käfig zu Käfig. Irre. Einfach ... irre. Er erkannte die Vögel – in jedem Käfig einer –, es waren die gleichen, die er draußen auf der Veranda gesehen hatte, die blaue Federn wie Umhang und Maske trugen. Sie flatterten umher, mit den Flügeln schlugen sie gegen die Drahtwände, und zwitscherten sich die Kehle aus dem Leib.

Es gab ein Fenster, das zum Hof hinausging. Es war braun verschmiert. Genie dachte sich, dass es das Fenster war, das er mit der Kacke getroffen hatte. Uuups! Er war froh, dass Opa nicht hier drin gewesen war, als es passierte. Hätte den alten Herrn wohl zu Tode erschreckt.

Inmitten dieses Waldes unterm Dach, genau im Zentrum von allem, standen zwei Schaukelstühle und zwischen ihnen ein kleiner Tisch mit einem kleinen Kassettenspieler. Opa bewegte sich langsam durch das Blattwerk auf die Mitte des Raums zu und hielt sofort an, als er mit der Hüfte gegen einen der Stühle stieß. Er schlug leicht auf den Tisch, ehe er sein Glas darauf absetzte. Dann ging er zurück, wie er gekommen war, hielt inne, um an einem der Käfige, die er passierte, ein Wid-wid zu machen, und schloss die Tür. Dann kam er wieder her, den Apfel immer noch in der Hand, und ließ sich auf einen der Stühle nieder.

»Setz dich«, sagte er und stieß die Lehne des anderen Stuhls an, der leicht zu schaukeln begann.

»Boah ...« Genie sah sich um. Er hatte den komischen Rasenteppich gespürt – er war weich wie ... Gras. »Was ... ist das hier?«

Opa biss ein gewaltiges Stück von dem Apfel ab, kaute, kaute, kaute, schluckte, dann sagte er: »Dieser Raum hier ... ist mein Draußen. Hab ihn anbauen lassen, kurz bevor meine ollen Glubscher schwarz wurden.«

Er biss wieder in den Apfel, diesmal nur, um ihn zwischen den Zähnen zu halten, damit er seinen Kassettenrekorder hochnehmen konnte. Er fuhr mit den Fingern darüber, über die Knöpfe wie Augen, über die Tasten – Start, Stop, Zurück, Schnell vorspulen, Auswerfen –, die wie Zähne aufgereiht waren. Opa hätte ganz einfach Genie bitten sollen, ihm da auszuhelfen, aber er tat es nicht. Er drückte auf Start. Aber die Musik war keine Musik. Es waren nur Geräusche. Eine rauschende Brise. Geräusche wie draußen.

Genie, der immer noch die Papiertüte hielt, setzte sich

unbehaglich in den anderen Schaukelstuhl, bemüht, seine Nervosität zu überspielen. Vor allem, da sie vor fünf Vogelkäfigen saßen, die, wie Genie erkannte, als er an den Ranken und Blättern vorbeischaute, in einem Halbkreis angeordnet waren.

»Aber … wir sind doch noch *drinnen*«, sagte Genie, dem jetzt alles auffiel, von dem er wusste, dass Opa es nicht bemerkte. Wie die Tatsache, dass überall Vogelkacke war und dass manche der Ranken so dick waren, dass sich hinter ihnen Pythons oder Boa constrictors verbergen konnten. Und manche der Pflanzen waren tot. Braun wie Erde – so tot.

Opa nahm den Apfel aus dem Mund, wobei er ein weiteres saftiges Stück abbiss, lehnte sich in seinen Stuhl zurück und wippte wie ein kleines Kind auf einer Schaukel.

»Little Wood, mein Junge, du bist viel zu jung, um keine Fantasie zu haben«, sagte er kauend. Plötzlich hielt er den Stuhl an, beugte sich zu Genie hinüber und schnüffelte ein paarmal.

»Was ist?«

»Nichts.« Opa zog sich zurück. »Es ist nur so, du riechst wie dein Daddy und dein Onkel früher gerochen haben. Ach, und reich mir diese Tüte.«

Genie gab Opa die Tüte, dann schnüffelte er noch mal an seiner Achselhöhle. Immer noch nichts. »Haben die auch Erbsen gepflückt?«

Opa legte den Apfel auf den Tisch und öffnete die Tüte.

»Natürlich haben sie. Sie haben Erbsen gepflückt, Gras gemäht, Autos gewaschen und 'ne ganze Menge anderes Zeug. Und ich war immer da draußen mit ihnen. Mit deiner Oma ist nicht gut Kirschen essen. Irgendwie bin ich dankbar, dass ich keine Erbsen mehr sehen muss.« Er lachte kurz auf, aber es klang nicht gerade fröhlich. »Unter dem Tisch ist eine Dose. Gibst du sie mir bitte?« Genie langte hinunter und griff nach einer blauen Kaffeedose, die er in Opas Schoß legte. »Ich bin auch froh, dass dieser Raum vollkommen schalldicht ist. Kann nichts hier drin von draußen hören und nichts von draußen hier drinnen. Muss nicht mal hören wie sie sich über ihre Babys auslässt.« Oma nannte ihre Erbsen »Babys« und Genie ging der Gedanke durch den Kopf, ob Eltern so etwas passierte, wenn die Kinder erwachsen wurden. Wenn er und Ernie mal ausziehen würden, würde Ma ihr Popcorn dann Babys nennen? Dad die Fernbedienung – sein Baby?

»Oma mag keine Vögel?«, fragte Genie.

»Ha!«, japste Opa. »Sie HASST Vögel! Kann sie nicht ausstehn. Die fressen immer ihre Ernte. Sie will nicht mal einen Fuß in diesen Raum setzen, und diese Babys hier sind in Käfigen! Übrigens hat sie mir gesagt, sie sei so froh, dass ihr hier seid, da muss sie sich kein schlechtes Gewissen mehr wegen mir machen. Wenigstens für einen Monat. Das ist ein Monat frei von Schuld.« Opa nahm den Apfel und stopfte sich den Rest davon in den Mund, mitsamt dem Kerngehäuse. Dann öffnete er die Kaffeedose und schüttete, was auch immer in der braunen Tüte war, hinein. »Um ehrlich zu sein« – schlürf, kau, schlürf –, »ich bin froh, dass sie nicht hier reinkommt. Das ist ... mein privater Raum, verstehst du?« Genie hatte noch nie jemanden einen ganzen Apfel essen sehen. Also mit Stumpf und Stiel, Kernen und allem. Während Opa vor sich hin mampfte und mümmelte, drückte er den Deckel wieder auf die Dose und reichte sie Genie. Dann streckte er die Beine aus. Seine Hosenbeine rutschten hoch, und eine böse Narbe auf seinem rechten Fußgelenk kam zum Vorschein. Sie war dick und geschwollen und wand sich um sein Bein wie eine hässliche Kette. Was zum Teufel war das? Und was zum Teufel war in der Dose? Genie wollte gerade fragen, als es dumpf an der Tür klopfte.

»Brooke?« Die Stimme klang gedämpft, aber Genie konnte sie dennoch erkennen. Es war dieser Typ namens Crab.

»Komm nur rein!«, brüllte Opa. Er tastete unter dem Tisch nach etwas anderem, einer kleinen Tasse neben der geheimnisvollen Kaffeedose, die Genie nicht mal bemerkt hatte. Opa spuckte alle Apfelsamen in die Tasse und den Stiel in seine Hand, wie es die Jungs zu Hause in Brooklyn mit Sonnenblumenkernen machten. »Samentasse. Nur weil Mary hier nicht reinkommt, heißt das nicht, dass ich Dreck mache«, sagte er mit einem Grinsen. Sicherlich hatte Opa keine Ahnung, wie dreckig dieser Raum war. Praktisch wie ein Vogelstall. Er stellte die Tasse zurück unter den Tisch. Dann nahm er den Stiel, um seine Zähne zu putzen. Der Lärm eines Flugzeugs über ihren Köpfen kam gerade aus dem Radio, als Crab die Tür aufdrückte und hereinkam, triefend vor Schweiß und mit einem Gewehr in der rechten Hand.

»Was getroffen?«, rief Opa, der nun mit dem anderen Ende des Stiels unter seinen Fingernägeln kratzte. Der Typ hatte Einfälle.

»Ne. Die Biester haben ihre Leckerlis heute Morgen schon gefressen«, sagte Crab, lehnte das Gewehr an die Wand und ging durch den Raum, als wäre er hier zu Hause. Er und Opa fachsimpelten jetzt über die Rotwildsaison, die in ein paar Monaten beginnen würde, und wer weiß was sonst noch, weil Genie nicht besonders aufpasste – er war zu sehr damit beschäftigt, das Gewehr anzustarren. Es war drei oder dreieinhalb Meter weg von ihm! Junge, war das lang. Dann nannte Opa seinen Namen, was Genie natürlich immer wieder aufhorchen ließ. Selbst dann, wenn er nicht gemeint war.

»... und Genie sind etwa 'nen Monat hier. Ernie hat in zwei Wochen Geburtstag. Vierter Juli. Da wird der Große vierzehn.«

»Das ist der, wegen dem meine Kleine durchdreht, ja?«, sagte Crab. Opa lächelte. Schnippisch. Stolz. Crab lächelte überhaupt nicht. Er war genervt. Besorgt. »Ich würd dich ja fragen, ob du 'nen Mann aus ihm machst, wie wir es damals getan haben, aber ich schätz –«

»Hm-hm-hm.« Opa hob die Hand, damit Crab nicht mehr davon sprach, aus Ernie einen Mann zu machen. Dann schnüffelte er und wechselte das Thema. »Du riechst nach Hundekacke.« Genie war erleichtert, dass es nicht wieder *sein* Gestank war.

Crab sah Opa befremdet an, tat es dann jedoch ab. »Ja, also ... ich weiß. War komisch. Der Dreck war überall da draußen.«

Kackedikack.

Crab und Opa unterhielten sich weiter, während Genie verstohlene Blicke zu dem Gewehr hinüberwarf. Wie das glatte Holz und der graue Stahl zusammenpassten! Dann zog Crab eine Rolle Geld aus der Hosentasche. Genie entging das natürlich nicht.

»Okay, lass mich das mit dir klarmachen, und dann verzieh ich mich, Kumpel«, sagte Crab, zählte vier Scheine ab und rollte sie fest zusammen wie eine Zigarette.

»Geh dann mal rüber zum Schrotthändler, wollt mal sehn, ob ich 'ne Stoßstange für den Oldsmobile finde.« Jetzt begriff Genie, warum Crabs Auto so wild aussah und warum er noch nie ein solches Modell gesehen hatte. Opa streckte die Hand aus, und Crab legte die Scheine einen nach dem anderen hinein. »Zwanzig Eier. Vier Fünfer, wie immer.«

»Klingt gut«, sagte Opa und stopfte das Geld in seine Tasche. Dann setzte er hinzu: »Und vergiss nicht, kein Wort zu Mary.«

»Die weiß immer noch nichts von der Miet-Wald-Geschichte, nach all den Jahren?«

»Ne, Mann, sie glaubt, du zahlst mich mit den Flaschen aus der Fuselbrennerei von deinem Daddy und mit Tüten voll toter Fliegen.«

»Diese Fliegen sind das eine, weil da der Zapper die Arbeit macht. Aber dieser Fusel ist meiner, nicht der von meinem Daddy«, stellte Crab pikiert klar. Moment mal ... *Fliegen?* Genie wollte wissen, worüber zum Teufel sie da redeten. *Fliegen? Zapper?* Also, Fliegen aus dem ...

»Jetzt hör aber auf! Das Rezept hast du von Marlon. Und sauf das Zeug, seit ich in Vietnam seinen Arsch gerettet hab. Da warst du noch nicht mal geborn.«

»Jah, jah, jah«, sagte Crab augenrollend. »Und jetzt säufst du ihn kostenlos. Ich weiß, der irre Trottel hat es sogar in seinem Testament so gewollt.«

»Bis in alle Ewigkeit«, kicherte Opa, aber dann legte er den Kopf schräg, als schwelgte er in Erinnerungen an seinen Freund. Er nickte, und nach einem kurzen Moment riss er sich aus den Gedanken. »Das ist Treue. Und ich schätz es, dass du sein Wort in Ehren hältst. Und danke für die Fliegen. Meine Babys freuen sich. Nun, was diese Kohle angeht, die du mir für das Privileg zahlst, hinter meinem Haus rumzuballern, das ist privates Geld.« Wart mal, hat Opa gerade *tote Fliegen* in die Kaffeedose geworfen? War es das, was diese Vögel fraßen? Und überhaupt, Opa hatte einen privaten Raum und privates Geld? Genie fragte sich, ob auch sein Vater solche Geheimnisse hatte. Oder ob er so etwas auch brauchen würde, wenn er mal älter war. Haustiere, die nur ekliges Ungeziefer fressen konnten, und geheime Schätze, die im eigenen Haus verborgen waren.

»Privates Geld wofür?«, fragte Crab.

»Falls ein Wunder geschieht und ich wieder sehen kann, dann könnt ich mir eins von diesen klugen Telefonen leisten, über die alle reden«, lachte Opa. »Scherz beiseite, Mann. Es ist nur, was weiß ich, mein Notgroschen für schlechte Zeiten. Mary und ich haben einen, der gehört eigentlich ihr, und ich hab meinen.« Opa schaukelte nach vorn, diesmal mit so viel Schwung, dass es ihn auf die Beine hob.

Crab nickte. »Versteh dich. Meine Tess treibt mich noch in den Bankrott, obwohl sie ihren Schmuck und was weiß ich noch verkauft. Sie ist 'n Teenager und braucht Sachen. Diese Zahnspangen allein haben mich fast ruiniert. Und fang mir bloß nicht mit Karen an. Jede Woche muss ich 'n neues Rezept für 'n neues Problem holen. Weiß nicht, ob ich's dir gesagt hab, aber sie haben mir in der Fabrik die Stunden gekürzt, und diese olle Bar bringt so gut wie nix ein. Also ich versteh, wenn du eine kleine Rücklage für dich allein brauchst. Aber wenn ich's mir überleg, das ist wahrscheinlich der Grund, weshalb Mary mich nicht mag. Sie glaubt, ich nutz dich nur aus.« Crab wandte sich zur Tür und packte dabei sein Gewehr.

»Oder vielleicht mag sie dich nicht, weil du in ihr Haus kommst und riechst wie der Hintern von 'nem Köter«, spottete Opa. Genie prustete. Konnte es sich nicht verkneifen, vor allem, da er wusste, wo die Hundekacke herkam.

Crab warf Genie einen bösen Blick zu, verwandelte ihn jedoch in eine lustige Grimasse, als ob Genie noch sechs wäre. Dann kam er zurück und schüttelte Opa die Hand, ehe er hinausging und die Tür hinter sich schloss.

In diesem Moment begann einer der Vögel wie verrückt zu zwitschern. Das steckte die anderen vier zum Kreischen an. Und in diesem perfekten Halbkreis aus Vögeln, mit den Schaukelstühlen genau in der Mitte des Bogens, war es fast, als wäre Opa der Dirigent seines eigenen Vogelorchesters.

»Opa, ähm, eine Frage. Du fütterst diesen Vögeln ... tote Fliegen?«

»Na ja, das ist eben, was sie fressen«, sagte Opa. »Ehrlich gesagt, wenn ich sie füttere, dann ist das einer dieser Momente, in denen ich froh bin, dass ich nichts sehen kann.«

Darauf *wette* ich, dachte Genie und setzte nach: »Was sind das eigentlich für Vögel?« Er musste wissen, welche Vögel tote Fliegen fraßen und kein Vogelfutter.

»Das sind alles Rauchschwalben, außer einem. Einer ist 'n Papagei«, antwortete Opa und ließ sich wieder auf seinen Stuhl nieder. Genie blickte verwirrt von Käfig zu Käfig. Da war kein Papagei. Er hatte noch nie von Rauchschwalben gehört, aber natürlich von Papageien, und da waren keine Papageien.

»Ähm, Opa, da ist kein Papagei.«

»Was?« Opas Stimme klang völlig überrascht. Er packte die Lehnen seines Stuhls, als wollte er gleich wieder aufstehen. »Jemand hat meinen Papagei gestohlen? Also, ich schätz mal, da muss ich eben mit *dir* reden.« Er langte nach Genies Hand und drückte sie einen Moment, ehe er sich wieder seinem Drink zuwandte. »Also, Little Wood«, sagte er mit leiser Stimme, nachdem er einen großen Schluck genommen hatte. »Ich möchte dich mal was fragen, was ich vielleicht schon früher hätte fragen sollen. Wie gut bist du im Geheimnisse bewahren?«

»Ziemlich gut. Ich bewahr immer noch das, was du mir gestern Abend erzählt hast«, sagte Genie. »Ehrlich, ich hab bisher im ganzen Leben nur eins verraten, und das nur, weil Ma mich gezwungen hat.« Das war zu der Zeit, als Ernie seine Roundhouse-Kicks übte und ein Bild von der Wand schlug. Die Glassplitter vom Rahmen lagen überall herum. Ma schnitt sich am Fuß, und *Ich weiß nicht, wer es getan hat* funktionierte einfach nicht.

»Okay, wie wär's, wenn du mich um zweiundzwanzig hundert Uhr in der Küche triffst?«

»Dich in *zweiundzwanzig hundert Uhr* treffen?« Genie war kein Mathecrack, aber er wusste, dass zweiundzwanzig hundert Uhr eine Menge Zeit war. Praktisch hundert Tage.

»Nein, um zweiundzwanzig hundert Uhr. Das ist Militärzeit für zehn Uhr abends.«

Warum zum Teufel wollte er dann nicht einfach zehn Uhr sagen?

Militärzeit.

Alte Leute.

ACHT

Kurz vor dem Mittagessen erschollen Omas »fünf Rufe«. Genie befürchtete, dass Ernie es nicht rechtzeitig von Tess zurückschaffen würde, aber zum Glück war er vor dem fünften Ruf wieder oben auf dem Hügel. Und ehe Genie ihm von Opas Drinnen-Draußen-Raum erzählen konnte, machte ihn Ernie einfach platt mit seinen nicht mehr enden wollenden Lobpreisungen, wie cool Tess doch sei.

»Genie, ich sag's dir, Alter. Sie ist total anders. Sie ist taff, aber süß, wenn du verstehst, was ich mein. Und sie ist kreativ und weiß, was sie will. Und sie hat diesen geilen Akzent.«

»Genie, sie hat mich wieder in diese Kneipe mitgenommen, und wir haben wieder Ingwerbier in den schlanken Sektgläsern gekriegt.«

»Genie, sie hat gesagt, dass sie meine Sonnenbrille gut findet. Ich hab sie ihr kurz ausgeliehen, und du weißt, dass ich niemals keinen andern meine Brille auch nur anfassen lass.«

»Genie, sie hat mir gesagt, ich soll lächeln, das würde ihr

gefallen. Du weißt, ich lächle nicht einfach so. Aber sie steht drauf, also was soll's.«

»Genie, ich erinnere sie ein wenig an einen Filmstar, aber sie weiß nicht mehr, an wen. Aber immerhin.«

»Genie, ich hab an die hundert Ohrringe mit ihr gemacht. Sie hat mir gezeigt, wie ich den Nagel besser treffe. Sie trifft den Nagel so gut, da könnte sie auf dem Bau arbeiten. Das ist schon irre.«

»Genie, sie hat mir ihre Telefonnummer gegeben, Alter. Hat sie auf ein Papiertaschentuch geschrieben, und ich soll sie nicht verlieren, ist aber egal, weil ich sie schon auswendig kann.«

Genie, Genie, Genie.

Das meiste ging bei Genie zum einen Ohr rein und zum anderen wieder raus, denn wenn er eins über Ernie wusste, dann, dass er eine Schwäche für Mädchen hatte. War schon immer so gewesen. Da war Keisha, die ihm wegen einem Rapper den Laufpass gegeben hatte. Aber vor Keisha gab es Jessica, ein Mädchen in seinem Karatekurs, die er plötzlich nicht mehr liebte, nachdem sie ihn einmal mit einem Hüftschwung auf die Matte gelegt hatte. Vor Jessica gab es Dominique, die von Brooklyn nach Queens umgezogen war, was für einen aus Brooklyn ungefähr so ist, als würde man in ein anderes Land ziehen. Und jedes Mal, wenn Ernie sich in ein neues Mädchen verknallte, wurde aus Genies coolem, selbstbewusstem Bruder ein verpeilter, glubschäugiger Trottel. Genie wusste, wie es enden würde – mit Raps am Handy und extraharten »Karate-Übungsschlägen« auf Genies Armen.

Bla-bla-bla war alles, was Genie den restlichen Tag lang hörte, beim Mittagessen und sogar beim Gespräch danach mit Oma, bei dem sie Tess ein »Sahneschnittchen« nannte und Opa Ernie einen »Tanzbären«. Zumindest ging es nicht um rote Autos, an ein bestimmtes nämlich dachte Genie so oft wie Ernie an Tess. *Bla-bla-bla* die Treppe hoch. *Bla-bla-bla* im Zimmer. *Bla-bla-bla* während Genie auf das zerbrochene Rad starrte und sich fragte, wo die andere Hälfte wohl steckte. *Bla-bla-bla* während Ernies Liegestütze und Sit-ups, die er doppelt so oft machte, weil er sicher war, dass Tess auf Muckis stand. *Bla-bla-bla* während Ernie sich im Spiegel beglotzte und seinen Golfball-Bizeps musterte (und, superpeinlich, ihn auch noch küsste). Genie schrieb sogar in sein Notizbuch, **#461: Bla, bla, bla, bla, bla, bla, schwarze Schafe. Schwarze Schafe? Gibt es schwarze Schafe?** Ernie machte unbeirrt weiter mit seiner Tesserei, und Genie ignorierte ihn unbeirrt weiter, das heißt, bis Ernie sagte: »Oh, und weißt du was. Sie hat WLAN im Haus.«

Plattenkratzer!

»Was?«

»Tja«, sagte Ernie, sprang hoch wie ein Hampelmann und klatschte die Hände über dem Kopf zusammen. »Das Internet.«

In Genies Ohren klang Ernies Stimme plötzlich langsam und leise, wie *In-ter-netttt*. Wie im Traum. Genie hatte *so viele* Fragen, auf die er eine Antwort brauchte – er wurde allmählich nervös wegen dem Fragerückstau –, und sein treuer Freund Google war offenbar keiner von seinen Großeltern. Aber von Tess. Aha, also Tess.

»Ich liebe Tess«, sagte Genie mit einem breiten Lächeln. »Ich liebe sie, und ich versteh absolut, warum du so auf sie abfährst. Sie ist einfach viel besser als die anderen Mädchen. Vor allem als Keisha.«

»Echt jetzt?«, fragte Ernie glücklich. Genie lächelte nur und nickte und kicherte *In-ter-nett* in sich hinein.

Endlich, Gott sei Dank, hatte sich Ernie ausgequasselt und schlief ein, wobei er so laut schnarchte, dass die Grillen und Frösche darin untergingen. Aber Genie musste wach bleiben für seine Mission um zweiundzwanzig hundert Uhr. Er sah alle paar Minuten auf die alte Digitaluhr auf der Kommode und wartete darauf, dass es zehn wurde. Die Gegenstände auf der Kommode warfen im Mondlicht Schatten, auch das rote Auto mit Behinderung. Wenn er nur die andere Hälfte des Rads finden könnte, dann würde er es wieder zusammenkleben. Natürlich würde Oma wohl keinen Bastelleim oder Schnellkleber haben oder irgendeinen der anderen Kleber, die Genie normalerweise für seine Modelle braucht, aber guter alter Alleskleber würde es auch tun. Er würde das Rad nur in etwa … einen halben Tag lang zusammendrücken müssen, dann das Rad an das Auto drücken, noch einen halben Tag, aber was machte das schon. Wenigstens würde es wieder ganz sein. Aber das ging nun mal nicht ohne die andere Hälfte. Die Nachricht, dass Tess Internet hatte, war auch insofern gut, als er sich vielleicht was anderes einfallen lassen konnte. Vielleicht fand er online jemanden in North Hill, der Modelle verschenkte, und er konnte eine kleine Operation machen – ein Rad von jemand anderem nehmen und es an dem roten Auto anbringen. Und deswegen – Internet – empfand er einen Hauch von Ich lieb dich, Tess. War es so, wie Ernie sich fühlte?

Als die sicher langsamste Uhr der Welt ihre glimmenden roten Roboterklötzchen endlich zu zehn Uhr zusammengesetzt hatte, rollte sich Genie aus dem Bett und schlich sich vorsichtig in die Küche. Opa war schon da. »Pünktlich wie die Handwerker«, sagte er mit leiser Stimme. Die Uhr hatte gerade aufgehört zu reden, und Genie vernahm noch den letzten Fetzen: »... Uhr.« Auch konnte er Omas Schnarchen aus dem Schlafzimmer der Großeltern hören. Wow! Sie war so laut wie Ernie.

Opa schob Genies Stuhl vom Tisch weg, damit er sich setzen konnte. Dann legte er gleich los, wobei seine Stimme noch leiser wurde. »Also, du weißt, letzte Nacht haben wir von dieser Sache gesprochen –«

»Von dem Revolver?«, unterbrach ihn Genie.

»Nein. Davon, dass ich seit Jahren nicht mehr draußen war – jedenfalls nicht mehr richtig?«

»Ach ja. Du hast gesagt, du hättest Bedenken«, sagte Genie und hielt seine Stimme so leise wie die Opas.
Opa rutschte auf seinem Platz umher. »So hab ich mich ausgedrückt?«
»Jep.«
»Also, ich möchte, dass du mich da rausbringst. Mir hilfst zu üben.«
»Was üben? Wann?«, fragte Genie.
»Üben, na ja, draußen zu sein. Also richtig draußen. Jetzt.«
Genie blickte sich nach beiden Seiten um. Er hatte plötzlich das Gefühl, als würde jemand zuhören. Wenigstens hoffte er das, dann würde er sicher sein, dass er nicht der Einzige war, der hörte, wie verrückt Opa klang. »Draußen?«
»Draußen.«
»Aber ... es ist dunkel.«
»Macht mir nichts aus. Und dir?«
»Auch nicht. Aber ich hab keine Schuhe an.«
»Aber Socken?«
»Nein.« Genie hätte Socken anhaben sollen, schon deshalb, weil seine Mutter ihn wegen der Spreißel oben im Fußboden gewarnt hatte, aber er konnte einfach nicht darin schlafen. Er löste seine angeklebten Füße von dem warmen Linoleum und wackelte mit den Zehen.
Opa kickte seine Schlappen weg. »Ich auch nicht. Also, bringst du mich jetzt nach da draußen oder nicht?«

Zu Hause ließ seine Mutter Ernie und ihn so spät am Abend nie nach draußen. Nur streunende Kinder waren nach Sonnenuntergang noch draußen, sagte sie. Doch oben auf diesem Hügel waren Genie und Opa die einzigen Streuner, also dachte Genie, es würde schon gut gehen. Vielleicht. Wahrscheinlich. Außerdem würde Samantha, die Wachhündin, auch da sein, oder? Also ...

»Ähm ... okay«, willigte er zögernd ein.

Opa legte die Hände zu einem stummen Klatschen zusammen. »Großartig. Komm.« Er ging geräuschlos vor zur Tür. Genie wusste, dass Oma das nicht gut finden würde. Er war sich nicht mal sicher, ob er selbst es gut finden sollte, denn wenn er ihren Mann kaputt machte, wie er ihr rotes Feuerwehrauto kaputt gemacht hatte, würde sie ihm wohl nie verzeihen. Aber gesagt, getan. Was ihm einfach nicht in den Kopf wollte, war, wieso Opa das ausgerechnet jetzt machen wollte. Warum wollte er nach so vielen Jahren urplötzlich auf Erkundungstour gehen? Und warum mit Genie, seinem elf Jahre alten Enkel aus Brooklyn, der nicht wusste, wie das Land draußen in der Nacht war?

»Opa«, flüsterte Genie, während Opa die Tür aufschloss. »Warum können wir das nicht tagsüber machen?«

»Weil ich ...«, begann Opa, stockte und setzte von Neuem an. »Weil ich nicht will, dass irgendwer denkt, ich bräuchte 'nen Babysitter oder so. Dass ich es nicht allein schaffe. Obwohl ich die Leute nicht sehen kann, weiß ich, dass sie mich sehen können, und das mag ich nicht.« Genie konnte das verstehen, vor allem nach dem, was Dad von Opa erzählt hatte.

»Und warum bittest du nicht einfach Oma, mit dir rauszugehen?«, fragte Genie. »Da sie sich sowieso um dich kümmert.«

Opas Stimme erkaltete. »Sag bloß nicht noch einmal, dass sie sich um mich kümmert. Ich sag es dir zum letzten Mal. Das tut sie nicht.«

»Nein, ich weiß. Tut mir leid, ich meinte nur –«

Opa hatte die Tür aufgeschlossen und geöffnet. »Hör zu, wenn wir da draußen sind, sag ich dir, warum ich sie nicht bitten kann«, bügelte er die Frage ab. Er hielt sich an Genies Schulter fest, kaum dass sie die Veranda betraten. Wow. Er war wirklich nervös. Genie stellte fest, dass es dunkel und hell zugleich war. Es war dunkel, weil es Nacht war, aber der Mond schien so nahe wie die Sonne am Tag. Jetzt fiel ihm ein, dass Ma ihn Gottes Nachtlicht genannt hatte, als er noch klein war, und einen Moment lang fragte er sich, was seine Eltern in diesem Augenblick taten. Er hoffte, etwas Schönes, vielleicht gingen sie von einem Abendessen nach Hause, vielleicht blickten sie sogar hoch zu ebendiesem Mond. Und hoffentlich waren sie nicht zu Hause am Streiten.

Es war immer noch ziemlich warm. Die Grillen und die Frösche waren mit Feuereifer bei ihrem Zirp- und Quakkonzert. Sie waren in der gestrigen Nacht nicht ertrunken, und Genie fühlte sich überraschend erleichtert, fast als wollte er selbst ein Zirp-zirp machen oder … oder … was auch immer diese Grillen für ein Geräusch von sich gaben.

»Nur langsam, mein Junge«, sagte Opa, stellte Genie vor sich hin und legte die Hände auf seine Schultern. »Da kommen Stufen. Wie gesagt, ich geh von der Veranda zum Auto, wenn ich zum Arzt muss. Aber dennoch, mach langsam.« Genie musste man das nicht sagen. Er war genauso nervös wie Opa.

»Okay, hier ist die erste Stufe«, warnte er leise und trat vorsichtig darauf hinab. Opa klammerte sich an seine Schultern. »Stufe.« Beide nahmen die erste Stufe. Dann die zweite. Genie war jetzt schon auf dem Gras, aber Opa musste noch einen Schritt tun. Wieder sagte Genie »Stufe«. Opa nahm die letzte Stufe von der Veranda, immer noch fest an Genie geklammert. Das taubenetzte Gras kitzelte an Genies Füßen, und sofort ging er auf Zehenspitzen wie dieser Typ, Crab. Er hatte noch nie feuchtes Gras unter seinen Füßen gespürt, und er entschied, er mochte es nicht.

»Ähm … also, wo willst du eigentlich hin?«, fragte Genie und trat noch einen Schritt vorwärts. Dass Opa sich so ängstlich an seine Schultern klammerte, als ginge es um Leben oder Tod, gab ihm das Gefühl, einen menschlichen Rucksack zu tragen. Einen, der sprechen konnte.

»Führ mich in die Mitte des Hofs«, wies ihn Opa an, doch Genie konnte das Zittern in seiner Stimme hören.

Genie setzte, so langsam wie möglich, einen Schritt vor den andern, während Opa mit verhaltener Stimme zählte, bis sie ungefähr in der Mitte des Hofes sein mussten.

»Siebzehn«, sagte Opa und ließ Genies Schultern endlich los. Er atmete tief durch, als ob er die ganze Luft einatmen oder vielleicht die Nacht riechen wollte. Wie das Draußen wirklich roch. Merkwürdig war, dass Samantha nicht bellte. Tatsächlich hörte er nicht einmal ihre Kette rasseln. Vielleicht schlief sie ja. Opa wandte langsam den Kopf in alle Richtungen, lauschte den Käfern und Grillen, die so laut waren, dass es kein Wunder war, dass Samantha Genie und Opa gar nicht hörte.

»Lange nicht hier gewesen.« Opa sagte es, als würde er mit dem Draußen reden. Als ob das Draußen ein Mensch wäre. Er wippte auf den Zehenspitzen, dann bückte er sich, um seine Hose bis zur Schienbeinmitte hochzukrempeln. »Ich hab nasse Hosenaufschläge noch nie gemocht«, murmelte er.

Und da war sie wieder, diese Narbe, deren glatter Wulst im Mondlicht schimmerte. »Opa, ich wollt dich mal fragen, was ist mit deinem Fuß passiert? Ich hab es vorhin gesehen.«

Opa begann auf der Stelle zu treten, nur kurz, als wollte er seine Beine lockern. »Ah. Inspektor Little Wood findet ein neues Indiz«, sagte er. »Sag mal, bist du eigentlich bei allen so neugierig oder nur bei alten blinden Männern?«

Genie antwortete nicht, denn wenn er ehrlich gewesen

wäre, dann hätte er gesagt *bei allen*. Er kannte sonst keinen blinden alten Mann.

»Na gut.« Opa seufzte. »Es hat damit zu tun, dass deine Oma nicht meine ... ähm ... sagen wir einfach, erste Wahl ist, wenn es darum geht, mich auf dem Hof rumzuführen.« Opa trat weiter auf der Stelle. »Als ich blind wurde, bin ich immer draußen umhergegangen. Ich wollte einfach nichts an meinem Leben ändern – alles sollte so bleiben, wie es war.« Er beugte den Kopf in den Nacken, als würde er die Sterne betrachten, die er nicht sehen konnte. »Versteh mich nicht falsch, ich bin nicht weit gegangen, nur ein paar Schritte von der Veranda weg, ein wenig nach links, ein wenig nach rechts. Nichts Verrücktes, und die meiste Zeit saß ich ohnehin auf der Veranda und hab Mundharmonika gespielt, während Mary im Garten war und die Vögel und was weiß ich verscheucht hat.

Genie fand, das klang irgendwie cool – Oma war in den Erbsen, und Opa saß auf der Veranda, hatte die Sonnenbrille auf und spielte eine Art Soundtrack zur Erbsenernte.

»Eines Tages waren wir hier draußen, und ich bin von der Veranda runter«, fuhr Opa fort. »Ich machte sechs Schritte – waren es sechs? – vielleicht auch sieben – nach links, als ich es hörte, dieses laute Zischen, als ob die Luft aus einem großen Reifen entweichen würde.«

»Was war es?«

»Was es *war*?« Opa schnaubte. »Es war eine verdammte Mokassinschlange, das war es. Ich bin genau auf sie zugegangen, und als ich merkte, dass es eine Schlange war, war es zu spät. Sie hat mich gebissen. Hat sich richtig in meinem Fußgelenk verbissen. Tat weh wie Hölle. Ich bin hingefallen und hab geschrien, und Mary kam angerannt. Bis sie da war, hatte die Schlange wenigstens losgelassen. Wir sind schnell ins Krankenhaus gefahren, und die haben es behandelt, aber meine Haut hat komisch auf den Biss reagiert, und so ist sie verheilt – mit einer Narbe.«

Eine Mokassinschlange! Genie wusste genau, was das war. Das gehörte zu einer ausgedehnten Google-Suche, die er gemacht hatte: KANN (Leerzeichen) EINEN HONIGDACHS BESIEGEN? Wie sich herausstellte, nein, Mokassinschlangen können keine Honigdachse besiegen. Aber sie können Menschen besiegen. Genie versuchte sich vorzustellen, wie es gewesen sein musste, das Ding nicht sehen zu können, das einen beißt. Es kommen zu hören, aber nicht fortlaufen zu können. Mannomann!

»Ich kann dir sagen, wenn es was noch Giftigeres gewesen wäre, hätt es mich erledigen können«, fuhr Opa fort. »Ich hätt deine Großmutter gar nicht gern auf die Tour verlassen. Also, das war es. Mary war völlig durch den Wind deswegen und ich auch. Seither war ich nicht mehr hier draußen.«

Also, das war die absolut richtige Zeit, still zu sein. Einfach die Story hier enden zu lassen und weiterzugehen. Aber Genies Gehirn fing an, eins und eins zusammenzuzählen, die Geschichte immer wieder durchzugehen. Ein paar Schritte von der Veranda. *Sie* hatten siebzehn Schritte gemacht. Viel mehr als nur ein paar. Das war derselbe Hof. Ein Hof, auf dem eine Mokassinschlange lebte. Was hieß, es könnte noch mehr davon geben. Und trotz des schimmernden Mondes war es so dunkel, dass es Genie schwerfiel, Dinge im Gras zu erkennen, vor allem etwas Schnelles wie eine Schlange.

»Ähm ... Opa?«

Opa grunzte.

»Meinst du, es könnten jetzt Schlangen hier draußen sein?«

»Womöglich«, sagte Opa achselzuckend. »Aber mach dir keine Sorgen, um die Jahreszeit schlafen sie nachts meist.«

Genie fühlte sich darauf ein wenig besser, aber er hielt den Blick fest auf den Boden gerichtet und lauschte – lauschte angestrengt – nach diesem Zischeln. Er konnte aber nichts weiter hören als dieses Quak-und-Zirp-Konzert und ein ... Schnüffeln? Genie sah auf. Der Mond schien wie ein Scheinwerfer auf Opa, der einen Finger hinter die Sonnenbrille schob und sich die Augen wischte. Weinte er? Warum weinte er? Taten sie nicht das, was er wollte?

»Was ist denn?«, fragte Genie, und Panik stieg in ihm hoch.

»Nichts«, sagte Opa mit bemüht fester Stimme. »Nichts«, wiederholte er, nun ein wenig sanfter.

Aber dann nahm er die Brille ab und verdrückte seine Tränen mit Daumen und Zeigefinger.

»Eins wüsst ich gern«, sagte er und setzte sich die Sonnenbrille wieder auf. »Kann man die Sterne sehen?«

Genie sah hoch zum Mond – keine Sterne zu sehen – es war wohl zu hell. Aber in der Gegenrichtung waren sie. Tausende – nein, Millionen! Genie hatte noch nie so etwas gesehen.

»Jep«, sagte Genie mit großen Augen. »Eine ganze Menge.«

Opa nickte und nickte kurz und traurig. Genie beobachtete ihn und fragte sich, was für Gedanken er wohl hatte, welche Erinnerungen ihm wohl durch den Kopf wirbelten, jetzt, wo er draußen war. Dann wandte Genie den Blick wieder den Sternen zu und dachte, wie schrecklich es sein würde, nie mehr sehen zu können.

NEUN

#462: Wo ist Sam Hill? Ich dachte, wir wären in North Hill.

#463: Ist der Mond im Süden heller? Vielleicht, wenn die Sonne heißer ist, dann ist sie wahrscheinlich heller, und dann wäre der Mond auch heller, oder? Und wenn fast jeder Stern eine Sonne ist, dann ist nur eine Handvoll Sonnen am Himmel. Vielleicht ist die Sonne nur für die Erde die Sonne, aber für alle anderen Planeten ist sie nur ein Stern. Wie Dad nur der Vater von mir und Ernie ist. Für Ma ist er der Ehemann. Und für Opa und Oma ist er der Sohn. Aber für die Leute, die er bei Bränden rettet, ist er ein Stern.

Der dritte Tag begann mit einem Anruf von Ma.

Ma: Hi, Genie!
Genie: Hi, Ma!
Ernie: Hi, Ma.
Ma: Ernie? Was, ihr könnt alle über Lautsprecher mit mir reden?
Ernie: Ja.

Ma: Also, wie lautet das Urteil. Wie geht's euch?
Genie: Ernie hat ein Mädchen kennengelernt.
Ernie: Genie!
Ma: Ein Mädchen? So schnell?
Ernie: Sie lebt unten am Hang. Sie heißt Tess.
Ma: (Seufz) Ich bin froh, dass ihr jemanden habt, mit dem ihr was unternehmen könnt, außer Oma und Opa und diesem Hund.
Genie: Wie geht es Shelly?
Ma: Hab sie nicht gesehen. Aber sicher gut.
Genie: Wie geht's Dad?
Ma: Deinem Vater geht's gut, Genie. Schläft gerade. Er macht Überstunden – dann kann er sich die zwei Wochen Jamaika freinehmen. Also muss er heute Nacht arbeiten. Du hörst dich aber ziemlich gut an, Schatz. Opa ist doch nicht so übel, oder?
Genie: Nein, er ist ziemlich cool. Und Oma auch.
Ernie: Sie hat uns Erbsen pflücken lassen.
Ma: Erbsen! (Gelächter) Ihr Jungs kriegt ja richtig was vom Landleben mit.
Genie: Aber was ist mit dir und Dad?
Ma: Ich hab's dir doch gesagt, Schatz … er schläft gerade.

Nachdem sie mit ihren Eltern gesprochen hatten, gingen sie an ihre frühmorgendlichen Enkelpflichten, die am dritten Tag genau die gleichen waren wie am ersten, hinzu kam nur ein wenig Gießen im Erbsenbeet, was für Genie natürlich jetzt etwas ganz anderes war, weil er überall nach Schlangen suchte. Genie wollte Ernie eigentlich von den Schlangen erzählen, hatte jedoch Angst, dass Ernie anfangen würde nachzufragen, und dann würde Genie das Geheimnis entwischen. Also achtete er nur auf Schlangen, für Ernie gleich mit.

Nach den Erbsen gingen Genie und Ernie runter zu Tess. Genie war für Ernie nun so etwas wie Luft, wegen Tess natürlich, und das war in Ordnung, weil Ernie für Genie Luft war, wegen Google. *In-ter-nett.*

»Tess, darf Genie deinen Computer benutzen?«, hatte Ernie gefragt, sobald sie die Veranda von Tess erreicht hatten, wo sie stand, als hätte sie darauf gewartet, dass die Brüder aus New York – die beiden Stadtjungs – den Abhang herunterstürmen würden. Wenigstens fiel Genie diesmal nicht auf die Nase.

Tess grinste. »Was willst du mit dem Internet?«, hatte sie gefragt, die Tür bewachend, als wollte Genie einfach an ihr vorbeirennen und hineinstürzen.

»Also«, begann Genie. Er steckte die Hand in seine Gesäßtasche und riss sein Notizbuch heraus. »Ich muss da ein bisschen recherchieren.«

»*Recherchieren?* Was denn *recherchieren?* Wir sind doch nicht in der Schule, Kleiner. Es ist immer noch Sommer«, stichelte sie.

»Genau«, sagte Ernie und schüttelte den Kopf, als wäre

er ebenso enttäuscht wie Tess angesichts von Genies Mangel an sommerlicher Haltung.

»Ja, ich muss irgendwie ein paar Sachen rausfinden, die ich nicht weiß … zum Beispiel, ob es in Wirklichkeit wirklich schwarze Schafe gibt.«

Tess musterte Genies Gesicht und wartete auf die Pointe, die, wie sie einen Augenblick später feststellte, nicht kommen würde. »Meint er das ernst?«, fragte sie Ernie.

»Leider.«

»Also, was das angeht, natürlich gibt es welche«, erklärte Tess. Sie versuchte, eine unbewegte Miene zu machen, während sie fortfuhr. »Schwarze Schafe sind die, die Schwarze zählen, wenn sie einschlafen wollen.« Sie starrte Genie todernst an. Dann machte sich ein Grinsen auf ihrem Gesicht breit. Genie schnalzte mit der Zunge.

»War nur 'n Witz«, sagte Tess. »Ich hab noch nie ein schwarzes Schaf gesehen, aber das heißt nicht, dass es sie nicht gibt. Ich hab auch noch nie Jungs aus New York gesehen, und da seid ihr, steht auf meiner Veranda und seht mich an und wollt mein Internet.«

»Du siehst *uns* an«, witzelte Ernie verschlagen zurück.

»Dich guckt doch keiner an!«

»Keiner außer dir«, scherzte er.

Tess starrte ihn an, bis er den Blick senkte, und taxierte ihn auf eine Art, die bedeutete, dass sie ihm entweder eine reinhauen oder ihn küssen wollte. Wie auch immer, Genie war es egal. Er wollte nur an den Computer.

»Also«, sagte Genie und versuchte das Gespräch wieder aufs Hauptgleis zu führen. »Das Internet.«

»Verdammt, du bist ja vielleicht hartnäckig«, sagte Tess. »Okay, wart mal.« Sie schwang die Fliegentür auf und huschte ins Haus. Die Tür schlug hinter ihr zu. Genie sah ein paar zerdepperte Kronkorken auf dem Holzboden verstreut liegen und fragte sich, ob es die Fehlversuche von Ernie waren. Nebenan fuhr ein alter Wagen in den Hof. Ein 71er Mustang! Genie hatte mal genau den als Modell gebaut. Tolles Auto. Aber der kirschrote Lack von dem war von Rost zerfressen.

Tess' Haus war nicht so anders als ihr Haus oben in Brooklyn, mit Ausnahme der Möbel. Alle Sofas und Stühle waren mit dicken Plastikhüllen überzogen. Vielleicht waren die Sachen neu, und Tess' Eltern hatten noch keine Zeit gehabt, das Plastik abzuziehen? Sie hatten Tess' Mutter noch nicht kennengelernt, doch Crab schien nicht der Typ zu sein, der sich wegen solcher Dinge Kopfzerbrechen machte.

Und im ganzen Haus standen Eimer mit Wischlappen herum. Genie wollte gerade fragen, wer der Putzteufel sei, als Tess in die Ecke deutete. »Dort ist der Computer.« Er stand auf einem dieser eigens dafür vorgesehenen Schreibtische mit Schubladen und einem ausziehbaren Tastaturbord und einem besonderen Fach für den Drucker. Genie spürte ein jähes Glücksgefühl, als würde er einen lange

vermissten Freund wiedersehen. Im Nu war er an dem Platz, legte sein Notizbuch hin und tippte auf die Leertaste, um den Monitor einzuschalten. Ernie und Tess setzten sich auf das Sofa, dessen Plastikhülle furzte, als sie es sich bequem zu machen versuchten, damit sie, wie es Genie vorkam, unbequemen Small Talk führen konnten. Ernie fragte Tess, ob sie jemals Eichhörnchen gegessen habe. Sie sagte Ja und dass es genau wie Hühnchen schmecke, aber man müsse vorsichtig sein, weil die Schrotkörner aus den Gewehrkugeln manchmal im Fleisch steckten und man sich die Zähne anbrechen könnte, wenn man draufbiss. Ernie tat, als wäre er nicht angeekelt, während jetzt Tess eine Frage stellte, nämlich ob er jemals irgendwelche Sterne gesehen hätte, und nachdem er geantwortet hatte, dass er jede Menge gesehen hätte, vor allem seit er in Virginia sei, schlug ihm Tess auf den Arm und sagte, sie meine richtige Sterne wie Beyoncé und so. Und während sie weiterquasselten, konzentrierte sich Genie auf den Bildschirm und tippte:
Gibt es wirklich schwarze Schafe?
Dann löschte er die Frage und begann mit etwas, das ihm ein wenig wichtiger war.
Ersatzräder für Modellautos
Genie scrollte die Suchergebnisse herunter, konnte aber nichts finden, was ihm weiterhalf. Alles lief darauf hinaus zu sagen: *Kauf dir ein neues Modell, du Knallkopf!* Das konnte Genie aber nicht, also musste er sich etwas ande-

res ausdenken, und in diesem Moment half Google nicht sonderlich, also schob er das rote Feuerwehrauto in sein Hinterstübchen und blätterte durch sein Notizbuch, wo er weitere wichtige Fragen fand, zum Beispiel:
Wo gehen Grillen hin, wenn es regnet?
Und:
Rauchschwalben
Während sich Genie durch die Treffer klickte und las, dass sich Grillen meist schützten, indem sie in der Erde verschwanden, was zu einer neuen Frage führte – sickerte Wasser nicht in die Erde? –, war zu hören, wie sich hinten im Flur eine Tür öffnete. Tess verstummte. Ernie ebenfalls. Aber Genie suchte weiter und las, dass die Schwalbe ein Symbol der Hoffnung und des Lebens sei und ihr kein Schaden zugefügt werden dürfe, weil sie für Menschen stehe, die jung gestorben sind, und ebenso für Brüderlichkeit. Das war mal absolut faszinierend, vor allem, da Opa einen jungen Menschen kannte, der gestorben war – Onkel Wood. Vielleicht hatte er deshalb Schwalben! Und als Genie gerade mit der nächsten Frage loslegen wollte, wurde seine Googelei unterbrochen.

»Tess, wer sind diese Jungs?«, ertönte eine Stimme von der anderen Seite des Zimmers. Genie blickte auf.

»Ich hab's dir doch gerade erklärt, Mama, das sind die Enkel von Ma und Pop Harris«, sagte Tess genervt. »Die sind hier zu Besuch über den Sommer.« Sie wandte sich an Ernie und Genie. »Jungs, das ist meine Mutter.«

Tess' Mutter sah nicht annähernd aus wie eine der Mütter, die Genie bisher kennengelernt hatte. Es lag vielleicht an dem Mundschutz und den Plastikhandschuhen, dass er überrumpelt war.

»Ach, stimmt ja«, sagte die Frau und schlug sich mit der Hand auf die Stirn. »Ich schätz mal, du bist derjenige, von dem meine Tessy die ganze Zeit redet«, sagte sie mit Blick auf Ernie.

»Ma!«, japste Tess.

»Schhh, mein Kleines«, sagte ihre Mutter und zog das Gummi des Mundschutzes um ihre Ohren zurecht. Vom Hals aufwärts sah sie wie eine Ninja aus. »Schön, euch kennenzulernen. Entschuldigt die Maske, aber ich bin ein wenig krank, und ich möchte nicht, dass ihr euch was holt und auf den Hügel schleppt. Ich kenn eure Großeltern schon lange, und es wär schlimm, wenn ich sie anstecken würde.« Sie ging zum Fenster, drückte mit einem ihrer behandschuhten Finger eine Lamette der Jalousie hinunter und spähte zu der Kneipe nebenan.

»Ma ist mit Pop Harris aufgewachsen«, erklärte Tess.

»Ich bin nicht *mit* ihm aufgewachsen«, stellte Tess' Mutter klar. »Er ist doch viel älter als ich. Aber seine Mama war meine Babysitterin.« Sie nahm den Finger aus der Jalousie. Die Lamelle schnappte nach oben. »Sein Daddy hat mir beigebracht, wie man Vogelkäfige baut, und ich glaube, da hat Tessy ihr handwerkliches Geschick her.«

Genie stutzte. »Vogelkäfige?«

Tess' Mutter wandte sich vom Fenster ab und lehnte sich in die Ecke. Als ob die drei Kinder giftig wären und sie Angst hätte, ihnen zu nahe zu kommen.

»Genau, Vogelkäfige«, bestätigte sie, »damals, als die Harrisens in einem anderen Haus lebten, ganz hinten im Wald.« Das gelbe Haus! Das, welches Genie letztens bemerkt hatte, als er und Ernie zum ersten Mal Kacke schleuderten. *Ziel auf das alte Haus dort hinten.* Das war Opas Haus in der Kindheit gewesen?

»Jedenfalls, die Mutter von Pop Harris, Millie, war der netteste Mensch, den man sich vorstellen kann. Sie hat sich um alles und jeden gekümmert, auch um mich. Aber der alte Harris – das ist euer Urgroßvater –, der hatte nicht alle Tassen im Schrank«, fuhr Tess' Mutter fort.

Genie und Ernie sahen sich an. »Was soll das heißen, nicht mehr alle Tassen im Schrank«, fragte Ernie.

»Ich meine … ich weiß nicht, wie ich es erklären soll … Irgendwie hatte er zwei Persönlichkeiten in sich, mit denen er gekämpft hat.« Tess' Mutter zupfte ihre Plastikhandschuhe zurecht und verschränkte dann die Arme vor der Brust. »Er war im Zweiten Weltkrieg, und an manchen Tagen konntest du wirklich sagen, er hatte immer noch damit zu tun, weil er sich den ganzen Tag im Schlafzimmer einschloss. Und an anderen Tagen wiederum war er so nett. So freundlich.«

Sie wagte sich ein paar Schritte näher heran und setzte sich auf die Lehne des Stuhls neben dem Sofa.

»So hat übrigens diese ganze Sache mit den Vogelkäfigen angefangen. Die hatten so ein Fenster im Haus. Ein richtig großes.« Sie breitete die Arme aus, um es deutlich zu machen. »Und manchmal, wenn ich im vorderen Zimmer spielte, schlug etwas gegen die Scheibe. Dann fanden wir einen kleinen Vogel auf der Veranda. Die dummen Dinger sahen ihr Spiegelbild in dem großen alten Fenster und griffen an, mit vollem Karacho, Kopf voraus. Patsch!« Sie klatschte in die Hände, die Handschuhe dämpften den Schlag. »Euer Urgroßvater, wenn er gute Laune hatte, kam dann raus und sah die verletzten Vögelchen, und er sammelte sie auf und steckte sie in diese Käfige aus Draht und Holz, die er gemacht hatte, damit sie hoffentlich von allein wieder heil und nicht vom Hund gefressen wurden. Wie hieß der noch? Meine Güte, ich kann mich nicht mal mehr daran erinnern. Wie auch immer, sie wollten nicht, dass die Vögel vom Hund gefressen wurden und schon gar nicht von einer Schlange.«

Urplötzlich stand Tess' Mutter auf. Prüfte ihren Mundschutz. Prüfte umständlich den Sitz ihrer Handschuhe. Räusperte sich. Dann setzte sie sich wieder.

»Und so hat er mir beigebracht, wie man diese Rettungskäfige macht. Für die Zeit, in der er mal nicht mehr da war. Na ja, er war ziemlich alt, also wird er sich sein Teil gedacht haben.«

»Und jetzt kennt ihr die ganze Geschichte von North Hill, Virginia, wo die Menschen Vögel retten, die sich verletzt haben bei dem Versuch, gegen sich selbst zu kämpfen«, scherzte Tess.

»Sei nicht so frech, Tess«, sagte ihre Mutter. »Jedenfalls, war nett, euch kennenzulernen. Richtet euren Großeltern Grüße von mir aus.« Dann wandte sie sich Tess zu und sagte leise: »Tess, du weißt, was zu tun ist.«

Als Tess' Mutter durch den Flur verschwand und sie ihre Tür zugehen hörten, flüsterte Ernie: »Was hat sie gemeint mit »*Du weißt, was zu tun ist?*«

Tess seufzte. »Tut mir leid, Jungs, aber jetzt muss ich euch beide umbringen.« Mit erhobenem Arm machte sie stech-stech-stech in Richtung Ernie, dann lachte sie. Aber ihr Lachen erstarb rasch, als sie erklärte, was wirklich los war. »Ne, es ist nur so, dass ich alles abwischen muss, wenn ihr geht. Vor allem den Computer.« Sie rieb sich kräftig die Wangen. »Sie ist verrückt, meine Mutter«, sagte sie rundheraus. Dann wandte sie sich Ernie zu und wiederholte es, wobei sie ihm direkt in die Augen sah. »Sie ist *verrückt*. Im Ernst. Sie ist völlig durchgeknallt. Sie trägt diesen Mundschutz, weil sie glaubt, sie wäre krank und alle um sie herum auch. Jede Woche ist es was anderes. Letzte Woche dachte sie, sie hätte Tuberkulose. Die Woche davor war es Asthma. Gestern hat sie mir gesagt, sie sei ziemlich sicher, dass sie Zerebralparese hätte, aber heute Morgen wiederum meinte sie, es sei Mukoviszidose, und ehe ich euch reingelassen hab, sagte sie, es könnte Alzheimer sein, aber sie könne sich nicht erinnern.«

»Ich hab keine Ahnung was das alles sein soll, außer Asthma«, gab Ernie zu. »Keine Ahnung.«

»Also, ich auch nicht, aber sie schaut alles im Netz nach und erzählt mir jedes blöde Detail. Sie hat das Haus praktisch seit 'nem Monat nicht verlassen. An manchen Tagen will sie nicht mal ihr Zimmer verlassen.«

»Aber ist sie wirklich krank?«, fragte Genie und überlegte, ob er nicht besser all die Namen der Krankheiten aufgeschrieben hätte.

»Hast du letztens Bier in dieser Kneipe getrunken?«, fragte Tess.

»Nein. Ingwerbier«, sagte Genie verwirrt. Tess nahm einen feuchten Lappen aus einem kleinen Eimer, der auf dem Tischchen neben dem Sofa stand. Stieg über Ernies Beine und kam herüber zum Computer, beugte sich um ihn herum und wischte die Tastatur ab. Jedenfalls erklärte das die ganzen Wischlappen.

»Eben«, sagte Tess, fuhr mit dem weißen Tuch über die Tasten und verbreitete das seltsame Aroma gekochter Blüten. »Sah aus wie Bier, war aber nur Ingwerbier. Das Spezial.«

»Genau. Das Spezial.«

»Also, sagen wir einfach, meine Mutter ist auch eine Version von diesem Spezial.«

»*Oder* wir könnten sagen, dass deine Mutter eine Hypochonderin ist«, sagte Genie.

Tess legte den Kopf schräg. »Ich weiß nicht, wie ihr's

oben in New York haltet, aber hier unten geben wir unseren Müttern nicht einfach Spitznamen.«

»Tu ich doch nicht«, ruderte Genie zurück. »Ich sag nur, dass das ihre Krankheit ist.«

»Und woher weißt du das? Bist 'n Genie?«

»Nein. Er ist ein Streber«, sagte Ernie. Genie warf ihm einen Blick zu, aber keinen allzu kalten. Das war kein großes Ding. Er war schon öfter Streber genannt worden.

»Das hab ich im Internet gelesen«, sagte Genie mit einem Achselzucken.

»Also. Willst du behaupten, du wüsstest, was ein Hyperonder ist, aber –«

»Hypochonder.«

»Egal. Du weißt, was das ist, aber du weißt nicht, ob es so was wie schwarze Schafe gibt?«

Genies Wangen liefen heiß an. »Also, das ist was anderes.«

#464: Warum nennt man Rauchschwalben Rauchschwalben? Hat man sie früher geräuchert und gegessen? Opa vielleicht? Eklig.

#465: Wie werden verletzte Vögel von allein wieder gesund? Müssen sie an sicheren Orten wie Käfigen sein? Fühlen sie sich dann nicht gefangen? Kann man gefangen und gleichzeitig sicher sein?

Und so ging es die ganze Woche weiter, Genie notierte seine gesammelten Fragen entweder abends oder morgens, nach dem Abendessen oder vor den Tagesarbeiten. Und sobald Omas Pflichtprogramm abgearbeitet war, gingen Genie und Ernie hinunter zu Tess. Genie setzte sich an den Computer und tippte los, las all die Dinge, für die sich sonst niemand zu interessieren schien, darunter die bedauerliche Tatsache, dass es unmöglich war, ein Ersatzrad für das rote Auto zu finden – denn wie sich herausstellte, hatte in North Hill niemand eines abzugeben. Und er hatte den ganzen Wohnzimmerboden nach dem anderen Bruchstück abgesucht, doch offenbar hatte der Boden es irgendwie verschluckt. So war das. Ein Reinfall.

Ernie und Tess wiederum saßen jeden Tag auf dem Sofa und rückten immer näher zusammen. Ernie versuchte ständig zu beweisen, wie hart er war, indem er Tess aufforderte, ihn zu zwicken oder, so hart sie konnte, zu knuffen. Im Hintergrund rief Tess' Mutter etwas wie: »Tess, geh zu deinem Vater und sag ihm, ich brauch Medikamente für Fußpilz. Chronischen Fußpilz. Ich bin ziemlich sicher, dass ich den hab!« Tess rollte mit den Augen, was das Zeichen für Ernie und Genie war, dass es jetzt an der Zeit war, das Wohnzimmer zu wischen und dass sie beide nach draußen gehen sollten. Also halfen sie Tess mit ihren Ohrringen oder bewarfen sich manchmal auch nur mit Kronkorken, oder sie gingen in ihrem Hof umher auf der Suche nach Ameisenhügeln, in die sie Löcher stachen, worauf sie die Feuerameisen oben herausquellen sahen wie Lava mit Beinchen. Dann gingen sie meist in die Kneipe, tranken Ingwerbier und aßen Erdnüsse, die widerlich schal, aber perfekt für einen Wettkampf waren, wer sich die meisten in den Mund stopfen konnte.

Und Genie und Ernie fanden endlich ins Landleben hinein. Sie waren sogar mit Großmutter in der Kirche gewesen, und das hatte praktisch gewirkt wie eine Schlaftablette. Ein altes Gebäude mit alten Menschen, die alte Lieder sangen. Genie und Ernie verschliefen fast alles, wogegen Oma nichts hatte. Sie saßen ohnehin ganz hinten, weil sie keine Sonntagssachen hatten, und Oma meinte, sie wolle sich nicht mit ihnen blamieren. Gott könne immer noch in sie fahren, auch wenn sie schliefen. Ernie fragte sich, warum sie dann nicht zu Hause bleiben konnten. Und Genie fragte sich, ob das der Grund war, weshalb Opa nicht mitkommen musste.

Wieder zu Hause, schmeckte der süße Tee endlich gut. Genie gewöhnte sich an Samantha. Er und Opa verbrachten jeden Tag ein wenig Zeit im Drinnen-Draußen-Raum, wo Opa seinen Drink und seinen Apfel zu sich nahm, die Samen immer in die kleine Tasse spuckte, die er unter dem Tisch aufbewahrte. Genie hatte auch Geschmack an Äpfeln gefunden und war im Samenspucken ziemlich gut. Wichtiger aber war, dass er eine neue Aufgabe bekam, eine, die er sich ganz alleine gewählt hatte, nämlich diesen irren Raum zu putzen. Allmählich mochte er diese

Vögel wirklich, vor allem, nachdem er gelernt hatte, was die Schwalben so alles symbolisierten. Er fand, sie müssten Namen haben, und nannte sie nach den *Jackson Five*. Dann wollte er sichergehen, dass sie gefüttert wurden. Er reinigte die Käfige von Vogelkot, Opa zeigte ihm wie. Es war wirklich verrückt, Opa hatte es die ganze Zeit allein gemacht, was auch den ganzen Dreck auf dem Kunstrasen erklärte. Opa gab Genie eine Zahnbürste, die er an einem langen Holzstab befestigt hatte, damit er sie zwischen den Gittern durchstecken und den weiß gefirnissten Boden schrubben konnte. Perfekt war es nicht – anfangs machte sich Genie Sorgen, dass er einen der Vögel stupsen könnte, während er schrubbte, aber sie hüpften immer aus dem Weg – und es war ziemlich eklig, aber besser als der Dreck, den Opa da ständig übrig gelassen hatte.

Genie fand auch die armen durstigen Pflanzen traurig, also fing er an, sie zu gießen und die verwelkten Blätter zu zupfen – Sachen, die er bei Oma im Erbsengarten gelernt hatte. Ernie durfte nun auch mit hereinkommen, aber der Raum gruselte ihn irgendwie, das merkte Genie. Die ganzen Käfige und Pflanzen und Vögel – es war, nun ja, schon ein wenig gruslig.

Außerdem war Ernie viel mehr an Tess interessiert. *Sie* war seine neue Aufgabe. Manchmal kam sie auf den Hügel hinauf zu Besuch, und dann saßen Ernie und sie draußen auf der Veranda wie ein älteres Paar, und sie redeten oder machten Quatsch mit Samantha, bis die Sonne hinter den

Bäumen verschwand und sich Schichten von Farben am Himmel auftürmten, die sie in Brooklyn niemals sahen, bis die roten Häuser unten am Fuß des Hügels in der Dunkelheit verschwanden. Dann, am achten Tag, wurde die eintönige Routine, die Genie und Ernie tatsächlich langsam mochten, durchbrochen.

ZEHN

Offenbar gab es auch eine kleine Stadt in der Gegend von North Hill. Wer hätte das gedacht? Und dorthin würden sie gehen, so sagte Oma zu Ernie und Genie, gleich nachdem sie die Erbsen gepflückt und den Hof geputzt hatten. Das Übliche eben. Ziel jetzt: der Flohmarkt. Genie fand es plötzlich aufregend, woandershin zu gehen, statt in die Kirche oder zu Tess. Ehe es losging, wuschen sich Genie und Ernie die Hände und wechselten die Hemden – Omas Regeln –, und Genie nahm das rote Auto von der Kommode und ließ es vorsichtig in seine Hosentasche gleiten.

»Wozu nimmst du das mit?«, fragte Ernie.

»Vielleicht verkauft ja jemand Modellautoteile auf dem Markt. Dann muss es passen.«

»Mann, Oma verkauft Erbsen, also sind da wahrscheinlich nur Leute mit Obst und Gemüse. Da verkauft dir keiner irgendwelche Spielzeugteile.«

»Es ist ein Modell«, korrigierte ihn Genie. »Und was macht es schon, wenn dort Lebensmittel verkauft werden? Du hast deine Sonnenbrille in der Bodega unten an der Ecke gekauft, und die verkaufen auch Lebensmittel.

Außerdem verkauft Tess Ohrringe, und Ohrringe kann man nicht essen, Ern.« Genie hatte es ihm mal wieder gezeigt.

Unten rannte Ernie vor zur Haustür, Genie sagte ihm, er würde gleich kommen, aber er müsse rasch noch etwas erledigen. Die Vögel füttern.

Er stieß die Tür zum Drinnen-Draußen-Raum auf. Opa ließ sie inzwischen unverschlossen, weil, wie Genie jetzt tatsächlich klar war, er ihm tatsächlich vertraute und wusste, dass er ganz versessen darauf war, alles – die Vögel und die Pflanzen – gut zu versorgen. Opa war nicht da, aber das machte nichts, denn Genie brauchte ihn nicht bei dem, was er vorhatte. Er langte unter den kleinen Tisch und nahm die Dose mit den ... toten Fliegen. Genie ekelte es immer noch furchtbar, doch jeden Tag gewöhnte er sich mehr daran, indem er die Fliegen in seine Hand schüttelte, dabei ein Auge geschlossen hielt und sich einredete, es wären Samen. Samen mit Flügeln. Die Dose war allmählich leer, aber Genie schätzte, er könnte die Fliegen fair verteilen, vier oder fünf für jeden Vogel, dann würde jeder der *Jackson Five* genügend bekommen. Aber er verrechnete sich. Als er zu Michael, der letzten Schwalbe kam, hatte Genie nur noch eine Fliege. Michael war der kleinste der Vögel, und er brauchte nicht viel zu fressen, aber mehr als eine Fliege musste es schon sein. Außerdem war diese eine schon vergammelt. Die würde er auf keinen Fall anfassen. Erst dachte er an die Pflanzen. Davon gab es ja viele, aber er war sich eigentlich nicht sicher, ob Vögel Pflanzen fraßen. Er hatte die Vögel in Brooklyn nie Grünzeug picken sehen, aber das lag wohl daran, dass er dort eigentlich kein Grünzeug sah. Dann überlegte er, ob er Michael Jackson vielleicht Brot geben könnte. Zu Hause sah er immer irgendwelche Leute, die die Tauben im Park mit Brot fütterten, aber Tauben hatten vielleicht stärkere Mägen als diese Landvögel. Die *Jackson Five* waren vielleicht gar nicht an altbackene Brötchen gewöhnt. Vielleicht fraßen sie nur Sachen von Bauernhöfen. Bio. Eigentlich gab es ja kaum etwas, das mehr bio gewesen wäre als Fliegen. Er betrachtete die letzte Fliege in der Dose. Die sah praktisch aus wie ... Und dann fiel es ihm wie Schuppen von den Augen. Mann. Samen. Kerne, Apfelkerne!

Genie stellte die leere Kaffeedose wieder unter den Tisch und nahm die Tasse, in die Opa immer die Apfelkerne spuckte. Seine »Samentasse«. Samen, Fliegen, gleiche Größe, gleiche Sache, fand Genie, während er ein paar Apfelkerne aus der Tasse in die hohle Hand schüttete. Er stellte die Tasse zurück, dann ließ er die Kerne einen nach dem anderen in Michael Jacksons Käfig fallen. Michael schien sofort interessiert und hüpfte von seiner Stange herunter auf den Käfigboden, und Genie ging erleichtert hinaus. Kein Vogel würde unter seiner Aufsicht hungern.

»Tut mir leid, ich musste noch die Vögel füttern«, sagte Genie, als er in den Wagen stieg. Oma saß schon hinterm Steuer, hatte den Wagen angelassen und war drauf und dran, loszufahren. Genie zerrte das Feuerwehrauto hervor und steckte es in die Tasche hinter dem Fahrersitz, damit Oma es nicht sehen konnte und es nicht noch mehr beschädigt wurde, denn Genie saß zusammengequetscht mit genau 627 Erbsenhülsen in einem Korb, einem Bündel fressbeutelgroßer Tüten und einer Waage. Ernie war heute Beifahrer.

»Musstest denen stinkige Fliegen füttern, weiß schon. Und jetzt schnall dich an.« Oma drehte am Knopf des Radios. Richtig, Omas Autoradio bediente man mit einem Knopf. Nicht mit einer Taste. Einem Knopf. Der Wagen war zwar alt, aber wenigstens nicht so alt und hässlich wie der von Crab. Im Radio kamen Nachrichten, dann Jazz, dann Rap. Als sie beim Hip-Hop war, lebte Genie auf und wippte mit dem Kopf. Dann wechselte Oma erneut den Sender.

»Na endlich«, sagte sie, und jetzt hatte sie Gospelmusik eingestellt. Sie zog die Sonnenblende herunter und steuerte langsam den Hügel hinunter. Unten angekommen, drehte sie die Musik laut auf, gegen laute Musik hatte weder Ernie noch Genie etwas, aber es waren Gospelsongs, und ihre Großmutter sang lauthals mit, als wäre sie tatsächlich in der Kirche – und das war irgendwie verrückt. Ernie starrte unentwegt aus dem Fenster und versuchte sich das Lachen zu verkneifen. Und Genie versuchte sich eine Frage auszudenken, die Oma dazu bringen könnte, die Musik leiser zu stellen.

»Oma«, sagte er, als ihm eine eingefallen war, und schob den Erbsenkorb, der ihm gegen die Hüfte drückte, ein wenig weg. Sie antwortete nicht. »Oma«, wiederholte er, aber sie war nun mal mitten in einem Song für Jesus. Sie wedelte die ganze Zeit mit der rechten Hand vor dem Gesicht, als würde sie einen stinkigen Rülpser wegfächeln. »Großmutter!«, rief Genie. Endlich drehte die das Radio leiser und sah ihn im Rückspiegel an.

»Ja, Schatz.«

»Darf ich dich was fragen?«

»Das hast du gerade.«

»Oh.« Hm. »Also, darf ich dich noch was fragen?«

»Schieß los, mein Junge!« Sie wandte den Blick wieder auf die Straße.

»Verkauft irgendjemand auf dem Flohmarkt tatsächlich Flöhe?«

Ernie schnalzte mit der Zunge.

»Was?«, stöhnte Genie.

»Blöde Frage, Mann«, spottete Ernie.

»Nein, das stimmt nicht«, erwiderte Oma und wandte den Blick wieder von der Straße ab, diesmal, um Ernie streng anzusehen. Dann blickte sie wieder konzentriert geradeaus. »Nein, mein Junge, dort werden keine Flöhe verkauft. Zumindest glaube ich das nicht. Ich hab dort noch nie irgendwelche Flohverkäufer gesehen, aber wenn du einen siehst, dann lass es mich auf jeden Fall wissen. Ich nehm dann ein paar mit als Geschenk für meinen alten Kumpel Crab.« Doch sie besann sich. »Nein, wart mal, besser nicht. Ernie kriegt es dann vielleicht mit einer wütenden *Freundin* zu tun, und das wollen wir doch nicht haben, oder?« Wieder sah sie Genie im Rückspiegel an und zwinkerte. Ernie schüttelte nur den Kopf und unterdrückte sein Grinsen mit verkniffenem Mund.

Der Flohmarkt war ein schräges und verblüffendes Schauspiel. Es war wie Zirkus und Jahrmarkt in einem, nur gab es keine Tiere und keine Karusselle, allerdings konnte man überall Leuchtschwerter und Zuckerwatte kaufen. Auch Autoreifen waren im Angebot. Und Türknäufe. Und so ziemlich alles, was es überhaupt gab. Genie hatte nicht gewusst, was ihn erwarten würde. Er war noch nie auf einem Flohmarkt gewesen, und die beiden Brüder hatten geglaubt, dass dort ein Haufen alte Leutchen wie Oma sein würde, zum Klatschen und Tratschen und Singen. Nebenher würden sie eine Handvoll Obst und Gemüse verkaufen, das sie auf ihren Farmen angebaut hatten, geerntet von ihren Enkeln, die sie um fünf Uhr morgens aus den Betten gescheucht hatten, damit alles frisch vom Feld war. Und es gab tatsächlich ein paar Leute dieser Sorte, aber viele verkauften einfach … Krimskrams. So ziemlich alles. Was Genie hoffen ließ, dass er vielleicht ein Ersatzrad für das rote Auto finden würde. Man könnte sagen, es war nicht ausgeschlossen, immerhin gab es ja Leute, die Sachen wie alte Schwarz-weiß-Fotos von irgendwelchen Menschen verkauften oder rostige Schrauben bis hin zu Gemälden und Zeichnungen – manche davon cool, andere langweilig. Die eine Dame hier hatte nur einen Tisch voll weißer Socken. Das war alles. Sie verkaufte nur weiße Socken, was einem verrückt vorkam, aber sobald Genie daran dachte, wie oft er Ma schon hatte klagen hören, dass ihre Socken so schnell schmutzig würden und dass sie immer Löcher hatten, wirkte die Dame mit den weißen Socken irgendwie genial. Sie wäre wahrscheinlich Mas neue beste Freundin geworden, wenn Ma hierhergezogen wäre.

»Stellt den Korb einfach hier drauf«, sagte Oma, nachdem sie ihren Tisch mit einem blauen Tuch überzogen hatte. »Legt die Waage und die Tüten daneben, und wenn jemand kommt, kann er sich, so viel er will, in eine Tüte füllen. Dann nimmst du die Tüte, Ernie, und wiegst sie ab.« Sie legte die Hand auf die Waage – der rote Pfeil stieg von null auf eins und zuckte dann wieder auf null zurück. »Genie, die rufst die Zahl aus, auf der dieser rote Zeiger landet. Und ich sag dann, wie viel es kostet. Verstanden?«

»Verstanden«, sagte Genie. Ernie nickte nur, gab sich cool wie immer, während sich eine feine Staubschicht auf seine Sonnenbrille legte.

»Jetzt tretet einen Schritt zurück, und ich zeig euch, wie man ruft«, sagte Oma und trat nach vorn an den Tisch. Dann holte sie tief Luft, bis ihre Brust gewölbt war, und brüllte aus Leibeskräften: »Süße Erbsen, süße Erbsen, süüüüüße Erbsen!«, als ob »süße Erbsen« etwas weit Entferntes wären, das sie anschrie. Und auch, als ob die Erbsen wirklich süß wären, was nicht stimmte, wie Genie wusste. Wie peinlich war das denn?

»Süüüüüß«, sang Oma noch einmal laut, während allmählich Leute zu ihrem Tisch herüberschauten und lächelten. Genie dachte, vielleicht könnte er sich unter diesem blauen Tuch verstecken, und er merkte, dass es Ernie wohl genauso ging. Wenigstens hatte er Glück, dass ihn in North Hill keiner kannte, sonst wäre sein Leben ruiniert, ging ihm durch den Kopf, als Oma ihn anstupste. »Hilf mir mal, mein Junge. Keiner wird deinem süßen kleinen Gesicht widerstehen können. Nur zu, ruf es genauso laut wie ich.«

Wirklich? *Meinte sie das im Ernst?* Genie warf Ernie einen *Hilf mir doch, Mann*-Blick zu, aber Ernie nahm seine Sonnenbrille ab und tat so, als würde er sie putzen, als ob das wichtiger wäre, als seinen Bruder rauszuhauen. Wieder stupste Oma ihn an, diesmal etwas ungeduldiger. Also machte Genie eine hohle Hand um den Mund und brachte es hinter sich. »Süße Erbsen!«, rief er, und Oma kreischte: »Süße Erbsen« hinterher, und dann rief Genie noch mal, aber diesmal lauter und länger. Ernie unterbrach das Brilleputzen und stand nur da. Schockiert. Dann stupste Oma auch ihn an und spottete, er sei wohl zu cool. Dann fing sie wieder an zu rufen, aber diesmal mit Reim: »Nicht in der Stadt und nicht auf dem Land, süße Erbsen gibt's nur hier am Stand.« Und noch einmal: »Süüüüß!«

Der nächste Schocker war die Menge. Warum sollten sich Leute auf einen Tisch stürzen, nur um Erbsen zu kaufen? Aber dieser bescheuerte Ruf wirkte, als ob es was umsonst gäbe! So viele Leute. So viele Erbsen! Eintüten und abwiegen, Pfund um Pfund, Dollar um Dollar, für das, was in Genies Augen das widerlichste Essen auf dem ganzen Planeten war. Unglaublich. Als praktisch die ganzen Erbsen verkauft waren und die Menge sich verzog, klebte Oma einen Zettel vorne auf den Tisch, auf dem stand: AUS DIE MAUS – ERBSEN RAUS! Dann zahlte sie Genie und Ernie pro Nase zehn Dollar! Dritter Schocker! Sie hatten für sie gearbeitet, sicher, aber sie hätten nicht gedacht, dass Oma sie tatsächlich dafür bezahlen würde. Sie hielten das eher für Enkelpflicht.

»Und nun schauen wir uns hier mal um«, schlug Oma vor. »Vielleicht gibt es hier was, was ihr mögt.«

Genie strich mit der Hand über die Wölbung in seiner Tasche. Er wusste genau, auf was er aus war, und jetzt hatte er sogar das Geld, um es zu bezahlen. Alte Modellauto-Baukästen oder sogar schon fertige Modelle, die er ausschlachten konnte. Alles, was ein Rad hatte, mit dem er das von Onkel Woods Feuerwehrauto ersetzen konnte. Hier auf dem Flohmarkt musste es doch jemanden geben, der so etwas verkaufte. Wenigstens hoffte Genie das. Doch Oma konnte er es nicht erzählen. Nun, hätte er schon, aber er wollte sie nicht auf irgendwelche Gedanken bringen.

Staub wirbelte auf, während sie an den Ständen entlangschlenderten, und an jedem Stand wurde etwas anderes angeboten. Einer verkaufte 3-D-Brillen. Der Mann trug selbst eine. Komisch. Ein anderer verkaufte alte Illustrierte. Eine Schar Leute stand um seinen Tisch, die verblasste Titel mit Martin Luther King oder den Beatles in den Händen hielt. Eine Frau verkaufte Brettspiele. Genie sah *Risiko!* und fand es erst aufregend, dann überlegte er sich, dass so ein Spiel besser im Fernsehen aufgehoben war. Mit Alex Trebek. Kein Alex, kein Spaß. Und dann war da eine Frau, die Videospiel-Konsolen verkaufte. Sie hatte die verschiedenen Systeme in Körben sortiert, und es waren ein paar richtig alte Dinger darunter. Es war, als würde man auf einen Haufen Bruchstücke alter Raumschiffe stoßen. Ein paar Stände weiter war ein kleiner Junge, der Schnürsenkel verkaufte. Einfach ... Schnürsenkel. Und aus irgendeinem Grund blieb Oma hier stehen.

»Nun, junger Mann«, sagte sie zu dem Jungen. Er stand mit den Händen auf dem Rücken da, fein herausgeputzt. Als wäre er ein ganz großer Geschäftsmann. Sogar Hemd und Krawatte hatte er an. »Ich bin sicher, meine Enkel hier wollen es unbedingt wissen. Sind bei diesen Schnürsenkeln die Turnschuhe dabei, oder gehen die extra?«

Der Junge fing an zu lachen und ordnete die Schnürsenkel auf dem Tisch. Genie und Ernie bemerkten die Metallaufsätze an deren Enden. Die passten zu Jordans, aber es ist nicht so, als hätten die beiden Harris-Brüder je welche getragen. Ihr Vater weigerte sich, so viel Geld für Turnschuhe auszugeben. Aber Genies bester Freund, Aaron, hatte welche. Und Shelly. Und die hatten ebendiese silbernen Aufsätze.

»Nein, nein, die Dame«, sagte der Junge im besten Verkäuferton. »Das *waren mal* Schnürsenkel. Aber jetzt nicht mehr.« Er nahm einen und wickelte ihn ein paarmal um sein Handgelenk. Die metallenen Aufsätze konnte man ineinanderstecken. »Ich nehme Magnete dafür. Jetzt haben wir Armbänder oder Halsbänder.« Er hängte sich einen der Schnürsenkel um den Hals. Echt abgefahren.

»Oh ... wow.« Oma war sichtlich beeindruckt. Genie nicht. Vielleicht, weil er gesehen hatte, dass Tess etwas viel Besseres aus Kronkorken machen konnte. Oder vielleicht, weil er wusste, dass Schnürsenkel als Schmuck zu Hause in Brooklyn nie als schick gelten würden. »Cool, nicht wahr, Jungs?«

»Schon«, sagte Ernie und stahl sich ganz allmählich davon. Und Genie folgte ihm ganz allmählich.

Sie sahen sich noch ein paar Stände an, manche waren wirklich cool, etwa der eine mit den vielen Goldketten (auch wenn Oma meinte, das seien Fälschungen), und manche weniger, wie der mit dem Typen, der seine Gemälde verkaufte. Aber er malte immer nur Kühe. Und die sahen nicht mal nach Kühen aus.

Aber wonach Genie Ausschau hielt, hatte er immer noch nicht gefunden. Ernie hingegen schien nach gar nichts zu suchen, doch als er auf eine Frau stieß, die seltsam schräge Puppen machte – zumindest sah es nach Puppen aus –, da blieb er stehen.

»Hallöchen«, sagte die Frau irgendwie unecht. Es war ein aufgesetztes, komisches *Hallöchen*.

»Was ist das hier?«, fragte Ernie. Oma nahm eins von den Teilen in die Hand und musterte sie. Genie sah sich nach den Verkäufern zu beiden Seiten um. Bilderrahmen und Gürtelschnallen. Immer noch keine Modellautos.

»Ich nenn sie Beißerchen. Sie sind für Hunde. Ich mach sie aus Gummi. Die sind praktisch nicht kaputt zu kriegen, und sie haben so ein kleines Quietscheding innendrin«, sagte die Frau und kniff den Kopf einer der Puppen.

Genie fand die Puppen eigentlich gar nicht so cool. Sie waren besser als die Schnür-Schmuck-Senkel, aber nicht so viel besser. Offenbar sah Ernie das anders. Auf einem Schild auf dem Tisch stand: *Beißerchen: Sechs Dollar.* Genie wusste, dass Ernie es gesehen hatte, doch Ernie versuchte es dennoch mit Feilschen.

»Wie viel?«, fragte er, ganz das Schlitzohr.

»Wo seid ihr her?«, fragte die Dame mit dem Hallöchen.

»Brooklyn«, antwortete Ernie, aufgeplustert wie üblich.

»Okay, also für dich …« Sie legte die Hand ans Kinn, als würde sie überlegen, Ernie ein Schnäppchen anzubieten. »Ich überlass es dir für … sagen wir … sechs Dollar.«

Ernies Gesicht wurde so hart wie ein Kiesel. Oma tat, als würde sie ausspucken, und brach in Gelächter aus. Die Hallöchen-Frau war eine ganz Schlaue. Ernie lachte nicht, aber er rückte den Zehndollarschein heraus, den ihm Oma gerade gegeben hatte, und kaufte sich oder, besser, kaufte Samantha ihr erstes Beißerchen.

Gerade als Genie dachte, er könnte auch etwas zu beißen vertragen – einen Mittagsimbiss –, da sagte Oma ganz aufgeregt: »Oooh, ich möchte, dass ihr beide was ausprobiert.« Sie ging geradewegs durch den Lebensmittelbereich des Marktes – an den Würstchen im Teigmantel vorbei und an dem Mann mit den Truthahnschlegeln. »Etwas, das ihr sicher nicht in der großen Stadt kriegen könnt«, meinte sie und lief schneller, als sie es je bei ihr erlebt hatten.

Sie blieben vor einem gelben Verkaufswagen mit der längsten Schlange von allen stehen, die Leute wippten mit den Füßen, fächelten sich Luft zu und warteten auf irgendwelche Sandwiches, die der alte Mann im Wagen durch ein kleines Fenster an der Seite herausreichte.

»Was ist das?«, fragte Ernie und blickte auf einen Jungen, der in das geheimnisvolle Sandwich biss, die Augen genüsslich geschlossen.

»Das sind Butterkrebse«, sagte Oma und rückte langsam mit der Schlange vor.

Jetzt platzte Ernie mit einer Frage heraus. »Wie bei einem Krabbenküchlein?«

»Wart einfach mal ab.«

Zehn Minuten später standen sie an der Verkaufsluke, und Oma klatschte eine Zwanzigdollarnote auf den Tresen und bestellte drei Portionen bei dem Verkäufer, lachte über einen Mann namens Russell, der versuchte, Büroklammer-Halsbänder für fünfzehn Dollar das Stück zu verkaufen, stellte Genie und Ernie dem alten Mann – Mr Murray – vor und bekam endlich, beiseite tretend, ihre Brötchen.

Der Clou bei diesem Brötchen war, dass tatsächlich ein Krebs drin war. Ja, ein ganzer Krebs mit Beinen und Scheren, eingeklemmt zwischen zwei Stück Weißbrot. Genie und Ernie sahen sich an, nach dem Motto *Das ess ich nicht*, doch ehe sie etwas sagen konnten, hörten sie, wie Oma knirschend in ihren Krebs biss.

»Esst nur, Jungs«, ermunterte sie sie und hielt sich eine Papierserviette an die Lippen. »Haut rein.«

Ernie zuckte die Achseln. Dann, seiner brüderlichen Verantwortung als Vorkoster gerecht werdend, knabberte er an einer der Scheren, die zwischen den Brotscheiben hervorhingen. Daraufhin biss er ein Stück ab. Genie beobachtete seine Miene und wartete gespannt auf ein Zeichen. Ernie nickte, dann nahm er einen herzhaften Bissen – einen richtigen Happs –, was hieß, dass Genie es jetzt nachmachen musste. Das tat er auch. Und zuerst war es komisch, vor allem, da das Innere des gebratenen Krebses wie Rührei aussah. Aber es war gut. Richtig gut.

Auf dem Weg zurück zu ihrem Tisch blieb Oma noch

einmal stehen, diesmal, um mit dem am wildesten aussehenden Mann überhaupt zu sprechen. Er hatte weiße Haare, aber nur auf der einen Hälfte des Kopfs. Seine Haut war bleich, als wäre er mit Pulver bestäubt. Er trug ein schmuddeliges Trägerhemd und Jeans, die zu Shorts geschnitten waren, mit kniehohen Socken und Sandalen. Die Type sah so was von verrückt aus.

»Binks, wo hast du gesteckt?«, sagte Oma und umarmte ihn.

»Ich mach heut keinen Stand. Dachte, ich schau mal vorbei und geh ein bisschen rum. Sehen, wer wo anbeißt, verstehst du?«, antwortete er.

»Schon klar«, sagte Oma. Genie drehte immer noch den Kopf in alle Himmelsrichtungen, auf der Suche nach Modellautoverkäufern, als Oma ihm einen Klaps auf die Schulter gab. »Ich möchte euch meinen Freund hier vorstellen«, sagte sie. »Jungs, das ist Mr Binks. Er sitzt meist am Stand neben mir, aber heute hat er mich im Stich gelassen. Binks, das hier ist Genie, mein jüngeres Enkelchen, und das ist Ernie, mein älteres.«

»Ernie«, sagte Binks und schüttelte ihm die Hand. »Und Genie, stimmt's?«

»Ja.« Genie wartete darauf, dass er einen blöden Witz machte, wie Crab es tat. Wie alle es taten.

Aber Mr Binks sagte einfach: »Großartig, schön euch kennenzulernen.« Er schüttelte Genie die Hand, und Genie drückte, so fest er konnte.

»Nach dem hier gibt es nur noch Abklatscher«, sagte Genie ernst. Mr Binks grinste breit und zeigte die weißesten Zähne, die Genie je gesehen hatte. Weißer als die von Ernie. Sogar noch weißer als die von Opa.

»Also, und wonach suchst du hier draußen, Binks? Erbsen?«, fragte Oma.

Mr Binks gluckste und sagte: »Nö, keine Erbsen. Rollschuhe.«

»Rollschuhe?«

»Jep«, sagte er und schnippte eine Fliege von seiner Schulter.

»Für wen?«

Er deutete auf sich. »Für mich.«

Er wirkte nicht wie der Typ, der Rollschuh laufen geht. Und dann wiederum irgendwie doch.

»Aber wir haben hier in der Gegend gar keine Rollschuhbahnen, Binks. Also ist es nicht sehr sinnvoll, sich Rollschuhe zu besorgen.«

»Ich brauch keine Bahn. Ich hab vor, zur Arbeit und zurück zu rollern. Auf der Straße.«

Ernie verschluckte sich fast, als er versuchte, sich das Lachen zu verkneifen. Aber für Genie klang es ziemlich beeindruckend. Schräg, aber beeindruckend. Binks erinnerte Genie an die Leute, deren Auftreten er von der U-Bahn her kannte, die Leute, denen es völlig egal war, was andere dachten, und die ihr Ding einfach durchzogen. Das hatte wirklich etwas Cooles an sich.

Sie verließen Mr Binks, als der am Tisch mit den weißen Socken hängen blieb und sich zwanzig Paar Socken kaufte, Genie vermutete, für die Zeit, wenn er einmal seine Rollschuhe hatte. Sie warfen einen raschen Blick auf den Filmtisch – Ernie war immer auf der Jagd nach alten Karatefilmen, aber der Verkäufer hatte nur alte VHS-Kassetten, also gaben es Genie und Ernie bald auf. Danach führte sie Oma zurück zu ihrem Tisch, wo sie anfingen, alles einzupacken.

»Hat es euch Jungs Spaß gemacht?«, fragte sie und faltete das blaue Tuch genauso zusammen, wie Mama ihre Laken faltete. Ernie packte den leeren Korb.

»Mir schon«, sagte Genie. Er war enttäuscht, dass er nichts gefunden hatte, um Onkel Woods Auto zu reparieren, aber der Markt war so bunt und seltsam beeindruckend, dass er doch ganz froh war, mitgekommen zu sein.

»Ernie?«, bohrte Oma nach.

»War cool«, sagte Ernie und stellte den Korb auf den Kopf. Ein paar restliche Erbsen fielen zu Boden.

»Gut«, sagte Oma.

»Oma? Was verkauft Mr Binks, wenn er neben dir hier draußen steht?«, fragte Genie, denn er dachte sich, ein Mann, der sich so anziehen konnte und sich Rollschuhe und zwanzig Paar weiße Socken kaufte, wäre auch der richtige Typ, um alte Modellautoteile zu verkaufen. Man wusste ja nie.

Ernie lachte. »Er ist wahrscheinlich dieser Typ, Russell, der die Büroklammerhalsbänder macht!«

»Nein, nein. Er ist nicht Russell«, sagte Oma und steuerte auf den Parkplatz zu. »Binks verkauft, was alle haben wollen.«

»Und was ist das?«, fragte Genie.

»Glück.«

ELF

Glück? Glück? Vielleicht brauchte Genie eine extragroße Portion von dem, was Mr Binks verkaufte, denn er entdeckte, kurz nachdem er wieder zu Hause war, dass er Pech hatte. Viel Pech. Erstens die Sache mit dem Feuerwehrauto. Und jetzt ... Michael. Wie Michael Jackson, Schwalbe Nummer fünf.

Sobald sie auf den Hof gefahren waren, stürzte Ernie hinüber zu Samantha, das neue Beißerchen in der Hand, und Genie rannte ins Haus, um das Automodell wieder auf die Kommode zu stellen. Opa lag auf dem Küchenboden und machte Sit-ups. Genie blieb wie angewurzelt stehen. Opa – trainierte?

»Was ist los, mein Junge, noch nie einen blinden alten Mann seinen Ab-domino trainieren sehen?«, ächzte Opa.

»Nein. Das heißt, so nicht«, antwortete Genie, und es juckte ihn, Opa zu korrigieren. *Abdomen. Es heißt Abdomen.*

»Nun gut, jetzt siehst du's. Willst mitmachen? Nur wenn du denkst, du kannst mithalten.«

»Hmm, das ist eher was für Ernie.«

»Hey, es geht um deinen Ab-domino. Kannst damit machen, was du willst«, sagte Opa. »Ach, übrigens. Crab ist vorbeigekommen. Hat Futter für meine Babys gebracht. Tüte steht auf dem Tisch.«

»Gut. Ich muss noch was aufräumen, und dann füll ich die Dose.«

»Immer was zu tun, Little Wood. Das mag ich so an dir«, sagte Opa und machte weiter mit seinen Rumpfbeugen.

Als Genie das rote Auto auf die Kommode gestellt hatte und wieder unten war, nahm er die Papiertüte und ging in den Drinnen-Draußen-Raum, wo er die Fliegen aus der Tüte in die leere Kaffeedose schüttelte. Dann, beginnend bei Jackie, ging er von Käfig zu Käfig und sah nach den piepsenden Vögeln. Tito, in Ordnung. Jermaine, gut. Marlon, in Ordnung. Jackie, gut. Und dann kam er zum fünften Käfig. Michael. Kein Piepsen. Oder Zwitschern. Oder auch nur Tschilpen. Michael lag auf der Seite. Auf dem Käfigboden. Steif.

Nein, nein, nein, nein. Das darf nicht wahr sein! Genie rüttelte sanft an dem Käfig. »Michael«, flüsterte er. »Michael, wach auf.« Dann nahm er die lange Stange mit der Zahnbürste dran und stupste den Vogel. Er rührte sich nicht. Wieder stupste Genie. »Komm schon, Michael, komm schon.« Aber nichts. Keine Reaktion. Nicht mal ein Flügelflattern. Aber er hatte doch noch gelebt, als Genie ihm heute Morgen dieses … »*Nein.*«

»Nein, was?«, fragte Opa, der in der Tür stand und sich den Magen rieb. Sein *Abdomino*.
»Nichts«, schoss Genie zurück. Dann wiederholte er in ruhigerem Ton: »Nichts. Ich red nur mit meinen Kumpels hier drin.« Er warf ein Auge auf Michael. Den toten Michael.
»Wenn sie nur antworten könnten, wie mein Papagei früher, hm?«
Genie brachte ein verlegenes Lachen zustande. »Genau.« Falsch. Wenn sie antworten könnten, dann würden sie über Genie herziehen. *Mörder, Mörder!*, krächzen. Es lief alles schief. Erst das mit dem Auto, jetzt mit dem Vogel. Und was sollte er Opa sagen? Was *konnte* er ihm sagen? *Entschuldige, Opa, ich glaub, ich hab Michael Jackson umgebracht.* Panisch zwängte sich Genie an dem alten Mann vorbei und ging nach draußen, um es dem einzigen Menschen zu erzählen, von dem er glaubte, er könne helfen. Ernie.
Ernie neckte Samantha mit dem Spielzeug. Er drückte den Kopf des Beißerchens zusammen, und Samantha rastete aus. Sie sprang hoch und wirbelte mit dem Kopf herum, der Schwanz peitschte wie ein Scheibenwischer wild hin und her.
»Ernie«, rief Genie verzweifelt.
»Genie, sieh dir das mal an! Die fährt total drauf ab!« Ernie hielt das Kauspielzeug fest, während Samantha es ihm zu entreißen versuchte.

»Ernie, ich muss mit dir reden, Mann. Es ist wichtig«, sagte Genie, bemüht, mit leiser Stimme zu reden.

»Wart mal kurz, Mann. Du musst unbedingt noch sehen, was ich ihr vor 'ner Minute beigebracht hab.« Ernie entriss Samantha das Spielzeug, dann ließ er sich auf die Knie sinken und gurrte den Hund an, als wäre er ein Kleinkind.

»Ernie!«, fauchte Genie. Ernie blickte auf, dann wurde ihm offensichtlich klar, dass es Genie ernst war und etwas nicht stimmte. Ganz und gar nicht stimmte, denn Ernie richtete sich auf.

»Ich muss dir was sagen«, flüsterte Genie.

»Was ist los?«, fragte Ernie.

»Ich hab Michael Jackson umgebracht.«

»Du hast *was*?«

»Ich hab … Michael Jackson umgebracht. Einen von Opas Vögeln, Mann. Ich hab ihn getötet.«

»Wart mal … was? Warum? Wie?«

Samantha sprang immer noch umher wie eine Verrückte, bis Ernie endlich das Beißerchen fallen ließ.

»Es war keine Absicht. Es war ein Unfall. Ich hab ihm Apfelkerne zu fressen gegeben.«

»Und du glaubst, das hat ihn umgebracht?«

»Er war der Einzige, dem ich Apfelkerne gefüttert hab, und er ist der Einzige, der tot ist.« Genies Augen wurden feucht. »Opa wird mich umbringen, Mann. Und dann, nachdem er mich umgebracht hat, gräbt Ma mich wieder aus, holt mich ins Leben zurück und bringt mich noch einmal um.«

»Genie, beruhige dich. Immer cool bleiben«, sagte Ernie und legte Genie die Hand auf die Schulter.

»Ich kann nicht!«, heulte Genie auf, dann senkte er rasch wieder die Stimme in die Geheimzone. »Ich kann mich nicht beruhigen. Michael Jackson ist *tot*.«

»Aber du weißt doch nicht mal, ob du daran schuld bist. Vielleicht war es für ihn einfach an der Zeit zu gehen.« Ernie zuckte die Achseln. »Sieh mal, warum gehen wir nicht runter zu Tess und schauen nach, ob Apfelkerne Vögel umbringen können. Mir kommt das spanisch vor. Vielleicht findest du raus, dass das alles nichts mit dir zu tun hat, und dann ist alles gut.«

Genie musterte Ernie, nur um sicherzugehen, dass dies nicht irgendeine Ausrede von ihm war, schon wieder Tess zu besuchen. Aber Ernie wirkte – tatsächlich – ernst. Und zum ersten Mal, seit Genie den toten Vogel gefunden hatte, löste sich der Knoten in seinem Magen, ein klein wenig nur, aber immerhin. Ernie kümmerte sich um ihn. Und das half.

Sie liefen in Rekordzeit den Abhang hinunter. Tess war nicht draußen, also nahmen sie die Verandatreppe mit einem Sprung und klingelten an der Tür.

Genie wippte nervös vor und zurück. Tess musste unbedingt da sein. Sie *musste* daheim sein.

Endlich ging die Tür auf. Tess. Ihre Miene hellte sich auf,

als sie Ernie sah; dann, als sie Genie sah, verdüsterte sie sich.

»Was ist los mit ihm?«, fragte sie Ernie ohne weitere Höflichkeiten.

»Kann ich dein Internet benutzen?«, fragte Genie rundheraus.

»Ne. Nicht ehe du mir erzählst, was los ist.«

Genie sah Ernie an, dann sah Ernie wieder Tess an. »Aber nicht petzen«, sagte Ernie durch die Fliegentür.

»Komm ich dir wie eine Petze vor?«, schoss Tess zurück.

Ernie griente, dann nickte er Genie zu. »Nun los, sag es ihr schon, Mann.«

Genie verknotete sich fast die Zunge, als er von den Vögeln in den Käfigen redete und dass er zuständig war fürs Füttern, und er glaubte, er sei sozusagen an die Stelle von Onkel Wood getreten, jedenfalls war Michael Jackson der Knirps der Vogelfamilie, und er musste ja schließlich etwas fressen, aber es durfte nicht zu viel sein, und deshalb habe er ihm Apfelkerne gegeben und jetzt: tot, tot, tot.

»Wow, wow, wow«, sagte Tess und kam nun nach draußen. »Wart mal. Michael Jackson? Wie bitte?«

»Ich übersetz mal«, sagte Ernie. »Es gibt ein Riesenproblem. Genie hat einen von Opas Käfigvögeln gefüttert, der hieß – «

»Michael Jackson?«

»Genau. Genie hat Michael Jackson Apfelkerne gefüttert. Und jetzt ist der Vogel tot. Also braucht er dein Internet, um sicherzugehen, dass es nicht an den Apfelkernen lag.«

»Kapiert«, sagte Tess. Doch ehe sie Genie reinließ, warnte sie ihn: »Hör zu, meine Mutter schläft gerade, also ...« Sie hielt die Fliegentür offen, und Genie flitzte, ganz zehenspitzenstill, zum Computer. So schnell hatte er noch nie getippt.

DARF MAN VÖGELN APFELKERNE FÜTTERN? Eingabe.

Der erste Link: DIE ZEHN GEFÄHRLICHSTEN NAHRUNGSMITTEL, DIE DEINEN VOGEL VERGIFTEN KÖNNEN.

Uh-ah. Genie schluckte, dann führte er die Maus über den Link und klickte.

Schokolade
Apfelkerne
Ohnehin egal, weil ... Apfelkerne

Genies Augen wurden wieder feucht. Damit war es klar. Es war seine Schuld. Er hatte Opas Vogel vergiftet. Er klickte Google weg, dann sank er auf dem Stuhl zusammen, den Kopf in den Händen.

»Psst.« Tess spähte durch die Fliegentür? »Bist du fertig?«

Genie nickte und stand langsam auf. Tess hielt die Tür für ihn offen, während er auf die Veranda hinaustrat.

»Also, wie lautete das Urteil?«, fragte Ernie.

Genies Miene sagte alles. »Verdammung.«

»Ja, war mir klar, schlechte Neuigkeiten«, sagte Tess.

Ernie blies Luft durch die Zähne, als wollte er *Scheiße* sagen. Aber er sagte: »Das kriegen wir schon hin, Mann.«

Genie schlug auf das Verandageländer ein und rief: »Ich weiß nicht mal, wie das gehen soll.« Er redete halb davon, wie denn ein Vogel von Apfelkernen sterben konnte, und halb davon, wie er und Ernie das »hinkriegen« sollten.

»Erst einmal müssen wir was wegen dem Vogel machen«, sagte Ernie und sah Tess zustimmungsheischend an.

Tess sprang auf. »Wart mal, ist er immer noch im Haus?«, fragte sie.

»Ja. Ich wusste nicht, was machen, also hab ich … irgendwie … Angst gekriegt und bin zu Ernie gelaufen«, erklärte Genie tonlos. Er ließ sich auf die Veranda sinken und zog die Knie an die Brust.

»Wie bitte? Du hast einen toten Vogel dort dringelassen? Was, wenn deine Oma ihn findet?« Tess hockte sich neben Genie.

»Wird sie nicht.« Genie vergrub trübsinnig das Kinn zwischen seinen Knien. »Sie hasst Vögel und setzt keinen Fuß in diesen Raum.«

»Na, dann hoff mal, dass sie heute keine Ausnahme macht.« Tess hatte recht. Es hätte zu Genies Pechsträhne gepasst, wenn Oma beschlossen hätte, sich den Drinnen-Draußen-Raum mal anzusehen.

»Wir müssen ihn da rausholen«, sagte Ernie und ging in den Schneidersitz. »Irgendwann fängt er an zu stinken.«

»Ich hab keine Ahnung, wie viel ihr Stadtjungs über tote Tiere wisst, aber wenn sie mal anfangen zu verrotten ...«

Tess streckte die Zunge raus und tat, als würde sie würgen.

»Ja, schon gut, ich hol ihn da raus, aber was dann?« Genie schlug jetzt mit dem Kinn gegen die Knie, immer heftiger.

»Dann ...« Tess sprang fröhlich auf. »Ersetzt du den Vogel. Basta.«

»Und wo bitte sollen wir einen Vogel herkriegen?« Ernie blickte zu Tess auf. »Glaubst du, es ist so einfach, einen zu fangen?«

Statt zu antworten, blickte Tess hinüber zum Horizont. In der Ferne zogen Vögel ihre Kreise und stießen herab. Dann schnippte sie mit den Fingern und wandte sich zu ihnen um.

»Weißt du noch, wie Ma von diesem alten Haus geredet hat, in dem euer Opa aufgewachsen ist?«, begann sie aufgeregt. »Also, mein Daddy geht da oft hin, ihr wisst schon, um zu jagen. Und er redet immer davon, dass dieses Haus voller Vögel ist. Total voll. Die leben einfach da. Gruslig, wenn ihr mich fragt. *Aber.* Das wär wohl eure beste Chance. Besser, als wenn ihr einfach im Hof rumrennt und sie mit einem Schmetterlingsnetz oder so jagt, und eh ihr fragt, ich hab so was eh nicht.«

Genie war sich nicht sicher, ob Tess die Wahrheit sagte. Oder besser gesagt, er schätzte, dass Tess die Wahrheit sagte, aber es war die Wahrheit, die ihr Vater ihr erzählt hatte, und Genie traute Crab nicht über den Weg, ehrlich. Er kam ihm wie ein Lügner vor. Also, obwohl Tess bis jetzt gezeigt hatte, was für tolle Ideen sie hatte, war sich Genie bei der hier nicht sicher. Doch Ernie ... na ja, das war eine andere Geschichte.

»Genie, was bleibt uns denn anderes übrig?« war die Art, wie Ernie Genie zu verstehen gab: *Ich liebe Tess, und ich glaube, was sie sagt, ist richtig.* Und Genie, verzweifelt wie er nun mal war, stimmte zu.

ZWÖLF

#466: Dumm Dumm Dumm Dumm Dumm Dumm Dumm Dumm. Dumm. Dumm! Vielleicht durften Adam und Eva in Wahrheit deshalb nicht in den Apfel beißen, weil dann die ganzen Vögel an die Samen rangekommen wären, und der Garten Eden wäre zum Garten des Todes geworden ... Tauben? Tauben waren damals die einzigen Vögel, glaube ich.
Dumm Dumm Dumm!

#467: Warum heißen Flohmärkte Flohmärkte?

#468: Tut es Krebsen weh, wenn ihr ganzer Körper gebraten wird? Schützt ihre Schale sie davor? Warum wird die Schale weich? Hat es Michael Jackson wehgetan, einen Apfelsamentod zu sterben? Es heißt, die Samen seien giftig, aber Opa isst sie jeden Tag. Also hat er bis jetzt mindestens eine Million gegessen, scheint ihm aber gut zu gehen ... abgesehen von diesem Glaukom.

#469: Bin ich jetzt eigentlich ein Automodellkaputtmacher und Vogelmörder? Blöde Frage. Ja. Bin ich.

#470: So dumm!

An diesem Abend heckten Genie und Ernie einen Plan aus, denn das machten Ermittler und Verbrecher nun mal so, dachte sich Genie – und da Genie und sein Bruder versuchen würden, einen toten Vogel durch einen gestohlenen zu ersetzen, waren sie schon irgendwie – Verbrecher. Keine richtigen Verbrecher, aber immerhin.

»Als Erstes müssen wir morgen früh Michael Jackson loswerden«, sagte Genie und versetzte dem roten Feuerwehrauto oben in ihrem Zimmer einen kleinen Stoß. Obwohl er im Grunde aufgegeben hatte, nach dem anderen Teil des kaputten Rads zu suchen, und immer noch nicht rausgefunden hatte, wie er es ersetzen konnte, war das Autoproblem pillepalle verglichen mit dem neuen.

»Oma wird uns erwischen, und dann setzt es was«, sagte Ernie und sprang von seinen Liegestützen hoch. »Die ist praktisch der erste Mensch auf der Welt, der morgens aus dem Bett kommt.«

»Dann müssen wir die erstenersten sein«, verkündete Genie. Ernie begann mit seinen Hampelmännern.

»Wie früh meinst du?«

»Keine Ahnung. Vielleicht fünf. Muss noch vor Sonnenaufgang sein, weil Oma meint, sie würde mit der Sonne aufwachen, weißt du noch?«

»Mann, ist das früh.« Hampelmann, Hampelmann, Hampelmann. »Und wie willst du überhaupt den toten Vogel aus dem Käfig holen?« Genie starrte Ernie jetzt mit Laseraugen an, ohne zu blinzeln, während Ernie seine Hampelmänner machte, bis er schließlich mitten in einem Sprung merkte, was los war, und innehielt. »Genie. Nein.«

»Komm schon, Ernie! Ich kann das Ding nicht anfassen. Es ist ... tot!«

»Aber du hast ihn umgebracht!«

Genies Miene verdüsterte sich schlagartig, und er warf sich rücklings auf das Bett wie ein kleines Kind. Er wusste, dass er zu alt war, um sich so aufzuführen, aber er wusste auch, dass er Ernie brauchte, damit er dieses Vogelproblem lösen konnte. Ernie ließ die Arme sinken und gab einen resignierten Seufzer von sich. »Na gut.«

Früh am nächsten Morgen, vor Tagesanbruch, standen Genie und Ernie auf. Eigentlich stand Genie auf und weckte Ernie. Genie hatte keine Sekunde geschlafen. Stattdessen hatte er die Nacht damit verbracht, an all das zu denken, was schiefgehen konnte, wenn sie auch nur versuchten, den toten Vogel aus dem Haus zu bekommen. Was, wenn der Vogel gar nicht tot war, sondern nur richtig fest schlief (vielleicht wirkten Apfelkerne auf Michael Jackson wie Cheeseburger auf Ernie), und was, wenn der Vogel genau in dem Moment, da ihn Ernie packte, aufwachte und aus dem Käfig flog? Dann würden sie ein neues Problem haben. Was, wenn Maden herauskamen, wenn Ernie in den Käfig hineinlangte? Das hatte Genie mal in einem Film gesehen. Und das war vielleicht widerlich. Was, wenn, was, wenn … und dann war es auch schon fünf Uhr.

»Es ist Zeit«, flüsterte Genie, jetzt ganz kribblig.

Ernie stöhnte, zog sich die Decke über den Kopf, dann riss er sie frustriert wieder herunter. Er schlug die Hände vors Gesicht und setzte sich auf.

Wenn es ums Pläneschmieden geht, dann sind Ermittler und Verbrecher gefragt, wie gesagt. Doch wenn es ums Pläneausführen geht, dann braucht man Ninjas.

Genie und Ernie schlichen die Treppe hinunter wie Ninjas. Glitten durch das Wohnzimmer und zur Tür wie Ninjas. Öffneten sie und stahlen sich in den Drinnen-Draußen-Raum, schlossen die Tür hinter sich wie Ninjas. Doch erst als sie vor dem Käfig standen, wurde ihnen klar, dass sie nicht den ganzen Plan durchdacht hatten. Da gab es einen wichtigen Punkt, den sie sich nicht überlegt hatten: Wie sollte Ernie diesen toten Vogel aus dem Käfig holen, ohne ihn zu berühren. Genie hatte nicht darüber nachgedacht, weil er sich einfach ausmalte, dass Ernie die Hände benutzen würde. Doch als Ernie einmal Michael Jacksons Käfigtür entriegelt hatte und den Vogel sah – ein steifes Häuflein Federn –, befand er, dass seine Haut keine Leiche berühren konnte.

»Ich kann nicht«, sagte Ernie und wich zurück.

»Was soll das heißen? Nimm ihn einfach in die Hand.«

»Wenn du meinst, das wäre so einfach, dann nimm *du* ihn doch«, flüsterte Ernie zurück.

»Du kannst ganz normal reden. Hier ist alles schalldicht.«

»Na gut«, sagte Ernie, wieder mit normaler Stimme. »Also, ich brauch was, mit dem ich die Hände bedecken kann. Irgendetwas.«

Genie sah sich um. Es gab nichts, was man benutzen konnte, außer den großen Blättern einiger Pflanzen, und Genie hatte sich so lange um sie gekümmert, dass er es sich überhaupt nicht vorstellen konnte, ein gesundes Blatt abzuknicken. Also kam das nicht infrage. Aber es gab in diesem Raum sonst nichts, das sie verwenden konnten. Genie dachte eine Weile nach.

»Klopapier!« Er ninjate wieder hinaus zur Tür. Als er zurückkam – der Abstecher ins Badezimmer und zurück war nichts anderes als eine Ninja-Glanzleistung –, hielt er eine Rolle in der Hand. »Hände hoch.«

Ernie streckte die Hände aus wie Chirurgen im Fernsehen, ehe ihnen die Krankenschwestern die Handschuhe überziehen. Genie begann sie mit dem Klopapier zu umwickeln, bis die ganze Rolle alle war und Ernie mit zwei großen mumifizierten Händen dastand. »Besser jetzt?«

Ernie sah sich verwirrt erst die eine, dann die andere Hand an. »Ich glaub, jetzt kann ich es machen«, verkündete er endlich. »Käfigtür auf.«

Genie hielt die Tür auf und versuchte, nicht allzu genau die tote Schwalbe anzusehen, für den Fall, dass da Maden waren. Er wusste, dass ihm das Abendessen von gestern hochkommen würde, wenn er kleine weiße Würmer rauskrabbeln sehen würde ... Ernie, seine klopapierumwickelten Hände vor sich wie ein Zombie, kam näher und steckte sie dann in den Käfig.

Dann nahm er den Vogel sozusagen mit den Händen in die Zange – das musste er mehrmals versuchen, bis er ihn wirklich hatte – und hob ihn hoch wie ein Baukran. Die Schwalbe mitten in dem Haufen Klopapier eingeklemmt, ging er halb, halb stürzte er zur Tür, die Genie mit perfektem Timing aufriss. Dann schlichen sie wie Ninjas durchs Haus nach vorn, wo wiederum Genie den Knauf der weißen Tür drehte, sie aufmachte, dann den Riegel löste und die Fliegentür öffnete. Ernie rannte hinaus, und Genie, der sich erst vergewisserte, dass die Tür nicht hinter ihnen zuknallte, blieb ihm dicht auf den Fersen. Sobald Ernie draußen war, ließ er Michael Jackson auf die Erde fallen.

»Warum lässt du ihn fallen?«, fragte Genie leise.

»Ich konnt ihn nicht mehr halten«, sagte Ernie. »Es ist einfach zu eklig.«

Genie verstand das. Es war etwas Totes, und etwas Totes zu berühren – was es auch sein mag – ist unheimlich. Aber der Vogel konnte nicht einfach da an der Hauswand bleiben. »Was sollen wir jetzt damit machen?«, fragte er.

»Keine Ahnung«, sagte Ernie und wickelte mühsam das Klopapier von seinen Händen. Samantha kam aus ihrer Hundehütte, fröhlich mit dem Schwanz wedelnd. Sogar am Morgen um fünf Uhr und ein paar zerquetschte Minuten. Ernie sah Genie mit hochgezogener Augenbraue an.

»Nein, nein, nein, Mann«, stöhnte Genie, der erriet, was Ernie dachte. Er streckte die Hände aus, um seinem Bruder zu helfen, das Klopapier loszuwerden, was vertrackt war, denn auch Klopapier, das etwas Totes berührt hatte, wollte er nicht anfassen.

»Warum nicht? Sie ist ein Hund. Und dann wären wir die Leiche los«, sagte Ernie.

»Aber was, wenn Hunde keine Vögel fressen dürfen? Genau wie Vögel keine Apfelkerne fressen dürfen? Wie würden wir einen toten Hund erklären?« Genie konnte es nun vor sich sehen, neunter Tag, dritte Katastrophe: toter Hund. Jetzt hatte Ernie eine Hand frei und nahm sie, um die andere auszuwickeln. Genie hielt die Klopapierstreifen.

»Dieser Hund frisst die ganze Zeit Hühnchen. Hühner sind Vögel.«

»Ist nicht dasselbe, Ern.«

»Na gut.« Ernie seufzte, dann sah er hoch zum Himmel. Ein erstes Anzeichen der Dämmerung war am Horizont zu sehen. »Also, wir haben keine Zeit, um Michael Jackson zu begraben. Aber ...« Er ging hinüber zu der Stelle, wo die Schaufeln an der Wand lehnten, nahm eine und brachte sie zurück zu Genie. »Los jetzt.«

»Aber du hast doch eben gesagt, wir haben keine ..., also

was soll ich tun ...« Dann fiel es ihm wie Schuppen von den Augen. »Oh. Wart mal ...«

»Was Besseres kannst du nicht machen«, sagte Ernie, ein schlaues Lächeln im Gesicht. »*Du* bist an der Reihe.« Ernie nahm den Papierwust aus Genies Händen und reichte ihm stattdessen die Schaufel. »Ich kümmre mich um das hier.« Und schon war Ernie mit dem Haufen Klopapier auf dem Weg zurück ins Haus und ließ Genie und Michael Jackson allein zurück. Mit einer Schaufel. Die Sonne stieg immer höher, und die lebendigen Vögel begannen in der Ferne zu zwitschern. Genie lief die Zeit davon.

»Tut mir leid, Michael Jackson«, murmelte er. Dann packte er die Schaufel, stellte sich über den Vogel, schluckte schwer und nahm ihn auf die Schaufel. Als er am Rand des Hofs war, ließ er die Schaufel hinter sich sinken, zählte bis drei und schleuderte den Vogel mit aller Kraft weg. Er sah ihm hinterher auf seinem letzten Flug, bis er hinabfiel ins Unterholz.

Phase eins: Geschafft.

Jetzt zu Phase zwei. Operation Vogelnapping.

Ernie war wieder da, kurz nachdem Genie »es getan hatte«, und gerade rechtzeitig, weil Oma herauskam. Sie stand wirklich mit der Sonne auf.

»Was macht ihr Jungs eigentlich so früh am Morgen?«, fragte sie misstrauisch mit schläfriger Stimme.

»Wollten nur mal schnell unsere Aufgaben erledigen«, sagte Genie bemüht gleichmütig. Er stieß die Schaufel unter einen passend liegenden Haufen Kacke und sah Samantha an, die jetzt auf dem Bauch lag. Sie war die einzige Zeugin. *Verpetzen gilt nicht, Samantha.*

»Genau«, bestätigte Ernie. »Wollten es nur hinter uns haben, eh es zu heiß wird.«

Oma sah sie ein paar Sekunden lang an. Sah sie nur an. Und Genie, der befürchtete, sie könnte die Lügen durchschauen, machte weiter mit dem Kackeschaufeln.

»Ich seh schon, ihr Jungs werdet endlich richtige Landeier. Dauert nicht lang, bis man sich zurechtfindet, oder?«, sagte Oma, die endlich beeindruckt schien.

Genie hatte keine Ahnung, wovon sie redete. Landeier? Und er hatte sich ja schon ganz gut zurechtgefunden, ehe er nach North Hill kam. In Wahrheit hatte er, bevor er aufs Land kam, noch nie ein Modellauto kaputt gemacht oder einen Vogel getötet, also konnte es durchaus sein, dass North Hill ihn dazu brachte, sich gar nicht mehr zurechtzufinden.

»Also macht weiter. Frühstück ist bald fertig.« Und sie ging zurück ins Haus.

Nach dem Kackeschleudern, dem Frühstückverschlingen und Erbsengießen (diesmal nicht pflücken!) war es an der Zeit, einen Vogel zu stehlen. Genie konnte nur hoffen, dass Tess mit dem alten Haus recht hatte, denn sonst würde es was setzen.

»Wir gehen mal erkunden, wie es da hinten so aussieht!«, rief Ernie Oma zu, während er sich, wie immer vorangehend, mit Genie auf den Weg in den Wald machte. Ernie schob die Zweige weg, während sie durch das Buschwerk stiefelten. Der Boden, auf dem sich gewiss seit einer Million Jahren tote Blätter ansammelten (und eine tote Schwalbe), knirschte unter ihren Füßen. Genie achtete auf Schlangen, und jedes Mal, wenn er ein Rascheln hörte, versuchte er ausfindig zu machen, wo es herkam. Wenn es hier draußen tatsächlich Schlangen gab, würden sie hoffentlich etwas anderes fressen, vielleicht Michael Jackson, ehe sie sich über Genie hermachten. Meist kamen die raschelnden Geräusche von Eichhörnchen, aber um sicherzugehen, brach Genie einen Zweig von einem Baum und zog die Blätter ab, um eine Waffe zu haben. Für alle Fälle.

»Uäh.« Ernie blieb wie angewurzelt stehen und zupfte sich etwas von der Stirn.

»Was ist los?«, fragte Genie, den Stock im Anschlag.

»Nichts. Nur 'ne blöde Spinnwebe.« Im Weitergehen zog und wischte er das fast unsichtbare Netz beiseite, wobei er aussah, als würde er in irgendeiner merkwürdigen Zeichensprache reden. Genie konnte nur hoffen, dass die Spinne, die diese Fäden gezogen hatte, nicht zu Hause war, als Ernie ihr Netz zerstörte. Und gab es in dem Wald auch giftige *Spinnen*? Großartig. Noch etwas, worüber er sich Sorgen machen musste.

Ab und an drehte sich Genie um, um nachzusehen, ob a) irgendwelche Mokassinschlangen hinter ihnen herkrochen und b) wie weit sie schon gekommen waren. Ihr Ziel war weiter weg, als es ihnen vom Hof aus vorgekommen war. Doch endlich waren sie da. Und hier war es. Ein altes gelbes Haus, DURCH DESSEN MITTE EIN BAUM WUCHS. Heiliger Strohsack – dieser Baum musste fast zwanzig Meter hoch sein!

»Schau dir das mal an«, sagte Genie, als er zwischen den Bäumen hervorkam und auf einem wild überwucherten Hof stand. Ernie riss sich sogar die Sonnenbrille herunter.

»Mann, das ist der Wahnsinn.«

»Wahnsinn, Mann«, bekräftigte Genie mit großen Augen. Wie konnte ein Baum ... *wie*? Und weshalb stand dieses Haus überhaupt noch? Das Gebüsch wucherte, aber das Gras war tot. Einige Fenster waren zerborsten, andere waren noch heil, aber mit einer weißlichen Farbe angestrichen. Eine ramponierte alte Hängeschaukel voller Vogelkot baumelte von einem Verandasparren. An einem anderen Balken war ein Vogelnest. Auf der Veranda stand ein kippelig wirkender Holztisch, der seine Farbe abwarf wie eine Schlange die Haut.

»Komm mit«, sagte Ernie, gab Genie ein Handzeichen, dass er ihm den Stock geben solle, und drückte einen Finger der anderen Hand an die Lippen.

Ein riesiges Loch klaffte neben der Tür und wies ihnen den Weg ins Innere des Hauses. Sie versuchten, durch die wenigen durchsichtigen Stellen in den Fenstern hineinzusehen, konnten aber nicht viel erkennen. Also versuchte es Ernie, statt einfach durch das Loch zu klettern, mit der

Eingangstür. Er steckte die Hand unter sein Hemd, damit nur der Stoff den Türknauf berührte. Dann, ganz langsam, auf Ninja-Art, drückte er die Tür auf. Genie war nicht sicher, was er eigentlich zu sehen erwartete, wenn er und Ernie einmal drin wären, aber ... Tess hatte recht gehabt. So was von recht. Eine Million Mal recht. Vögel! Jede Menge. Hunderte! Sie waren überall! Manche sahen wie Tauben aus, und andere waren groß und schwarz, staksten umher wie harte Kerle, hackten auf den toten Körpern anderer Vögel herum, was das Unheimlichste überhaupt war. Und, oh Mann, die Farbe an den Fenstern ... war keine Farbe. Es war Vogelkot. Und wie es hier stank ... urgh. Brachte einen um. Genie und Ernie zogen sich gleichzeitig die T-Shirts über die Nase. Es war nicht abgefahren. Es war zum Davonlaufen.

Obwohl sie gekommen waren, um einen Vogel zu kidnappen, mussten sie sich einfach zuerst mal umsehen. Das Haus selbst, soweit es Genie und Ernie sagen konnten, war leer ... Menschen wenigstens waren keine da. Es gab keine Möbel, keine Bilder, kein nichts. Nur schwarz-weißes, kotbesprenkeltes Holz. Und der Baum war eigentlich nicht von dieser Welt. Wie konnte ein Baum einfach durch ein Haus hindurchwachsen? Wie konnte er so stark sein, durch den Fußboden zu stoßen und dann durch das Dach? Wurde das Haus ursprünglich auf ihn draufgebaut und hatte er darunter in der Falle gesteckt? Opa war hier aufgewachsen? Hatte der Baum ihn und seine Eltern aus dem Haus gejagt? Oder vielleicht waren es die Vögel gewesen?

Ernie trat vor Genie und hielt den Stock wie ein Schwert in die Höhe. Vorsichtig bewegten sie sich durch den Raum und sahen, dass es nicht *ganz* an menschlichen Spuren mangelte. In einer Ecke lagen Bierdosen und verkohlte Zigarrenstummel. Hier war eindeutig jemand gewesen. Wahrscheinlich Crab.

Einer der Vögel flatterte los und erhob sich ein paar Sekunden lang vom Boden. Ein anderer versuchte, seinen Bruder – vielleicht waren sie Brüder – wegzuscheuchen, damit er selbst einen Happen von einem toten Vogel fressen konnte. Das war zu widerlich für Genie, und er begann, in den hinteren Teil des Hauses zu schleichen.

Als Genie zum rückwärtigen Fenster kam, blieb er abrupt stehen. »Ernie!« Ernie huschte heran, und auch er blieb urplötzlich stehen.

Draußen im Hinterhof waren Vogelkäfige, Vogelkäfige aus Holz und Draht, genau wie die von Opa. In einem Halbkreis aufgestellt.

»Genau wie in Opas Raum«, flüsterte Genie. »Wahnsinn, oder?«

»Echt der Wahnsinn.«

Der Halbkreis aus wettergegerbten Vogelkäfigen, die rostigen Stühle auf der hinteren Veranda, der Lärm von krächzenden und umherflatternden Vögeln – das alles machte Genie völlig wuschig. Doch als er es Ernie sagte, machte sein Bruder, typisch Ernie eben, einfach weiter mit dem, was anstand, stupste Genie an und deutete zurück zur Eingangstür. Er steckte die Hand in die Tasche und zog eine Plastiktüte heraus. »Erst müssen wir einen Vogel fangen.«

Als Ernie die Tüte aufschüttelte, packte ihn Genie am Handgelenk und schüttelte den Kopf. »Diese Vögel sind anders als die von Opa. Die sehen aus wie die Vögel in Brooklyn.«

Ernie runzelte die Stirn. »Was macht das schon, wenn es Brooklyn-Vögel sind? *Opa* kann sie doch nicht sehen.«

»Aber er kann sie *hören*. Diese Vögel klingen nicht wie die in Opas Raum. Schwalben zwitschern. Also – tschilpen. Diese hier schreien.«

»Was zum ... im Ernst?«

In diesem Moment erinnerte sich Genie schlagartig an den Honigdachs, der von Bienen zu Tode gestochen wurde, weil er so scharf auf den Honig gewesen war. Das war keine gute Idee.

»Ich weiß nicht, Mann. Ich weiß nur, dass sie anders sind. Und wenn es nicht der richtige Vogel ist, dann ...«

Ernie schüttelte den Kopf und stopfte die Tüte zurück in seine Tasche. »Wenn du meinst.«

Was für ein Reinfall.

»Ja, dann lass uns von hier verschwinden«, sagte Genie, enttäuscht und erleichtert zugleich. Er und Ernie, wieder in Ninja-Art, gingen auf Zehenspitzen zurück auf die vordere Veranda – es schien keine gute Idee, so viele Vögel aufzuscheuchen. Einer der Filme, die Genie heimlich geguckt hatte, handelte von Killervögeln, und er bereute, dass er es getan hatte.

»Ich hab 'ne coole Idee«, flüsterte Ernie in der Tür. »Aber du musst erst rüber ins Gras.«

»Wieso?«

»Geh einfach dort rüber. Wenn wir schon keinen neuen Michael Jackson fangen, können wir wenigstens ein wenig Spaß haben. Glaub mir, das wird toll.« Ernie schaute verschmitzt drein. »Glaub mir, das wird klasse.«

Genie war nicht sicher, was sein Bruder vorhatte, aber froh, dieses Gruselhaus verlassen zu können, dass er einfach tat, was sein Bruder wollte. Ernie blieb im Eingang stehen und blickte in diese seltsame geflügelte Welt. Während Genie im Gras wartete, landete zu seiner Verblüffung eine Schwalbe nur einen halben Meter von ihm entfernt. Sie hatte die perfekte blau-orange Färbung! Genie hätte am liebsten Ernie gerufen, wollte den Vogel aber nicht verschrecken. Aber Ernie hatte die Tüte. Konnte er die Rauchschwalbe vielleicht mit der Hand fangen? Sie war einen halben Meter entfernt und pickte auf etwas herum, während Genie sie mit Laserblick fixierte, als könnte er sie mit hypnotischer Kraft zu sich heranlocken. Er schlich näher, unmerklich, in bester Ninja-Manier. Nur noch ein kleiner Schritt. Er streckte die Hand aus, ganz langsam … einen Fuß entfernt war sie … doch seine Willenskraft musste im hohen Gras abgelenkt worden sein, denn der Vogel kam nicht zu ihm her, sondern flog davon. Genie jagte ihm nach – fliegen konnte er natürlich nicht, aber vielleicht würde der Vogel irgendwo landen und ihn zu einem Nest führen. Dann hörte er Ernie schnippen, und als Genie sich zu ihm umwandte, hob er die gespreizte Hand in die Höhe. Countdown. Fünf. Vier. Drei. Zwei. Nur der kleine Finger war noch ausgestreckt. Eins. Und mit all seiner Kraft knallte Ernie die Tür zu.

Wamm! Die Vögel quollen aus sämtlichen kaputten Fenstern hervor wie schwarzer Rauch, und wie ein Tornado stießen sie durch das Dach in die Höhe. Erst herrschte ein großes Chaos, sie stoben in alle Richtungen davon, doch dann fanden sie wieder zueinander, wie eine Familie, und wurden zu einer großen schwarzen Welle, wogten und rauschten durch die Bäume im Umkreis. Die Luft war erfüllt vom Lärm der Flügel, wie ein riesiges Kartenspiel, das neu gemischt wurde.

Ernie kam zu Genie herübergerannt, um so viel wie möglich von der Show mitzubekommen. Gerade als der letzte Vogel hinter den Baumwipfeln verschwunden war, hörten sie Omas Stimme nach ihnen rufen. Uh. Ähm. Die Fünf-Rufe-Regel, und sie waren verdammt tief im Wald.

Also warf Genie einen letzten Blick in Richtung der davongeflogenen Schwalbe, dann stürmten er und Ernie durch den Wald zurück. Ernie schlug mit Genies Stock Gestrüpp aus dem Weg, die Spinnweben und die nervigen Zweige. Noch vier Rufe. Ein Zweig schlug zurück und peitschte Genie ins Auge. Blödes, blödes Pech.

Noch drei Rufe.

»Autsch!« Genie japste und drückte die Hand aufs Auge. Doch rannte er atemlos weiter – noch zwei Rufe –, sprang über die umgestürzten Bäume, seine Sohlen brannten in den dünnen Turnschuhen. Omas Stimme wurde lauter, nicht nur, weil sie näher kamen. Und jetzt rief sie zum letzten Mal. Sie brachen durch die Bäume auf den Hof, und da stand sie, die Hände in die Hüften gestemmt.

»Ihr habt es so grad eben mal geschafft, Jungs«, sagte sie mit der Miene eines wütenden Bullen.

Genie klappte halb zusammen und schnappte nach Luft. Ihm brannte die Lunge. Ernie hatte sich aufgerichtet und verschränkte die Hände auf dem Kopf. Da sah er, dass Genie die Hand aufs Auge hielt.

»Was ist passiert?«, fragte er, und gleich darauf: »Lass mich mal sehen.« Es war genau wie damals, als der Eckensteher Donnie Genie mit der im Schneeball versteckten Münze ins Auge getroffen hatte, nur wen sollte Ernie jetzt verprügeln, die Bäume? Ernie zog Genies Hand herunter und musterte die Haut im Augenwinkel. »Nur eine Strieme. Alles okay mit dir?«

»Ja.« Aber Genie zuckte, als Ernie die wunde Stelle berührte. »Ein Zweig ist mir ins Gesicht geschlagen.«

»Was ist mit deinem Bruder passiert?«, sagte Oma und kam näher.

»Nichts, nichts. Er hat einen Zweig ins Gesicht gekriegt, das ist alles«, sagte Ernie.

»Was habt ihr da draußen eigentlich gemacht?«, fragte Oma, noch argwöhnischer. Jetzt untersuchte sie Genies Auge.

»Wir haben nur dieses alte Haus dort drüben erkundet. Das gelbe, wo der große Baum durchwächst«, erklärte Genie.

»Was zum Sam Hill habt ihr in diesem Haus zu suchen gehabt?« Doch statt eine Antwort abzuwarten, fuhr sie, dem Himmel sei Dank, fort. »Das Haus gehörte mal eurem Urgroßvater. Das alles war sein Land, und später dann gehörte es eurem Großvater. Und ich kann euch sagen, mit diesem Land hat der Alte mal was Gutes für euren Großvater getan.«

»Warum?«, fragte Ernie.

»Ja, wenn sein Vater ihm dieses ganze Land vererbt hat, konnte er doch nicht so schlecht gewesen sein, oder?«, fügte Genie hinzu. »Außerdem, hat er Opa nicht beigebracht, wie man Vogelkäfige baut, und der Mom von Tess auch?«

Oma küsste Genie auf die Strieme, wie Eltern ihren kleinen Kindern Küsschen geben. Und obwohl Genie kein kleines Kind mehr war, konnte er nicht bestreiten, dass die Strieme sich nach dem Kuss ein wenig besser anfühlte.

»Ich seh schon, Karen konnte den Mund nicht halten. Was hat sie noch gesagt?« Sie bugsierte die Jungs in Richtung Haus.

»Nur dass Opas Vater nicht alle Tassen im Schrank hatte«, sprudelte es aus Genie heraus, um es sofort wieder zu bereuen, weil er befürchtete, Oma würde sich über Tess' Mama ärgern, weshalb diese vielleicht böse auf Tess sein würde, was hieß, Tess würde sich nicht mehr mit Ernie abgeben wollen, was für Genie wieder Karateschläge bedeuten würde.

Genie konnte spüren, dass Ernie ihn mit Blicken töten wollte, und beschloss, sich einfach auf Oma zu konzentrieren, um, nun ja, möglichst ihren Zorn wegzuhypnotisieren.

»Na, wo sie recht hat, hat sie recht«, sagte Oma und ließ Genie diesmal noch vom Haken. »Er war irgendwie in seinen Erinnerungen gefangen. Manchmal hatte er Angst, dass jemand ihn angreifen würde, ihn verletzen wollte. Er hatte einen derartigen Verfolgungswahn, dass er sich stundenlang in seinem Schlafzimmer einschloss, manchmal tagelang, während Opas Mutter, eure Urgroßmutter Millie, sich um das Haus und alles kümmern musste. Der alte Mann fand sich einfach nicht mehr zurecht. Eines Tages, euer Großvater und ich hatten gerade geheiratet und er baute das Haus hier für uns, ist euer Urgroßvater in sein Auto gestiegen und davongefahren. Er ist nie mehr zurückgekommen.«

»Die Mom von Tess meinte, das hätte der Krieg mit ihm gemacht«, sagte Ernie.

»Tess' Mom weiß nicht alles.«

»Also ist er einfach fort. Wohin?«, fragte Genie und berührte vorsichtig seinen Augenwinkel.

»Er sagte, er wolle Holz und Draht für seine Vogelkäfige holen. Aber sie haben seinen Wagen ein paar Fahrtstunden weiter oben an der Straße gefunden. Er ist einfach in den James River gesprungen«, sagte Oma tonlos. Als sie zur Veranda kamen, blieb sie stehen. »Die Mutter eures Großvaters war danach nie mehr dieselbe. Und auch sonst keiner in jenem Haus. Und als sie starb und euer Großvater ein neues Haus hier gebaut hat, wuchs einfach ein Baum durch den Fußboden. Keine Ahnung, wie oder warum. Alles, was ich weiß, ist, dass das alte Haus selbst ein riesiger Vogelkäfig war, und euer Urgroßvater war selbst wie ein Vogel mit einem gebrochenen Flügel, der einfach nicht heilen wollte. Er konnte sich von all den Dingen in seinem Kopf nicht befreien. Von Angst und Schuld.« Sie wischte eine Spinnwebe aus Genies Haaren. »Versteht ihr das?«

Ernie nickte.

»Ich glaub schon«, sagte Genie und versuchte sich einen Reim auf all das zu machen – Mann, war das verrückt. *Urgroßvater hatte sich umgebracht?* Genies Kopf begann zu pochen wie die Schwiele an seinem Auge. Und ... wow – auch Opa schloss sich ein. Mit Vogelkäfigen! Es gab keinen Baum, der durch den Boden stieß, Gott sei Dank, aber Opa schloss sich tatsächlich ein. Und er hatte Angst, nach draußen zu gehen. Genie kam der Gedanke, dass Opa praktisch auch in so einem Nachahmungswettbewerb steckte. Da war er noch viel besser als Genie. Vielleicht war er der König der Nachahmer! Aber Genie hoffte, Opa würde das mit dem James River nicht nachmachen. Das wäre nicht cool.

»Tja«, sagte Ernie.

»Gut, und nun hört mal, sagt nichts davon eurem Opa«, warnte Oma. »Lasst mich mit ihm reden.« Und dann wechselte sie den Gang. »Wie auch immer, ich bin schon lange nicht mehr dort drüben gewesen. Gibt es irgendetwas, das ich wissen sollte?«

»Außer das mit den vielen Vögeln?«, fragte Genie.

Oma machte eine angewiderte Miene. »Ah, davon weiß ich. Sonst noch was?«

»Eigentlich nicht«, sagte Ernie. »Nur ein paar Bierdosen.«

»Bierdosen?!«

»Ja, wahrscheinlich von Mr Crab«, fügte Genie hinzu und dachte sich nichts weiter dabei, vor allem, weil Oma doch so gelassen auf das mit den »Tassen im Schrank« reagiert hatte. Doch dann nickte Oma und verkniff den Mund, und es war offensichtlich, dass sie ihren Zorn im Zaum halten wollte. Sie betrat die Stufen zur Veranda und ließ Genie und Ernie im Hof zurück, unsicher, weshalb sie sie überhaupt nach Hause gerufen hatte. Dann drehte sie sich zu ihnen um.

»Oh«, sagte sie und wechselte in Gedankenlesermodus. »Ich hab euch zurückgerufen, weil ich einen von euch brauch, um mir eine Frage zu beantworten.«

Genie erstarrte. Oma stand genauso da wie ihre Mutter, wenn sie gleich Ärger bekommen würden. Großen Ärger. *Wer hat Michael Jackson umgebracht?*-Ärger.

Oma wackelte mit dem Zeigefinger zwischen Genie und Ernie hin und her, als ob sie einen Bann aussprechen würde. Dann fragte sie: »Wer von euch Spatzenhirnen hat versucht, einen ganzen Berg Klopapier runterzuspülen?«

DREIZEHN

#471: Wie fängt man Vögel?

#472: Wie fängt sich ein Haus einen Baum ein?

#473: Wer klaut einem die Tassen im Schrank?

Genie verbrachte den restlichen Tag größtenteils auf der Veranda, wartend, hoffend – *bitte, bitte, bitte* –, dass noch eine Schwalbe durch Zauberhand vor ihm landen möge, damit er sie vielleicht fangen und sie irgendwie ins Haus und in den Käfig bringen konnte, ohne dass es jemand bemerkte. Das war ein schrecklich schlechter Plan, aber ... immerhin ein Plan.

Wenn er nicht gerade auf Vögel aus war, steckte er bei Opa im Drinnen-Draußen-Raum, gefährlich zwar, aber er vermied es mit aller Kraft, ihn nach dem gelben Haus oder nach seinem Vater zu fragen. Ganz nebenbei fehlte ja auch noch ein Vogel, und Genie versuchte sich ganz gelassen zu geben, vor allem, da Opa es gar nicht bemerkt zu haben schien. Opa redete andauernd von Ernies vierzehntem Geburtstag und was das für ein großartiger Tag sei.

Wie sich herausstellte, war es eine North-Hill-Tradition, die Opa angefangen hatte, als er noch jung war, nachdem ein vierzehnjähriger schwarzer Junge namens Emmit Till umgebracht worden war, weil er einer weißen Frau hinterhergepfiffen hatte. Es machte ihm derart Angst, dass er, als er selbst Kinder hatte, die vierzehn wurden, allen Jungen in der Gegend mitsamt Crab das Einzige beibrachte, das er beherrschte – nämlich Schießen. Opa meinte, damals sei es Notwehr gewesen, aber heute alles nur ein Spaß. Doch Genie hörte gar nicht richtig zu, weil er zu abgelenkt war vom ... nun ja ... vom Sich-Ablenken. Er probierte es mit viel Lärm, machte an den Pflanzen rum, schob Töpfe hin und her, spielte die Kassette mit den Außengeräuschen ab und drehte ganz langsam die Lautstärke hoch, um das eine fehlende Zwitschern zu vertuschen. Und wenn er sich nicht am Ort des Verbrechens aufhielt, war Genie mit Ernie unten bei Tess, benutzte ihr Internet, begierig zu erfahren, wie man sonst noch Vögel einfangen könnte.

»Ich fass es nicht, dass ihr wirklich in diesem Haus gewesen seid!«, rief Tess, nachdem Ernie mit der Geschichte von den Vögeln und den Käfigen im Hinterhof und dem Baum, der durch das Haus wuchs, durch war. Gruslig war es schon, aber er erzählte alles, als wäre er ein ganz harter Kerl. »Ihr müsst mich mal mitnehmen«, warf Tess immer wieder ganz aufgeregt ein.

»Ja, aber ich hab nur eine einzige Schwalbe gesehen«, sagte Genie bitter und starrte auf den Bildschirm. Google, Genies treuester Partner, hatte nichts zu bieten. Na ja, nicht nichts, aber nichts besonders Hilfreiches, denn bei den meisten Links ging es um den Kauf von Vögeln, und Genie hatte kein Geld außer den zehn Dollar, die ihm Oma gegeben hatte. Und Vögel kosteten weit mehr als zehn Dollar.

»Schon, aber du brauchst nur einen«, sagte Tess.

»Kommen Vögel nicht in Rudeln?«, warf Ernie ein.

»Schwärmen«, korrigierte ihn Genie mit einem Kopfschütteln und klickte auf einen weiteren Link. Während er die Seiten herunterscrollte, las, anklickte und wegklickte, präsentierte Tess ihre eigenen Ideen, wie man einen Vogel fangen könnte.

»Also, wir binden einen Korb an eine Angelrute. Dann legen wir etwas Vogelfutter, ein paar Fliegen, hier direkt neben der Veranda auf den Boden. Dann stellen wir uns mit Rute und Korb auf die Veranda und warten, bis die Vögel zum Fressen kommen, und zack! Wir stürzen den Korb direkt auf einen drauf.«

»Gute Idee«, sagte Ernie. Kein Kommentar von Genie.

»*Oder* wir vergessen das mit dem Korb und stecken einfach ein paar Fliegen auf einen Angelhaken und fischen nach Vögeln. Ähm – wir gehen Vogelangeln. Und ich garantiere, der Haken bringt sie nicht um.«

»Toll, deine Ideen«, tönte natürlich Ernie. Genie blickte

entsetzt drein, doch Tess wartete schon mit ihrer nächsten Idee auf.

»Oder wie wär's damit: Wir besorgen uns eine Klebeplatte, so eine, mit der man Mäuse fängt, und legen Fliegen drauf. Die Vögel kommen und fressen sie und bleiben kleben, und zack! – haben wir einen.«

»Yo. Das find ich genial!«, kam es von Ernie, zum dritten Mal.

Darauf hätt ich wetten können, dachte Genie vor Wut kochend. Er tat alles, damit sein Kopf nicht explodierte.

»Wir brauchen ... den Vogel ... lebendig.«

»Ist ja klar. Das wird er auch sein. Eine Weile«, antwortete Tess. Was sollte Genie darauf sagen?

Tess sprudelte weiter, und Genie beschloss, sie und den arschkriecherischen Ernie auszublenden und online zu suchen. Er änderte die Eingabe von WIE KRIEGT MAN VÖGEL zu WIE FÄNGT MAN VÖGEL und ... bingo! Komisch, wie etwas so Winziges wie ein Wort so viel ändern konnte. Genie scrollte durch ein paar Links, bis er bei WIE MAN EINE VOGELFALLE BAUT hängen blieb. Sein Herz begann zu pochen.

»Hey, Leute, schaut euch das mal an«, sagte Genie.

Tess beugte sich über ihn und verkniff die Augen, um besser sehen zu können. Dann legte sie die Hände zusammen und schmunzelte. »Was brauchen wir?«

Fünfzehn Minuten später waren Genie, Ernie und Tess im *Marlon's* und redeten mit Jim, dem Barkeeper.

»Und was sonst noch?« Jim strich ein Bier für eine Frau ab, die mehr auf Tess achtete als auf ihr Getränk. Sie ließ lächelnd ihre Goldzähne aufblitzen, als Tess erklärte, was sie brauchte.

Ssttt, war der Zapper zu hören.

»Eine Mausefalle«, sagte Tess.

»Also, eine Schnapskiste, ein paar von den toten Fliegen, einen Strohhalm und eine Mausefalle.«

»Genau.«

»Will ich eigentlich wissen, was ihr vorhabt?«, fragte Jim, klaubte verstreute Dollarnoten vom Tresen ein und stopfte sie in einen Krug neben der Kasse mit der Aufschrift TRINKGELD ... ODER KLOPPE.

»Nö. Und mein Daddy auch nicht«, sagte Tess. Jim blickte rasch von ihr zu Genie und dann zu Ernie. Er grinste.

»Aye-aye.«

Genie trug die Schnapskiste, die einfach aus Brettchen zusammengezimmert war, was Genie toll fand, denn wenn sie tatsächlich eine Schwalbe fangen sollten, würde sie Luft bekommen. Er hatte auch die Fliegentüte, weil sie sonst keiner tragen wollte. Es waren nicht so viele, wie Crab zu Opa brachte, aber bestimmt genug, um eine Schwalbe anzulocken. Ernie trug den Strohhalm und die Mausefalle. Es war eine altmodische Schnappfalle, wie sie Ma zu Hause benutzte, um die Mäuse mit Erdnussbutter anzulocken. Die restlichen Sachen hatte Tess bereits bei sich im Haus gehabt. Hämmer, Nägel, Kleber und Schnur.

Die Bauanleitung:

1. Schneide den Strohhalm auf drei Zentimeter Länge ab und steck das eine Ende auf den Auslöser der Mausefalle (wo du normalerweise den Käse hintust).
2. Kleb ein paar Fliegen an das andere Ende des Strohhalms. Ein Fliegenlutscher. Lecker.
3. Nagle die Mausefalle (mitsamt dem Strohhalm) auf den Boden, damit sie stabil ist.
4. Binde ein Ende der Schnur um den Fallenteil der Mausefalle. Diesen federgespannten Bügel. Den Teil, der der Maus den Hals bricht. Urrgh.
5. Binde das andere Ende der Schnur oben ans Innere der Kiste. In diesem Fall wickle sie einfach um eines der Brettchen.
6. Mach die Falle vorsichtig scharf, indem du den Schnappbügel zurückziehst, den Auslöser einstellst und die Kiste hochkant legst, damit, wenn die Falle ausgelöst wird, die Schnur reißt und die Kiste über den Vogel fällt. Ich weiß, das klingt verwirrend, aber stell dir einfach irgendeine Falle in einem Comic vor.

Hinweis: Der am Auslöser befestigte Strohhalm bewirkt, dass, wenn der Vogel die Fliegen frisst und die Falle zuschnappen lässt, der Bügel beim Runterschnappen dem Vogel nicht das Genick bricht. Vielmehr schnappt er nur auf den Strohhalm herunter. Keine erschlagenen Vögel hier!

Genie und Ernie konnten die Falle nicht auf den Hof stellen – Oma war immer draußen. Auch Tess konnte sie nicht bei sich aufstellen – obwohl es Tess nicht kümmerte, dass ihre Mutter sich fragen würde, was es war, denn ihre Mutter verließ das Haus ohnehin nie. Es war wegen ihres Vaters, erklärte sie. Sie wollte seine Neugier nicht wecken, weil sie ihn nicht anlügen wollte, aber sie müsste es tun, weil sie Genie nicht verpetzen wollte. Außerdem mähte Crab den Rasen und wäre sicher einfach drübergefahren. Und das alles war schon in Ordnung, denn der Ort, der am vielversprechendsten war, war ohnehin das gelbe Haus. Nein, nicht das gelbe Haus selber, sondern der Hof davor, wo Genie die Schwalbe gesehen hatte, ehe Ernie diesen Vogelexodus verursacht hatte.

Außerdem wollte Tess ohnehin mal sehen, wie es dort war.

Also gingen sie zum zweiten Mal an diesem Tag in den Wald. Als sie zu dem seltsamen Haus kamen, aus dessen Dach der Baum herauswuchs, ließ Tess ihren Anteil der Vogelfallen-Bauteile fallen.

»Oh mein …«, sagte sie und starrte hinauf, die Hand auf dem Mund. »Ich muss unbedingt mal reinschauen.«

»Ich führ dich rein«, packte Ernie die Gelegenheit beim Schopf, aufgeplustert wie eine Art Superheld. Genie war nicht beeindruckt. Er war mit den Gedanken ganz woanders. Nämlich bei der Frage, weshalb sie hiergekommen waren.

»Geht ihr nur, ich mach das hier alleine, kein Problem. Überhaupt kein Problem.« Während Genie das sagte, in der Hoffnung, es würde Tess und Ernie ein schlechtes Gewissen bereiten und sie würden noch warten, nahmen die Turteltauben einander bei der Hand und gingen schnurstracks zur Tür.

Also machte sich Genie an die Arbeit. Er erkundete die Umgebung und beschloss, die Falle nicht weit von der Stelle aufzustellen, wo er die Schwalbe zum ersten Mal gesehen hatte. Das war wohl vernünftig, und es war weit genug entfernt vom gelben Haus. Die vielen Hundert Nichtschwalben würden sicher nichts dagegen haben. Von der Eingangstür des gelben Hauses waren es etwa neunzehn Schritte geradeaus und zwölf nach rechts. Mit guter Sicht auf die Front und die Seite des Hauses.

Er legte alles bereit und begann zu bauen. Das leichteste Modell aller Zeiten! Ein paar Minuten später, gerade als Genie die Falle scharfgestellt hatte, die Kiste perfekt hochkant platziert, schlug Ernie – WAMM – die Tür vom Haus zu, und Tess kam quietschend über den Hof gerannt, den Blick über die Schulter auf den kreischenden Vogelsturm gerichtet.

Genie, ganz verdattert, tappte auf die Schnur und löste die Falle aus.

»Das ist echt irre hier«, sagte Tess keuchend. Genie antwortete nicht. Er hob nur die Kiste hoch und zog die Feder der Mausefalle zurück, bis sie wieder einrastete.

»Die Falle sieht gut aus, Mann.« Tess ging in die Hocke, um sie sich genauer anzusehen. Ernie kam angeschlendert und baute sich neben ihr auf.

»Ja, stimmt«, pflichtete er Tess bei und wischte sich die Hände an seinen Shorts ab. Genie sah die beiden kurz an und gab sich alle Mühe, sie unter seinem kalten Blick nicht erfrieren zu lassen, während er langsam die Hand zurückzog. Es war, als hätte er gerade ein Kartenhaus vollendet.

»Ich weiß«, sagte er, ein wenig unterkühlt. »Aber jetzt warten wir.«

Und das taten sie. Sie lehnten sich an einen Baum, ein paar Meter weiter weg – Genie achtete natürlich auf Schlangen, Spinnen und Ameisenhügel – und warteten. Aber es passierte nichts in den nächsten fünf Minuten, wie Genie gedacht hatte. Auch nicht in zehn. Oder dreißig. Tess meinte, ihre Mutter hätte immer gesagt, »wenn man einen Kessel beobachtet, dann kocht er nicht«, also wäre es am besten, alles so zu lassen, wie es war, und ihrer Wege zu ziehen. Sie sollten nur jeden Tag nachschauen, bis etwas passierte. Genie stimmte widerstrebend zu.

Unterdessen mündete Operation Vogelnapping in Phase drei: Operation Als Ob. Das hieß, Genie würde einfach so tun, als ob alles in Ordnung wäre. Alles war wie vorher. Fünf Vögel? Nein, es waren doch immer vier gewesen, oder? Michael Jackson? Welcher Michael Jackson? Nein, es sind vier Schwalben und ein Papagei, stimmt's? Kein

Papagei? Ah, okay, kein Papagei. Richtig. Nur vier Schwalben. Nur ... vier ... Schwalben.
Und es funktionierte. Während der nächsten vier Tage kam Genie jeden Morgen der jähe Gedanke (Panik) an das rote Auto, von dem ihn Ernie dann ablenkte. Dann Frühstück. Reden mit Ma und Dad, falls sie anriefen. Tagespflichten. Samantha. Opa. (Panik.) Drinnen-Draußen-Raum, wo sich Genie übrigens in einen Putzteufel verwandelte, die Pflanzen goss, die toten Blätter auflas, den Kot aus den Käfigen räumte (selbst aus Michael Jacksons Käfig, Ruhe in Frieden), den Vögeln ihr Gericht aus frisch gezappten Fliegen fütterte, den Kunstrasenboden saugte, das Fenster mit Glasreiniger putzte (er reinigte es sogar draußen von der Hundekacke), Opas Radio und Tisch abstaubte und sich sogar an schrecklichen Versionen von *Jackson Five*-Songs für die *Jackson Five*-jetzt-Vier versuchte. Genie war entschlossen, diesen Raum perfekt in Schuss zu halten, alles (panisch) aufzuputzen, obwohl, nun ja, er diese Schuldgefühle nicht aus sich herausputzen konnte. Und obwohl er sich darin gefangen fühlte, wusste er immerhin, dass seine fleißige Arbeit (zusammen mit Ernies kommendem großem Geburtstag) Opa davon abhielt, Lunte zu riechen, und das war das Einzige, was zählte.
Als Nächstes auf dem Alles-ist-normal-Programm stand, dass Tess sie mal besuchen kam. Sie wanderten durch den Wald. Das Futter in der Falle war weg. Nichts gefangen. Enttäuschung. Die Falle neu aufstellen. Die Schuldgefüh-

le neu aufstellen. Die Panik neu aufstellen. Und zwischen alldem gab es auch noch eine Fahrt zum Flohmarkt, die Genie tatsächlich verpasste. Er schaffte es nicht, denn obwohl er Opa inzwischen jeden Abend nach draußen begleitet hatte – *Opa rausbringen* zur Liste der täglichen Pflichten hinzufügen –, kamen sie am Abend vor dem Flohmarkt erst sehr spät raus, weil Opa eine neue Aufgabe für Genie bereithielt. Als Genie zur üblichen Stunde, zweiundzwanzig Hundert, in der Küche ankam, nahm Opa ein kleines Kästchen aus seinem Schoß und legte es auf den Tisch. Er öffnete es, und darin waren Rollen von Geldscheinen, jede fein säuberlich von einem Gummiband zusammengehalten. Genie traten die Augen hervor.

»Little Wood, du hast dich jetzt so gut um alles gekümmert, du weißt schon, dafür gesorgt, dass in meinem besonderen Raum alles tipptopp ist und so.« Genie schluckte das aufrichtige Wort wieder hinunter, das ihm die Kehle hochstieg. »Ich bin dir sehr dankbar dafür, und jetzt möchte ich, dass du noch etwas für mich tust, denn ich vertrau dir«, sagte Opa und klopfte mit einer Geldrolle auf den Tisch wie ein Mafiaboss, der einen tödlichen Auftrag erteilt. »Ordne das hier. Pass auf, dass alle Köpfe auf den Scheinen gleich liegen. Dann nimm die Eindollarscheine und knick sie an der oberen rechten Ecke ein. Die Fünfdollarnoten an der oberen linken. Die Zehner knickst du an der unteren rechten Ecke. Und die Zwanziger an der unteren linken. Verstanden?«

»Ich glaub schon.« Genie wiederholte die Anweisungen, um sicherzugehen, dass er es begriffen hatte. Dann nahm er sich jede Rolle vor, knickte die Ecken ein und legte die Einer zu den Einern, die Fünfer zu den Fünfern, die Zehner zu den Zehnern – und Zwanziger gab es überhaupt keine.

»Keine Zwanziger, hm?«, fragte Opa und kratzte sich am Kinn.

»Nee.« Genie blätterte die Scheine durch, um sicherzugehen. »Keine Zwanziger.«

Opa machte nochmals »hm«, dann wies er ihn an, alle Scheine, geordnet nach ihren Werten, zusammenzurollen, die Gummibänder darüberzuziehen und sie zurück in das Kästchen zu legen. Er sagte ihm nicht, warum er das hatte tun sollen, doch Genie brannte darauf, es zu erfahren. Doch er bekam keine Antwort, als er fragte, stattdessen wandte sich Opa zur Tür.

Die Nacht draußen hatte den Neumond und allerlei Glitzer am Himmel – so nannte Genie jetzt die Sterne. Opa mochte es.

»Little Wood, was meinst du, wie viele da oben sind?« Opa hatte es draußen im Hof immer besser gefallen, und er machte jetzt vier oder fünf Schritte auf einmal, bis er dann die Hände auf Genies Schultern legte. Doch nach einem oder zwei Schritten mit Genies Hilfe hob er wieder die Hände. Er war wie ein kleines Kind, das laufen lernt. Und er hatte es fast drauf.

»Ich weiß nicht«, sagte Genie mit dem Kopf im Nacken, als sie auf dem Rückweg waren. »Schauen wir mal.«

Er versuchte zu zählen, doch jedes Mal, wenn er über zwanzig hinaus war, wusste er nicht mehr genau, welche er schon gezählt hatte, und schließlich ging ihm auf, wie verrückt es war, die Sterne zählen zu wollen, obwohl es ganz sicher eine Frage war, auf die er eine Antwort brauchte. *Wie viele Sterne gibt es am Himmel?* Schließlich blieb er einfach stehen und versuchte es zu schätzen. »Also, es müssen mindestens hundert sein.«

»Hundert, ja?«, sagte Opa lächelnd. »Nun, ich denk mal, da muss ich mich auf dich verlassen.«

#474: Wie viele Sterne sind am Himmel? Und wessen Arbeit ist es, sie zu zählen? Werden neue Sterne geboren, und wenn ja, würde das nicht die ganze Arbeit kaputt machen? Und wenn der Himmel älter wird, verliert er dann nicht auch Sterne, wie Zähne?

Als Oma und Ernie vom Markt zurückkamen, ließ Genie sein Notizbuch auf dem Tisch liegen und rannte nach draußen, um die Sachen reintragen zu helfen.

»Hey, Oma. Hey, Ernie. Tut mir leid, ich hab verschlafen«, sagte Genie. »Wie war es auf dem Markt?«

»Gut, mein Junge, aber es wäre besser gewesen, wenn wir noch ein Paar Hände zum Anpacken gehabt hätten.« Oma zwinkerte, legte einige Äpfel auf den Tresen und wusch ihre Hände im Spülbecken.

»Aber wir haben's auch so geschafft«, sagte Ernie. »Ich hab dafür gesorgt.« Genie war klar, dass Ernie ganz stolz auf sich war.

»Allerdings, du hast richtig geschuftet. Wahrscheinlich, weil Miss Tess dabei war«, sagte Oma mit einem breiten Grinsen.

»Hey, sie hat auch hart gearbeitet! Hat einen Haufen Ohrringe verkauft, Mann. Die Leute sind ganz scharf drauf. Sogar Oma hat ein Paar gekauft.«

»*Oma?*« Oma kaufte Ohrringe aus Kronkorken? Oma trug überhaupt nie welche, außer zur Kirche.

»Oma«, bestätigte Ernie. Genie tat sich noch ein zweites Mal von etwas auf, das Panhas hieß und in einer Pfanne auf dem Herd stand. Noch so ein unbekanntes Essen, das Oma ihm aufgetischt hatte, und er mochte es sogar noch mehr als Grütze und brauchte es nicht mal zu zuckern.

»Oh, dann denkt ihr also, nur weil ich alt bin, kann ich nicht cool sein?«, sagte Oma und ging in Richtung Schlafzimmer. »Hört mal, ich war schon cool, bevor cool cool war. Bevor es auch nur das Wort gab.« Sie sagte es so laut, dass Genie und Ernie es hören mussten, aber so leise, dass es schien, sie würde mit sich selbst sprechen.

Genie grinste Ernie an. Diese Alten! »Und was habt ihr sonst noch auf dem Markt gemacht? Sind die Erbsen alle verkauft? Hast du wieder ein Krabbensandwich gegessen?«

Ernie nahm seine Sonnenbrille ab, was hieß, dass er Genie wirklich was sagen wollte. Etwas Wichtiges.

»Erinnerst du dich an den Typen, der nach Rollschuhen gesucht hat?«

»Natürlich«, sagte Genie. »Wie hieß er noch mal, Mr Binks?«

»Genau, jedenfalls war er wieder da.« Ernie klaute sich etwas Panhas von Genies Teller auf und stopfte es sich in den Mund. »Und rat mal, was er verkauft hat.«

Genie hasste es, wenn Ernie ihn etwas raten ließ, weil er nie richtiglag. Aber er versuchte es trotzdem immer wieder.

»Diese leuchtenden Halsbänder, wie der Typ an der Ecke Broadway und Nassau?« Mr Binks schien genau der Typ dafür.

»Nein, Mann«, sagte Ernie. »Rate mal richtig, Mann.«

»Das war richtig geraten! Dann sag's mir doch einfach!«

»Zähne! Der Typ hat Zähne verkauft, Genie!«

»Zähne, wie ...« Genie deutete auf seinen Mund.

»Genau, wie Zähne. Beißerchen. Perlweiße. Zähne. Echte. Keine Prothesen oder so. Das sind die Glücksbringer, von denen Oma gesprochen hat!« Ernie ging in der Küche auf und ab. »Oma behauptet, dass er seit vierzig Jahren Zahnarzt ist, und immer wenn er einem Promi einen Zahn zieht, hebt er ihn auf. Dann verkauft er ihn. Verrückt! Ich hab es immer gehasst, zum Zahnarzt zu gehen«, fuhr Ernie ganz aufgekratzt fort. »Mann, da macht jemand in deinem Mund rum, bohrt und pikst ... ich hass das –«

»Du hasst überhaupt nichts«, unterbrach ihn Oma, die

gerade in die Küche zurückkam. Sie küsste Genie auf die Stirn. Sie roch wie Draußen. Jetzt verstand er, was Opa meinte, wenn er das sagte.

»Doch. Ich hasse Zahnärzte«, beharrte Ernie. »Und jetzt auch noch das! Wollen meine Zähne verkaufen, wenn sie sie gezogen haben! Dieser Binks – das ist praktisch ein ... Zahn-Hehler!«

Oma gluckste. »Das versteh ich schon, aber –«

»Du hast gesagt, er würde Glück verkaufen!«, schnitt ihr Genie das Wort ab.

»Das tut er auch. Er verkauft die Zähne als Glücksbringer. Wie Hasenpfoten, wisst ihr?«

»*Hasenpfoten?!*« Genie und Ernie schrien gleichzeitig auf. Dann sagte Genie: »Da hat der Hase aber überhaupt kein Glück gehabt.«

VIERZEHN

Der vierzehnte Tag begann mit einem Anruf von Ma.

Ma: Morgen, ihr Quadratschädel!
Genie: Hallo, Ma.
Ernie: Hallo, Ma.
Genie: Du klingst merkwürdig.
Ma: Ich?
Genie: Ja, anders.
Ma: Wart mal, ich muss näher an den Hörer ran ... besser?
Genie: Es ist nicht schlecht, du hörst dich bloß anders an. Irgendwie gut.
Ma: Das liegt wahrscheinlich daran, dass ich mich auf den Urlaub freue. Nach so langer Zeit mal wieder. Ich glaub, ich und euer Dad waren seit unseren Flitterwochen nicht mehr zusammen weg.
Ernie: Aua!
Ma: Das passiert, wenn man verrückte Kinder hat.
Ernie: Sie redet von dir, Genie.
Genie: Sie redet nicht von mir. Du bist der Verrückte!

Ma: Ihr beide seid verrückt. Und euer Daddy.
Dad: Ich bin nicht verrückt.
Genie: Hey, Dad.
Ma: Komm näher an den Hörer ran, Senior, damit ich dich hören kann.
Dad: Na, ihr beiden Taugenichtse, was treibt ihr denn so?
Ernie: Gleich müssen wir unsere täglichen Pflichten erledigen. Geschirr waschen. Kacke wegputzen. Oma beim Unkrautjäten helfen. Nach den Erbsen sehen. Die Erbsen gießen. Die blöden Erbsen polieren.
Genie: Ja, Oma ist gerade draußen und wartet auf uns.
Dad: Autsch. Jetzt kennt ihr einen der Gründe, weshalb ich North Hill verlassen musste.
Ernie: Genau.
Genie: Dad, hier ist Genie.
Dad: Ich weiß, Genie.
Genie: Ganz schnell. Zwei Fragen. Die erste ist, wann geht ihr nach Jamaika? Und die zweite ist, kannst du mir eine Mütze mitbringen, die zu meinen Dreadlocks passt?
Dad: Wir fliegen morgen, zwei weitere Wochen ohne Kinder. Paradies. Und wir können diese Mütze in Brooklyn kaufen, mein Junge.
Ernie: Morgen ist mein Geburtstag.
Dad: Das wissen wir, Ernie. Wir waren dabei.
Ma: Beruhige dich, Senior. Ernie, es tut mir

furchtbar leid, dass wir ihn verpassen. Mein Erstgeborener wird vierzehn. Wow.
Ernie: Das ist cool. Bringt mir was Schönes mit.
Genie: Zum Beispiel eine Dreadlock-Mütze.
Dad: Aber du hast doch gar keine Dreads, Genie.
Genie: Aber ich lass mir vielleicht welche wachsen.
Ma: Nein, das wirst du nicht!
Ernie: Wamm! Das hat gesessen!
Genie: Halt die Klappe, Mann.
Dad: Nur die Ruhe, Jungs. Genie, ich werd sehen, was ich tun kann.
Genie: Feiern die den vierten Juli auch auf Jamaika?
Dad: Du meinst mit Feuerwerken?
Opa: Ist das dein Vater?
Genie: Jep, willst du mit ihm reden? Wart mal. Dad, Opa will Hallo sagen.
Dad: Geht jetzt gerade nicht. Wir müssen weg.
Genie: Er ist doch hier.
Opa: Mein Sohn?
Dad: Ernie und Genie, seid brav, Jungs. Ernie, dein Geburtstagsgeschenk kommt mit der Post.
Ernie: Cool.
Opa: Ernest.
Dad: Wir rufen euch an, wenn wir dort sind. Genie, ich sag dir dann, ob sie dort auch Feuerwerk machen. Passt aufeinander auf.
Genie: Machen wir.

Ma: Hab euch alle lieb!
Opa: Sohnemann?
Ernie und Genie: Haben euch auch lieb!
Opa: Mein Sohn! Mein Sohn? Hallo? *Hallo?*

»Alter Herr, bist du hier drin?« Crab kam mit dem Gewehr in der Hand durch die Tür gestürmt, eine Tasche über der Schulter und eine Zigarre zwischen den Zähnen. Er roch fürchterlich, dank Genies und Ernies olympiareifen Kackeschleuderkünsten. Genie konnte jetzt sagenhaft gut schleudern, und er überlegte, ob er seine Freunde zu Hause in Brooklyn damit beeindrucken sollte. Er musste nur eine Schaufel besorgen.

»Ja, ich bin hier«, sagte Opa.

Genie war gerade mit dem Erbsenpflücken fertig. Dem Himmel sei Dank gab es noch keine Spur von Mokassinschlangen, aber das hielt ihn nicht davon ab, nach ihnen Ausschau zu halten.

Auch nach Schwalben hielt er Ausschau, und er hätte sich ohrfeigen können, weil er Ma und Dad nicht gefragt hatte, ob sie ihm vielleicht eine mitbringen könnten, wenn es welche gab auf Jamaika. *Frage für später: Gibt es eine jamaikanische Rauchschwalbe?* Entweder das oder ein Modell von einem Feuerwehrauto, aber er wusste, das würde Dad auf Gedanken bringen, und das wollte er ganz bestimmt nicht, weil Dad ihm ja gesagt hatte, er solle vorsichtig mit dem jetzt kaputten Modell umgehen. Und er hatte ausgerechnet nach einer Dreadlock-Mütze gefragt? *Echt jetzt, Genie?*

Unter seinen Fingernägeln steckte Erde, die er in der Spüle auswaschen wollte. Als sie vorhin in den Garten gegangen waren, hatte Opa in sich versunken auf seinem Platz am Küchentisch gesessen, offensichtlich enttäuscht, dass Dad nicht mit ihm reden wollte. Außerdem war es nicht sein erster Versuch gewesen. Fast jedes Mal, wenn Opa die Stimme ihres Dads aus dem Lautsprecher hörte, versuchte er, sich an das Gespräch anzuhängen, und fast jedes Mal gab Dad das Telefon an Ma zurück oder legte einfach auf. Es war so peinlich gewesen heute Morgen, dass Genie froh war, aus dem Haus zu kommen und sich mit der Hofarbeit zu beschäftigen, auch wenn es mit Erbsen zu tun hatte.

Crab lehnte das Gewehr jetzt vorsichtig an die Wand, dann warf er eine braune Papiertüte auf den Tisch. »Mann, es ging so knapp daneben« – er spreizte Daumen und Zeigefinger etwa einen Zentimeter weit, als könnte Opa ihn sehen –, »sonst hätte ich einen Hirsch geschossen«, verkündete er.

»Tatsächlich?«, stutzte Opa. Er stand am Ofen und wendete Hamburger, indem er sie durch die Luft schleuderte wie ein Koch im Schnellimbiss. Mit Blindsein hatte das nichts zu tun. Genie war schlicht und einfach froh, dass Opa sich besser fühlte.

»Tja, aber Bambi ist leider davongekommen.« Crab lachte gackernd wie der Bösewicht in einem Comic.

»Weißt du, meine Frau hat meinen Enkeln erzählt, dass ich dir das Schießen beigebracht hab, aber seit sie hier sind, hast du Dödel überhaupt nichts geschossen.« Opa neigte das Gesicht zur Pfanne und schnüffelte. Genie machte sich Sorgen, das Fett könnte spritzen und Opa verbrennen, aber nichts passierte. »Das wirft ein schlechtes Licht auf mich.«

»Ach, was soll's. Und wie nennst du das hier?« Crab langte in seine Tasche, zog drei Eichhörnchen heraus und ließ sie an den Schwänzen baumeln.

Ernie war gerade aus dem Bad gekommen. Er drehte sich auf der Stelle wieder um.

Auch Genie schrak zurück. Tote Eichhörnchen, teils grau, teils blutig, teils … fehlte was. Ihm verschlug es die Sprache.

»Seht ihr das, Jungs?«, sagte Crab voller Stolz. »So macht es ein Profi. Hab sie glattweg von den Bäumen geschossen.«

Opa beugte sich wieder über die Pfanne, diesmal ausgiebig schnüffelnd. Er drehte den Herd ab. Genie vermutete, dass die Burger fertig waren. »Was hast du da?«, fragte er Crab.

Ehe Crab antworten konnte, rief Oma von der Fliegentür her:

»Marcus Crabtree!« Es war immer ein schlechtes Zeichen, wenn jemand in der Familie Harris einen mit vollem Namen ansprach. Es war der Ruf, bevor man den Hintern versohlt bekam. »Ich weiß, dass du nicht in mein Haus marschierst, ehe du deine Stiefel sauber machst. Du hast Dreck und ...« Sie hielt inne und schnüffelte. »Was ist das, Hundekacke?«

Das alles sagte Oma, ehe sie überhaupt in die Küche kam. Sobald sie da war und Crab mit den Eichhörnchen sah, platzte ihr richtig der Kragen.

»Crab, du hast zehn Sekunden.« Das war alles, was sie sagte, und das genügte auch. Dad sagte genau dasselbe zu Genie, wenn er sich über ihn ärgerte. Tatsächlich kombinierte er den vollen Namen und den zehnsekündigen Countdown, das ging in etwa so: *EugeneDouglasHarris, duhastzehnSekunden*. Das Ergebnis: Genie verzog sich schleunigst in sein Zimmer.

Crab steckte die Eichhörnchen wieder in die Tasche, und Opa legte die Burger zwischen zwei Weißbrotscheiben. »Wart mal, wart mal«, sagte er. »Mary, kannst du uns 'ne Minute geben?« Oma sah Opa an, als wäre er verrückt, und obwohl er sie nicht sehen konnte, wusste er irgendwie, dass sie ihn auf diese Weise ansah, denn er sagte: »Bitte. Sechzig Sekunden.«

Oma sah Crab so wütend an, als wünschte sie, er wäre genauso tot wie die Eichhörnchen. Dann ging sie hinaus und zählte von sechzig an herunter, laut. Opa stellte Genies und Ernies Burger auf den Tisch.

»Mann, wie die mich hasst«, stellte Crab das Offensichtliche fest.

»Ja, absolut«, sagte Opa und füllte Gläser mit Tee, während die Jungs ihre Plätze einnahmen. Genie, der genau wusste, was in der kleinen Papiertüte auf dem Tisch war, schob es auf die andere Seite. »Aber mach dir darüber keine Gedanken. Wir rechnen jetzt kurz ab.«

Crab zog einen Handschuh aus und holte ein Geldbündel aus der Hosentasche.

»Hier, bitte schön, alter Herr. Zwanzig, wie immer.« Er klatschte das Geld in Opas Hand.

»Danke«, sagte Opa und steckte es ein. »Wie steht's, hast du irgendwelche Pläne für den vierten Juli?«

»Keine Ahnung, Mann«, sagte Crab. »Vielleicht nehm' ich Tess und meine Frau runter zum Jahrmarkt und schau mir das Feuerwerk an, das heißt, wenn ich Karen aus dem Haus bekomm und Tess von deinem Enkel loseisen kann.« Crab sah hinüber zu Ernie, der ungefähr drei Zentimeter Ketchup auf seinen Burger quetschte. Ernie sah nicht auf; er starrte nur auf sein Hackfleisch, als ob er Crabs Blick in seinem Nacken nicht spüren könnte. »Und du?«

»Mein Enkel hat Geburtstag.«

»Stimmt, hast du mir gesagt. Großer Kerl, geboren am vierten Juli, was?«

Ernie hielt mitten im Biss inne. »Hmm.«

»Vierzehn, richtig?«, fragte Crab.

»Richtig«, antwortete Opa für Ernie und fügte hinzu: »Der große Vierzehner. Morgen. Also ist es an der Zeit, dass er ein Mann wird.«

Beunruhigt blickte Ernie von Opa zu Crab. Genie tat das Gleiche, ganz gespannt, endlich zu erfahren, was Opa mit Crab vor einigen Tagen ausgemauschelt hatte und weshalb er so furchtbar erregt war. Und das Tag für Tag. Genie sah Ernie an, dann blitzschnell Opa, schließlich Crab. Der machte vor Opa eine Grimasse, die er sich nicht hätte erlauben können, wenn Opa ihn gesehen hätte, das war Genie klar.

»Du meinst, er soll lernen, wie man schießt?«, riet Crab. »Das ist cool, aber wer soll es ihm beibringen? Du kannst nicht mehr sehen, erinnerst du dich?«

Schießen lernen? Ernie sollte schießen lernen?! Was? Wie bitte? Das war die beste Neuigkeit, seit er von Tess' In-tern-nett erfahren hatte! Ernie starrte Opa an, sah jedoch nicht annähernd so begeistert drein wie Genie. Tatsächlich sah er überhaupt nicht begeistert aus. Überrascht, ja. Aber vor allem sah er wie das Gegenteil von begeistert aus.

»Wart mal, Opa«, begann Ernie. »Ich will gar nicht wissen, wie man –«

»Genau, daran hab ich auch gedacht, Crab, und weißt du was? Ich muss es ja nicht sehen«, sagte Opa, indem er Ernie das Wort abschnitt. Er lächelte verschmitzt, als würde er etwas aushecken. Dann rückte Opa endlich mit der Sprache raus: »Das wollte ich dir nämlich sagen. *Du* wirst es ihm zeigen. Überraschung!«

Crab nahm sein Gewehr und legte es über die Schulter.

Ernie legte seinen Burger auf den Teller.

»Und wie kommst du drauf, dass ich das tun werd?«, fragte Crab und sah Opa mit zusammengekniffenen Augen an. Er nahm die Zigarre aus dem Mund und lehnte sich an die Wand, als wäre er eine Art Bösewicht. Genie war klar, dass er verärgert war.

Opa steckte die Hand in die Tasche, holte den Schein heraus, den Crab ihm gerade gegeben hatte, und zeigte ihn Crab.

»Du machst das für deinen Vater«, sagte Opa.

»Was hat mein Alter damit zu tun? Ich geb dir, was er versprochen hat, und noch ein wenig extra mit den ganzen toten Fliegen.«

Opas Mund verzog sich zu einem schiefen Lächeln, er war offensichtlich belustigt. »Aha. Nun, wir wissen alle, dass Fliegen nichts als erwachsene Maden sind, und dein Schnaps ist nichts als Fusel, aber was würde Marlon davon halten, dass du mich betrügst, mein Junge?«

»Dich betrügen?« Crab drückte verblüfft die Hand auf die Brust, doch etwas peinlich Nervöses huschte über sein Gesicht. »Pop Harris, nun mach mal halblang. Ich schuld dir nichts!«, protestierte er mit schriller Stimme. Aber das hielt Opa nicht davon ab, Genie das Geld zu reichen.

»Little Wood, wie viel ist es?«

»Nun wart mal«, begann Crab, doch Genie hatte bereits zu zählen begonnen. Er blätterte die Scheine durch, knickte die Ecken ein, wie Opa ihn angewiesen hatte. Ernie sah

ihn mit irrer Miene an. »Zwölf Dollar. Zwei Einer, zwei Fünfer«, erklärte Genie und reichte Opa das Geld zurück.
»Zwölf ganze Dollar. Das ist komisch. Aber immer noch besser als die acht Mäuse, die du mir letzte Woche gezahlt hast.« Jetzt lächelte Opa über beide Ohren. Aber es war nicht gerade ein freundliches Lächeln. Es war mehr das eines Pitbulls. Nun sah Ernie Crab mit verwirrter Miene an. Und Crab sah aus, als würde er sich gleich übergeben.

»Hör mal, Brooke, das stimmt nicht.« Crab spielte auf Zeit. »Ich hab dich nicht –«

»Und ich weiß, dass du in diesem Haus hinten im Wald warst. Von dem ich dir gesagt habe, dass du dort nichts verloren hast.«

Oh-Oh.

Crab schluckte einen riesigen Klumpen Luft. »Ich wollt da überhaupt nichts. Ich geh da nur rein, wenn es mit der Jagd schlecht gelaufen ist«, erklärte er. »Ich mein, überall sind diese Vögel, und es ist, als würd man Fische im Glas erschießen. Ich muss nicht mal zielen, um was zu treffen.«

Genie traf der Schlag. Crab trieb sich in diesem Haus herum, weil es dort drin leichter war, Vögel zu schießen? Diese Vögel, die von den anderen gefressen wurden, das waren die Vögel, die Crab getötet hatte, nur weil alle anderen Tiere im Wald gerissener waren als er? Was zum …?
Wenn ich diese Vögel wär, dann würd ich ihm die Augen

aushacken! Doch dieser Gedanke wurde übertrumpft von einem anderen, nämlich dass Ernie schießen lernen würde. Crab ist ein Arsch ... ein richtiger Arsch ... aber, oh Mann! Ernie würde schießen lernen!

»Und was soll's überhaupt? Da geht sonst keiner rein. Da ist nichts außer 'nem großen Baum, der mitten durchwächst, und diesen kaputten Vogelkäfigen im Hinterhof, die dein verrückter Daddy gebaut hat!« Crabs Stimme überschlug sich, er klang weniger bedauernd als noch kurz zuvor.

Das brachte Genie wieder auf den Plan. Dass Crab ein Arsch war, wog jetzt mehr als Ernies Schießunterricht.

»*Wie bitte?*« Opas Stimme wurde gefährlich dunkel. Er legte die Hände auf den Tisch und stemmte sich hoch, den Kopf schräg gelegt. »Was sagst du? Du haust mich übers Ohr, nutzt mich aus, und dann hast du den Nerv und nennst meinen –«

»So hab ich's nicht gemeint. Ich will nur sagen –«, warf Crab ein, sichtlich erschüttert.

»Deine Minute ist um«, unterbrach ihn Opa seinerseits. »Und wenn du nicht willst, dass Mary hier reinkommt und dir zeigt, was 'ne Harke ist, dann zieh jetzt besser Leine.«

Crab sah Genie und Ernie an. Genie zeigte ihm seine kälteste Grimasse.

Wie man es in Brooklyn tat.

An diesem Abend putzten sich Genie und Ernie die Zähne vor dem Zubettgehen. »Mach Platz und lass mich spucken«, gurgelte Genie mit schaumtriefendem Mund.

»Bin noch nicht fertig«, gurgelte Ernie zurück. Genie spuckte in die Kloschüssel aus, dann nahm er die Zahnbürste wie eine Pistole in die Hand und hielt sie hoch, damit Ernie ihn im Spiegel sehen konnte.

»Okay, wenn du das Waschbecken besetzen willst, rück dein Geld raus, du Arsch«, sagte Genie mit seiner tiefsten Stimme.

»Hör auf zu spinnen, Genie.«

»Hey, Mann, blöd, dass der neue Michael Jackson, den wir fangen müssen, lebendig sein muss, sonst könntest du nämlich einen vom Himmel knallen.« Jetzt tat Genie so, als würde er mit einem Gewehr in die Decke schießen. Ernie sah ihn wütend an, mit einem bösen Leck-mich-Blick, und als Genie das bemerkte, ging ihm auf, wie bescheuert er sich angehört haben musste. Er könnte nie *absichtlich* einen Vogel töten. Dass Crab das konnte, war absolut krank. Wie konnte Tess nur so einen Vater haben? Ernie starrte wieder in den Spiegel und drückte an einem Pickel auf seiner Stirn herum, so groß, als würde er sich in ein Einhorn verwandeln.

»Im Ernst jetzt, Ern. Bist du schon aufgeregt wegen deinem Geburtstag morgen?«, fragte Genie und rieb sich mit den Fingern über die Stirn, um zu prüfen, ob er nicht auch kleine Hörner hatte.

»Eigentlich nicht. Vierzehn ist so ziemlich das Gleiche wie dreizehn.«

»Also ich bin jedenfalls aufgeregt wegen deinem Geburtstag.«

Ernie sah sich selbst stirnrunzelnd im Spiegel an. »Warum bist du denn aufgeregt? Es ist doch nicht dein Geburtstag.«

»Was gibt's da nicht zu verstehen? Hast du Grünen Star in den Ohren, oder was? Du darfst schießen lernen! Wart, bis ich vierzehn bin. Ich werd mal der beste Schütze der Welt. Auf 'nem ganz anderen Level. Glaubst du, dass Dad uns noch mal hierherkommen lässt, damit ich es auch lernen kann?«

Ernie seufzte. »Da musst du dann schon allein kommen. Außerdem will ich es eigentlich gar nicht lernen.«

»Was? Wieso denn? Du kriegst ein Gewehr!«

»Weiß nicht, hab eben keine Lust.« Ernie wandte sich wieder dem Spiegel zu. Genie konnte es nicht fassen – das war das Blödeste, was Ernie je gesagt hatte. Wie konnte jemand nicht schießen lernen wollen?

Ernie sah Genie im Spiegel an. »Auf was soll man denn schießen? Auf Leute jedenfalls nicht, das ist sicher.«

»Natürlich nicht auf Leute.« Genie wollte keine Leute erschießen. Und übrigens auch keine Vögel. Er wollte einfach nur schießen. »Vielleicht stellst du einfach Limodosen auf den Feuerhydranten und knallst sie weg. Das wär cool.« Genie machte mit den Fingern eine Pistole und hielt sie ans Gesicht. Er schloss ein Auge, als würde er wieder auf etwas zielen.

»Hör mal, Genie, ich will auf gar nichts schießen! Hat kein Sinn, und ich mach's nicht«, sagte Ernie.

Genie ließ die Hand sinken. Ernie war wütend, und immer wenn er sich über etwas aufregte, das Genie sagte, hatte er die Gewohnheit, Genie auf den Arm zu hauen, und Ma war nicht da, um ihn deswegen auszuschimpfen. Ernie klatschte den Lichtschalter aus und stürmte nach oben, Genie folgte ihm stumm. Ernie nahm seine Sonnenbrille von der alten Kommode und setzte sie auf, dann legte er sich ins Bett. Genie stand vor der Kommode und öffnete die Tür des Feuerwehrautos, vorsichtig natürlich. Wie konnte Ernie nur sagen, er wolle nicht schießen lernen? Er schloss die Tür. *Er* wollte so gern schießen lernen. Er öffnete die Tür. Wenn Ernie es nicht lernte, wie sollte Genie dann je *sehen*, wie es ging. Er schloss die Tür. Hoffentlich überlegte Ernie es sich noch anders. Vielleicht nahm er ihn nur auf den Arm. Wenn nicht, dann konnte Genie nicht zusehen. Als Genie die Fahrertür zum sechsten Mal öffnete und schloss, schnarchte Ernie schon.

#475: Warum ist Ernie so blöd?

FÜNFZEHN

Am nächsten Morgen – es war noch dunkel draußen! – weckte Oma Genie und Ernie verrückt früh auf. Draußen war es doch noch dunkel!! Wie etwa um die Zeit, als Genie und Ernie aufgestanden waren, um Michael Jackson »zu versorgen«, etwas, das Genie nach Kräften zu vergessen suchte. Jedenfalls machte Oma ein fürchterliches Geschrei und tanzte umher und sagte ihnen, sie müssten SOFORT nach draußen gehen, und zum Glück hatte Genie ein Hemd an, denn Oma machte klar, dass sie sich NICHT ihre Sachen anziehen sollten. Und das war erst der Anfang des Tages – Ernies Geburtstag und der vierte Juli –, wobei das einzig Normale in den nächsten vierundzwanzig Stunden war, dass Ernie mit der Sonnenbrille auf der Nase erwachte. Oma wedelte mit etwas herum, und als Genies Blick sich endlich geklärt hatte, sah er das Letzte, was er je in Omas Händen erwartet hätte – ein Bündel Feuerwerksraketen!

Sobald sie ihre »lahmen Ärsche« nach draußen getrieben hatte, wobei Ernie im Dunkeln stolperte und Genie so tat, als ob er nicht stolpern würde, fing sie an herumzuhüpfen, als hätte sie das beste Feuerwerk, seit die Chinesen es erfunden hatten. »Bleibt dort drüben, verstanden? Bleibt dort stehen«, befahl sie und zündete mir nichts, dir nichts die erste Rakete. Die Sonne begann gerade erst aufzugehen, also war es jetzt nicht *so* cool, als sie losging, aber einen großen Knall machte sie schon. Dann zündete Oma eine zweite. Gerade als Genie sich fragte, warum sie nicht bis zum Abend wartete, wenn man normalerweise ein Feuerwerk macht, erklärte sie, dass die Leute in North Hill durchdrehen und wild durch die Gegend feuern, wenn sich der vierte Juli zum Ende neigte, und dass sie bei diesem Chaos lieber nicht draußen sein wollte.

Wieder zündete sie ein Streichholz an. »Okay, hier kommt noch eine!« Dann steckte sie die Finger in die Ohren. Das Teil schoss hoch in den Himmel, machte ein komisches Furzgeräusch und explodierte zu einer Wolke aus Sternschnuppen, so dachte es sich Genie jedenfalls, denn sehen konnten sie kaum etwas. Samantha drehte durch, bellte und rannte im Kreis herum. Genie ging hinüber und beruhigte sie. Oma nahm die Finger nicht aus den Ohren, bis sie sicher war, dass das Knallen zu Ende war.

»Okay, die nächste nennt man eine Kirschbombe«, erklärte sie und hielt etwas hoch, das tatsächlich aussah wie eine Kirsche. Genie war es egal, wie die Dinger aussahen, sosehr er die Namen auch mochte. Kirschbomben, Römische Kerzen, Knallfrösche, Fallschirme, Wunderkerzen. In seinem Notizbuch stand eine Bemerkung von vor einem Jahr, als ein Mann versucht hatte, seiner Mutter in der S-Bahn illegale Feuerwerkskörper zu verkaufen: **#276: Wessen Beruf ist es, Namen für Feuerwerkskörper zu erfinden?** Genie dachte, wer immer es war, er machte es ganz großartig, und »Feuerwerksbenamser« wäre doch auch ein guter Beruf für ihn – siehe: *Kackedikack* –, ehe er beschloss, vielleicht Inspektor zu werden, was ihm schließlich ein Leben als lebender Fragenkatalog bescheren würde.

Oma zündete so etwas wie den Stängel der Kirsche an und trat beiseite. Sie wartete. Und wartete. Scheinbar eine Ewigkeit. Sie musste geglaubt haben, dass es ein Blindgänger war, weil sie gerade im Begriff war, ihn auszutreten, aber in diesem Augenblick – BUMM! – ging das blöde Ding hoch. Oma stolperte rückwärts, strauchelte und stürzte. Hart. Ihre Beine flogen in die Luft, als würde sie eine Rolle rückwärts machen. Samantha heulte. Oma heulte lauter.

Genie und Ernie rannten hinüber, um Oma auf die Beine zu helfen. »Schon gut, schon gut!«, versicherte sie und rappelte sich hoch, wobei sie sich den Staub von den Beinen und vom Hintern klopfte. Genie versuchte dermaßen angestrengt, nicht zu lachen, dass ihm der Bauch wehtat. Aber ihm war dann weniger zum Lachen zumute, als er sah, dass Crabs aufgemotztes Schrottmobil auf den Hof rumpelte.

Tess war bei ihm.

»Hey, Mary«, sagte Crab und stieg aus dem Wagen, einen

Becher Kaffee in der Hand, und tat sein Bestes, eine gleichmütige Miene zu machen. Er hob den Becher zum Mund und nahm einen Schluck.

Aber Tess rannte gleich herbei. »Ma Harris, alles in Ordnung mit dir?« Sie starrte ihren Vater böse an, der die Achseln zuckte, als ob er das Kind wäre und sie die Erwachsene.

»Lass stecken, Crab«, knurrte Oma und würgte damit so ziemlich alles ab, was er sagen wollte. Alles, was ihm vielleicht durch die Birne rauschte. Dann strahlte sie Tess an. »Hallo, mein Liebes, mir geht's gut.« Sie sammelte die Reste des Feuerwerks ein, ganz schmutzig auf dem Rücken.

»Was geht, Geburtstagskind?«, sagte Crab zu Ernie, der bereits den Arm um Tess geschlungen hatte, als ob er sagen wollte: *Dein Dad sieht zu, aber was soll's,* und dazu noch: *Was hältst du von meinen Muckis?*

»Was willst du, Crab?«, sagte Oma, ehe Ernie antworten konnte. »Ist verdammt früh für deinen Quatsch.«

Crabs Miene wurde ernst. »Komm schon, Mary. Hör zu, ich wollte mich nur bei Brooke entschuldigen. Wegen gestern. Und allem anderen«, sagte er und klang fast ehrlich. »Und ich wollt ihm sagen, dass ich deinem Jungen hier, Ernie, beibringen will, wie man schießt. Zum Ausgleich. Dachte, wir könnten es früh erledigen, damit ich genug Zeit hab, Kate vielleicht noch aus dem Haus zu kriegen für das Feuerwerk unten auf dem Jahrmarkt.« Er wandte sich an Ernie. »Vielleicht ziehst du 'n Hemd an, wenn du schießen willst, aber wie steht's überhaupt, bist du bereit, dass wir einen Mann aus dir machen?« Ernie und Genie sahen Crab mit schrägem Blick an, als ob LÜGNER auf seine Stirn stünde. Oder DIEB. Oder vielleicht DRECKSKERL.

Crab stellte den Becher auf der Motorhaube ab und ließ den Kofferraum aufschnappen. »Bereit?«, wiederholte er.

»Nö, brauch ich nicht«, murmelte Ernie. Er blickte zu Boden und trat in die Erde wie ein Trottel, dann musste ihm aufgegangen sein, dass er sich wie ein Trottel vorkam, vor allem, dass Tess neben ihm stand, denn er hob rasch den Kopf und stellte sich gerade hin.

»Also gut, dann –« Crab schien nicht bemerkt zu haben, dass Ernie Nein gesagt hatte, bis er schon mitten im Satz war. Dann traf ihn der Schlag. »Wart mal, wie bitte? Nö?« Er schlug den Kofferraumdeckel zu – musste es zweimal tun, bis er saß.

»Ich muss nicht lernen, wie man mit 'nem Gewehr schießt«, sagte Ernie nun mit hochgezogenen Schultern.

»Ernie, du willst nicht schießen?«, fragte Oma, ging in die Hocke und klaubte die Papierfetzen vom Feuerwerk auf.

»Eigentlich nicht.« Er warf Tess einen Blick zu und zuckte mit den Achseln.

»Aber gestern hat dein Opa gesagt …«, fing Crab wieder an und ging auf die Haustür zu. »Komm mit, Kleiner. Mal sehen, was dein alter Herr dazu zu sagen hat.«

»'ne Menge Schritte hier«, sagte Opa und kam aus seinem Schlafzimmer, als alle in die Küche schwärmten. »Und zwei davon klingen wie die Schritte von 'nem Narren.« Er steckte sein Hemd in die Hose. »Crab, du hast vielleicht Nerven, in mein Haus zu kommen nach gestern.«

»Meine Tochter ist hier, Brooke, also lass mal gut sein.«

»Hey, Pop Harris«, sagte Tess und schlang die Arme um ihn.

»Hey, Tessie.« Opa erwiderte die Umarmung, dann berührte er ihre Stirn. »Alles gut mit dir, Kleine?«

»Ja, Sir«, sagte sie herzlich.

»Gut«, sagte Opa und ließ sie los. Dann sagte er: »Du weißt, dass dein Dad ein Narr ist, oder?«

Tess nickte, und Crab warf sich wieder ins Zeug. »Okay, okay, ich hab das verdient. Aber ich bin hochgekommen, um mich zu entschuldigen.«

»Nun, ich bin zu alt, um nachtragend zu sein. Also ... in Ordnung«, sagte Opa, überraschend lässig, dachte Genie. »Ist das alles?«

Crab warf einen Blick zu Ernie hinüber. »Ich bin auch gekommen, um dir zu sagen, dass ich dem Jungen das Schießen beibringen will. Aber, ähm, er hat kein Interesse.«

Oma schnippte alle Papierfetzen in den Mülleimer, aber ihr Blick war stählern und direkt auf Crab gerichtet, den sie beobachtete wie ein Falke.

»Was redest du da?«, fragte Opa.

»Dein Junge hier, der große Kerl, hat zu viel Angst, um –«

»Das hat er nicht gesagt«, warf Tess ein.

»Das hab ich nicht gesagt«, bestätigte Ernie rasch. »Ich sagte, dass ich es einfach nicht tun *will*.«

Opa verschränkte die Arme auf der Brust.

»Aber ... warum nicht, Ernie? Es ist dein vierzehnter Geburtstag. Es ist ... nun ja ... eine Tradition bei den Harrisens.«

»Mir ist einfach nicht danach«, sagte Ernie.

»Und das ist Grund genug«, sagte Oma nachdrücklich.

»Sag doch einfach, du hast Schiss, wenn du Schiss hast«, drängte Crab.

»Halt den Mund, Crab«, bellte Oma.

»Ich mein ja nur.« Crab hob die Hände, als würde er gerade verhaftet.

»Jetzt alle mal ganz ruhig.« Opa wandte sich zu Ernie. »Also, Ernie. Sag mir, meine Junge, hast du Angst?«

»Nein, er hat keine Angst«, sagte Genie. Er fand, das müsse er sagen, denn er wusste, dass es stimmte. Ernie hatte selten Angst vor irgendetwas. Keine Angst, irgendwas zu probieren oder durch den Wald zu laufen oder gruslige Orte zu erkunden oder selbst zu kämpfen, vor allem, wenn es irgendwie um Genie ging.

»Lass deinen Bruder antworten«, sagte Opa freundlich.

Genie sah Ernie an. Ernie sah Genie an. Dann Tess. Dann Crab. Dann sah er Oma an. Dann Opa. Dann wieder Genie. Dann schließlich wieder Crab, bei dem er den Mund verzog wie ein böser Hund.

»Nein, ich hab keine Angst. Vergiss es, lass es uns einfach machen.«

Ein *Ja!*-Feuerwerk explodierte in Genies Kopf.

»Bist du sicher?«, fragte Oma stirnrunzelnd.

Ernie nickte kurz.

»Also, dann mal los«, sagte Crab und stellte sich auf die Zehenspitzen. Opa schlug vor Begeisterung die Hände auf den Tisch und stand auf. »Ich hol meinen Hut, und dann kann's losgehen.«

»Wo willst du denn hin?«, fragte ihn Oma.

»Was glaubst du, wo ich hinwill, Mary? Ich will wenigstens dabei sein, wenn der Junge den Abzug drückt.«

»Ach wirklich? Und irgendwo in deinem genialen Hinterstübchen hältst du das für eine gute Idee?« Ihre Stimme wurde schlagartig lauter. »Was ist, wenn dir etwas passiert, Brooke? Du bist nicht mehr da draußen gewesen seit was weiß ich, jedenfalls, ich erinnere mich noch genau an das letzte Mal, als du draußen warst, und du auch! Da hast du dir deine Narbe geholt.«

Opa trat sehr entschlossen von seinem Stuhl weg und schob ihn unter den Tisch. »Das wird diesmal nicht passieren.«

»Das weißt du nicht«, sagte Oma eingeschnappt.

»Mary, bitte.« Seine Stimme war kontrolliert, freundlich trotz seiner Bestimmtheit. »Beruhige dich. Mir wird nichts passieren. Ich kann das machen. Ich schwöre es. Ich *will* das machen.«

Oma verschränkte die Arme auf der Brust. »Also, wenn du mitgehst, geh ich auch mit.«

»Baby, Crab kriegt das schon hin.« Er streckte ihr die Hand entgegen. »Bitte.« Oma machte dieses Gesicht, wie Shelly es immer machte, wenn sie Genie um einen Dollar bat, um sich im Eckladen was zu kaufen, und er keinen hatte. Das sie machte, kurz bevor sie dann zu Aaron ging und das Geld bekam, der immer welches hatte, weil er richtig Taschengeld bekam.

»Entweder ich geh mit, oder du bleibst hier.« Wow. Oma wollte nicht nachgeben.

Opa seufzte. »Nun, meine Herren, ich schätze, dass nun zum ersten Mal überhaupt eine Dame an dieser Zeremonie teilnehmen wird.«

»Ich komm auch mit«, sagte Tess.

»Oh, gut, gleich zwei Damen«, berichtigte sich Opa.

Oma stieß einen endlos langen Seufzer aus und sagte schließlich:

»Okay, Brooke, es ist gut. Ich bleib hier.« Dann trat sie auf ihn zu und richtete seinen Hemdkragen, wie Ma es für Dad machte, ehe er zur Feuerwehr ging. Ehe er immer schuldbewusst dreinsah und sie immer müde.

»Pass bitte auf«, sagte Oma, was auch Ma immer zu Dad sagte, ehe er zur Feuerwache ging. Damals, als sie noch keine »Probleme« hatten.

Mit besorgtem Blick küsste Oma Opa auf die Wange, dann küsste sie Genie und Ernie.

»Sicher, dass du die andere Dame hier allein lassen willst, Tess?«, fragte Oma.

Tess schien zerrissen zwischen dem Wunsch, bei Ernie zu sein, und der Pflicht, Oma mit ihren furchtbaren Sorgen nicht allein sitzen zu lassen.

»Du kannst mir vielleicht mit Ernies Geburtstagskuchen helfen, für später«, fügte Oma hinzu, ihre Stimme ein hoher Singsang wie der eines kleinen Kindes. Ganz anders als ihr wütendes Grollen gegen Crab.

Tess seufzte und zog einen Stuhl unter dem Tisch hervor. »Okay«, fügte sie sich und schüttelte den Kopf. Sie war gerade von einer alten Dame überrumpelt worden.

»Hört mal, ich warte dann draußen«, sagte Crab und wandte sich zur Tür. »Dieses ganze Hin und Her nervt mich.«

»Ja, ja, geh. Wir kommen gleich nach«, sagte Opa. Er folgte Oma in ihr Zimmer und stieß die Tür hinter sich fast zu. Ernie und Tess standen am Küchentresen und redeten darüber, wie verrückt das alles war, während Genie versuchte, nicht neugierig zu sein – auf die Dinge, die die Älteren so besprachen. Aber das misslang ihm. Er konnte einfach nicht anders, als hineinzuspähen und zu sehen, wie Oma auf dem Bett saß und ihr Lieblingsbuch in den Schoß nahm. Opa nahm seinen Hut und setzte ihn auf, dann fuhr er mit der Hand die Kommode lang, bis er zu einer gefalteten Flagge kam, genau wie die im oberen Stock. Er steckte die Hand ins Innere des gefalteten Dreiecks und zog seine Waffe heraus. Er steckte sie hinten in den Hosenbund, genau wie Genie es an jenem ersten Tag gesehen hatte. Dann gab Opa Oma einen Kuss, sanft und zärtlich, und kam aus dem Zimmer, wobei er brüllte: »Ernie, Little Wood, seid ihr bereit?« Genie merkte, dass Opa aufgeregt war, und er selbst war es auch. Er packte Opa am Arm. »Gehen wir!«

Ernie musste noch nach oben rennen und ein Hemd anziehen und noch aufs Klo, und jetzt waren Genie, Opa und Crab draußen und warteten auf ihn. Crab machte einen Witz, dass er sich »vor Angst verpisst« hätte. Es war nicht lustig, und keiner lachte ... außer Crab.

Er und Opa fingen an darüber zu diskutieren, auf was Ernie eigentlich schießen sollte. »Ich will nicht, dass er auf Bäume schießt. Die Kugel könnte wegspritzen«, sagte Opa.

»Genau, genau. Also, was hast du im Haus? Irgendetwas Altes, bei dem's dir egal ist, wenn es zerschossen wird? Du weißt schon, vielleicht –«

»Vielleicht was?«, sagte Opa, und seine Stimme war eine Warnung. »Sag jetzt lieber nicht meine Frau.«

»Ne, Mann. Jessas! Ich hätt Blechdosen gesagt oder ein paar von diesen alten Schnapsflaschen oder was in der Art. Nur die Ruhe. Ich hab nichts gegen deine Frau. Sie hat was gegen mich!« Crab sah missmutig drein. »Vergiss meine Frage. Ich hab jedenfalls eine Idee.«

Crab ging zu seinem Auto und ließ den Kofferraum aufschnappen. Er wühlte kurz herum, dann zog er etwas heraus und hielt es triumphierend in die Höhe – eine Plastiktüte voller Aludosen und Bierflaschen.

»Hab 'nen ganzen Haufen aus der Kneipe. Müssen mindestens zwanzig, fünfundzwanzig Dollar wert sein. Benzingeld, du weißt schon.«

»Vergiss nicht, die einzusammeln, die du im Haus meiner Eltern hinten im Wald gelassen hast.«

Crab stöhnte. »Ich hab doch Sorry gesagt.«

Genie machte sich schon darauf gefasst, dass *dieser* Streit wieder anfing, aber da, uff, kam Ernie endlich aus der Tür.

»Vorsicht jetzt alle«, warnte Crab, als sie den Wald betraten.

»Mann, wir sind nicht im Krieg«, erwiderte Opa verächtlich.

Crab erwiderte nichts, rollte nur mit den Augen und gab Genie und Ernie ein Handzeichen, dass sie unbedingt auf Opa achtgeben sollten.

»Und passt auf die Hundekacke auf. Die ist hier überall«, grunzte Crab und ging voran. *Kackedikack.* Genie musste sich einen Lacher verkneifen.

Ernie tippte Genie auf die Schulter, als sie sich durch den Wald zu schlagen begannen. »Yo. Hier.« Er reichte ihm seine Sonnenbrille. Wow. Ernie ließ ihn diese Sonnenbrille sonst nicht mal berühren. Der Kratzer am Auge war beinahe verheilt, aber Genie setzte die Brille dennoch auf.

Crab kickte Unterholz und Steine aus dem Weg, doch Opa, der sich nur leicht an Genies Schulter schmiegte, kam zunächst ziemlich gut voran. Aber je weiter sie in den Wald eindrangen, desto fester drückte er sich an ihn, und bald begannen seine Hände zu schwitzen und machten Genies Hemd feucht. Er fragte sich nur, wie viel »Bedenken« Opa wirklich hatte, so durch den Wald zu wandern und ab und zu über Wurzeln zu stolpern, die Crab nicht wegkicken konnte. Und obendrein war es Tag – die Mokassinschlangen waren hellwach. Und nur weil Genie, sosehr er auch aufpasste, noch keine gesehen hatte, hieß das nicht, dass sie nicht da waren.

Sie näherten sich nun dem gelben Haus. Genie wollte Opa darauf hinweisen, doch er wusste, dass es ein heikles Thema war, nachdem Oma gesagt hatte, man solle es nicht erwähnen, und Crab es dann doch erwähnte und sie fast Kleinholz aus ihm gemacht hätte. Genie überlegte, wie Opa reagieren würde, wenn er das mit Michael Jackson herausfände. Doch der Anblick des alten Hauses und all der Vögel, die umherzwitscherten, brachten Genie auf den Gedanken, ob nicht doch eine Schwalbe gefangen war und er der Verdammnis entgehen könnte – sie hatten die Falle heute noch nicht überprüft.

Genie hatte auch die verrückte Idee, dass die zwitschernden Vögel den anderen vielleicht sagten, sie sollten aufpassen, weil der irre Crab im Wald war. Oder vielleicht, Genie der Vogelnapper sei im Anmarsch. Genie wollte nicht, dass die Tierwelt glaubte, er und sein Großvater und sein Bruder hätten irgendwelche Ähnlichkeit mit Crab. Weil Crab wahrscheinlich jedes Lebewesen dort drin gegen sich aufgebracht hatte, indem er die ganze Zeit auf sie ballerte. Wenn *er* ein Eichhörnchen wäre und Crab kommen sehen würde, wäre er ziemlich angesäuert. Doch Genie war kein Tiermörder wie Crab. Ach, Moment mal ... war er doch! Und was, wenn die Tiere sich alle zusammentaten und einen Angriff starteten? Jessas! Genie spähte nervös zwischen den Bäumen hindurch, bis sich ohne tierische Attacken – dem Himmel sei Dank – der Weg allmählich weitete. Es war fast, als hätte Gott vergessen, in dieser kleinen, kreisrunden Lichtung Bäume zu pflanzen – auf dem kahlen Fleck des Waldes.

»Hier ist es«, sagte Crab großspurig. »Hier haben ich, euer Daddy und Onkel und praktisch alle anderen Jungs der Gegend schießen gelernt, dank eurem Großväterchen hier.«

Genie sog alles in sich auf, versuchte sich ein Bild zu machen von seinem Vater und Onkel Wood, wie sie noch klein waren und Schießunterricht von Opa bekamen. Ein Opa, der noch sehen konnte, zeigte Dad, wie man ein Gewehr hielt. Opa sah sich ebenfalls um, nach links und rechts, rechts und links, und stellte sich wahrscheinlich ebenfalls vor, wie es einst war. Crab legte sein Gewehr und die Tüte mit den Dosen und Flaschen auf den Boden und zerrte nun an einigen der Äste im Umkreis.

»Alles in Ordnung mit dir?«, fragte Genie Opa mit leiser Stimme. Opa hielt sich noch immer an Genies Schultern fest.

Opa beugte sich herab. »Hmm?«

»Alles in Ordnung mit dir, hab ich gefragt.«

»Ah, Little Wood. Mir geht's gut. Wozu, glaubst du denn, haben wir beide die ganze Zeit geübt?«, sagte Opa leise.

Wie bitte ... was? Was?! Genie fiel es wie Schuppen von den Augen – Opa hatte die ganze Sache geplant! All die nächtlichen Ausflüge waren praktisch Trainingsstunden, damit er an Ernies vierzehntem Geburtstag dabei sein konnte! Um die Tradition aufrechtzuerhalten. Zuerst fühlte sich Genie irgendwie ... nun, irgendwie blöd. Als wäre er reingelegt worden. Doch dieses Gefühl verblasste, als es ihm dämmerte, dass auch *er* dazu beitrug, die Tradition fortzuführen. Tatsächlich hatte er großen Anteil daran.

»Also deshalb wolltest du mit mir so oft nach draußen gehen?« Genie versuchte mit leiser Stimme zu reden, aber es hätte ohnehin nichts gemacht: Crab kümmerte sich um das Ziel, und Ernie trieb sich irgendwo herum.

»Immer diese Fragen!«, lachte Opa. »Aber ja – es macht keinen Spaß, sich in der Falle zu fühlen. Und du warst der Einzige, der es tun konnte, der mich nicht wie ein blindes Baby in 'nem verdammten Laufstall behandelte.«

Das gab Genie zwar ein richtig gutes Gefühl, doch ehe er antworten konnte, rief Crab: »Der hier passt«, während er einen dürren Zweig schüttelte. Er ließ ihn zurückschnappen, während er eine Coladose aus der Tüte holte. Er stopfte das Ende des Zweigs in die Öffnung der Dose.

»Da schießt du drauf«, verkündete er Ernie, der abseits stand, als würde ihn das alles nichts angehen. »Jetzt reden wir mal über die grundlegenden Dinge und vor allem über die Regeln.«

Crab hob das Gewehr mit beiden Händen hoch, als wollte er zeigen, wie man einen Pfeil von einem Bogen abschießt, was aus Genies Sicht auch ganz cool gewesen wäre. Doch gerade als Crab den Mund öffnete, um Regel Nummer eins zu erklären, unterbrach ihn Opa.

»Regel Nummer eins«, sagte er. »Ernie muss mit meiner Waffe schießen. Er ist mein ältester Enkel, und ich denke, es ist einfach richtig, wenn er den Sechsschüsser der Familie nimmt.« Er fasste sich unter das Hemd und zog den Revolver hervor.

Crabs Augen weiteten sich. Der Revolver war eine alte silberne Schönheit, mit feinen Gravuren im Perlmuttkolben und einem schimmernden Rohr. Crab sah aus, als wollte er ihn küssen. Als wollte er ihn *essen*.

»Okay, alter Herr«, gab er nach. »Wir nehmen deinen.« Dann leierte er ein paar Dinge herunter, die Genie und Ernie noch nie über Schusswaffen gehört hatten. Wie sich herausstellte, waren sie noch viel komplizierter, als man es sich je hätte träumen lassen. Zunächst einmal zielte man nicht einfach und schoss dann! Crab erklärte, dass ein Revolver nur sechs Patronen hatte. Die Patronen steckten in etwas, das man Trommel nannte und das so ziemlich aussah wie eine dicke Bienenwabe, die seitlich aus dem Revolver herausklappte. Genie hatte dieses Wabending schon in einem Haufen Filme gesehen, aber nie den Namen erfahren.

Opa hielt sich nicht mehr an Genies Schultern fest, sondern stand dicht an ihn gedrängt da, als wollte er sichergehen, dass Genie nicht weglief.

»Was auch immer passiert, mein Junge«, warf Opa erneut ein, »du darfst nie, NIEMALS eine Waffe auf einen Menschen richten. Sei sehr vorsichtig mit diesen Dingern. Es sind keine Spielzeuge. Hast du mich verstanden?«

Genie fielen augenblicklich Fragen ein, Fragen, die man nicht laut stellen sollte. Wenigstens nicht in diesem Moment. Fragen, die er aufschreiben musste: *Wann wurden Spielzeugrevolver erfunden? Wann wurde Coca-Cola erfunden? Was ist der Unterschied zwischen einer Pistole und einem Revolver? Warum nur sechs Schuss in einem Revolver? Warum nicht sieben? Ist es, weil Sechsschüsser besser klingt als Siebenschüsser?* Woran er in diesem Moment nicht dachte, war Michael Jackson oder das rote Modellauto, zur Abwechslung mal. Alles, was Genie noch denken konnte, war, wie ... verdammt ... beeindruckend das alles war.

»Selbstverständlich, Opa, ich bin nicht blöd«, sagte Ernie ein wenig altklug. Es war das Erste, was er sagte, seit er Genie die Sonnenbrille gegeben hatte.

»Na ja, du glaubst, dass du es nicht bist. Aber es sind immer diejenigen, die glauben, alles zu wissen, welche die meisten Fehler machen.«

Crab wartete, bis Opa fertig war, dann nannte er die Namen der einzelnen Teile: Hammer, Rohr, Kolben, Korn.

»Und das hier« – Crab drehte den Revolver zur Seite, damit Ernie es sehen konnte – »ist der Abzug. Nun erklär ich's dir, wie dein Großvater es mir erklärt hat: Du ziehst nicht den Abzug, Junge, sondern du drückst ihn, verstanden? *Drücken.*«

Ernie sagte kein Wort. Er nickte nur, ihm schien noch unbehaglicher zumute, sofern das überhaupt möglich war.

Nach etwa hundert weiteren Minuten Vortrag über die Waffe sagte Crab endlich, dass er so weit sei, es Ernie tatsächlich ausprobieren zu lassen. Genie war aufgeregt. Total überdreht. Und trotzdem bemerkte er, dass mit Ernie etwas nicht stimmte. Etwas fehlte. Ah! Er hatte seine Sonnenbrille nicht auf. Seine Coolness war aus dem Gleichgewicht geraten.

»Ern«, rief Genie und riss sich die Brille vom Gesicht. »Hier.«

Ernie setzte sie auf. Und hatte seine Coolness wieder. Aber nur für einen Moment.

»Oh, oh, oh.« Crab schüttelte den Kopf. »Nimm sie ab. Gerade hast du gesagt, du wärst nicht blöd, und schon ...«

»Was ist los?«, fragte Opa.

Ernie schnalzte mit der Zunge und fauchte: »Nichts.« Er

riss sich die Brille herunter, klappte die Bügel zusammen und ließ sie in seine Gesäßtasche gleiten.

Crab verkündete jetzt zufrieden: »Alles klar jetzt ... die Show kann beginnen!« Er schlackerte irgendwie mit dem Handgelenk, und die Trommel des Revolvers klappte heraus. Er drehte sie, sah alle sechs Patronen an, dann schlug er sie wieder in Position. Für diese fünf Sekunden war Crab der coolste Mensch von der Welt. Zumindest für Genie.

Klick-Klick, KLACK. Crab spannte den Hammer und übergab die Waffe sehr vorsichtig an Ernie, den Lauf auf die Bäume gerichtet.

»Halte ihn mit beiden Händen. Jetzt späh über das Korn und ziel auf diese Dose.«

Genie kam der unsinnige Gedanke, dass der Zweig, der in der Dose steckte, gerade einen Schluck getrunken hatte und einen anderen Zweig fragte, ob er auch mal kosten wolle. Dann riss er sich aus diesen Gedanken heraus und fand alles nur noch cool. *Mann,* wie gerne hätte er es auch einmal probiert. Vielleicht durfte er nach Ernie ran.

»Die Ellbogen leicht angewinkelt, aber die Handgelenke fixiert«, sagte Crab.

»Ich soll meine Handgelenke fixieren?«

»Ja, halt sie unter Spannung.« Crab hielt mit einer merkwürdigen Geste die Faust in die Höhe, um zu zeigen, was ein fixiertes Handgelenk bedeutete, aber für Genie sah es ganz nach einem »normalen« Handgelenk aus.

Ernie hielt die Waffe hoch und wandte sich der Dose zu. Genie beobachtete Ernie genau. Musterte sein Gesicht, seine Augen. Irgendetwas stimmte nicht. Und es lag nicht daran, dass Ernie seine Sonnenbrille nicht aufhatte. Noch etwas anderes war aus dem Gleichgewicht. War neben der Spur.

»Moment mal, Moment mal«, warf Opa urplötzlich ein. Das brachte Ernie völlig aus der Fassung – er wirbelte zu Genie und Opa herum, die Waffe direkt auf sie gerichtet. Das Rohr schien so groß wie ein Kanone! Genie duckte sich und schlang die Arme um den Kopf.

»Jesus Christus!«, sagte Crab und drückte den Revolver zu Boden. »Das hatten wir doch gerade, Ernie. Ziel nie auf Menschen. NIEMALS!«

Ernie wirkte ganz verlegen. »Ich weiß, ich weiß, tut mir leid.« Er schwitzte plötzlich.

»Schon gut, mein Junge. Mein Fehler«, sagte Opa. »Ich meine nur, einer von uns, Crab, muss einen Probeschuss machen. Ihm zeigen, wie es geht.«

»Einer von *uns*?«, höhnte Crab.

»Ja, von uns, das heißt ich. Ich sollte den ersten Schuss abfeuern.«

Opa lächelte breit und seltsam. Aber niemand sonst. Vor allem nicht Genie, der gerade erlebt hatte, dass eine Waffe direkt auf seinen Kopf gerichtet war. Am liebsten hätte er losgeheult. Oder sich übergeben. Bye-bye, diese ganze Aufregung.

»Was soll das heißen?« Crab stellte sich zwischen die Waffe und Opa.

Opa lächelte unentwegt.

»Brooke, was soll das heißen?«, wiederholte Crab, langsamer, deutlicher.

»Crab, ich will doch nur einmal schießen. Es ist Jahre her, seit ich zum letzten Mal den Abzug gedrückt hab. Nur ein einziger Schuss. Der Junge muss sich ohnehin an den Knall gewöhnen. Einfach in die Luft.« Opa sagte es leise. Er sagte es ruhig. Er trat einen Schritt vor – einen mutigen Schritt – und langte nach der Waffe. Crab packte Opas Hand, und Genie sah an Opas Miene, dass Crab die Hand ziemlich fest gepackt haben musste.

»Bitte. Nur einen. Das sind meine Enkel, die einzigen, die ich habe. Komm schon …« Halb drängte Opa, halb flehte er. In seinem Gesicht zeichnete sich ein merkwürdiges Gemisch aus Stolz und Wehmut ab. Crab schien ihn, wie es Genie vorkam, eine Ewigkeit anzusehen. Dann ließ er Opas Hand los und nahm Ernie den Revolver ab.

»Fünf Schritt beiseite, Jungs. Dort rüber.« Crab deutete auf den Pfad.

Ernie und Genie traten beiseite.

»Okay, Brooke.« Crab reichte Opa die Waffe. »Zum Teufel, es ist dein Revolver. Ein Schuss. Nach oben, zwölf Uhr.«

Crab trat nur einen Schritt zurück. So, wie Opa die Waffe hielt, schien es, als passte sie wie angegossen in seine

Hand. Als wäre er geboren, um zu schießen. Es lag ihm einfach. Ganz das Gegenteil von Ernie.

Opa stand einen Moment da, den Revolver in der Hand. Dann, urplötzlich, riss er den Arm senkrecht in die Luft. Klick-klick, Klack, machte der Hammer. PENG! Mein Gott! Genie war, als würde er inmitten eines Donnerschlags stehen. Seine Knochen bebten, und in seinen Ohren pochte es, als ob sein Herz in sie hineingesprungen wäre. Sobald er das zweite Klicken hörte, schienen seine Finger sie ganz von alleine zuzustopfen. Dann wieder. PENG!

»Du hast gesagt *einen!*«, schrie Crab und packte den Sechsschüsser.

Opa lachte, und es war ein Lachen, das Genie noch nie bei ihm gehört hatte. Es war ein echtes Lachen. Wie das eines Kindes! »Ich weiß, ich weiß. Aber ein alter Mann kann sich ja anders besinnen, oder?«

Crab winkte Ernie zu sich. »Bringen wir die Sache hinter uns, ehe dein Opa noch deinen Geburtstag kapert.« Er hielt den Revolver am Rohr, damit Ernie den Kolben packen konnte. »Und los geht's.«

Ernie nahm die Waffe und stellte sich erneut so unbeholfen hin wie beim ersten Versuch.

»Also, wie gesagt, die Ellbogen leicht gebeugt und das Handgelenk fixiert wegen dem Rückschlag. Ziel auf die Dose, und wenn du sie hast, drück den Abzug.«

Ernie schien ein wenig zittrig, als ob die Waffe plötzlich

zu schwer für ihn geworden wäre, aber er nahm sie dennoch hoch und spähte über das Korn.

»Wart mal«, sagte Opa.

Crab riss frustriert die Arme hoch. »Was ist jetzt wieder los? Brooke, lass den Jungen doch einfach schießen.«

»Mach ich, sobald er die Waffe richtig hält.«

»Brooke, du kannst ihn doch nicht mal sehen! Er *hält* die Waffe richtig!«

»Nein, tut er nicht. Das merk ich daran, wie er atmet; die Waffe zittert, weil seine Handgelenke nicht ruhig sind. Das kann ich *hören*.« Dann sagte er zu Ernie: »Mein Junge, spann die Handgelenke, als würdest du Armdrücken machen.« Er hielt seine Hand hoch, um es vorzumachen.

Ernie pustete, wie immer, wenn er irritiert war. Wieder hob er die Waffe, spannte die Ellbogen, dann entspannte er sie. Er schloss das linke Auge, um zu zielen, worauf sich seine Lippen auf einer Seite kräuselten. Schweiß lief ihm von der Stirn. Er fuhr sich mit der Zunge über die Lippen und schluckte. Der Revolver schien in Ernies Händen irgendwie zu vibrieren. Genie war klar, dass Ernie die Waffe nicht so fest hielt, wie er sollte, aber er war sich nicht sicher, ob Ernie das überhaupt konnte. Vielleicht war der Revolver zu schwer. Aber das war es nicht allein. Immer noch stimmte etwas nicht. Etwas war anders mit ihm. Zum ersten Mal überhaupt sah Genie, dass sein Bruder Angst hatte. Richtig Angst.

Ein Flugzeug flog über sie hinweg, sehr tief. Opa legte beide Hände auf Genies Schultern.

Genie stopfte sich erneut die Finger in die Ohren und machte sich auf den Knall gefasst.

Er hätte besser die Hände über die Augen gelegt.

BUMM!

Der Revolver stieß zurück und schlug Ernie mitten ins Gesicht, dann flog er ihm aus den Händen. Ernies Knie knickten ein, als ob jemand ihm von hinten einen Stoß versetzt hätte. Er stolperte rückwärts, schlug die Hände auf den Mund, dann stürzte er zu Boden. Jetzt war das Flugzeug verschwunden, und Genie konnte ihn hören. Ernie schrie.

»Jesus, Ernie!« Crab stürmte zu ihm.

Opa grub die Finger in Genies Schultern, so heftig, dass es sich anfühlte, als würde er sie zerbrechen. »Crab? Was ist passiert? Was ist los?«, rief er.

Genie riss sich von ihm los und rannte hinüber zu seinem Bruder. Ernie lag am Boden, ein menschliches Knäuel, das immer wieder zuckte.

Oh nein, nein, nein. Hatte er sich selbst angeschossen? Hatte er die Dose verfehlt und einen Baum getroffen, und die Kugel war zurückgeflogen? »Ernie!«, schrie Genie.

»Ernie, alles okay mit dir?«, fragte Crab. Er war auf den Knien und versuchte, Ernie ins Gesicht zu blicken.

»Crab! Was zum Teufel ist passiert?«, wollte Opa wissen, die Arme ausgestreckt wie ein Zombie. »Crab! Genie!«

»Es tut weh! Es tut so weh!« Ernie brüllte jetzt. Crab versuchte, Ernie sachte die Hände vom Gesicht wegzuziehen, um zu sehen, was los war. »Es tut so weh, es tut weh, tut weh.« Ernie wehrte sich und schrie immer wieder. Genie kniete sich jetzt auch hin, und Crab bekam endlich Ernies Hände weg von seinem Gesicht. Da sahen sie das Blut, das aus Ernies Mundwinkeln strömte, über die Wangen lief und ins Gras tropfte.

Oh Gott. Bitte lass das nicht wahr sein. Das darf nicht wahr sein. Das darf es nicht, betete Genie.

»CRAB!«, bellte Opa und ging ebenfalls auf die Knie. Auf allen vieren kroch er dorthin, wo der Lärm war.

»Brooke, die Waffe hat ihn getroffen«, sagte Crab ihm schließlich. »Es war der Rückstoß. Er hat sie nicht fest genug gehalten. Muss ihm aus den Händen geglitten sein – und ist ihm mitten ins Gesicht geschlagen!«

Genie fing einfach an zu weinen. Das Einzige, was ihm einfiel, war, dass er sein T-Shirt ausziehen könnte, um das Blut abzutupfen, doch noch ehe er dazu kam, schob Crab seinen Arm weg.

»Geh mal zurück, Junge«, wies er ihn an. Aber Genie wollte nicht zurückgehen. Das war sein Bruder. *Sein* Bruder. »Geh zurück, Genie!«, blaffte Crab.

»Genie!« Opa schlug mit den Händen auf die Erde und versuchte herauszufinden, wo genau seine Enkel waren. Genie packte ihn am Arm. Crab fing an, Ernie eine Reihe von blöden Fragen zu stellen.

»Wie ist dein Name?«
»Wer ist dein Bruder?«
»Wo kommst du her?«
»Wie viele Finger halte ich hoch?«
Opa war jetzt herangekommen und tastete Ernies Gesicht sanft ab, um, wie Genie vermutete, irgendwelche Verletzungen zu erspüren, wie Schwellungen oder gebrochene Knochen. Aber Ernie zuckte mit dem Kopf weg. Also begann Opa Crab mit Fragen zu bombardieren, die Genie entschieden besser fand.
»Glaubst du, er hat eine Gehirnerschütterung?«
»Ist seine Nase gebrochen?«
»Was ist mit seinem Kiefer?«
»Zähne?«
Crab versuchte Ernie auf die Beine zu stellen. Wenigstens sein Brüllen hatte sich gelegt, und er stöhnte jetzt nur noch leise. Der Kragen seines T-Shirts war blutgetränkt.
»Zähne?«, wiederholte Opa besorgt.
Ernie, jetzt auf einem Knie, atmete schwer, als würde er sich gleich erbrechen oder an etwas würgen. Dann spuckte er drei Steinchen aus, eins nach dem anderen, wie Kürbiskerne. Zähne. Dann fing er wieder an zu weinen.
»Sieht aus, als ob er … ja … drei verloren hat, gleich die vorderen«, sagte Crab und klaubte die Zähne vom Boden auf. Er nahm eine Bierflasche aus der Tüte, die er mitgebracht hatte, und tat sie hinein, dann gab er Genie die Flasche, während er Ernie auf die Beine half. Ernie weinte

noch heftiger, als er wieder stand. Also weinte auch Genie noch heftiger. Ernie presste sich die Hand auf den Mund, um das Schluchzen ein wenig zu unterdrücken. Aus dem gleichen Grund hielt sich auch Genie die Hand auf den Mund.

Es war der schlimmste Nachahmungswettbewerb, den sie je ausgetragen hatten.

SECHZEHN

MAILBOX: IHR ANRUF WURDE AN EIN AUTOMATISCHES SPRACHMITTEILUNGSSYSTEM WEITERGELEITET. SHEILA IST IM MOMENT NICHT ERREICHBAR. BITTE SPRECHEN SIE NACH DEM SIGNALTON. WENN SIE MIT DER SPRACHNACHRICHT FERTIG SIND, LEGEN SIE AUF, ODER DRÜCKEN SIE DIE EINS FÜR WEITERE OPTIONEN.

Oma: Hey, Sheila und Ernest. Hier ist Mama. Ich denk mal, ihr seid gerade mitten in der Luft auf dem Weg nach Jamaika. Hört mal, ähm, wir hatten so was wie einen kleinen Unfall. Ernie jedenfalls. Aber regt euch nicht gleich auf. Es geht ihm gut. Er ist in Ordnung. Ruft mich an, wenn ihr da seid. Aber bitte macht euch keine Sorgen. Wird schon wieder. Okay, hab euch lieb. Bye-bye.

Drei Zähne in einer Bierflasche sind ein merkwürdiger Anblick, aber noch merkwürdiger ist, wenn deine Großmutter die Flasche nimmt, sie umkippt und die Zähne in ein Glas Milch fallen lässt. Ja, Milch. Und dann dieses Glas ihrem jüngsten Enkel gibt, der es auf dem Rücksitz des Autos festhalten soll, mit strenger Order, die Milch nicht zu verschütten, während sie mit ihm und dem anderen Enkel ins Krankenhaus rast. Ein Zahnarzt wäre sinnvoller gewesen, aber es war der vierte Juli. Kein Zahnarzt hatte Dienst.

Genie starrte auf die Zähne – er konnte sie eigentlich gar nicht mehr sehen, weil sie in der Milch lagen – doch er starrte eben auf die Milich, dermaßen darauf bedacht, sie nicht zu verschütten, als würde er den Heiligen Gral in Händen halten. Besser als Ernie anzustarren, der vorn saß und einen Eisbeutel auf seinen Mund drückte. Das würde die Schwellung lindern, meinte Oma. Alles, was Genie tun wollte, um zu helfen, war wohl keine gute Idee. Zum Beispiel irgendwas sagen. Was gab es denn zu sagen? *Ich bin wütend auf mich selbst, weil ich wollte, dass du schießen lernst? Ich bin wütend auf Opa, weil er dich dazu gebracht hat?* Genauso fühlte sich auch Oma – das war deutlich zu hören, als sie Opa im Schlafzimmer die Hölle heiß gemacht hatte, bevor sie das Haus verließen.

»Ich wusste, dass das keine gute Idee war, Brooke. Ich *wusste* es«, hatte Oma gesagt, und ihre bebende Stimme drang durch die alte Eichentür. Tess war mit ihrem Vater bereits gegangen. Sie sah zuerst ganz begeistert aus, als Genie mit Opa zur Tür hereingeplatzt war, stand vor dem großen, altmodischen Geburtstagskuchen, offenbar drauf und dran, ein wenig anzugeben, und auch bereit, Ernie ein wenig mit dem Schießen angeben zu lassen. Doch anstelle von Lächeln und Gelächter bekam sie Blut, Tränen und Zähne in einer Flasche. Dann schleppte Crab sie nach Hause, schnell, schnell.

»Es war ein Unfall, Mary. Er wird schon wieder.«

»Aber es hätte nicht passieren müssen«, fuhr Oma wütend fort. »Das kapierst du einfach nicht. Der Junge wollte gar nicht schießen lernen. Er hatte Angst. Du hast es gewusst. Ich hab es gewusst. Zum Teufel, selbst Crab hat es gewusst.«

Opa musste nicht schnell genug geantwortet haben, weil Oma nachsetzte: »Aber du hast ihn dazu gedrängt. Du hast ihn gedrängt, wie es eben deine Art ist.«

»Ich hab den Jungen nicht gedrängt, Mary, ich –«

»Doch, das hast du, Brooke!« Oma wurde laut, dann zügelte sie ihre Stimme. »Das hast du. Genau wie damals bei Wood. Ist dein Enkel jetzt ein Mann, Brooke? Oder was?« Dann klirrten Autoschlüssel, und Oma schob Genie und Ernie zur Tür hinaus.

Während sie den holprigen Abhang hinunterfuhren und dann die kurvenreichen Straßen in Richtung Krankenhaus nahmen, tat Genie sein Bestes, um das Milchglas ruhig zu halten. Ernie tat sein Bestes, sich nicht selbst im Seitenspiegel zu betrachten. Oma tat ihr Bestes, sowohl Ernie als auch Genie im Auge zu behalten, warf Genie prüfende Blicke im Rückspiegel zu, sah dann nach ihrem Beifahrer Ernie, wobei sie ihm ab und zu das Knie tätschelte. Sie schaltete das Radio ein, wechselte aber vom Kirchensender zu Hip-Hop, was an jedem anderen Tag absolut cool gewesen wäre. Aber heute nicht. Ernie konnte nicht mit dem Kopf wippen. Genie auch nicht. Also fuhren sie einfach dahin, lauschten, aber hörten im Grunde nichts.

Zwanzig Minuten später fuhr Oma den Buick auf den Parkplatz des Krankenhauses. Drinnen saßen die Leute auf bonbonrosa Stühlen, auf die lila Diamanten gemalt waren, fast alle auf die Armlehnen gestützt, das Kinn in den Händen und die Blicke auf einen Fernseher in der Ecke gerichtet.

»Es sind immer noch etliche Stunden bis zum Feuerwerk hier auf dem Festplatz, doch das Publikum strömt schon in Scharen herbei. Kommen Sie und suchen Sie sich ein Plätzchen auf dem Rasen und freuen Sie sich auf North Hills – nein, Amerikas – hellste Nacht!« Der Ansager wendete einen Fleischklops auf einem Grill, dann kam Werbung.

Ein Mann im Wartezimmer hustete. Es klang, als hätte er Glasscherben in der Kehle.

Eine junge Frau drückte sich ein blutgetränktes Geschirrtuch auf die Hand. Eine ältere Frau saß neben ihr und blätterte durch eine Illustrierte. Sie blickte zu den Harrisens auf, als sie in den Wartebereich kamen.

»Guten Tag. Mein Enkel hat sich die Zähne ausgeschlagen«, sagte Oma zu der Frau am Empfang. Ohne Umschweife.

»Füllen Sie das hier bitte aus«, antwortete die Frau mit einer Stimme, die fünfzigmal am Tag das Gleiche sagen musste. Nicht freundlich, nicht abweisend. Genie überlegte, dass sie ihren vierten Juli wohl nicht freiwillig auf der Arbeit verbrachte.

»Wie lange müssen wir warten?«, fragte Oma und nahm das Formular, das die Frau ihr über den Tresen schob, ihre Stimme immer geladen mit der Wut auf Opa. Sie sah sich rasch im Wartezimmer um, dann fügte sie hinzu: »Zehn, fünfzehn Minuten?«

»Da bin ich mir nicht sicher, Madam«, sagte die Frau. Aber sie hätte »eine Ewigkeit« sagen sollen, denn so kam es Genie vor, der aufpasste, dass er die Zahnmilch nicht verschüttete, während Oma die Formulare für Ernie ausfüllte.

»Hoffentlich rufen sie uns bald auf«, sagte Genie, der immer ungeduldiger wurde, während Ärzte und Schwestern in Begleitung von Patienten durch die Schwingtür zum Notfallraum hin und her gingen.

Oma tätschelte beschwichtigend Genies Knie. »Das tun sie sicher.«

Genie seufzte. »Fühlt sich halt so an, als müssten wir bis zum Sankt Nimmerleinstag hier warten.«

»Mary?«, rief jemand durch den Raum. Eine Ärztin. »Mary Harris? Du bist es? Also, ich hab dich seit deiner Pensionierung nicht mehr gesehen!«

»Du kennst sie, Oma?«, fragte Genie hoffnungsvoll. Die Antwort kam prompt, da die Ärztin geradewegs auf Oma zuging und die beiden sich überschwänglich umarmten.

»Ich kann's nicht fassen. Wie gut du aussiehst, Mary!«

»Und du auch!« Oma wandte sich an Genie und Ernie.

»Jungs, das ist Dr. Maris. Wir kennen uns schon seit Langem. Tatsächlich weiß ich noch, wie sie hier angefangen hat.«

»Hier hast du mal gearbeitet?«, fragte Genie.

Oma lächelte. »Genau. Dreißig Jahre als Krankenschwester, hier in diesem Haus«, sagte sie. »Eure alte Oma hat eine Menge gesehen. Noch Schlimmeres, als dir passiert ist, mein Junge«, fügte sie an Ernie gewandt hinzu. Der starrte weiter zu Boden, während sie ihm auf den Rücken klopfte. »Viel Schlimmeres.«

»Mary, wer sind diese hübschen Kleinen?«, fragte Dr. Maris strahlend.

»Es sind meine Enkel, Genie …«

»Hi«, sagte Genie.

»Und Ernie. Ernie hatte einen kleinen Unfall.« Von Ernie kam kein Wort. Normalerweise hätte ihm Oma was von Höflichkeit erzählt, vor allem gegenüber Älteren, aber heute nicht.

Dr. Maris lächelte, nickte und kam dann gleich auf den Punkt. Musste wohl so sein im Krankenhaus. »Was ist passiert?«

»Also, Ernie, er ist vierzehn – heute hat er Geburtstag«, erklärte Oma und blickte bemüht ernst, »er hat schießen gelernt, und mit dem Rückstoß hat er die Waffe ins Gesicht bekommen. Hat ihm ein paar Zähne ausgeschlagen.«

»Oh *nein*«, sagte Dr. Maris und zischte, als wüsste sie, wie schmerzhaft das war. »Hast du die Zähne dabei?«

Genie hob das Glas in die Höhe, als würde er auf jemandes Wohl trinken.

»Schön zu sehen, dass du die Hausmittelchen nicht vergessen hast, Mary!«, sagte Dr. Maris, und Oma strahlte.

»Mädchen, ich würde lügen, wenn ich behaupten würde, dass ich nicht ein wenig langsam geworden bin. Aber ziemlich fit bin ich immer noch.« Oma fuhr lässig mit der Hand durch ihre Haare und streifte sie zurück.

»Hör mal, du gehörst hier zur Familie. Kommt mit nach hinten.«

»Nein, nein, ich weiß, du willst in die Mittagspause.«

»Mary, das Mittagessen kann warten. Komm mit.«

Dr. Maris führte die Familie durch die weiße, händedesinfizierte, piepsende Welt der Notfall-Ambulanz. Oma winkte ein paar alten Freunden zu und wechselte rasch ein paar Worte mit ihnen.

»Okay, mein Junge, setz dich hierher«, sagte Dr. Maris, nickte zu einem Bett hinüber und zog einen Vorhang wie eine Stoffwand um Ernie, Genie und Oma herum. Sie nahm Genie das Glas ab. »Also, ich kann diese Zähne vielleicht wieder einsetzen – ich fixiere sie mit einem Splint, bis sie sich im Zahnfleisch stabilisiert haben, was eine Weile dauern könnte. Schön wird's aber nicht aussehen, und du wirst ihn womöglich noch zu einem Kieferorthopäden bringen müssen, damit alles richtig ausheilt, wenn die Zähne mal sicher sind.«

Oma nickte, während Dr. Maris sich Gummihandschuhe überzog. Sie goss die Milch langsam in einen Kunststoffbehälter, darauf bedacht, dass die Zähne im Glas blieben, dann klopfte sie das Glas über ihrer hohlen Hand aus und ließ die Zähne hineinkullern. Sie legte sie in eine kleine Metallschale und untersuchte sie genau.

»Ernie, du musst mir jetzt ein wenig helfen«, sagte Dr. Maris. »Sei tapfer. Bitte mal den Kopf hoch.«

Ernie neigte den Kopf in den Nacken, und Dr. Maris drückte den Daumen auf sein Kinn und öffnete ihm den Mund. »Kopf noch weiter nach hinten, noch ein wenig, bitte«, forderte sie ihn auf. Sie leuchtete mit einer kleinen Lampe in Ernies Mund, hob seine Oberlippe an und untersuchte das Zahnfleisch und die Stellen, an denen die Zähne fehlten. Wenigstens blutete es nicht mehr. Dennoch guckte Genie weg. Oma tätschelte ihm das Knie, um ihn zu beruhigen.

»Gut, zwei davon können wieder rein. Deine mittleren, oder wie du es kennst, deine beiden Vorderzähne«, sagte Dr. Maris mit zufriedener Miene. Sie knipste die Minitaschenlampe aus. »Aber der linke Laterale ist angesplittert. Ein Stück Zahn ist noch da. Also musst du den unbedingt beim Zahnarzt machen lassen, aber die beiden anderen werde ich jetzt gleich einsetzen.«

Genie beobachtete aus den Augenwinkeln, wie Dr. Maris einen von Ernies Zähnen nahm und ihn zwischen zwei Fingern festklemmte. Das erinnerte Genie daran, wie er die Bruchstücke des kaputten Rads aufgeklaubt hatte, und er hoffte, Ernies Zahn würde Dr. Maris nicht entgleiten, auf den Boden fallen und irgendwo hinkullern und für immer verschwunden bleiben.

»Das tut jetzt ein bisschen weh, Ernie«, warnte ihn die Ärztin. Ernie zuckte sofort zusammen und versteifte sich, die Hände ballend, während Dr. Maris den ersten Zahn zurück in sein Zahnfleisch drückte, wie einen Stecker in eine Buchse. Dann den anderen. Sie klebte Klammern daran, dann befestigte sie diese an dem »Lateralen« rechts und am »oberen linken Augenzahn«, dem, der aussieht wie ein Reißzahn. Genie sah gebannt zu – es war wie wenn man ein Modellauto baut. Teile mit anderen Teilen verbinden. Dinge zusammenkleben, damit sie ihre Funktion erfüllen konnten. Etwas reparieren, das versehentlich kaputtgegangen war. Jetzt befestigte Dr. Maris Drähte an den Klammern, und plötzlich hatte Ernie, der Junge mit dem perfekten Lächeln, eine Zahnspange. Sozusagen.

Als sie endlich wieder zu Hause waren, schickte Oma Ernie nach oben – samt dem Glas mit einem halben Zahn drin –, damit er sich mit einer doppelten Dosis Schmerztabletten hinlegte. Da klingelte auch schon das Telefon. Ma und Dad. Oma schilderte ihnen rasch alles, und Genie steuerte die Einzelheiten bei, bei denen sich Oma nicht so sicher war.

»Hat er die Augen vom Ziel abgewandt, ich meine, hat

er richtig gezielt?«, fragte Oma Genie, der am Küchentisch saß.

»Ja, er hat schon richtig gezielt, aber der Revolver, ich mein sein Handgelenk, war einfach nicht richtig fixiert«, erklärte Genie.

»Sein Handgelenk war nicht« – sie sah ihn an – »fixiert?« Genie nickte.

»Fixiert«, wiederholte sie für Ma, die es dann für Dad wiederholte, der wohl sofort das Telefon an sich genommen haben musste, denn Oma sagte: »Nein, es geht ihm so weit gut, Ernest. Es wird wieder in Ordnung kommen. Wir haben ihn gleich versorgen können. Die beiden vorderen gerettet.« Oma hielt inne. Dann sagte sie: »Ob Ernie gefragt hat, ob er schießen darf? Also, nein, nicht direkt – wie bitte?« Noch eine Pause, dann ein schweres Seufzen. »Es war ein blöder Unfall, aber ich wusste, das arme Kind hatte Angst. Ich konnte es ihm ja direkt ansehen. Er meinte, er wolle es nicht, aber du weißt ja, wie es mit deinem Vater ist.«

Und jetzt fing Dad an zu toben. Genie konnte nicht verstehen, was er sagte, aber es war richtig laut.

»Ich weiß, mein Junge«, sagte Oma immer wieder. »Ich weiß.«

Opa, der nervös über Oma gebeugt dagestanden hatte, klopfte ihr nun auf die Schulter. »Gib mir das Telefon, Mary«, flüsterte er. »Lass mich mit ihm reden. Bitte.«

Oma versetzte ihm einen kalten Blick, sagte jedoch

schließlich: »Wart kurz, mein Junge« und reichte Opa das Telefon.

»Ernest, es tut mir leid«, sagte Opa als Erstes. »Es war mein Fehler, und es tut mir leid. Es tut mir leid«, wiederholte er noch ein paarmal. Doch offenbar hatte Dad schon beim ersten Wort seines Vaters das Telefon an Ma zurückgegeben. »Hallo?«, rief Opa in den Hörer. »Ernest?« Dann fiel Opas Gesicht enttäuscht in sich zusammen. »Oh. Hallo, Sheila.« Er wartete, während seine Schwiegertochter etwas fragte. »Ja. Kein Problem. Einen Moment.« Opa reichte das Telefon an Oma zurück, die daraufhin zum zweiten Mal erklärte, dass sie Ernie schon ins Krankenhaus gebracht hatte, wo sie ihn untersucht und zwei Zähne wieder eingesetzt hätten, und dass sie ihn erneut untersuchen lassen würde und es nicht nötig sei, dass sie Jamaika verließen – wo sie doch gerade erst angekommen waren –, obwohl Genie so ziemlich danach war, wieder nach Hause zu fahren. Aber das sollte wohl nicht so sein. Oma machte ihm rasch ein Schinkenbrot und ging ins Schlafzimmer, wo sie das Buch durchblätterte, das sie immer durchblätterte. Opa zog sich in den Drinnen-Draußen-Raum zurück, und Genie wollte bloß nicht irgendwo in seiner Nähe sein. Es war, als ob Genie plötzlich auch auf einer Insel wäre. Einer verlassenen. Vielleicht waren das alle in diesem Haus.

Am Nachmittag kam eine ganz besorgte Tess zu Besuch und wollte Ernie sehen.

Oma wies sie ab. »Tut mir leid, mein Schatz, aber er ist einfach, weißt du, ziemlich niedergeschlagen«, versuchte Oma zu erklären.

»Tja«, sagte Tess traurig, aber verständnisvoll. »Würdest du ihm bitte ausrichten, dass ich da war. Und gute Besserung von mir.«

»Er wird schon wieder, meine Kleine. Ganz bestimmt«, versicherte ihr Oma. »Und ich richte es ihm aus.«

Oma schirmte Ernie nicht nur ab, sie gab ihm auch Aspirin gegen die Schmerzen und sorgte dafür, dass es keine weiteren Schwellungen gab. Das Einzige, das er sonst noch gebraucht hätte, wäre ein Fernseher gewesen, in dem irgendwelche Sportkämpfe liefen. Und tatsächlich gab es einen Fernseher, den Genie und Ernie bisher noch nicht mal Lust gehabt hatten einzuschalten. Er war im Wohnzimmer, das für Genie nur das *Land des fehlenden Radstücks* war. Oder das Zimmer mit der Tür zu Opas Drinnen-Draußen-Raum – *Stadt des Vogelmords*. Und für Ernie war es nur der Durchgang zur Küche. Jedenfalls gab es dort einen Fernseher. In Wahrheit zwei. Einen großen, der aussah wie ein Möbelstück, wie eine Kommode mit einem Bildschirm drauf. Und einen kleineren Fernseher, der darauf stand. Der große ging nicht. Und der kleine rauschte, weil Oma und Opa kein Kabel hatten. Genie drehte an der Antenne und bekam einen Sender rein, irgendeinen komischen Teleshoppingkanal mit einer Frau, die Brieföffner verkaufte, die ein wenig aussahen wie japanische Schwerter. Aber das reichte nicht, um Ernies Laune zu bessern. Außerdem gab es keine Fernbedienung. Fernsehen konnte man also abhaken. Und weil dem so war, konnte man auch das Wohnzimmer abhaken.

Genie wollte Ernie unbedingt helfen, aber er konnte es nicht auf die gleiche Weise tun wie Oma. Also beschloss er, zu Ernie nach oben zu gehen und dessen Ninja-Faxen nachzuahmen, indem er vom Bett sprang, in die Luft kickte, so tat, als würde er die Wand zerhacken, was Ernie jedoch überhaupt nicht zum Lachen brachte. Bis Genie dann einen Roundhouse-Kick versuchte und mit dem Fuß gegen die Kommode knallte. Da fing Ernie an zu kichern und den Kopf zu schütteln, mit vorgehaltener Hand, damit Genie seine Zähne nicht sehen konnte.

Genie setzte sich aufs Bett und massierte seinen Fuß. Er fühlte sich an, als wäre er von einer Riesenwespe gestochen worden.

»Tut's weh?«, fragte Ernie.

»Geht so – und dein Mund?«

Ernie zuckte die Achseln. »Nicht mehr so schlimm.«

»Darf ich mal sehen?«

»Nein.« Ernie sagte es so, als könnte ihn Genie ganz bestimmt nicht überreden.

Und dennoch. »Jetzt komm schon, Ernie. Lass mich mal sehen. Ich lach auch nicht. Echt, Mann.«

Ernie ballte die Faust. »Ich schwör's dir, Genie, wenn du auch nur einmal lachst –«

»Tu ich nicht. Versprochen.«

Ernie zog die Hand weg und öffnete den Mund so weit, dass Genie hineinsehen konnte. Zuerst wollte Genie tatsächlich lachen. Nicht weil es lustig gewesen wäre. Das war es nicht. Überhaupt nicht. Sondern weil er nervös war, und manchmal, wenn er nervös war und nicht wusste, was er sagen oder tun sollte, musste er einfach kichern. Zum Glück konnte er es sich verkneifen. Aber es war hart. Der perfekte Lattenzaun hatte jetzt ein offenes Tor, und eine der Latten war gesplittert. Es war ein Jammer.

»Gar nicht so schlimm«, sagte Genie, um Ernie etwas aufzumuntern.

»Wie bitte? Bist du blind? Ich seh doch kacke aus!«, wütete Ernie. »Ich hätt nie mit diesem blöden Ding schießen sollen!«

Genie saß einfach stumm da. Er hatte im Grunde nichts zu sagen. Außerdem hatte er Angst, dass alles, was er sagen könnte, Ernie nur noch wütender machen würde. Also hörte er ihm einfach zu, wie er immer und immer wieder jammerte, dass sein Gesicht nie mehr so sein würde wie früher und dass Tess ihn nie mehr mögen würde und dass sie ihm in der Schule wahrscheinlich einen Spitznamen verpassen würden wie »Zahnbomber« und dass sie ihn wahrscheinlich rausschmeißen würden, weil er ihnen die ganze Zeit Arschtritte verpassen würde, obwohl er nicht sicher war, ob er noch zum Unterricht wollte, weil die Leute ihn dann so sehen müssten, und außerdem war er sauer (er sagte *angepisst*), weil seine Sonnenbrille beim Sturz kaputtgegangen war, als ob es nicht reichen würde, wenn man drei Zähne verloren hatte. Er hatte so ziemlich ernsthaft vor, sich von niemandem mehr ansehen zu lassen, was Genie für keinen guten Plan hielt, aber so redete Ernie nun einmal. Und Genie lauschte und lauschte, bis Ernie endlich aufhörte.

Dann fing er wieder an. »Ich hätt mit dem Ding nie schießen sollen. Hatte gleich ein schlechtes Gefühl dabei.«

»Wie meinst du das?«, fragte Genie.

»Weißt du noch, wie es am Anfang mit dir und Samantha war? Aus irgendeinem Grund hast du ihr nicht vertraut. Als hätte sie irgendwas.«

»Ja, ihre Zähne«, witzelte Genie. Ernie lachte nicht, also setzte Genie nach: »Der Unterschied ist, ich hatte Angst.« Dann setzte er alles auf eine Karte. »Ernie, du hattest doch auch Angst, oder? Mit diesem Revolver?«

»Was, als ich den ins Gesicht gekriegt hab? Klar! Die hättest du auch gehabt!« Ernie richtete sich ein wenig auf.

»Nein, nicht der Teil. Davor. Vor dem Schuss. Da hattest du schon Angst, stimmt's?«

Ernie schwieg. Er starrte stur geradeaus, als könnte er von dieser blauen Kommode nicht genug kriegen. Genie dachte daran, wie Opa ihm erzählt hatte, dass er Angst habe, draußen zu sein, und dass, obwohl sie so viel geübt hatten, der alte Mann sich immer noch an Genies Schultern festklammerte, als sie im Wald waren. Und Opa war noch zäher als Ernie. Also wenn der Angst hatte, dann konnte jeder Angst haben. Als Genie klar wurde, dass er keine Antwort bekommen würde, sagte er: »Also, wenn du Angst gehabt hast, ist das schon in Ordnung«, und in diesem Moment kam Oma hereingeschneit mit einem Tablett, auf dem eine Postkarte und eine Schale waren.

»Natürlich ist das in Ordnung«, mischte sie sich gleich in ihr Gespräch ein. Das war so ihre Art. So was von neugierig, Oma. »Wir alle haben manchmal ein wenig Angst. Das ist ganz normal. Völlig normal.« Sie stellte das Tablett auf die Kommode und hielt dann die Karte hoch. »Die ist von deinen Eltern. War gestern in der Post, zu deinem Geburtstag. Ich tu sie hier hin.« Sie stellte sie auf die Kommode, zwischen das rote Auto und das Glas mit Ernies Zahnsplitter. Genie dachte sofort, wie cool es sein würde, wenn Oma einen dieser Brieföffner, die aussahen wie japanische Schwerter, hervorzaubern und auch den Ernie übergeben würde. Wär ein kleiner Sieg gewesen. Stattdessen brachte sie ihm die Schale.

»Hier«, säuselte sie. »Das ist Hühnersuppe ohne Hühnchen und ohne Nudeln und Gemüse. Dein Zahnfleisch wird richtig empfindlich sein, also nimm den Strohhalm.«

Ernie beugte sich vor und nahm einen Schlürfer von der schlichten Brühe. Plötzlich quollen ihm die Augen über, und Genie war klar, dass er sich den Mund verbrannt hatte.

»Gut?«, fragte Oma.

Ernie schnappte nach Luft und nickte.

»Gut«, sagte sie und ging wieder zur Kommode. »Du warst tapfer da draußen, Ernie. Das liegt dir im Blut. Dein Opa, der ist auch ein tapferer Mann«, erklärte sie. »ER ist nicht perfekt, aber er ist tapfer, lebt sein Leben gefangen in der Dunkelheit, macht einfach weiter. Auch dein Daddy ist tapfer, löscht Feuer, riskiert sein Leben, um andere zu retten.« Sie hielt inne und nahm einen der Orden auf der blauen Kommode in die Hand. Er baumelte glitzernd von einem violetten Band. »Und dein Onkel war auch tapfer. Das haben sie ihm gegeben – Wood –, nachdem er gestorben war.« Sie brachte es hinüber zu Ernie. »Sie nennen es das Purple Heart. Es ist was ganz Besonderes.« *Es ist was ganz Besonderes*, dachte Genie. *Wie das kaputte Feuerwehrauto. Urrghh.*

Ernie hielt sich die Hand vor den Mund, ehe er sagte: »Aber er ist gestorben, also was bringt das, wenn er so was bekommt, wo er es doch nicht mal mehr sehen kann?«

Genie spürte, dass Oma überlegte, wie sie antworten sollte. Das war eine gute Frage.

»Ich denk mal, um uns daran zu erinnern, dass er tapfer war, obwohl er Angst hatte.«

»Onkel Wood hatte Angst?«, fragte Genie, der immer noch versuchte, den Gedanken an das Feuerwehrauto weiter in sein Hinterstübchen zu schieben. Weit, weit, weit hinter den Gedanken, dass Opa ihm gesagt hatte, dass Onkel Wood diesen Typen, Keks, vermöbelt hatte, um Dad zu beschützen. Für Genie hörte sich das nicht nach dem ängstlichen Typen an.

»O Gott, ja. Er hatte furchtbare Angst. Ehe er nach Kuweit ging, schrieb er mir einen Brief, und ich konnte den kaum entziffern, weil er über dem verdammten Ding geheult hatte. Die Tinte war ganz zerlaufen.« Sie schluckte schwer. »Er hatte *so was von* Angst.«

»Hast du ihn noch«, fragte Ernie, »den Brief?«

Oma wandte sich ab, doch Genie sah sie heftig blinzeln. Tränen wegblinzeln. Sie legte den Orden wieder auf die Kommode, richtete ihn fein säuberlich hin. Dann wandte sie sich wieder an die beiden, mit einem Gesicht, das so traurig war, dass Genie der Bauch schmerzte.

»Ja«, sagte sie leise. »Ich lese ihn jeden Tag.«

SIEBZEHN

#476: Können sich Zähne wieder mit dem Zahnfleisch verbinden? Wie? Die Ärztin sagte, wenn sie mit den anderen Zähnen verbunden sind, dann klappt es. Seltsam.

#477: Warum wollte Oma, dass ich Ernies Zähne in Milch einlege? Um sie zu retten? Hätte ich Michael Jackson auch in Milch einlegen sollen?

#478: Sollte ich mehr Milch trinken? Ich hasse Milch. Krieg ich Durchfall von.

#479: Warum werden die Eckzähne Augenzähne genannt? Haben sie was mit den Augen zu tun?

#480: Was, wenn der Urlaub von Ma und Dad verdorben ist? Wenn sie sich scheiden lassen, ist es meine Schuld, weil ich der war, der wirklich wollte, dass Ernie schießen lernt.

#481: Was verursacht eigentlich den Rückschlag? Ich wünschte, Ernie könnte den Rückschlag zurückschlagen.

#482: Wie viel kostet eine richtig geile Sonnenbrille? Ernie hat hundert Dollar zum Geburtstag bekommen, also wird er sich wenigstens eine neue und bessere leisten können. Oder vielleicht kann er diesen gesplitterten Zahn reparieren lassen.

Genie zog die Drahtspirale aus den ersten Löchern seines Notizbuchs, hielt den Draht an den Mund und probierte, ob er sich vorstellen konnte, wie Ernie sich fühlte. Er war fast den ganzen Tag oben bei ihm gewesen – er wollte einfach nicht, dass er allein war –, und jetzt fand er, wenn ihm die Zähne ausgeschlagen worden wären, dann würde er seinen Bruder bei sich haben wollen, selbst wenn er keine Lust hätte zu reden. Und Ernie wollte nicht reden. Und das war in Ordnung für Genie. Er dachte den ganzen Tag nach und schrieb Fragen auf, zwischendurch rannte er runter, um Kleinigkeiten zum Essen zu holen. Weiches wie Apfelmus und Pudding. Mann, selbst mit einem verdrahteten Mund futterte Ernie immer noch viel.

Ernie schlief an diesem Abend früh ein, und zum ersten Mal überhaupt war Genie froh, ihn schnarchen zu hören. Er war jetzt einen Tag lang vierzehn, und es war der schlimmste Tag seines Lebens. Ihn also sägen zu hören, wie Dad immer sagte, und nicht allzu viel Schmerzen zu haben dank der Tabletten, die Oma ihm gegeben hatte, war ein gutes Gefühl. Aber laut war es trotzdem, und zwischen jedem Schnarcher konnte er ein vertrautes Klicken durch den Fußboden aus der Küche dringen hören.

Opa war noch auf. Genie wusste nicht, ob Opa in Redelaune war, und eigentlich war er sich nicht sicher, ob er nach allem, was passiert war, überhaupt mit Opa reden *wollte*, aber vielleicht würde er einfach etwas Eis essen und sich da unten hinsetzen, bis er müde wurde.

Als Genie nach unten kam, war da Großvater, wie erwartet, und wieder war er damit beschäftigt, seine Waffe auseinanderzunehmen, mit aufgesetzter Sonnenbrille schraubte und zog und rüttelte er an seinem Revolver.

Genie stand in der Tür. Schlagartig war er irgendwie nervös.

»Was gibt's?«, grummelte Opa.

»Willst du allein sein?«

Opa hörte auf, an dem Revolver rumzubosseln. Er stieß Genies Stuhl unter dem Tisch hervor. »Bist du sicher, dass du Gesellschaft willst?«

Genie antwortete nicht, weil er sich dessen tatsächlich nicht sicher war. Aus seiner Sicht war das so ziemlich Opas Schuld. Wenigstens glaubte er das. Wieso konnte Opa nicht spüren, dass Ernie Angst gehabt hatte? Wieso hatte er das nicht rausgehört? Doch so wütend Genie auch auf Opa war, er war auch wütend auf sich, weil er gewusst hatte, dass Ernie Angst hatte, ihn aber trotzdem angestachelt hatte. Genie wusste, dass er selbst ebenfalls Mist gebaut hatte – und nicht nur bei Ernie. Der einzige Unterschied war, dass Opa einiges nicht wusste. Michael Jackson. Also, überlegte Genie, waren er und Opa sozusagen eine Bande von Bösewichten, und er ließ sich auf den Stuhl sinken. Opa zerlegte weiter seine Waffe. Genie konnte den Schnaps riechen. Während Opa den Revolver Stück für Stück auseinandernahm, wurde Genie klar, dass er ihn zum ersten Mal nicht anfassen wollte. Nicht mal ganz kurz. Er hatte dazu gar keine Fragen. Er wollte nicht mal mehr schießen lernen. Und er kam zu dem Schluss, dass wenn er es tun musste, um ein Mann zu werden, nämlich sich die Zähne rausschlagen zu lassen, dann wollte er für immer ein Kind bleiben.

Als Opa die Waffe auseinandergenommen hatte, legte er die Schrauben und Teile sauber auf den Tisch, wie Genie es tat, wenn er anfing, ein Modellauto zu bauen. Opa strich mit den Fingern über die Teile, dann stürzte er den Rest seines Drinks hinunter. Dann räusperte er sich.

»Little Wood«, flüsterte er.

»Ja?«

»Könntest du mich nach draußen bringen?«, fragte Opa.

Könnte schon, doch Genie war sich nicht sicher, ob er es jetzt auch wollte. Doch dann fiel ihm wieder die Szene ein, in der Opa auf dem Gras und den Blättern herumgekrochen war, die Hände auf den Boden schlagend, und versuchte, zu Ernie zu gelangen. Wie Opas ganze Angst vor dem Draußen, vor dem Unbekannten, verschwunden war, als er seine Enkel hatte schreien hören.

»Willst du nicht erst die Waffe wieder zusammensetzen?«, fragte Genie.

Opa hielt sein Glas kopfüber, um die letzten Tropfen zu trinken.
»Nein.«

Die Verandatreppe hinunter und hinaus auf den Hof hielt sich Opa kaum an Genies Schulter fest, außer gelegentlich, um das Gleichgewicht nicht zu verlieren. Er zählte wie üblich jeden Schritt. Siebzehn bis zur Mitte des Hofs. Und jetzt waren sie zwölf Schritte nach links gegangen, genau an die Stelle, wo Crab immer parkte.

Sie blieben stehen. Die Grillen waren irre laut, nur gut so, denn sonst wäre es komisch gewesen, da weder Genie noch Opa irgendetwas sagte. Endlich fragte Opa das, was er immer fragte: »Little Wood, sag mir, sind die Sterne heute Nacht draußen?«

Genie sah hinauf. Kein einziger Stern. Selbst der Mond war größtenteils von Wolken bedeckt.

»Nein«, sagte er rundheraus.

Opa grummelte. »Gut. Lass uns einfach hier draußen stehen bleiben, bis es regnet.«

»Bis es regnet?« Genie war nicht scharf darauf, nass zu werden. »Was, wenn es nicht regnet?«, fügte er hinzu, besorgt, dass sie die ganze Nacht hier draußen bleiben würden.

»Es wird.« Opa holte tief Luft. »Ich kann es riechen.«

Und tatsächlich regnete es, keine fünf Minuten später. Der Regen kam hart und kalt herunter, und Genie wollte reingehen, aber Opa wich nicht von der Stelle. Also standen sie einfach da und ließen das Wasser an sich herunterlaufen. Genie war sich nicht sicher, weil sie beide durchnässt waren, aber er glaubte nicht, dass das ganze Wasser auf Opas Gesicht Regen war.

Während der nächsten Tage war die Stimmung zwischen Oma und Opa ziemlich angespannt. Crab ließ sich nicht blicken, was schon mal gut war; Oma hätte sich vielleicht auf ihn gestürzt, wenn sie ihn gesehen hätte. Ernie ging schließlich wieder nach draußen, aber er weigerte sich, Tess zu sehen, obwohl Genie sich ziemlich sicher war, dass es Tess völlig schnuppe war, wie Ernie aussah. Er verbrachte den größten Teil seiner Zeit mit Samantha, die er das Gummispielzeug apportieren ließ. Genie merkte, dass er die Ohren spitzte, nur für den Fall, dass Tess doch beschloss heraufzukommen, und dann würde er im Haus verschwinden, ehe sie ihn zu Gesicht bekam. Aber sie kam nicht mehr.

Genie wartete nicht, bis Ernie aus seiner miesen Laune raus war. Das konnte er sich nicht leisten. Er hatte immer noch dies und jenes, um das er sich kümmern musste, zum Beispiel musste er herausfinden, wie er dieses Rad am Modellauto reparieren konnte, und noch wichtiger war die Aufgabe, einen neuen Michael Jackson zu fangen. Während Ernie sich die schlechte Stimmung von Samantha wegschlecken ließ, machte sich Genie am sechzehnten

Tag auf den Weg zu dem gelben Haus, um nach der Falle zu schauen. Es war das erste Mal, dass er allein ging, und er war ein wenig nervös und benahm sich ein wenig verrückt, während er seinen treuen Stock vor sich herschwang und unsichtbare Spinnweben wegwischte, in denen vielleicht giftige Spinnen saßen oder giftige Schlangen.

Große Enttäuschung: Die Falle war leer. Die Kiste war einfach umgefallen, wahrscheinlich umgeweht von einer Brise.

Tag siebzehn: Die Falle stand immer noch, als ob nichts auch nur im Entferntesten daran interessiert gewesen wäre, nicht einmal der Wind.

Tag achtzehn: Genie hatte tatsächlich etwas gefangen, aber es war nicht das, was er sich erhofft hatte. Es war, Überraschung, ein Eichhörnchen. Wenn Opa doch nur ein Faible für Eichhörnchen gehabt hätte und nicht für Vögel, dann wäre die Aufgabe leichter gewesen. Zum Glück schienen sich Eichhörnchen nicht für Fliegen zu interessieren, also war wenigstens der Köder sicher.

Wenn er nicht gerade durch den Wald stakste, was ihm immer weniger Angst machte, schaute er kurz im Drinnen-Draußen-Raum vorbei, um seine Pflichten zu erfüllen. Opa lebte jetzt praktisch dort, als ob er sich vor allen verstecken wollte. Zum Beispiel ... vor einem toten Vogel in einem Käfig. Und immer wenn Genie reinkam, um sich um die Pflanzen zu kümmern, ein wenig zu putzen und die vier Vögel zu füttern, wobei er so tat, als ob es fünf wären, bat ihn Opa, wieder zu gehen. Einmal schnauzte er Genie sogar an und erschreckte ihn zu Tode.

»Tut mir leid, mein Junge. Tut mir leid«, sagte Opa und fuhr mit der Hand über die Stirn. »Ich bin nur ... ich ...« Er rang nach Worten. »Ich weiß, du willst nur helfen. Und ich weiß das zu schätzen. Also komm rein und tu es, aber wenn du fertig bist, musst du mich sein lassen, in Ordnung?«

Ihn sein lassen? Ihn was sein lassen? Traurig? Schuldbeladen? Ein Teil von Genie wollte ohnehin nicht mehr in der Nähe von Opa sein, ein anderer Teil schon, weil auch er diese Gefühle verstand.

Genie kam es vor, als hätten Opa und Oma irgendwie die Plätze getauscht, weil Oma und Genie jetzt die meiste Zeit zusammen waren, vor allem, weil sie die Einzigen im Haus waren, die noch redeten. Oma fing wie wild an zu kochen, machte allerlei verrückte Suppen, damit Ernies Zähne nicht wegen etwas Hartem wehtaten, und sie machte Genie zu ihrem Sous-Chef, wie sie ihn nannte, was nur ein modisches Wort für Hilfskoch war. Wenn Oma mit dem, was sie gerade aus dem Garten geholt hatte, eine Suppe zuwege gebracht hatte, spielten sie und Genie M.A.S.H., ein Spiel, das ihm seine Mutter beigebracht hatte, bei dem es darum ging, der Fantasie über sein künftiges Leben freien Lauf zu lassen – mit wem man leben wollte, welchen Beruf man haben wollte, wo man leben wollte, welches Auto man fahren wollte und, das

Beste war, ob man in einer Villa, einem Apartment, einer Hütte oder einem Haus leben wollte. Die Regeln waren einfach:

1. Mach eine Liste für jede Kategorie.
2. Wähle eine beliebige Zahl (höher als zehn)
3. Zähle die Liste durch und streiche jede Antwort aus, bei der du landest.
4. Wiederhole das Ganze, bis nur noch eine Antwort in jeder Kategorie übrig ist. Das ist dann dein Leben!

M.A.S.H.

MÄDCHEN – BERUF – WOHNORT – AUTO – WOHNUNG
SHELLY – INSPEKTOR – BROOKLYN – 71ER MUSTANG – VILLA
SHELLY – FEUERWERKSBENAMSER – CHINA – DADS HONDA – HÜTTE
SHELLY – MECHANIKER – JAMAIKA – RAUMSCHIFF – APARTMENT
SHELLY – FEUERWEHRMANN – BROOKLYN – SCHULBUS – HAUS

Genies tolles künftiges Leben nach M. A. S. H. (wenn er einundzwanzig als Zahl nahm) sah so aus, dass er in einem Haus in Brooklyn leben, einen Mustang fahren, als Inspektor Little Wood arbeiten und, natürlich, mit der einzigartigen Shelly verheiratet sein würde. Nicht übel.

Dann, am Morgen des einundzwanzigsten Tages, nachdem Genie und Ernie Erbsen gepflückt hatten (ja, von Ernie wurde nach wie vor erwartet, dass er seine täglichen

Pflichten erfüllte), war Genie gerade in der Küche und riss eine Seite aus dem Notizbuch, für M.A.S.H., Version #8, als Oma etwas auf den Tisch vor ihn wuchtete. Genie musste zweimal hinsehen. Es war das Buch, das Oma immer in ihrem Schlafzimmer las.

»Schauen wir uns das mal an«, sagte sie und schlug den Deckel auf. Drinnen war es voller Fotos von Dad und Onkel Wood als Kinder, Fotos von Oma und von Opa, als er noch sehen konnte – merkwürdig, ihn ohne Sonnenbrille zu sehen –, und es gab sogar Bilder von Genie und Ernie, als sie noch klein waren. Am wichtigsten jedoch war ein Brief – *der* Brief von Onkel Wood, als er auf dem Weg nach Kuweit war, ein zerknittertes Blatt Papier mit blauer Schrift.

»Probier mal, ob du das lesen kannst«, sagte sie zu Genie und schob ihm das Album hin. Er beugte sich darüber und las, doch es war schwierig, weil die Wörter verschmiert und verschwommen waren, genau wie sie gesagt hatte, und weil er nervös war.

Aber Oma sah ihn erwartungsvoll an. Also begann Genie. »Hier steht ›Liebe Mama‹.« Das war der leichteste Teil. »Ich hoffe, dir und Paps –« Er blieb stecken. Die nächsten Wörter sahen aus wie *steht es gut,* aber das ergab keinen Sinn.

»Geht es gut«, half Oma. Sie lehnte sich an den Kühlschrank und fuhr fort, ohne das Buch auch nur anzusehen. Sie kannte alles auswendig. »Ich schreibe, weil ich schlechte Nachrichten habe. Meine Einheit hat den Einsatzbefehl bekommen, und in ein paar Tagen werde ich« – Oma stockte – »werde ich in den Krieg ziehen.« Ihre Stimme begann zu zittern, und Genie wollte nichts weiter hören; er wollte sie nicht weinen sehen.

»Er schreibt weiter, dass er sich in der Falle fühlt, weil es keinen Ausweg aus dieser Entscheidung gibt, und ganz am Ende« – sie deutete auf die genaue Stelle – »schreibt er: ›Wie auch immer, sag Ernest auf keinen Fall, dass ich Angst habe. Sag ihm einfach, dass ich ihn liebe.‹« Oma verdrückte eine Träne, dann kam sie zurück zum Tisch und klappte das Album zu. »Für deinen Vater war er ein Held. Manchmal denke ich, dass er zur Armee ging, damit Ernest es nicht tun musste. Er hat den Schlag für ihn eingesteckt.«

Genie dachte über Ernie nach. Dass er immer alles als Erster machte, nur um sicherzugehen, dass es in Ordnung war. Es fing damit an, dass er zweifelhaftes Essen zuerst kostete, und hörte damit auf, dass er im Wald immer voranging. Oder damals in Brooklyn, als Ernie für Genie einstand, sich für ihn mit anderen schlug. Selbst dann, wenn Schlägereien nicht sein mussten. Und jetzt fragte sich Genie, ob Ernie den Schlag für ihn eingesteckt hatte. Wenn Ernie wusste, dass Genie vom Schießenlernen fasziniert war, dann wollte er das für ihn ausprobieren. Sichergehen, dass es in Ordnung war. Selbst wenn das bedeutete, dass er etwas tat, was er eigentlich nicht wollte. Etwas, vor dem er Angst hatte.

Etwa eine Stunde später verkündete Oma, dass sie auf den Markt gehen würde – sie hatte genügend Erbsen zusammen. Doch Ernie wollte nicht mit.

»Warum nicht? Ich brauch euch beide«, sagte Oma.

»Ich geh nicht!«, wiederholte er, gedämpft von seinem T-Shirt, das er sich über die Nase gezogen hatte.

»Genie schafft das alleine.«

Genie stutzte.

»Gut, kannst du mir wenigstens helfen, alles einzupacken und in den Wagen zu laden?«, fragte Oma. Dann zwinkerte sie Genie zu. »Genie ist stark. Sicher. Aber du bist stärker. Hilf mir fix, alles in den Wagen zu kriegen, dann fahr ich mit Genie.« Immerhin hatte Ernie die ganze Woche keinen Finger gerührt. Herumgejammert hatte er, mit Samantha gespielt, die ganze Zeit nichts gesagt, und wenn doch, mit dem T-Shirt über dem Gesicht wie eine Ninja-Maske. Oma, ganz listig, wollte Ernie aus seiner miesen Stimmung herausholen.

Tatsächlich half Ernie mit, die Erbsenernte auf Omas Rücksitz zu verstauen; die Sonne blendete ihn, und er musste die Augen zukneifen. Ernie ohne Sonnenbrille war einfach nicht Ernie. Und immer noch weigerte er sich mitzukommen.

Als Oma und Genie dann am Markt angekommen waren, natürlich erst nach superlauter Kirchenmusik, bei der Oma sagte: »Muss sie so laut spielen, dass Gott es hört, damit er mir Leute schickt, die meine Erbsen kaufen«, schleppten sie den Korb zum Verkaufsstand. Mr Binks baute seinen Tisch auch gerade auf, direkt neben ihnen. Diesmal hatte er Jogginghosen an, die viel zu klein waren, und ein rosa Hemd mit roter Krawatte. Und diese Rollschuhe an seinen Füßen. Er zog Holzkistchen aus seiner Tasche und eine ganze Menge Einmachgläser von der Art, aus der Genie seinen Tee getrunken hatte. Als der alte Herr bemerkte, dass Genie ihm zusah, ließ er ein Lächeln aufblitzen. Dann öffnete er die Kisten. Genie reckte den Hals. Die Kistchen waren voller ZÄHNE! Das hatte er ja ganz vergessen! Zähne über Zähne! Mr Binks rollte um den Tisch herum und legte sie in Kästen aus wie Ringe in einem Schmuckladen. In den Einmachgläsern waren noch mehr.

»Hey, wie geht's, Mary?«, sagte der Zahnmann (wie Genie ihn sofort nannte).

»Guten Morgen, Binks. Du erinnerst dich an meinen jüngeren Enkel, Genie.« Oma stellte ihre Waage auf den Tisch.

»Genie, natürlich erinner' ich mich.« Er bot Genie die Hand an. »Weißt du noch, dein Versprechen, das erste Mal ein Händedruck und von nun an High Fives, ja?«

Genie lächelte, und er und Binks machten den ungeschicktesten High Five aller Zeiten, aber immerhin war es einer. Der Typ war schräg, und dass er Zähne verkaufte, war absolut gruslig, doch irgendwie mochte ihn Genie.

»Wo ist der große Kerl?«, fragte Zahnmann.

»Ernie?« Oma runzelte die Stirn. »Er konnte heute nicht mit. Vor einer Woche hatte er einen Unfall.«

»Einen Unfall?« Zahnmanns Stimme klang eindeutig besorgt.

»Ja, er wollte schießen lernen, aber es hat ihm die Waffe aus der Hand gerissen, und er hat sie ins Gesicht bekommen«, sprudelte es aus Genie heraus. Er kriegte sich kaum wieder ein. Es sprudelte einfach weiter. »Sie hat ihm drei Zähne ausgeschlagen.« Dann, als ihm klar wurde, dass es nicht die ganze Wahrheit war, korrigierte er sich. »Eigentlich zweieinhalb Zähne.«

Genie sah hinüber zu Oma, die ihn nun ganz befremdet anschaute.

»Tut mir leid.« Genie zuckte die Achseln. »Aber das ist nun mal passiert.«

»Das weiß ich sehr wohl, Genie«, sagte Oma verärgert. Sie wandte sich erneut dem Zahnmann zu und runzelte die Stirn. »Da hast du es, Doc. Die ganzen Familienangelegenheiten aufgetischt wie das sonntägliche Mittagessen.«

Der Zahnmann fragte, wie es Ernie inzwischen gehe.

»Es geht ihm gut«, sagte Oma und brach eine Erbsenhülse entzwei. »Ich hab ihn in die Notfallaufnahme gebracht, und dort haben sie ihn versorgt. Dem armen Kerl ist es zu peinlich, aus dem Haus zu gehen, also bin ich heute nur mit dem Spatzenhirn hier.«

Spatzenhirn? Also wirklich!

»Was haben sie gemacht, einen Splint eingesetzt?«, fragte der Zahnmann fachkundig.

Oma nickte.

»Wie viele Zähne?«

»Zwei. Von einem anderen ist was abgesplittert. Sie meinten, bei dem könnten sie nichts machen.«

»Ah. Jetzt versteh ich.« Zahnmann nickte Genie zu. »Das hast du mit zweieinhalb gemeint.«

»Stimmt«, sagte Genie.

»Sind die Zähne stabil mit dem Splint? Er klagt nicht, dass sie wackeln, oder?«

»Nein, nein, die scheinen ziemlich fest zu sitzen. Eine alte Freundin von mir hat es gemacht. Ich vertraue ihr. Es würde ausheilen, meinte sie.«

»Oh, das ist gut, sehr gut, Mary. Wenn sie bereits den Splint eingesetzt hat, sollte er in, sagen wir, einem Monat wieder der alte sein.« Die Stimme des Zahnmanns war immer noch sehr herzlich und besorgt. Er schüttelte den Kopf und fügte hinzu: »Ich sag dir eins, dem Himmel sei Dank für alte Freunde.«

Zahnmann schob die Gläser mit den Zähnen zurecht, mal hier einen Zentimeter, mal da drei Zentimeter, bis sie alle perfekt in einer Reihe standen. Jedes Glas hatte ein anderes Etikett, etwa ATHLET oder FILMSTAR. Genie war froh, dass es keines mit der Aufschrift KLEINE JUNGS gab, denn dann hätte er den ganzen Tag mit der Hand vor dem Mund mit dem Mann reden müssen, damit er nicht auf die Idee kam, einen von Genies Zähnen seiner Sammlung hinzuzufügen.

Oma sah mit offenem Mund zu, schloss ihn und öffnete ihn wieder. Es war, als wollte sie noch etwas sagen, doch stockten ihr die Worte. »Binks«, sagte sie schließlich, »ich weiß nicht, wie ich das ausdrücken soll, aber hör mal, meine alte Freundin, die den Splint eingesetzt hat, meinte, Ernie müsste irgendwann noch zu einem Arzt, nur um sicherzugehen, dass –«

»Du willst eine zweite Meinung hören«, unterbrach sie Zahnmann, der sofort begriff. »Natürlich, ich schau mir das mal an.« Zahnmann lächelte breit und rollte zum anderen Ende des Tisches. Sein Lächeln wirkte wie aus einer Zahnpastawerbung, obwohl er ansonsten aussah, als würde er vom Zirkus kommen.

»Ich wär dir wirklich sehr dankbar«, sagte Oma erleichtert. »Nur damit ich wieder ruhig schlafen kann. Ich weiß, du bist wahrscheinlich sehr beschäftigt, aber ich will eben auf Nummer sicher gehen.«

»Mach ich gern. Ruf in meiner Praxis an; sobald ich dich zwischenschieben kann, mach ich es.«

Oma nickte, ja, ja, ja, und Genie gab sich gewaltige Mühe, den Kopf nicht zu schütteln, nein, nein, nein. Er mochte den Typen, doch er wusste nicht, ob er ihm auch den Mund seines Bruders anvertrauen würde. Der Typ verkaufte doch Zähne! So konnte er sich die Frage einfach nicht verkneifen: »Nimmt er noch mehr Zähne aus Ernies Mund?« Er fragte es leise, damit Zahnmann es nicht hörte.

»Nein, mein Kleiner«, sagte Oma.

»Also setzt er vielleicht noch mehr Zähne bei Ernie ein, zum Beispiel einen von den alten, die hier rumliegen?« Wieder bemühte er sich zu flüstern, doch der Zahnmann hörte ihn und lachte. »Nein! Natürlich nicht! Ich will nur sichergehen, dass alles gut verheilt. Und mir diesen angeschlagenen Zahn mal ansehen, denn vielleicht können wir ihm eine Krone aufsetzen. Nichts weiter. Mary, lass uns anfangen, bevor der Tag rum ist.«

Eine *Krone*? Also das klang nun ziemlich vielversprechend. Ernie würde einen ... Königsmund bekommen? Irre.

Und dann ging es wieder an die Arbeit. »Nicht in der Stadt und nicht auf dem Land, süße Erbsen gibt's nur hier am Stand!«, rief Oma mit ihrer üblichen guten Laune.

Und wie beim letzten Mal strömten die Leute zu ihrem Stand und stürzten sich auf die Erbsen. Genie wog sie ab. Nach einer Stunde waren die Körbe fast leer. Während sich die Menge verzog, bemerkte Genie, dass der Zahnmann mit seiner Sammlung nicht so viel Glück gehabt hatte. Er zeigte gerade einem Pärchen einen bestimmten Zahn und erzählte die Geschichte dahinter.

»Ja, ja, Michael kam herein und sagte, der tue ihm so weh, dass er kaum noch dribbeln könne.« Der Mann sah sich den Zahn genau an, den Mr Binks in den Händen hielt.

»Das ist der Wahnsinn! Sie haben ihn gezogen?«, fragte er. Mit hervortretenden Augen blickte er ständig seine Freundin an.

»Nein. Ich war nicht Mikes Zahnarzt. Es war ein Freund von mir. Ich hab den Zahn für einen von Miles Davis eingetauscht.«

Genie wusste nicht, wer Miles Davis war, aber die Leute am Stand schon.

»Also, wie viel für den Jordan?«

Zahnmann ließ den Zahn über seine hohle Hand kullern und musterte ihn genau.

»Es ist nur ein Weisheitszahn, also nichts Besonderes. Finden Sie zwanzig Dollar fair?«

Der Typ zog einen Zwanzigdollarschein heraus, und der Zahnmann steckte den Jordan in eine kleine Tüte und überreichte sie ihm.

Kaum hatte sich das Paar abgewandt, öffnete der Mann das Tütchen und starrte den Zahn noch ein wenig länger an, während Genie beeindruckt fragte: »Sie können tatsächlich Zähne für zwanzig Dollar verkaufen?«

Der Zahnmann strahlte und schob ein hölzernes Kästchen ein paar Zentimeter nach links. »Das war ein billiger«, sagte er. Dann holte er einen aus seinem Kästchen. »Dieses Goldstück hier könnte für zweitausend weggehen!« Für Zahnmann waren die Zähne also seine Goldstücke.

»Zweitausend … Dollar? Zweitausend Eier für den ekligen alten Zahn von irgendwem?« Hammer!

»Nicht von irgendwem«, sagte Zahnmann und hob den Zahn in die Sonne, als ob er ein Diamant wäre. »Dies ist einer von Babe Ruths Vorderzähnen. Wurde von einem Barkeeper ausgeschlagen.«

»Wow. Babe Ruth. Wie haben Sie ihn bekommen?«, fragte Genie.

»Mein Großvater war der Barkeeper«, sagte Zahnmann. Er zeigte Genie noch ein paar coole Zähne, meist von Leuten, deren Namen er schon mal gehört hatte, von denen er aber sonst nichts wusste. Schließlich fragte Genie: »Haben Sie irgendwelche Ninja-Zähne?«

»Ninjas?«

»Ja, Ninja-Kämpfer oder Karatekämpfer oder so?«

Die Augen von Zahnmann leuchteten sofort auf. »Nun, in der Tat. Gleich hier.« Er deutete auf einen gelblichen Zahn. Er war klein. »Der hier ist von Bruce Lee.«

Musste wohl einer von Bruce' Milchzähnen gewesen sein. Er war winzig!

»Bist du ein Fan von ihm?«, fragte Zahnmann.

»Schon, aber nicht so sehr wie mein Bruder, der wird eines Tages genauso gut kämpfen können wie er«, erklärte Genie. »Und noch besser.« Er musterte den Zahn. Er sah aus wie ein Augenzahn. Das Wort hatte er von Dr. Maris gelernt. »Wie viel soll er kosten?«, fragte Genie wie ein Großer, obwohl er gar kein Geld dabeihatte. Aber er wollte es wissen.

»Ich hab 'ne Idee.« Zahnmann beugte sich zu ihm hinunter. »Wir machen einen Tausch. Du bringst deine Oma dazu, mir was von diesen Erbsen zu geben, und der Zahn gehört dir.«

Während Oma und Genie ihren Stand zusammenräumten, nachdem die letzten Erbsen an den Zahnmann gegangen waren, tauchte Tess auf.

»Hallo, alle miteinander«, sagte sie, als sie aus heiterem Himmel erschien, und stellte ihre Dose mit den Ohrringen auf den Tisch.

»Tess!«, quietschte Oma. »Wie geht's dir heute, mein Schatz?«

»Gut. Braucht ihr vielleicht Hilfe?« Und sofort half sie mit, die Körbe zu stapeln.

»Danke, mein Liebes«, sagte Oma. Als die Körbe, die Waage und das Tischtuch zusammengepackt waren, trugen sie alles zum Wagen. »Wie bist du hier runtergekommen?«, fragte sie Tess.

Genie überlegte, ob Oma sich Sorgen machte, dass sie Crab über den Weg laufen könnte. Nicht, dass Oma sich Sorgen machen müsste. Crab dagegen ...

»Mama hat mich hergebracht.« Tess reichte Ernie die Waage. Er verstaute sie auf dem Rücksitz.

»Deine *Mama*?« Oma wirkte überrascht, fasste sich aber schnell wieder und machte rasch gute Miene. »Tut mir leid, ich meine nur ...«

»Ich weiß, ich weiß«, tat es Tess ab.

»Also«, begann Oma vorsichtiger, »wie hast du sie dazu gebracht, dich hierherzufahren?«

»Ich hab gesagt, sie solle Hypochonder googeln«, sagte Tess und blickte Genie mit hochgezogener Braue an. Er konnte sich ein Grinsen nicht verkneifen.

»Aaaah«, sagte Oma nickend.

»Genau. Jedenfalls hab ich es irgendwie geschafft, dass sie mal danach sucht, damit sie erfährt, was wirklich mit ihr los ist. Gestern meinte ich noch zu ihr: ›Es ist nicht der grüne Star, Mama. Du bist es!‹« Tess wippte auf den Zehenspitzen wie ihr Vater. »Sie hat stundenlang nachgelesen, dann hat sie heute Morgen beschlossen, mal einen Schritt zu machen. Ich konnte es nicht fassen. Sie hat mich einfach hierhergefahren. Aber dann hat sie doch ein wenig Muffensausen gekriegt wegen all dem Staub und dem Dreck, also ist sie wieder nach Hause.«

»Die ersten kleinen Schritte«, sagte Oma nachdenklich.

»Genau.«

»Nun, gut für sie«, begeisterte sich Oma. »Und wie willst du nach Hause kommen?«

»Ms Barnes nimmt mich mit. Du kennst sie doch? Die mit den weißen Socken?«

Oma nickte. »Ja, kenn ich.«

»Also, ich will euch jetzt nicht weiter aufhalten«, sagte Tess, als sie sah, dass der Wagen gepackt war. »Aber könnt ihr das hier Ernie geben?« Sie stöberte in ihrer Dose und holte einen Mundschutz hervor. Einen, wie ihn Ärzte tragen. So einen hatte auch ihre Mutter jedes Mal getragen, wenn Ernie und Genie zu Besuch bei Tess waren. Geprüfter Mundverberger.

Oma lächelte herzlich. »Warum kommst du uns nicht einfach besuchen und gibst es ihm selbst?«

Tess zwängte sich auf den Rücksitz, und Genie setzte sich nach vorn. Er hielt den Zahn mit der Faust umschlossen und sah ihn ab und zu an. Nicht zu fassen – ein Zahn von Bruce Lee. Er erzählte es Tess und nahm ihr das Versprechen ab, es Ernie nicht zu verraten. Er wusste, dass sie keine Petzerin war; das hatte sie bei der Geschichte um den toten Vogel bewiesen, von der Oma und Opa immer noch keine Ahnung hatten. Wobei ihm einfiel – er musste nach der Falle schauen.

»Das könnte doch eine Art Talisman sein«, sagte Oma, während die Kirchenmusik laut aus dem Radio kam.

»Wann soll ich ihn Ernie geben?«, fragte Genie.

»Das musst du selbst entscheiden, mein Junge. Du könntest ihn gleich überreichen, oder du könntest ihn aufheben für Zeiten, in denen er ihn wirklich braucht. Ganz deine Sache.«

Genie dachte darüber nach. »Ich warte ab und überrasch ihn.«

»Klingt gut. Ich sag kein Wort.«

Als sie in die Einfahrt rumpelten, war Ernie draußen und kraulte Samantha den Bauch, als wäre sie ein Baby.

Als er Tess sah, machte er erst ein Gesicht, als wollte er Reißaus nehmen, doch er blieb. Genie und Oma gingen gleich ins Haus und Genie nach oben, um den Zahn zu verstecken. Er sah sich gründlich um, bis sein Blick auf der Flagge auf der Kommode verharrte. Neben dem Purple Heart. Neben dem roten Feuerwehrauto, dem halben Rad. Neben dem Glas mit Ernies Zahnsplitter. Die Flagge war zu einem perfekten Dreieck aus weißen Sternen gefaltet, genau wie die in Opas Raum, wo Opa seinen Revolver versteckte – na ja, ehe er ihn auseinandernahm. An einer Seite konnte man etwas reinstecken wie in eine Tasche, und wenn das ideal für Opas Revolver war, dann war es noch idealer für Bruce Lees Zahn. Er schob ihn in den engen Schlitz. Idealissimo. Dann rannte er nach unten, huschte an Oma vorbei, die am Küchentisch saß, die Füße in einem Eimer mit dampfendem Wasser – vom allzu langen Stehen schwollen sie, klagte sie –, und stürmte nach draußen.

»Suuuuper!« war das Erste, was Genie sagte, als Ernie ihn fragte, wie sein erster Solotrip zum Markt verlaufen war. Er und Tess warfen einander das Quietscheding zu, gerade so, dass Samantha nicht drankam und wie wild hin- und herrannte. Tess lachte Genie zu. Ernie, der jetzt den Mundschutz trug, den Tess ihm gebracht hatte, lachte tatsächlich auch. Er sah wirklich aus wie ein Ninja.

»Lass mich raten, es gab einen richtigen Ansturm, stimmt's?«, fragte Ernie.

»Genau. War krass.«

»Wart mal, wart mal«, unterbrach Tess das Gedöns der Jungs. »Was ist eigentlich mit unserem Freund von der Fünfercombo?«

»Also wirklich«, empörte sich Genie. »Immerhin sind wir ein paar Meter von der Haustür weg«, sagte sie aus den Mundwinkeln. Und sie hatte recht. Auch wenn Oma gerade ein Fußbad nahm.

»Also« – Genie wandte sich um, um sich zu vergewissern, dass die Tür geschlossen war – »es gibt, ähm, noch keine Neuentdeckungen«, sagte er kryptisch.

Tess wirkte enttäuscht. Doch Ernie war immer noch neugierig auf Genies Fahrt zum Markt, wohin er ja gar nicht hatte mitkommen wollen.

»Also, sag mal, war der verrückte Typ, der am Stand neben Oma sitzt, auch da? Der mit den Rollschuhen und den ganzen Zähnen, die er verkaufen will?«, fragte Ernie.

Genie warf Tess einen Blick zu und schluckte schwer – das Geheimnis von Bruce Lees Zahn musste runter auf den Grund seines Magens, damit es nicht heraussprudelte. »Ja, der war auch da. Echt cooler Typ. Ich glaub, Oma hat mit ihm abgemacht, dass er sich mal deinen Mund anschaut. Nur um sicherzugehen, dass alles in Ordnung ist.«

»Was?!«, rief Ernie und schmiss das Spielzeug zu Boden. Samantha machte einen Satz.

»Was ist schon dabei? Er ist nett.«

»Und er schaut nur noch mal nach. Glaub mir, ich hab eine Klammer. Da ist nichts weiter dabei«, fügte Tess hinzu.

»Nichts dabei? Der Typ hat 'nen Knall. Er verkauft Zähne, von denen er behauptet, sie wären von berühmten Leuten!«

»Vielleicht sind manche davon von berühmten Leuten, und überhaupt, es sind so etwas wie Talismane, wie Oma meint«, erklärte Genie.

Doch Ernies Panik ließ nicht nach. Eher wurde sie noch schlimmer. »Ich kann nicht fassen, dass sie mich zu diesem Irren bringen will. Ich hab wahrscheinlich keine Zähne mehr, wenn ich seine Praxis verlasse! Der wird sie wahrscheinlich alle zum Verkauf anbieten und sagen, sie wären von Martin Luther King oder sonst wem«, fuhr er fort.

»Das kann sie nicht machen. Unmöglich!« Und er stürmte auf das Haus zu, gefolgt von Genie und Tess. Er ließ die Tür krachen und versetzte Oma einen solchen Schreck, dass sie den Wassereimer umstieß.

»Verflucht noch mal!«, rief sie, sprang auf und packte ein Handtuch. »Was in Dreiteufelsnamen ist denn los?« Mit dem Fuß schob sie das Handtuch umher und wischte so viel Wasser wie möglich auf.

»Tut mir leid, Oma«, sagte Ernie und kniete sich hin, um zu helfen. »Aber Genie sagt, du willst mich zu diesem Spinner bringen, der auf dem Markt Zähne verkauft?«

Oma wischte weiter. »Genau, der wird nur den Splint

überprüfen. Ist doch nett von ihm«, sagte sie gleichmütig. Oma bat Tess, unter der Spüle nach einem weiteren Handtuch zu schauen.

»Nett von ihm? Oma, der ist doch durchgeknallt! Was, wenn er mir die Zähne klaut?«

Oma sah Ernie streng an, dann nahm sie Tess das Geschirrtuch ab und dankte ihr, ehe sie sich Ernie erneut vorknöpfte. »Jetzt hör mal, er wird dir deine Zähne nicht stehlen, Junge.«

»Woher willst du das wissen?«, erwiderte Ernie.

»Das weiß ich eben. Ich kenn diesen Mann, Ernie. Er ist doch kein Fremder. Außerdem ist er Zahnarzt. Zähne richten ist sein Beruf.«

»Ich will da nicht hin.«

Die Tür zum Drinnen-Draußen-Raum schwang auf. Genie und Ernie erstarrten. Opa kam in die Küche geschritten wie ein Mann, der von den Toten auferstanden war. Es war Tage her, dass er tagsüber in der Küche erschienen war.

»Was ist hier los?«, wollte er wissen. Ernie sah ihn böse an und zog seinen Mundschutz zurecht. Es war, als ob sich mit Opa etwas Bedrückendes auf sie alle gelegt hätte.

»Nichts, worüber du dir Sorgen machen müsstest«, sagte Oma rasch. »Der Boden ist feucht, Brooke. Ich will nicht, dass du ausrutschst, also geh besser wieder in deinen Raum.«

»Ernie, was ist hier los?«, fragte Opa erneut.

Ernie sagte nichts. Er blickte nur weiter böse vor sich hin.

»Na gut«, sagte Opa verärgert. »Genie?«

Genie musste etwas sagen. »Ernie will nicht, dass ein Mann vom Markt, der Zähne verkauft, nach seinen Zähnen schaut.«

»Wie bitte?«

»Genie!«, rief Ernie und verzog wütend das Gesicht. Genie wandte sich ab.

Oma seufzte. »Brooke, du kennst doch Dr. Binks, vom Markt unten. Er meinte, er würde sich mal Ernies Mund ansehen. Ich vertrau seiner Meinung.« Währenddessen schüttelte Ernie die ganze Zeit den Kopf, nein, nein, nein.

Opa biss sich auf die Lippe, als wäre er verlegen. Schuldig. Doch ehe er antworten konnte, rannte Ernie nach draußen und ließ die Fliegentür hinter sich zuknallen. Oma wies Genie und Tess mit einer Geste an, ihm zu folgen, hob beide Handtücher vom Boden auf und wrang sie wütend in der Spüle aus, und zwar so, als ob man Handtücher erwürgen könnte. Opas Gesicht schien in sich zusammenzufallen, während er unsicher zurück in seinen Vogelkäfig ging. Er tastete fahrig nach dem Türknauf, dann schloss er hinter sich ab.

ACHTZEHN

»Ich geh da nicht hin«, wiederholte Ernie immer wieder, die Stimme gedämpft vom Mundschutz. Er, Genie und Tess trotteten den Abhang hinunter.

Genie sah überhaupt nicht ein, was so schlimm daran sein sollte, und hätte am liebsten mit Ernie zusammen nach der Falle geschaut – also etwas getan, das wirklich wichtig war –, doch er kannte Ernie gut genug, um zu wissen, wenn er einmal so sauer war, dann war es am besten, abzuwarten, bis es vorüber war. Ein falsches Wort hätte einen Karateschlag bedeuten können. Aber Ernie würde Tess nicht schlagen.

»Okay, Ernie. Wir haben's kapiert. Du gehst da nicht hin«, sagte sie, und seltsamerweise hörte Ernie nun endlich auf damit. Sie brachte ihn dazu, endlich den Mund zu halten. Es war, als hätte sie ihn mit einem Zaubertrick aus dem Süden zum Schweigen gebracht. Das musste er sich fürs nächste Mal merken, wenn er und Ernie wieder Streit hatten. Besser noch, wenn er und Ma miteinander stritten.

Als sie am Fuß des Hügels ankamen, bemerkte Genie, dass Tess' Haustür offen stand.

»Ähm, Tess«, sagte Genie. »Deine Mutter ... macht da gerade was.«

Ihre Mutter schleppte einen ganzen Armvoll Klamotten von der Tür hinaus auf die Veranda.

»Was soll das jetzt wieder werden?«, stöhnte Tess, überquerte die Straße, sprang über den Graben und rannte zum Haus. »Ma!«, rief sie. »Ma, was machst du denn da?«

Tess' Mutter eilte rein und raus, und jedes Mal, wenn sie rauskam, trug sie einen weiteren Stapel Kleidung, den sie ächzend und schwitzend auf einen wachsenden Haufen warf.

»Tessy, Baby, ich bin so froh, dass du da bist. Seit ich dich heute zum Markt gefahren hab, juckt es mich dermaßen. Ich glaub, es könnten Zecken oder Mücken oder so was sein. Keine Ahnung. Aber ich weiß, dass sie in meinen Sachen stecken, und deshalb möchte ich, dass du sie alle genau untersuchst. Schau, ob du was findest.«

»Ob ich *was* finde?«, sagte Tess und stieg genervt die Stufen hoch.

»Ich weiß nicht. So juckende Tierchen.« Tess' Mutter verschwand wieder im Haus, und Tess folgte ihr. Genie und Ernie warteten peinlich berührt vor der Veranda. Sollten sie bleiben? Gehen? Genie beschloss zu bleiben und setzte sich hin. Ernie, ausnahmsweise mal, tat es ihm nach.

Ein paar Minuten später war Tess wieder da, die Arme beladen mit etwa fünfzehn Paar Schuhen. Sie ließ sie zwischen Genie und Ernie fallen. Dann ging sie wieder ins

Haus, Nachschub holen. Als sie zurückkam, warf sie eine Ladung Kleider zu Boden.

»Das war's wohl mit der Heilung«, zischte Tess.

»Kleine Schritte, du weißt ja«, sagte Genie.

»Sollen wir dir helfen?«, erbot sich Ernie.

»Wobei helfen? Beim So-Tun, als ob mit ihren Kleidern irgendwas nicht stimmen würde?«

»Ähm ...« Ernie geriet ins Stocken. »Wenn du willst?« Tess' Ärger verwandelte sich allmählich in bebendes Lachen. Sie schüttelte den Kopf, als könnte nicht mal sie diese neueste Wendung fassen.

»Ich bin gleich wieder da. Es sind nur noch ein paar Sachen drin. Dann ... tun wir so, als würden wir nach Ungeziefer suchen. Oder so.«

Genie sah sich einige der Kleidungsstücke vor ihm an. Kleider, wie sie Kirchenbesucherinnen im Süden trugen. Schicke blaue Seide. Die Muster – Pünktchen, Streifen, schräge Dessins. Weite Kragen und farblich nicht passende Strickbündchen. Und Knöpfe. So viele Knöpfe. Dreieckig, quadratisch, rund. Gelb und grün und ... wart mal ... wart mal ...

»Das sind die letzten.« Tess warf fünf oder sechs Kleider auf den Haufen. Dann fiel ihr auf, dass Genie eine Jacke genau anschaute, und fragte ihn: »Was ist damit?«

Genie blickte auf, mit einer Ich-kann-es-nicht-fassen-Miene. »Dieser Knopf.« Er drehte die Jacke hin und her – alles Satin und superelegant und alles, als hätte sie eine

Menge gekostet. Sie hatte nur drei Knöpfe. Aber diese Knöpfe waren aus Plastik. Silbrig glänzend. Mit schwarzer Bordüre.

»Was ist damit?«, fragte Tess.

Ernie schien so verwirrt, wie Tess sich anhörte.

»Das ist das *Rad*. Das Rad für das Feuerwehrauto.« Silbrig glänzend wie die Felge. Schwarze Bordüre wie der Reifen.

»Wie bitte?«, kam von Tess.

Ernie beugte sich vor. »Das ist es. Sieht genauso aus!«, japste er. Der Knopf sah aus wie das Rad des roten Feuerwehrautos. Nicht genauso, aber sehr ähnlich. Er erzählte Tess die Geschichte, der sie amüsiert lauschte, *tss, tss, tss, Stadtjungs eben.* Dann, als ob das kein großes Ding wäre, packte sie die Jacke, steckte sich den Knopf in den Mund und biss den Faden einfach durch. Grinsend spuckte sie den Knopf aus, wischte ihn an ihrem Hemd ab und ließ ihn in Genies Hand fallen.

»Deins.«

»Echt?«, fragte Genie. Sie schenkte ihm den Knopf, einfach so.

»Sie wird nicht mal bemerken, dass er fehlt.« Tess lachte. »Außerdem sind wir jetzt quitt, wegen dieser ganzen Hyperonder-Sache.«

»Hypochond–«

»War nur 'n Witz, Mann. Weiß schon. Hypochonder.«

Sie sahen nicht nach der Falle. Und in diesem Moment war Genie das egal, denn er hatte ja den Knopf. Am Abend dann, als Ernie sich in den Schlaf jammerte, fand Genie Klebstoff in der oberen Schublade der Kommode. Er schmierte einen einzigen Tropfen auf den Knopf und drückte ihn auf die Achse, setzte sich aufs Bett und hielt alles fest, stundenlang, wie es ihm vorkam, bis er vorsichtig locker ließ und das Rad an Ort und Stelle blieb. Halleluja! Endlich hatte er ein großes Problem gelöst. Das Auto war repariert. Am liebsten wäre er nach draußen gerannt und hätte den Mond angeheult. Die Sterne. Das Modellauto war wieder in Ordnung! Stattdessen legte er sich ins Bett und döste mit einem Grinsen ein.

Alles, was noch auf seiner Schulter lastete, war Operation Vogelnapping.

NEUNZEHN

»Little Wood, hör mir zu, wenn ich dir sage, dass das Leben kein Zuckerschlecken ist, für niemand. *Niemand.* Nicht für mich, nicht für Mary, nicht für Ernie, nicht für deinen Daddy, nicht für Onkel Wood. Für niemanden.« Opa verschlurte die Worte. Genie war klar, dass er getrunken hatte. »Du wirst geboren, und du bist traurig, weinst und bist hässlich, und du lebst und weinst und bist hässlich, und eines Tages stirbst du, und alles, was du tun kannst, ist hoffen, dass du nicht weinen wirst, denn verdammt sicher ist, dass du hässlich sein wirst.«

»Neun, zehn, elf, zwölf«, zählte Genie insgeheim. Heute war Tag (Nacht) vierundzwanzig, und er hatte es geschafft, nicht das kalte Grausen zu kriegen, wenn Opa mit seinem Sermon anfing. Nach dem Streit wegen Dr. Binks hatte er sich im Drinnen-Draußen-Raum praktisch verbarrikadiert, wollte nicht mit der Familie essen, sodass Oma ihm seinen Teller bringen musste und er allein für sich aß. Er kam erst spät in der Nacht heraus, und er sagte nie viel, nicht im Haus. Er nippte einfach an seinem Schnaps, den übrigens Tess inzwischen lieferte, zusammen mit den toten Fliegen, und er hockte da mit den Legoteilen seines zerlegten Revolvers, die er in einer Plastiktüte aufbewahrte. Doch sobald er und Genie nach draußen gingen, legte Opa los. Wie sich herausstellte, war er so ziemlich auf alles wütend.

»Und so ist es nun mal, mein Junge.« Opa redete, als wäre seine Zunge zu dick für seinen Mund. »Würd dir lieber erzählen, dass das Leben einfach ist, aber das ist es nicht. Würd dir lieber erzählen, dass du niemandem wehtun wirst, aber das wirst du, und rat mal, andere werden auch dir wehtun. Wir sind alle gefangen in diesem Spiel der Schmerzen. Gefangen in diesem Spiel …« Seine Worte verschwammen zu bloßen Lauten.

»Sechzehn, siebzehn, achtzehn, neunzehn«, sagte Genie und blieb stehen.

»Das kann ich dir gar-verdammtieren«, nahm Opa wieder Fahrt auf. »Aber weißt du, was nicht garantiert ist? Nicht eine einzige Sache. Außer Käfigen. Käfigen … überall!« Es reimte sich jetzt nichts mehr zusammen. »Ne, ich kann nicht mal garantieren, dass du nicht blind werden wirst oder dass deine Kinder nicht im Krieg sterben, wenn du weißt, was ich meine?«

»Neunzehn, Opa.«

»Und wo sind wir?«

»An der Seite vom Haus.«

Samantha hob den Kopf, dann stand sie auf. Ihre Augen flackerten grün und gelb im Mondlicht. Sie machte ein paar Schritte vorwärts, die Kette schleifte über die Erde, ihr Schwanz war ruhig.

»Was ist das?«, fragte Opa, streckte die Hand aus und berührte die Hauswand. Sie waren zum ersten Mal in diesem Teil des Hofes. Meist blieben sie vorne, doch in dieser Nacht sagte Opa, er wolle noch ein paar weitere Schritte gehen.

»Samantha«, flüsterte Genie.

Opas lächelnder Mund verzog sich zu einer düsteren Grimasse.

»Das ist nicht Samantha.« Opa knurrte wie ein Irrer. »Samantha ist tot. Sie ist tot. Das ... das ... das ist eine Betrügerin.« Aber er ging in die Hocke und begann zu flüstern: »Sammy. Sammy.«

Samantha machte große Augen, fast als ob sie sich zu erinnern suchte, wer er war. Dann brach sie mit einem Mal in lautes Gebell aus.

»Schhhhh«, machte Genie aufgeregt. Oma würde nachsehen kommen, wenn Samantha nicht bald still wäre, und es würde Ärger geben, wenn sie sie mitten in der Nacht draußen erwischen würde.

»Komm, Opa, wir müssen gehen«, sagte Genie und zog ihn am Arm.

»Nein, noch nicht«, sagte Opa, zog den Arm weg und stolperte gegen die Hauswand. Er legte den Kopf schräg und lauschte, als ob Samanthas Bellen ein sanftes Lied wäre.

»Opa, Oma wird uns erwischen«, flehte Genie. »Bitte, lass uns gehen.«

Opa verharrte noch ein wenig, die Brust schwoll ihm jedes Mal an, wenn er Atem holte.

»Neunzehn hier lang« – er deutete auf die Mitte des Hofes – »und siebzehn dort lang bis zur Haustür.« Er zählte im Singsang, bis er und Genie endlich die Veranda erreicht hatten, doch wenigstens ließ er zu, dass Genie ihn zurückbrachte. Und wenigstens empfing Oma sie nicht mit Zornesmiene an der Tür. Samantha hörte endlich auf zu bellen, während sie sich wieder reinschlichen. Sie stahlen sich geräuschlos in die Küche, wo Genie es endlich wagte, sich zu entspannen, doch schon bekam er einen Riesenschreck. Oma. Saß einfach am Küchentisch. Sie hatte Opas Waffe – die Einzelteile – genommen und sie aus der Plastiktüte geholt. Die Stifte, Schrauben und Federn lagen in einem Haufen auf dem Tisch.

»Oma, ich – ich –«, stotterte Genie, doch sie unterbrach ihn.

»Was zum Sam Hill treibt ihr denn da?«

Opa richtete sich auf, genau wie Ernie, wenn der bei etwas erwischt wurde, das er nicht tun sollte. »Nur ein wenig frische Luft schnappen.«

»Es ist halb zwölf in der Nacht, Brooke.«

»Um die Zeit ist die Luft reiner, Mary«, sagte Opa und versuchte sie zum Lächeln zu bringen.

»Und du bist betrunken.«

»Er ist nicht betrunken«, sagte Genie.
»Ist er wohl«, gab Oma zurück. Sie deutete auf die Treppe. »Du gehst zu Bett. Und zwar sofort!«
Genie machte sich auf den Weg. Opa ebenfalls.
»Du nicht, Brooke. Wir müssen reden.«
»Wir können morgen reden.«
»Nein, können wir nicht. Sofort.«
Opa murmelte etwas und ging unbeirrt weiter.
»Brooke, ich mein es ernst. Wir reden heute Nacht!«
Genie erstarrte am Fuß der Treppe. Opa schüttelte abweisend den Kopf, als würde er eine Mücke verscheuchen. Da platzte Oma der Kragen.
»Brooke Harris.« Sie packte den Mülleimer in der Ecke und wischte schwungvoll die Revolverteile vom Tisch, als wären sie Brotkrumen; das Metall schlug gegen das Plastik des Mülleimers.
Opa erstarrte. »Was ist das?«
»Du weißt genau, was das ist«, sagte Oma eisern. »Und es ist jetzt weg.«
Opa stürzte sich auf den Eimer, vergrub die Arme darin und stöberte verzweifelt herum. Heraus kamen Eierschalen. Kaffeepulver. Hühnerknochen. Opa sank auf die Knie und stöberte noch weiter unten.
»Aufhören, Brooke«, sagte Oma. »Hör auf. Hör sofort auf.« Sie versuchte ihm hochzuhelfen, während er keuchend nasse Teebeutel in den Händen hielt. »Es ist jetzt endlich Schluss.«

Aber Opa konnte sich nicht auf den Beinen halten. Er schlang die Arme um Omas Taille, schmiegte seinen Kopf an ihren Bauch und begann langsam, trunken, schmerzerfüllt zu schluchzen, während Oma flüsterte, immer wieder, wie zu einem Kind: »Nun ist es vorbei.«

ZWANZIG

#483: Gibt es eine Altersgrenze für die Scheidung? Alte Leute wie Oma und Opa dürfen sich doch nicht mehr scheiden lassen, oder?

Geh zu Bett. Geh zu Bett. Genie hasste es, wenn seine Mutter ihm das sagte, nachdem er etwas gesehen hatte, was ihn praktisch für den Rest seines Lebens wach halten würde. Weshalb zu Bett gehen? Er konnte ja sowieso nicht schlafen. Es war wie damals, als er noch klein war, wenn seine Mutter sagte, geh zu Bett, damit der Weihnachtsmann kommen und dir Geschenke bringen kann. Wer konnte schon schlafen, wenn er wusste, dass eine Art magisches Wesen kommen würde, um Geschenke zu bringen? Niemand. Wussten alte Leute das nicht? Es war nicht fair. Genie ging trotzdem zu Bett. Sobald er unter der Decke lag, war es, als ob sein Kopf ein Fernseher wäre, der ganz von selbst durch die Kanäle zappte. Kanal eins: Samantha bellt. Kanal zwei: Oma schreit. Kanal drei: Opa weint, nachdem Oma die Teile des Revolvers in den Müll geworfen hat, und nach allem, was passiert war, wollte Genie ohnehin nichts mehr von Waffen wissen. NIE MEHR. Er war drüber weg. Keine Schusswaffen. Vielleicht konnte er Mom und Dad bitten, auch ihn bei einem Karatekurs anzumelden. Nachahmungswettbewerb!

Und als ob das Schlafen nicht schon schwierig genug wäre, waren auch noch die Grillen und Frösche draußen, und zum ersten Mal nervte das Gezirpe und Gequake. Mann, waren die laut. Fast so laut wie Ernie. Schließlich zog er sich einfach das Kissen über den Kopf, doch dann wurde ihm klar, dass er nicht einschlafen wollte, weil dann der Morgen früher kommen würde und er dann damit umgehen müsste, was auch immer an Seltsamem passieren würde, nachdem Oma Opas Waffe weggeworfen hatte. Opa würde sich wahrscheinlich in seinem Raum annageln. Man musste dann Essen unter seiner Tür durchschieben! Flaches Essen. Wusste Oma überhaupt, wie man Pizza machte? Das war der letzte Gedanke, an den er sich erinnern konnte, denn der nächste war, dass es Morgen war, und alles war noch seltsamer, als Genie es sich überhaupt vorgestellt hatte. Opa saß in der Küche auf seinem Stuhl. Er stocherte in seinem Rührei herum und lauschte der altmodischen Musik, die aus dem Radio brummte. Oma saß ihm gegenüber, immer noch in ihrem Nachtkleid, schlürfte Tee, blätterte durch ihr Album und richtete Fotos gerade. Es war, als ob es die Nacht davor gar nicht gegeben hätte.

»Morgen, Genie«, flötete sie.

»Morgen«, sagte er, ohne sich zu setzen.

»Morgen, Genie«, sagte Opa, und auch er klang ganz munter.

Genie zögerte – warum taten alle so normal?

Die Fliegentür quietschte, als Ernie völlig verschwitzt hereinkam, nur der Mundschutz erinnerte Genie daran, dass die Dinge immer noch wirklich waren.

»Wurde auch Zeit, dass du aufstehst«, sagte Ernie und klopfte sich den Gartenstaub von den Shorts. Er ging geradewegs zur Spüle, ließ ein Glas bis zum Rand mit Wasser volllaufen, zog den Mundschutz weg und stürzte das Wasser hinunter. Dann ging er gleich wieder nach draußen.

Oma stand auf und stellte einen Teller vor Genie auf den Tisch. Grütze, Würstchen und Toast. »Setz dich und iss, dann geh deinem Bruder draußen helfen.«

»Ich hab gar keinen richtigen Hunger«, antwortete Genie verlegen. Alles fühlte sich einfach zu komisch an, und er wollte nur noch raus, vielleicht Erbsen zerquetschen oder Kacke umherschleudern. Alles, nur nicht an diesem gruseligen Tisch sitzen.

»Wart mal, Little Wood«, sagte Opa und langte nach Genies Arm. »Ich möcht nur kurz ein Wort mit dir reden.« Dann sah er hinüber zu Oma, als sollte sie ihm die Worte in den Mund legen. »Ich, ähm«, begann er. Dann schluckte er schwer und räusperte sich. »Hör mal, ich wollte nur sagen, dass es mir leidtut. Das mit letzter Nacht. Überhaupt alles.«

Genies Mom hatte immer gesagt, wenn jemand um Verzeihung bittet, dann gib dein Bestes, ihm zu verzeihen, egal was.

»Mir auch, mein Kleiner«, folgte nun Oma, mit einem schiefen Lächeln.

»Okay.« Genie wusste nicht so recht, was er sonst noch sagen sollte. Es war ja nicht so, als hätte er sagen können: *Meine Mutter und mein Vater streiten sich auch. Ich will nicht, dass ihr alle euch scheiden lasst. Dann muss ich mich entscheiden, bei welchem Elternteil ich leben will, welche Großeltern ich besuchen will.*

Oma nickte, dann zog sie Genies Kopf herunter, damit sie ihn küssen konnte.

»Nun iss«, wies sie ihn an und schob ihn sanft zu seinem Stuhl. Sie legte eine Hand auf Opas Schulter. Er hob eine Hand und legte sie auf ihre Schulter. Genie vermutete, dass ihr Gespräch gestern Nacht, worüber auch immer sie sich unterhalten hatten, als er oben war und am liebsten taub sein wollte und gebetet hatte, dass Opa mit dem Schluchzen – das nach schwarzen Schafen klang – aufhörte, dass es jedenfalls gut verlaufen war. So gut, dass sie sich jetzt an den Händen hielten. So gut, dass sie jetzt um Verzeihung baten. Und da musste er einfach denken, wenn Opa und Oma das schafften, nach allem, was passiert war, dann könnten es, vielleicht, irgendwie, Ma und Dad auch schaffen.

Draußen im Garten war Ernie beim Erbsenpflücken, mal links welche, mal rechts welche. Weder er noch Genie musste jetzt noch genau aufpassen, was sie taten, sie spürten jetzt einfach, welche Hülsen reif waren. Als Ernie Genie kommen sah, hoben seine Wangen die Maske gerade so weit an, dass Genie wusste, dass er lächelte. Die Sonne brannte schon heftig. Gott hatte die Heizung aufgedreht, wie Ma immer sagte. Der Schlauch lag verschlungen im Gras wie ein Riesenwurm. Die Mücken waren durstig, und die Fliegen umschwirrten Genies Gesicht und brummten so laut, dass es Genie vorkam, als hätte er den Kopf ins Opas Radio gesteckt.

»Alles okay mit dir?«, fragte Ernie und schlug nach einer Mücke hinten auf seinem Bein. »Bevor wir hierherkamen, hast du nie länger als ich geschlafen. Jetzt pennst du einfach weiter …«

»Ja, geht mir gut.« Genie zuckte die Achseln. Dann beschloss er an Ort und Stelle, Ernie zu erzählen, was passiert war; nun, da Oma es wusste, war das Geheimnis praktisch aufgeflogen. Also war es im Grunde nicht falsch, es Ernie zu erzählen. »Hab nur Ärger gehabt letzte Nacht.«

»Ärger? Mit wem?«

»Oma.«

Ernie schüttelte den Kopf. »Weswegen?«

Genie befühlte eine Schote. Nichts drin. Noch nicht. »Kannst du es für dich behalten?« Es war eigentlich kein Geheimnis mehr, aber dennoch.

»Natürlich kann ich das«, sagte Ernie. Auf seiner Stirn standen kleine Schweißperlen. Wie durchsichtige Pickel.

»Okay.« Genie senkte die Stimme. »Opa und ich sind nach draußen gegangen, sehr spät. Fast jede Nacht. Im Dunkeln.«

»Was? Du und Opa. Sind nach draußen. In der Nacht?«, sagte Ernie wie ein Roboter.

»Genau.«

»Wie bitte? Warum?«

»Zuerst, weil er sich einfach wieder daran gewöhnen wollte, draußen zu sein, damit er keine Angst haben würde, in den Wald zu gehen, als es Zeit für dich war, schießen zu lernen.« Genie befühlte eine Hülse. Reif. »Aber jetzt machen wir es einfach, weil er es mag. Das ist alles. Wir gehen einfach raus und laufen irgendwie im Hof herum. Wir reden miteinander.« Genie besann sich. »Na ja, zur Zeit redet vor allem er. Es ist schon in Ordnung.« Er drückte wieder auf eine Hülse. Es war eine gute, also pflückte er sie, langsam, denn aus irgendeinem Grund scheute er sich ein wenig davor, Ernie den nächsten Teil zu erzählen. »Aber letzte Nacht, na ja, da war er betrunken, und Samantha fing an zu bellen und weckte Oma auf.«

»Und sie wusste nicht, was ihr da macht?«

»Natürlich nicht«, sagte Genie.

Ernie machte große Augen. »Was hat sie getan?«

»Sie hat seinen Revolver in den Müll geschmissen.«

»Warum?!«

»Weil er ins Bett wollte und sie reden wollte.«

»Also hat sie einfach seine Waffe weggeworfen?« Ernie machte große Augen. »Nicht, dass er mir leidtun würde, aber worüber wollte sie denn reden, was so wichtig war?«

»Keine Ahnung. Vielleicht hatte sie es einfach satt, dass er so komisch war und alles. Aber es war verrückt, Mann. Opa hat geweint. Also so richtig geweint. Sie hat mich ins Bett geschickt, aber ich konnte nach alldem nicht schlafen.«

»Im Ernst? Und deshalb hast du heute Morgen so lang geschlafen.« Ernie hatte es jetzt verstanden. »Wow. Alles gut mit dir?«

Genie dachte kurz nach. »Sie sagten, es würde ihnen leidtun. Also, ja, geht mir gut.«

Ernie streckte die Hand aus und klatschte Genies Hand ab, dann zog er ihn zu sich heran und umarmte ihn. Schließlich bückte er sich wieder zwischen die Ranken. Nach wenigen Sekunden richtete er sich wieder auf, mit leeren Händen.

»Willst du mal was sehen? Was ich den ganzen Morgen über gemacht hab?«

Genie nickte und hoffte, es würden wieder irgendwelche Tricks mit dem Hund sein, vielleicht hatte Samantha sprechen gelernt. Aber darin war sie bereits gut. Vielleicht hatte Ernie ihr beigebracht, das Maul zu halten. Das wär letzte Nacht ganz nützlich gewesen!

Ernie deutete auf eine Erbsenranke.

»Siehst du die?« Er pflückte eine der Hülsen. »Sieh mal.« Er trat zurück, dann stürzte er sich mit einem Karatekick nach vorne – es war der Kran-Kick – und schlug einen Haufen Hülsen von der Ranke. Genie hatte bei ihm einige tolle Karatekunststücke gesehen, aber das war eindeutig eines seiner besten. Nun bemerkte er, dass lose Erbsen überall auf der Erde verstreut waren, als ob gerade hundert Hülsen explodiert wären. Ernie las ein paar davon auf, wie kleine grüne Murmeln, und hielt sie hoch wie ein Krieger, und Genie wusste – natürlich ehe er die Bombe fallen ließ, dass es Schlangen auf dem Hof gab –, dass sein Bruder Ernie wieder der Alte war.

Und das war er tatsächlich, an diesem Tag und auch an den nächsten beiden – Tag sechsundzwanzig und Tag siebenundzwanzig –, doch am Tag achtundzwanzig, als Oma die Bombe fallen ließ, dass Tag neunundzwanzig der Tag sein würde, an dem er zur Untersuchung bei Zahnmann gehen musste – da war Ernie sofort wieder mies gelaunt.

»Das ist doch nicht schlimm, mein Junge«, sagte Oma. »Der wird morgen nur mal nachsehen. Wird wahrscheinlich nicht mal was berühren.«

Ernie zog das Gummi seines Mundschutzes zurecht, ehe er antwortete. »Ich versteh einfach nicht, warum ich das machen muss. Ma und Dad kommen in ein paar Tagen, und in Brooklyn kann ich doch zu meinem Zahnarzt gehen, Dr. Wilson, den ich nicht ausstehen kann, aber wenigstens weiß ich, dass er nicht die Zähne von seinen Patienten verkauft.«

»Wir gehen, weil ich es deinen Eltern gesagt habe. Und weil ich wissen muss, ob du in Ordnung bist, *bevor* du nach Hause gehst. Damit ich selbst ruhig schlafen kann.«

Sie waren oben in ihrem Zimmer. Die Lampe war an, und das ganze Zimmer schien orange zu glühen. Ernie saß auf der Bettkante, während Oma Kleider faltete, die sie gerade für sie gewaschen hatte. Sie verstaute einen Stapel T-Shirts in der blauen Kommode und schaute kurz auf das Modellauto, schien aber nicht zu bemerken, dass es repariert war, denn das Stück des Originalrads lag noch auf der Kommode. Aber für Genie war das in Ordnung, denn es war ja nicht so, dass das Auto wieder so war wie früher. Es war ja nicht so, dass Oma den Plastikknopf ignorieren könnte, der etwas größer und etwas schmaler war als das Originalrad. Genie wollte es nur reparieren, und das war es dann auch. Nur den Fehler korrigieren. Und er hatte es getan. Also fühlte er sich besser.

Oma tätschelte Ernies Knie. »Zahnärzte untersuchen die ganze Zeit Kinder mit ausgeschlagenen Zähnen«, versicherte sie ihm und verstaute die Hemden in einer Schublade. »Dazu sind sie ja ausgebildet.« Ernie schaute weiter miesepetrig drein, und Oma fing mit den Hosen an und sagte Genie, er solle die Socken zusammentun.

»Bällchen oder Knoten?«, fragte Genie.

»Darfst du entscheiden«, sagte sie und faltete eine zerschlissene kurze Jeans.

»Bällchen«, sagte er. Die gingen einfacher.

Bei Bällchen Nummer sechs war ein sachtes Klopfen an der Tür zu hören. Sie ging auf, und Opa trat ein, langsam mit der Hand an der Wand langtastend.

»Darf ich überhaupt reinkommen?«, fragte er und sah Genie an, der sich in diesem Moment vorstellte, dass Opa zwinkerte.

»Jep«, sagte Genie.

»Du hast dieses Haus gebaut«, sagte Oma schmunzelnd.

Ernie sagte nichts.

»Gut.« Opa ging durch das Zimmer, bis er mit einem Bein gegen die Kommode stieß. »Mary, gib mir einen Moment mit den beiden anderen Männern im Haus, bitte.«

Omas Nasenflügel blähten sich, aber sie legte die Shorts neben die Hemden und ging hinaus, wobei sie Opa einen kleinen Stups verpasste.

Genie konnte nicht umhin, sich zu fragen, ob es das war. Ob er aufgeflogen war. Er wusste, dass alles sich auf Ernie konzentrierte, aber er war nach wie vor der Vogelkiller. Ernie hatte einen Zahn verloren. Opa hatte einen Vogel verloren, von dem Genie *beschloss*, dass er Onkel Wood symbolisierte. Ernie hatte zwei seiner Zähne zurückbekommen. Aber Michael Jackson war irgendwo auf Opas Grundstück und war wohl von einer Schlange gefressen worden. Es war aus! Es war aus!

Opa wartete, bis er sicher war, dass Oma die Treppe runtergegangen war, dann sagte er: »Ich hab erfahren, dass du morgen zu dem alten Binks gehst, Ernie.«

Die Katze ließ Genies Herz los und packte stattdessen Ernies Zunge.

»Nun, ich möchte, dass du weißt, dass ich seit dem Unfall dauernd darüber nachdenke, wie ich es wiedergutmachen kann. Erst dachte ich, ich könnte dir einfach *meine* Zähne geben«, sagte er, griff sich in den Mund und … zerrte. Die. Ganze. Obere. Reihe. Heraus. Spuckefäden schwangen herab wie Spinnweben, und Opas Lächeln lag in seiner Hand. *In seiner Hand!*

Uuurrgh! Genie hatte nicht mal gewusst, dass Opa falsche Zähne hatte! So also mampfte er diese Äpfel!

»Aber ich dachte mir schon, du würdest sie nicht haben wollen, weil du ja noch deine eigenen hast.« Opas Stimme klang ohne Zähne ganz anders, und seine Oberlippe saugte sich hinter seiner Unterlippe fest wie bei einer Bulldogge. Genie musste sich ein Lachen verkneifen.

Aber Ernie nicht. Opa schob sich seine Oberzähne in den Mund zurück und drückte sie klackernd gegen die unteren, bis sie saßen.

»Verdammich. Dachte, das würde mir mindestens ein Lächeln einbringen«, sagte er, eindeutig zu Ernie, der steinern zum Fenster hinausstarrte. Genie wusste nicht, woher Opa wissen sollte, dass Ernie nicht lächelte, doch inzwischen war er so weit, gar nicht erst zu fragen, wie Opa die meisten Dinge überhaupt zustande brachte. Immerhin hatte er neulich gesehen, wie Opa eine Liste von Sachen in ein Notizbuch schrieb, die er aus dem Lebensmittelladen brauchte. Jedes Wort war auf der Linie!

»*Ich* lächle, Opa«, sagte Genie.

Ernie warf Genie einen Blick zu. Genie zuckte die Achseln und machte mit stummem Mund *Was ist?*.

»Okay, Scherz beiseite.« Opa fuhr sich ein paarmal durch die Haare. »Ernie, ich weiß, dass du mich im Moment hasst, und wenn du irgendwas von deinem Vater hast, wird das wohl noch ziemlich lange anhalten. Und ich will nicht behaupten, dass ich es nicht verdient hätte. Aber ich möchte dir sagen, dass es mir leidtut. Ich weiß, du willst nicht zu diesem verrückten Zahnarzt«, Opa unterbrach sich, ihm musste aufgegangen sein, dass es wohl nicht besonders glücklich war, dies zu sagen. »Ich mein, er ist ein guter Zahnarzt. Er hat nur … seine Eigenarten. Aber er weiß, was er tut.« Opa neigte den Kopf in Ernies Richtung. »Ich weiß, dass du Angst hast«, fuhr er fort. Er bewegte sich langsam auf Ernie zu, bis seine Knie gegen die Matratze stießen, dann setzte er sich mit dem Rücken zu Ernie. »Und ich will dir eins sagen. Ich hab manchmal auch Angst. Es ist komisch« – er neigte sich, gestützt auf die Arme, nach hinten –, »ich leb jetzt seit Langem im Dunkeln, und manchmal habe ich immer noch Todesangst deswegen. Aber gelegentlich, wenn ich die alten Fotos nicht sehen kann oder die Briefe von meinem älteren

Sohn oder den Zorn im Gesicht deines Vaters, da denke ich mir, dass blind sein nicht immer eine schlechte Sache ist.«

Für Genies Ohren klang es völlig verrückt, was er da sagte. Blind sein *musste* doch schlimm sein. Du kannst nichts sehen. Und wenn er an all die Dinge dachte, die er zum Glück sehen konnte, wie Sterne und Modellautos und Shelly, dann wusste er sicher, dass Opa es nicht so gemeint haben konnte. Aber dann wiederum, nachdem er Omas Gesicht gesehen hatte, wenn sie enttäuscht war, und den immer erschöpften Gesichtsausdruck seiner Mutter, und wenn er sich auch nur ausmalte, wie Opas Gesicht in sich zusammenfallen würde, wenn er das mit Michael Jackson herausfand ... dann konnte Genie es irgendwie verstehen.

Opa schwang sich nach vorn und stand auf. Er ging zur Kommode und fuhr mit der Hand über die Orden und die Flagge. »Ich lass euch Jungs jetzt mal allein, aber vorher, Ernie, wollte ich dir noch etwas geben.« Opa nahm seine Sonnenbrille ab, behielt die Augen aber geschlossen. »Hätte sie dir schon vor Tagen geben sollen. Nimm sie. Ich hab noch andere. Ich weiß, deine ist kaputt, also ... bitte.«

Genie versetzte Ernie einen *Nimm sie doch*-Blick. Seit sie hier waren, hatte Genie noch nicht erlebt, dass Opa seine Sonnenbrille abgenommen hatte, nicht ein einziges Mal. Und nun *schenkte* er sie Ernie? Wow. Ernie wandte sich endlich Opa zu. Er zögerte, streckte die Hand aus, zögerte wieder, dann nahm er Opas Brille. Und als er es tat, öffnete Opa die Augen.

Heiliger Bimbam!

Opas Augen ... o Mann ... waren die vielleicht seltsam. Wie beschlagene Fenster. Sie sahen fast unwirklich aus. Es war beinahe, als wären da Wolken in Opas Kopf, die hinter den Scheiben dahinschwebten.

Genie konnte nicht aufhören, sie anzustarren, während er die ganze Zeit nur beten konnte, dass Opa seinen Blick nicht spürte. Er versuchte sich zusammenzureißen, konnte aber den Gedanken nicht abwehren, dass Opa, wenn er sein Gebiss rausnahm und seine Sonnenbrille absetzte, im Grunde wie ein Zombie aussah. Wow!

»Danke«, sagte Ernie, cool, bemüht, so zu tun, als ob er nicht geschockt wäre von Opas Augen oder der Tatsache, dass er ihm seine Sonnenbrille schenkte. Genie konnte nicht so tun, als ob. Und er war vielleicht froh, dass Opa ihn in diesem Moment nicht sehen konnte, denn er konnte die Augen einfach nicht von ihm abwenden.

Opa streckte die Hand aus, suchte die von Ernie. Ernie gab nach, und sie schüttelten sich die Hände. Opa sagte: »Lass uns ganz neu anfangen.« Er packte Ernies Hand. »Beim ersten Mal immer so, der Rest sind High Fives.«

Ernie nickte, und gerade als Opa gehen wollte, sagte Ernie: »Und übrigens, ich hasse dich nicht.«

Opa blieb stehen. Aber er wandte sich nicht um; er hielt

einfach inne, holte Luft, dann begann er leise für sich seine Schritte zu zählen.

#484: Warum sehen Opas Augen aus wie Eis?

#485: Warum verlieren junge Leute ihre Zähne, nur damit neue nachwachsen können, und dann wird man älter und verliert die auch noch? Und warum wachsen Zähne nur einmal nach? Ich denke, die sollten einfach nachwachsen wie Fingernägel.

#486: Warum werden Zähne nicht Mundnägel genannt? Oder vielleicht sollten Fingernägel einfach Fingerzähne heißen.

#487: Verlieren alte Vögel je ihre Schnäbel? Kriegen die manchmal Risse, wenn sie auf harten Sachen herumpicken? Und wenn ja, ändert das auch die Art, wie sie singen?

#488: Wieso singen sie überhaupt? Und singen sie unterschiedlich, je nachdem, ob sie in einem Baum, am Himmel oder in einem Käfig sind?

EINUNDZWANZIG

Tag neunundzwanzig – war wie ein Déja vu. Alle, auch Tess, warteten draußen, dass Ernie herauskam, genau wie an seinem Geburtstag.

»Warum braucht der Junge denn so lang?«, grummelte Oma, die die Ohrringe trug, die sie Tess abgekauft hatte. Sie ließ das elastische Taillenband an ihrem Kleid schnappen. »Ich will nicht zu spät kommen. Binks tut uns hier einen Gefallen.«

»Er kommt«, sagte Genie, der in den Eingang spähte. »Er hat sich seine Sneakers angezogen.« In Wahrheit fragte sich auch Genie, was Ernie so lange aufhielt. Dies war der Moment, in dem er Ernie den Zahn von Bruce Lee geben wollte! Er hatte ihn in die kleine Tasche seiner Shorts gesteckt, vorbereitet darauf, dass Ernie durch die Tür stürmte. Dann würde er ihm viel Glück wünschen und ihm sagen, er solle den Zahn in seine kleine Tasche stecken, damit Bruce Lee – der Drache – ihn von nun an beschütze. Aber Ernie brauchte eeeewig.

Opa trug eine andere Sonnenbrille, eine große schwarze, die aussah, als gehörte sie einer der Figuren aus dem *Zu-*

rück in die Zukunft-Kalender an der Wand, den Genie seit Wochen ansah. Mit einer Hand auf Genies Schulter, wie üblich, meinte Opa: »Vielleicht hat der Junge die Motten gekriegt.«

»Krass!«, sagte Tess kichernd.

»Die was?«, fragte Genie.

»Die Motten«, wiederholte Opa. »Nie von den kleinen Motten gehört?«

»Brooke, bitte«, flehte Oma.

Opa lachte und fuhr mit der Hand über Genies Gesicht, bis er ein Ohr erreichte. Er flüsterte kurz.

»Ernie hat das nicht!«, japste Genie.

»Vielleicht doch. Wenn du nervös wegen was bist, kann so was passieren.«

Oma warf einen Blick auf ihre Uhr. Sie schnalzte mit der Zunge. »Jetzt hol ich den Jungen einfach.« Das brauchte sie aber nicht, denn die Fliegentür flog auf und schlug gegen die Wand.

»Hab ich dir doch gesagt«, sagte Genie und reckte das Kinn zu Opa hoch.

Ernie stand auf der Veranda und sah aus wie der alte Ernie – wie zu der Zeit, ehe er schießen lernte. Seine Hände waren in den Taschen, und er trug keinen Mundschutz. Doch das Beste war, dass er Opas Sonnenbrille trug. Die er ihm geschenkt hatte. Er sah wieder cool aus.

»Ich wollte dich gerade holen«, sagte Oma. »Es ist beinah zwei, und ich will nicht zu spät kommen.«

Ernie schlenderte gemächlich von der Veranda herunter, und da war auch schon Tess und umarmte ihn. Ernie lächelte so breit wie nie, die Drähte seiner Klammer glitzerten in der Sonne, während er zum Wagen ging. Auch Tess lächelte und zeigte all die bunten Gummibänder in ihrem Mund.

Genie bohrte den Finger in die kleine Tasche seiner Jeans. »Ernie, wart mal! Ich hab was für dich.«

»Was?« Ernie wartete halb im Wagen, halb draußen. Er streckte die Hand aus.

Genie ließ den Zahn in die hohle Hand seines Bruders fallen.

»Ein Kiesel?«, sagte Ernie gut gelaunt.

»Nee« – Genie fühlte seine Brust anschwellen –, »das ist ein Zahn von Bruce Lee.«

Ernie betrachtete den Zahn. »Nicht wahr.«

»Doch, ich hab ihn vom Zahnmann. Es ist ein Glücksbringer.«

Ernie schloss die Faust um den Zahn. »Bruce Lee? Echt? Hey, gut, Mann.« Er legte den Arm um Genies Hals und zog ihn zu sich her, wie er es immer tat, wenn es an der Zeit für einen Schwitzkasten war. »Danke.« Dann hüpfte er auf den Beifahrersitz von Omas Buick, der jetzt mit polterndem Motor und viel Standgas dastand, bereit loszufahren.

»Hat er die Sonnenbrille auf?«, fragte Opa Genie, als Ernie die Tür zuschlug.

»Jep.«

Genie konnte Opa hinter sich lächeln spüren. Er musste ihn nicht mal ansehen.

Als Ernie und Oma weg waren und Genie Opa zurück ins Haus geführt hatte – tatsächlich machte Genie nur ein paar Schritte, dann sah er eigentlich nur noch zu, wie Opa *allein* ins Haus ging –, beschlossen er und Tess, dass jetzt die ideale Zeit wäre, mal nach der Falle zu schauen. Wer wusste, wann sich wieder die Gelegenheit bieten würde, dass Oma fort war, und sie konnten den Vogel einfach an Opa vorbeischmuggeln, das war pillepalle.

Genie rief Opa zu, dass er gleich zurück sein würde, packte seinen Schmetterstock, der an der Hauswand lehnte, und fragte Tess, was zum Teufel sie da mache: Sie hatte die Hände zusammengepresst und hielt den Kopf gesenkt.

»Ich bete zum Großen Vogel um ein Wunder. Was denn sonst?«, schoss sie zurück. »Wenn wir diesen Vogel nicht fangen, dann bist du ein toter Mann, und ich bete nur, dass du dann im Himmel nicht deinem lange vermissten Freund Michael Jackson über den Weg läufst. Weil ich sicher bin, dass er total angepisst ist.« Dann stupste sie ihn. »War nur 'n Witz!«

Und wieder einmal machten sie sich auf den Weg durch den Wald zu diesem unheimlichen gelben Haus, schoben Zweige weg und sprangen über dicke Wurzeln. Als sich das Gewirr zu lichten begann und das gelbe Haus gut in

Sicht war, konnte Genie etwas hören. Das Geräusch von etwas, das in der Falle war. Ein kurzes, schnell wieder abbrechendes Flügelflattern gegen Holz. Es war ein Vogel! Was sonst.

Genie stürmte aus dem Wald heraus, Tess dicht hinter ihm, rutschte auf die Knie und spähte durch die Ritzen zwischen den Brettern auf einen bläulichen Vogel, der hin und her hüpfte. Er wusste es sofort. Nein, er war sich zu neunzig Prozent sicher, doch dann bekam er einen guten Blick aus einem besseren Winkel und konnte sehen, dass der Vogel eine Art blaue Mütze hatte. Die Brust war orange. Genau wie Tito und Jermaine und Marlon und Jackie.

»Es ist eine Rauchschwalbe!«, rief Genie und packte Tess am Arm. »Wir haben's geschafft!«

»Also, dann nehmen wir ihn mit«, sagte Tess, als ob »mitnehmen« so einfach gewesen wäre.

Hm. Sie hatten keine Tasche. Genie wurde erst jetzt klar, dass er tatsächlich nie eine mitgebracht hatte. Das war Ernies Aufgabe beim ersten Mal gewesen, und er hatte einfach nie über Ernies Aufgabe nachgedacht. Alsoooo ... Plan B. Improvisieren.

»Mir fällt eigentlich nur eine Möglichkeit ein. Wir stellen uns gegenüber auf, dann heben wir die Kiste ganz langsam hoch und packen ihn.« Genie hielt inne. Er hatte Angst gehabt, einen toten Vogel zu berühren, und wenn er ehrlich war, hatte er auch ziemliche Angst, einen lebenden anzufassen, vor allem, weil er wusste, dass er mit ihm den ganzen Weg durch den Wald würde zurückgehen müssen. Aber es musste getan werden. Das war sein Moment. Seine Chance. Und er war bereit. Er sah Tess an und nickte.

Doch als sie dann einander gegenüberstanden, blickte Genie auf den Hof vor ihm und auf all die ramponierten Käfige. Er dachte daran, dass in jedem einst Vögel gewesen waren, doch dass sie, sobald sie stark genug zum Fliegen waren, auch wieder freigelassen wurden.

»Okay, ich heb sie an. Du nimmst ihn«, sagte Tess und hielt die Kiste an den Seiten fest.

»Verstanden.« Genie konzentrierte sich und machte sich bereit wie ein Quarterback, ehe er »Los« ruft.

»Bereit?«

Genie nickte.

Tess hob die Kiste langsam an, und Genie schob die Hände darunter, berührte mit den Fingern erst die Federn und schlang sie dann um den Körper der Schwalbe.

»Okay … okay … hab sie. Ich hab sie!«

Tess hob die Kiste ganz hoch, und tatsächlich, Genie hielt eine Schwalbe in den Händen.

Vier ganze Sekunden lang.

Der Vogel begann sich zu wehren, schlug mit den Flügeln, wand sich und pickte in Genies Hand, und der bekam es mit der Angst zu tun.

Und er ließ los.

»Genie!«, schrie Tess, als die Schwalbe in die Luft stieg.

Tränen stachen in Genies Augen, noch immer hielt er die Hände wie eine Halbkugel vor sich, während er ungläubig zusah, wie sein Glück davonflog.

Zurück durch den Wald ging es dann in einem lahmen Trott. Er hatte den Vogel doch schon praktisch gefangen und hätte die Sache in Ordnung bringen können. Praktisch schon gefangen. Aber er dachte auch an diese Käfige. Und dass der Vogel sich gewehrt hatte. Und dass ihm nichts fehlte. Er war nicht verletzt, er war frei, und Genie hatte ihm eine Falle gestellt. Und wie hätte sich der neue Michael Jackson denn gefühlt? Genie kam sich irgendwie bescheuert vor, über die Gefühle eines Vogels nachzudenken, vor allem, da es sich hier um eine ernste Lage handelte, doch er konnte es nicht abschütteln. Und er wusste, dass er etwas tun musste – etwas anderes –, doch er war sich einfach nicht sicher, was.

Er war so beschäftigt damit, sich in Gedanken zu verprügeln, dass er nicht einmal Opa auf der Veranda bemerkte – *auf der Veranda sitzend, ganz alleine* –, bis er selbst dort war. Opa war draußen! Er war nach draußen gekommen, ganz allein! Und obwohl es nur die Veranda war, draußen war draußen.

»Hör zu, es ist immer noch Zeit. Wir kriegen einen«, flüsterte Tess, ehe sie Genie umarmte und sich auf den Weg den Hang hinunter machte. Sie wäre wohl geblieben und hätte gewartet, doch Genie war eindeutig nicht in der

Stimmung, außerdem hatte Opa zwei Einmachgläser Tee vorbereitet. Nicht drei. Genie setzte sich, ein wenig überrascht, dass Opas Tee ... Tee war.

Opa nahm einen Schluck. Genie ebenfalls.

»Zu süß?«, fragte Opa.

»Nee. Gerade richtig«, sagte Genie, verlegen neben Opa sitzend, als wären sie bei ihrer ersten Verabredung oder so. Wie Ernie und Tess beieinandergesessen hatten bei ihrem ersten Treffen. *Quietsch-quietsch* kam es von Samanthas Hütte. Sie kaute auf ihrem Beißerchen herum.

»Nun, Little Wood«, begann Opa. »Erzähl mir was von Brooklyn.«

»Was soll damit sein?«

»Keine Ahnung. Erzähl mir eine Geschichte.«

Genie dachte kurz nach, aber es fielen ihm keine Geschichten ein, zumindest nicht aus Brooklyn. Er hätte davon erzählen können, wie er einen Vogel umgebracht und versucht hatte, einen anderen zu fangen, aber ...

»Ich kenn keine Geschichten, Opa. Aber ich hab eine Frage.«

»Ah. Selbstverständlich. Na, dann schieß mal los.«

Genie dachte an das erste Frühstück zurück, als er Opa gefragt hatte, warum er im Haus eine Sonnenbrille trug. Dass es erst mal peinlich war, aber danach war Opa ja in allem ehrlich zu ihm gewesen, und er hatte auch zugegeben, dass er verrückt sei, was, so fand Genie, offenbar in der Familie lag.

»Also, wie war das eigentlich mit diesem gelben Haus hinten im Wald?«

Opa presste die Lippen zusammen, dann sagte er:

»Weißt du, was ich an dir mag? Wenn du etwas wissen willst, dann fragst du einfach.« Das stimmte nicht ganz. Genie hatte allerlei Fragen, die er sich aufgeschrieben, aber noch nicht gestellt hatte. Fragen, die Google nicht beantworten konnte. Fragen wie: Warum all die Vögel und die Käfige? Wie war das mit Urgroßvaters Selbstmord? Aber jetzt, fand er, war es an der Zeit, direkt zur Quelle vorzudringen.

Aus heiterem Himmel fegte eine Brise über die Veranda. Genie stellte sich vor, dass er und Opa auf einem riesigen Löffel saßen und Gott ihn an den Mund hielt und blies wie auf heiße Suppe. »Also, dieses alte Haus ...« Und ehe er fortfahren konnte, ging das *Quietsch-Quietsch* aus Samanthas Hütte in ein Bellen über, und das Gerumpel einer ziemlichen Schrottkiste drang den Hügel hoch.

Opa richtete sich auf, als die Fahrertür sich öffnete. Crab schwang sich aus dem Wagen.

»Also, wenn ich eine Katze hätte, dann würd die dich jetzt wohl ins Haus schleifen, was meinst du?«, tönte Opa wie ein alter Cowboy.

»Mag sein«, sagte Crab und kam zur Veranda geschlendert.

»Also 'nen Hund hab ich jedenfalls.« Dann, urplötzlich, fing Opa an zu brüllen: »Aus jetzt, Samantha! Aus! Aus!«

Samantha hörte fast sofort auf zu bellen, zockelte noch ein paarmal im Kreis herum und legte sich wieder in die heiße Sonne. »Ah, find ich auch, Sammy. Das lohnt eh nicht. Wir warten einfach, bis Mary wiederkommt.«

»Komm schon, Brooke!« Crab wirkte gequält.

»Was führt dich her, Crab?«

Crab nahm die Zigarre aus dem Mund, spuckte aus und steckte sie gleich wieder zwischen die Zähne. »Ich wollte nach dem Jungen sehen«, sagte er. »Und ein paar feine Sachen dalassen.« Crab warf Genie die zusammengerollte Papiertüte zu und stellte eine braune Papiertüte auf die Veranda.

»Dachte, das würde jetzt deine Tochter erledigen.«

»Ja, schon. Aber nur, weil ich wusste, dass die ohnehin hier hochkommt. Außerdem, um ehrlich zu sein, ich hab mich so verdammt schlecht gefühlt, dass ich nicht wusste, was ich tun sollte. Schätze, ich dachte, es wär besser für mich, mal den Kopf einzuziehen und mich für 'ne Weile nicht blicken zu lassen. Vor allem bei Mary. Jedenfalls war es schlimm genug, dass Tess sauer auf mich war.«

Opa nahm einen Schluck Tee und nickte. Seine Miene war unbewegt, kalt, seit Crab aufgetaucht war. Doch seine düstere Miene entspannte sich, als er zugab: »Das kann ich dir nicht verdenken. Ehrlich gesagt, es war für mich hier oben nicht viel besser. Aber Genie hier hat mich bei Laune gehalten.«

Crab nickte. »Und Ernie?«

»Geht ihm gut. Wird schon wieder.«

Crab nickte erneut.

»Okay, dann verzieh ich mich mal wieder. Wollt die Sachen hier nur kurz abliefern.« Crab wandte sich zum Gehen.

»Crab«, rief Opa, erhob sich und beugte sich langsam vor, mit ruderndem Arm, bis er die Flasche zu fassen bekam. »Nimm die wieder mit.«

Crab stutzte. Er sah Genie an, dann wieder Opa, ehe er die Flasche nahm und auf Zehenspitzen wippend zurück zu seiner Karre ging.

Als Crab inmitten einer Rauch- und Staubwolke davonfuhr, trat Samantha erneut in Aktion und sprang bellend umher. Die Brise zog an, und der Himmel grummelte wie ein verdorbener Magen. Genie war fasziniert von dieser ganzen Geschichte mit Crab und Opa und versuchte, sich einen Reim auf all das zu machen. Es schien eine Art Wiedergutmachung zu sein, doch war er sich nicht ganz sicher. Er warf einen Blick in die Tüte – wow – ein ganzer Haufen Fliegen! Crab war eindeutig auf Wiedergutmachung aus.

»Also, wo war ich noch mal?«, fragte Opa.

»Du wolltest mir das mit dem gelben Haus erklären«, sagte Genie.

»Richtig, richtig.« Opa schnüffelte. Genie dachte sofort, es würde wieder um eine stinkige Achselhöhle gehen, doch Opa beruhigte ihn, indem er sagte: »Es riecht nach Regen. Und das wird eine lange Geschichte, also wie wär's, wenn wir wieder reingehen würden. Ich gieß uns noch 'nen Tee ein, dann erklär ich's dir.« Samantha hörte endlich auf zu bellen. »Übrigens, Samantha spielt da auch 'ne Rolle. Aber nicht diese Sam. Die *ursprüngliche* Sam.«

Genie war sich nicht sicher, was Opa meinte, folgte ihm aber zur Tür, die Einmachgläser und die Fliegentüte in der Hand.

Drinnen ging Opa nach hinten durch in die Küche an der Geht-dich-nichts-an-Tür vorbei ins Wohnzimmer. Dort tastete er umher und ließ sich auf das Sofa nieder, auf dem ihn Genie nie hatte sitzen sehen. Er streckte die Hand aus und nahm seinen Tee von Genie, dann klopfte er auf das Kissen an seiner Seite. »Setz dich.«

Genie setzte sich. Er legte die Fliegentüte in ihre Mitte, und ehe er selbst einen Schluck Tee nehmen konnte, legte Opa mit der Geschichte los.

»Als ich als Junge in diesem alten gelben Haus dort hinten im Wald wohnte, gab es einen Mann namens Barnabas Saint. Der lebte unten am Fuß des Hügels, nicht allzu weit von Crab und Tess. Barnabas war wohl der einzige Mensch, den mein Daddy als Freund bezeichnete. Sie arbeiteten zusammen, und in jenen Tagen arbeiteten schwarze Männer hier unten auf den Tabakfeldern. Das waren andere Zeiten, verstehst du? Das waren die frühen Tage von Jim Crow.«

Genie hatte ein wenig darüber im Sozialkundeunterricht gelernt – Rassismus, Sklaverei. Frage für später: *Wer war Jim Crow?*

»Mein Vater und Barnabas Saint arbeiteten auf einem Feld ein paar Meilen die Straße runter, das einem Mann mit dem Namen Bristol gehörte«, fuhr Opa fort. »Also, dieser alte Bristol mochte Hunde, und er hielt sie in seiner Scheune. In der Scheune, in der die Feldarbeiter, mein Daddy, Barnabas und ein ganzer Haufen weiterer Männer, die Werkzeuge aufbewahren mussten – zusammen mit den Hunden und der Hundekacke und alldem.« Er beugte sich vor, und Genie war klar, dass die Geschichte spannend werden würde, obwohl er immer noch auf etwas über das gelbe Haus wartete. »Bristol war ein fieser Kerl. Ich meine, einfach ein widerlicher Du-weißt-schon-was, hat die Männer ständig bedroht und sie angeschrien, als ob sie keine Menschen wären. Als wären sie auch seine Hunde. Also, eines Tages, nicht lange nachdem einer von Bristols Kötern einen Wurf Welpen geboren hatte, gingen die Männer in die Scheune, um ihre Werkzeuge zu verstauen. Es war ein harter Tag gewesen, und Barnabas hatte die Nase voll und beschloss, einen von den Welpen für sich zu stehlen. Also bückte er sich und schnappte sich einen von den kleinen Rackern, steckte ihn in seinen Hut und klemmte sich den Hut unter den Arm. Barnabas und mein Vater rannten die ganzen drei Meilen nach Hause und lachten sich schief dabei.«

Opa lehnte sich zurück. Es hatte endlich zu regnen begonnen, und Tropfen schlugen sanft auf das Dach.

»Was ist dann passiert?«, fragte Genie, nun völlig gebannt.

»Also, wie sich rausstellte, wusste der alte Bristol genau, wie viele Welpen in dem Wurf waren. Und nachdem er am nächsten Tag alle Männer befragt hatte, in Wahrheit hat er ihnen gedroht, da ist einer der Männer mürbe geworden und hat gesagt, sie hätten Daddy und Barnabas verdächtig schnell aus der Scheune rennen sehen.«

»O Mann.«

»O Mann ist richtig«, sagte Opa. »Bristol ist bei uns im gelben Haus aufgetaucht, hat sich meinen Daddy vorgeknöpft und ihm alle möglichen Fragen gestellt. Ich war damals noch klein. Ich kam an die Tür, um zu sehen, was da vor sich ging, und Daddy hat mich in mein Zimmer geschickt. Ich rannte die Treppe hoch und lauschte dann, wie Bristol meinem Vater sagte, er solle entweder mit der Wahrheit rausrücken oder er würde unsere ganze Familie umbringen lassen.«

»Was?«, rief Genie, der seinen Ohren nicht traute. »Das konnte er tun?«

»Damals konnten das eine Menge Leute.«

»Und was hat dein Dad getan?«

Opa sah Genie direkt an. »Er tat, was er tun musste. Er sagte Bristol, dass Barnabas den Welpen gestohlen hätte.« Opa hob das rechte Bein und schlug es über das linke

Knie, damit er sich die Schlangenbissnarbe kratzen konnte. »Bristol hat meinen Daddy auf der Stelle gefeuert«, fuhr er fort. »Am nächsten Tag kam Barnabas ganz aufgeregt zu uns, weil er aufs Feld gegangen war und Bristol auch ihn gefeuert hatte. Aber mein Vater sagte ihm nicht, dass er wusste, weshalb. Und dass er auch wusste, was passieren *würde*. Mein Vater konnte ihm einfach nicht ins Gesicht sehen und zugeben, was er getan hatte, konnte sich nicht entschuldigen für das, was, wie er wusste, Barnabas ereilen würde. Und als er endlich den Mut hatte, reinen Tisch zu machen, war es zu spät. Bristol und seine Jungs steckten das Haus von Barnabas an.« Opa nickte langsam. »Bei lebendigem Leib ist er verbrannt. Die Trümmer haben zwei Tage lang geraucht. Am dritten Tag ging mein Vater, aus dem ein Gespenst geworden war, dort hinunter. Ich hatte immer den Eindruck, er wollte Barnabas' Geist seinen Respekt erweisen oder so etwas. Doch als er dann von dem abgebrannten Haus zurückkam, hatte er diesen Welpen dabei. Meine Mutter hat ihn Samantha genannt.«

»Willst du damit sagen, der Hund hat es überlebt?« Genie blieb der Mund offen.

»Genau. Der Hund hat überlebt«, erwiderte Opa. »Und das war nicht das einzige Mal, dass mein Vater runter zu Barnabas' Haus ist. Er ging immer wieder und kam mit Holzteilen vom Boden des Hauses zurück und mit Schirmdraht von den Türen und Fenstern. Damit hat er dann diese Käfige gebaut, die du und dein Bruder hinter dem alten Haus gefunden habt.« Genie erstarrte – erwischt! »Ja, genau, das weiß ich alles. Eure Großmutter hat es mir erzählt.« Opa zeigte ein listiges Grinsen. »Ein paar von diesen Käfigen sind in meinem Zimmer, aber das weißt du ja schon, oder, Little Wood?« Genie stockte der Atem. Opa ließ sein Bein wieder auf den Boden sinken. »Wie auch immer, wieso erzähl ich dir eigentlich diese Geschichte?«

»Wir haben von Samantha geredet, dem gelben Haus …«, erinnerte ihn Genie.

»Ah, stimmt. Der Punkt ist, dass mein alter Herr nie mehr derselbe war. Er war schon ein wenig durchgerüttelt von seiner Zeit im Krieg, und alle dachten, der Krieg hätte ihm den Rest gegeben, aber nach der ganzen Geschichte mit Barnabas wurde es *richtig* übel. Das hat ihn gebrochen, weil er es sich nicht verzeihen konnte – nicht dass er diese Entscheidung getroffen hatte, sondern weil er nicht ehrlich zu seinem Freund war und sich entschuldigte, als er noch die Chance dazu gehabt hatte. Der alte Mann war für den Rest seines Lebens in Schuldgefühlen gefangen.« Opa fuhr mit dem Finger über den Rand seines Glases. »Und deshalb halte ich mir Sam – oder eine Art von Sam. Zur Erinnerung.«

»Aber was ist mit dem Baum und den ganzen Vögeln?«, fragte Genie und versuchte, das Gespräch noch ein wenig fortzusetzen, um vielleicht das seltsame Gefühl in seinem

Bauch loszuwerden. Außerdem wollte er es wirklich wissen. »Ich meine, wie kam das denn zustande?«

Opa schlug die Beine über Kreuz. »Keine Ahnung. Was meinst du?«

Genie hatte eine Idee, einen Gedankenblitz, den er all den gruseligen Filmen verdankte, die er heimlich gesehen hatte, und der Geschichte, die Opa ihm eben erzählt hatte. Es ging darum, ob Menschen sterben und dann wieder zurückkehren konnten. Ob Opas Vater vielleicht dieser Baum war, der immer noch versuchte, aus seiner Schuld auszubrechen. Oder vielleicht war der Baum auch Barnabas Saint, der das Haus zerbersten ließ, und Urgroßvater war die Vögel, die in diesem ganzen Dreck saßen und sich gegenseitig auffraßen. Wie auch immer, Genie wusste, das konnte er Opa eigentlich gar nicht sagen. Er war sich nicht mal sicher, ob er wusste, *wie* er das sagen könnte, ohne albern zu klingen oder gemein. Doch was, wenn es die Wahrheit war? Konnte das auch ihm selbst passieren? Oder Großvater? Oder Dad? *Aber es kann nicht wahr sein. Es kann nicht. Sei nicht blöd. Zu ... viele ... gruslige ... Filme! Aber was, wenn ...*

Genie hatte inzwischen einen Knoten in der Kehle, so groß wie, nun ja, ein kleiner Vogel. Gedanken stürmten wahllos auf ihn ein – der Tod von Michael Jackson, dessen Leiche sie weggeschafft hatten, die anhaltende Angst, dass Opa es rausfinden würde, die Tatsache, dass er sich nicht mehr sicher war, ob er noch einen fangen sollte, und es wurde ihm klar, dass auch er sich … gefangen fühlte. Gefangen in einem tiefen Loch, das er ganz allein gegraben hatte.

»Ich weiß nicht«, sagte Genie mit schwirrendem Kopf. Er wusste, dass er sich davor bewahren musste, ein übler Vogel zu werden, der andere Vögel fraß, oder ein Baum, der in einem unheimlichen Haus wuchs. Er wusste, dass es an der Zeit war, reinen Tisch zu machen.

»Opa, ich muss dir was erzählen.«

»Um was geht's, Enkel?«

Und dann ging die Haustür auf.

»Wie konntest du das nur zulassen?!« Es war Dad – seine Eltern waren wieder da! –, er stürmte in die Küche, gefolgt von Oma, Ernie und Ma. Dad ging an die Decke. »Ich wusste doch, dass es eine schlechte Idee war, sie hier runterzuschicken.«

»Ma? Dad?«, rief Genie verwirrt. »Was macht ihr denn alle hier? Ihr seid drei Tage zu früh.«

Ma nahm Genie im Kücheneingang in Empfang und umarmte ihn fest. »Wir mussten einfach zurück zu euch. Haben euch so vermisst.« Auch er hatte sie vermisst. Wirklich. Er musterte ihr Gesicht, ob es noch müde wirkte, ob sie traurig aussah. Denn wenn eine Spur von Traurigkeit in ihrem Gesicht war, dann, so wusste Genie, würde er wieder darüber nachdenken müssen, bei wem, Ma oder Dad, er leben wollte. Dann würde er auch sicher sein, dass er nie nach Jamaika gehen würde. »Uuh, du müffelst. Riechst nach draußen«, neckte ihn Ma und verzog die Nase, sodass Genie nicht erkennen konnte, ob da ein Lächeln war. Aber sie sah nicht so matt aus wie sonst. Das war schon mal ein Anfang. Genie wandte den Blick nicht von seiner Mutter ab, die jetzt zum Sofa ging, sich hinunterbeugte und Opa auf die Wange küsste. »Schön, dich zu sehen, Papa Harris«, flüsterte sie. Opa lächelte verlegen.

»Ähm, wie war es auf Jamaika?«, fragte Genie, der in Gedanken hin- und hergerissen war, ob er froh sein sollte, seine Mutter zu sehen, oder total ausrasten sollte. Weil, ja, es war schon toll, sie zu sehen, aber er wollte gerade etwas beichten – vielleicht den größten Fehler, den er je gemacht hatte –, und da wollte er sie nicht dabeihaben. Weil er es dann *allen* gegenüber beichten müsste. Und der Unterschied zwischen Eltern und Großeltern war, dass Eltern so richtig, richtig sauer werden durften.

Ma fing an zu lächeln, doch ehe sie antworten konnte, rief Opa nach Dad. »Mein Sohn.«

Genie wandte rasch den Blick, als Dad mit Oma ins Wohnzimmer trat, gefolgt von Ernie, der den Koffer in der Hand hielt. Dad umarmte Genie herzlich, doch mit gespannter Miene, und seine verkniffenen Augen bohrten ihren Blick in Opa.

Opa schwang sich vor und rappelte sich langsam hoch, während Ma zwar die Hand ausstreckte, um ihm zu helfen, sie jedoch rasch zurückzog, denn sie wusste, dass Opa das gar nicht gewollt hätte.

»Ähm, Jungs, lasst uns doch nach oben gehen und schon mal eure Sachen packen«, sagte Ma und blickte blitzschnell zwischen Dad und Opa hin und her.

»Ja, gute Idee«, stimmte ihr Oma zu. Ernie, der den Koffer abgesetzt hatte, nahm ihn wieder hoch, und Oma packte Genie an den Schultern und bugsierte ihn um Dad herum. Der Regen wurde stärker.

Oma blieb zurück, während Ma vor ihnen die Treppe hochging. Halb oben fragte Genie Ernie, was beim Zahnmann passiert war.

»Er meinte, alles würde gut aussehen und dass es wieder in Ordnung sein sollte, wenn die Schule anfängt«, erklärte Ernie und hievte den Koffer die Treppe hinauf.

»Cool.« Genie nickte. »Aber was hat er zu dem abgesplitterten gesagt? Er meinte doch, vielleicht könnten sie eine Krone draufsetzen. Wie bei einem König? Das wär toll.«

»Ich weiß nicht«, sagte Ernie, nun oben angekommen. »Vielleicht.«

Er wandte sich Genie zu, als sie ins Zimmer traten, und versetzte ihm einen Blick. Einen *Was ist mit dem Vogel?*-Blick. Genie schüttelte nur den Kopf. Ernie zog eine Grimasse.

Im Zimmer fing Ma an, ihre Sachen aus der alten blauen Kommode zu holen.

»Also ich muss wohl nicht erst fragen, ob es euch Jungs Spaß gemacht hat, hm?«

Ernie half, die Klamotten ordentlich zusammenzulegen. Genie faltete das Betttuch.

»Mir schon«, sagte Ernie. Ma zuckte überrascht mit dem Kopf in seine Richtung. »Ich mein, schießen lernen war Mist, aber ich hatte doch ziemlich viel Spaß, wenn ich drüber nachdenk.«

»Mir auch«, sagte Genie. Und das war nicht nur sein Nachahmungstrieb. Das stimmte wirklich.

Ma sah sie an, als ob sie sie nicht mehr wiedererkennen würde. »Also, das ist schön«, sagte sie und lächelte endlich.

Urplötzlich drang ein Riesenlärm von unten durch den Fußboden. Dad und Opa. Ma wies Genie und Ernie an, weiterzupacken, und stürmte hinaus, um Dad davon abzuhalten, »etwas ganz Dummes« anzustellen. Genie sah Ernie an, Ernie sah Genie an, und beide rasten hinter ihr die Treppe hinunter.

Und da war Dad, er stand vor Opa, und er war so richtig in Fahrt. Sah wahrscheinlich so aus wie Onkel Wood, als er sich vor Keks aufgebaut hatte, dachte Genie. Aber das waren hier *Dad* und *Opa*. Oma hatte sich zwischen ihnen aufgebaut.

»Du hast es uns angetan, und jetzt hast du es auch ihnen angetan! Bist du jetzt zufrieden?«, schrie Dad.

Opa antwortete nicht, und Oma versuchte an seiner Stelle zu sprechen, aber Dad schnitt ihr das Wort ab.

»Nein, Ma, lass ihn selber antworten. Ich will hören, warum es nicht in seinen Schädel reingeht, dass es seine Aufgabe ist, die Kinder zu schützen, und dass er es vermasselt hat! Er hat Wood nicht geschützt, er hat mich nicht geschützt, und er hat meine Jungs nicht geschützt!« Dad ging mit schwerem Tritt auf die andere Seite des Wohnzimmers und schlug gegen die Wand. Der Knall ließ alle zusammenzucken, vor allem Opa, dessen Hände anfingen zu zittern. Ma rannte hinüber zu Dad, der den Kopf gegen die sich schälende Tapete drückte, und nahm ihn in den Arm.

Aber Genie schaute zu Opa. Er fragte sich, ob es sich für ihn noch schlimmer anfühlte und anhörte, weil man ja sagte, dass Menschen, die nicht sehen, mehr hören und spüren als andere. Wie hörte sich Dad für Opa an? Denn wenn er sich schon für Genie ziemlich furchterregend anhörte, dann musste er für Opa wie ein Monster klingen.

Dad drehte sich um und fing wieder an zu toben. »Und was, wenn eine Kugel von einem Baum abgeprallt wäre und ihn getroffen hätte? Oder Genie? Hast du darüber nachgedacht? Was, wenn sie *dich* getroffen hätte?« Seine Stimme wurde brüchig.

»Dann hätte ich wenigstens etwas getan, was dich glücklich gemacht hätte!«, feuerte Opa zurück. Er legte die Hand auf die Sofalehne, als ob seine Beine gleich nachgeben würden. Er krümmte sich darüber zusammen, und in diesem Moment wurde Dad plötzlich weich. Er setzte sich neben Opa. Er sah seine Frau an, und aller Zorn wich aus seinem Gesicht. Er sah Genie und Ernie an, verletzt, beschämt. Dann streckte er die Hand aus und nahm langsam Opas Hand. Opa wehrte sich nicht. Dad ließ den Kopf einen Moment lang auf die Brust sinken, dann hob er das Gesicht und wischte sich rasch ein paar Tränen aus den Augen.

Es regnete in Strömen.

Schließlich räusperte sich Oma, den Blick auf Ma gerichtet, um ihre Aufmerksamkeit zu gewinnen, und nickte zur Treppe hin.

Ma nahm Omas Wink auf und schlug vor: »Hey, lasst uns doch mal zu Ende packen. Opa und euer Dad können dann in Ruhe reden.«

Genie fand das eine gute Idee, denn die Dinge wurden allmählich unheimlich. Schon wieder.

Diesmal folgte ihnen Oma nach oben. Ma begann ein Hemd nach dem anderen in den Koffer zu stopfen und fragte die Jungs, ob sie auch alles beisammenhätten, Genie sein Notizbuch, Ernie sein Handy. Und während sie sich wunderte, warum sie den Eindruck hatte, dass ihre Söhne jetzt mehr Sachen hatten als bei ihrer Ankunft, kam Oma rüber zur Kommode und wollte sie verscheuchen. »Du bist die halbe Nacht gefahren – ich mach das.« Und da bemerkte sie das rote Feuerwehrauto.

»Moment mal«, sagte sie und nahm es in die Hand. Tränen traten in ihre Augen, als sie es von allen Seiten betrachtete. »Wer? Wie?«

Genie lächelte hoffnungsvoll. »Ich hab's repariert.«

Eine Träne fiel aus Omas Auge, während sie zwischen

Genie und dem Auto hin- und herblickte. Sie stellte es wieder an seinen Platz vor der Flagge und den Orden und dem Glas mit Ernies Zahnsplitter und, ja, dem Stück von dem abgebrochenen Rad. Sie trat einen Schritt zurück und betrachtete das Auto, als würde sie sich erinnern, wie Wood als Kind damit gespielt hatte. Sie nahm es wieder hoch und nickte.

»Nimm es«, sagte sie, drückte es Genie in die Hände und bog seine Finger darum.

»Im Ernst?«, fragte Genie.

»Liebes, wir müssen alle lernen, ab und an Dinge loszulassen. Also gehört es dir.« Sie küsste ihn auf die Stirn. »Außerdem glaube ich nicht, dass Onkel Wood etwas dagegen haben würde, wenn du es zu deiner Sammlung tust. Im Grunde genommen« – Oma lächelte über das ganze Gesicht – »glaube ich, dass er sich geehrt fühlen würde.«

Genie freute sich. »Danke, Oma.«

»Und was machen wir mit dem hier, Großer Ernie?« Oma wischte sich die Tränen aus den Augen und hielt das Glas mit dem Zahnsplitter hoch.

»Ach, du lieber ...«, keuchte Mom und wandte sich an Ernie. »Ist der ... von dir?«

»Jep. Dieser Typ, Crab –«

»Ich weiß, wer Crab ist.«

»Oh. Also, ja, der hat ihn für mich aufgehoben. Und dann sind wir zu dieser Ärztin, aber die meinte –«

»O-oh.« Sie hob den Zeigefinger. »Ich will es gar nicht

wissen.« Oma gab das Glas an Ma weiter. Sie hob es ans Licht, als könnte sie nicht glauben, was sie da sah. »Allein schon vom Anblick krieg ich Zustände«, sagte Ma endlich. »Also willst du das mitnehmen nach Brooklyn? Es all deinen Freunden zeigen, harter Junge?«

»Nee«, sagte Ernie. Er wandte sich an Oma. »Du und Opa könnt ihn behalten. Als Glücksbringer.«

»Als … was?«, fragte Mom und sah noch entsetzter aus.

Oma hingegen war begeistert. »Aah, vielen Dank, Ernie.«

Ma sah sie an, als wären sie alle verrückt geworden, dann sagte sie, sie müssten sich allmählich beeilen, weil Dad die Rush Hour in Richmond vermeiden wollte, also packten sie schnell zu Ende, und Oma rief durch den Fußboden, ob sie jetzt runterkommen könnten.

»Immer noch die Hölle los da unten?«, rief sie.

»Nein, Ma, alles in Ordnung«, rief Dad zurück.

Auf dem Weg nach unten versuchte Oma Ernie und Genie und ihre Mutter mit allen Mitteln zu überreden, noch eine Nacht zu bleiben.

»Bleibt doch zum Abendessen. Ihr solltet nicht mit leerem Magen losfahren. Die Jungs wachsen ja noch.«

»Ich weiß, Mama Harris. Wir machen unterwegs Pause.«

»Aber es wird allmählich spät. Wollt ihr euch nicht noch ein paar Stunden ausruhen? Die Staus vermeiden?«

»Geht nicht. Senior muss morgen arbeiten. Ich meine, wir würden gern, aber es ist …« Es entstand eine peinliche Pause, als Ma versuchte, die richtigen Worte zu finden, aber Oma schien verstanden zu haben. Ma seufzte und fuhr fort. »Ich hab die ganze Fahrt hier runter geschlafen, damit ich fahren kann, wenn er müde wird.«

Und so ging es weiter, während Genie den schweren Koffer über die wackligen Stufen der Treppe rumpeln ließ, die er jetzt zum letzten Mal hinunterging. Und obwohl er wusste, dass er in ein paar Sekunden etwa siebzehn Schritte von der Freiheit entfernt war, kam es nicht infrage, wegzugehen, ohne noch irgendwie mit Opa geredet zu haben.

Im Wohnzimmer saßen Opa und Dad Seite an Seite da. Sie tranken süßen Tee und hörten Radio, Opas Geldkästchen – der Notgroschen – lag in Dads Schoß. Ma schlang den Arm um Dads Hals, und Oma machte es genauso mit Opa. Alle machten sie gern das Gleiche. Sogar alte Leute.

»Zeit zum Aufbruch«, sagte Dad, klatschte in die Hände und stand auf, das Kästchen in der Hand.

»Was ist das?«, fragte Ma.

Dad lächelte. »Benzingeld.«

»Genug, um euch dorthin zu bringen. Und zurück.« Opa lächelte leise, wippte ein wenig, und Ma, mit glasigem Blick, nahm seine Hand und half ihm auf die Beine. »Ich weiß, ihr müsst diese Quadratschädel zurück in den Betondschungel bringen.«

»Wart mal«, sagte Genie und reichte den Koffer an Ernie weiter. »Ähm, Opa, wir konnten noch nicht zu Ende reden. Ich meine, ich ... ähm ... ich muss dir einfach ... noch etwas sagen.«

Dad sah Genie an, neugierig und besorgt.

»Mein Junge, wir müssen jetzt wirklich los. Du kannst ihn ja anrufen, wenn wir zu Hause sind.«

»Ernest, gib uns nur eine Minute«, sagte Opa. »Es regnet ohnehin noch, außerdem weiß ich, dass Ernie jemanden hat, von dem er sich verabschieden möchte.«

Dad und Ma sahen Ernie an, der an seinem Mundwinkel kaute, um seine Verlegenheit zu überspielen. Aber es stimmte. Dad seufzte und nickte ihm zu, und er stürmte sofort auf die Tür zu, während Opa, der spürte, dass Genie nicht vor allen reden wollte, fragte: »Unser Raum?«

Im Drinnen-Draußen-Raum setzten sich Genie und Opa auf ihre Stammplätze. Genie schaute ein letztes Mal auf die Käfige, besonders auf den einen ohne Vogel. Sein Herz begann umherzuhüpfen, seine Hände begannen zu schwitzen, sein rechtes Bein trommelte wie verrückt auf den Boden. Er holte tief Luft. »Opa, Michael Jackson ist … tot.«

»Ja, er ist vor ein paar Jahren gestorben. Da war irgendwas Verrücktes mit 'nem Arzt und zu viele Medikamente.« Opa schüttelte den Kopf. »Ist es das, was –«

»Nein, ich meine Michael Jackson, der Vogel«, erklärte Genie und beschloss dann, reinen Tisch zu machen. »Einer von *deinen* Vögeln. In diesem Raum. Einer davon ist … tot. Er ist weg. Wir hatten keine Fliegen mehr, und ich wusste nicht, was tun, also hab ich dem Kleinsten ein paar Apfelkerne gegeben, um ihn durchzubringen, bis Crab neue

Fliegen brachte. Und das hat ihn umgebracht. Ich ... hab ihn getötet.«

Opa machte einen langen Atemzug, er schien ewig zu dauern. Dann sagte er einfach: »Ich weiß.«

»Hm?« Genie dachte, er hätte sich verhört.

»Ich weiß, hab ich gesagt.« Opa wusste es? Seit wann denn? *Was zum Sam Hill war da los?!*

»Aber – aber –« Mehr brachte Genie nicht heraus.

»Wegen denen hier, mein Junge.« Opa schnippte gegen seine Ohrläppchen. »Ich hab vor langer Zeit gehört, dass sich hier was verändert hat. Es war immer so, als ob fünf Leute hier drin redeten, und dann war plötzlich einer stumm. Alles wurde anders. Ich wusste sofort, dass etwas passiert war, aber ich hab darauf gewartet, dass du reinen Tisch machst. Dass du es ausspricht. Aber ... das hast du nicht getan. Bis jetzt.« Opa legte die Hände zusammen, drückte und massierte sich die Finger. »Weshalb hast du so lange gebraucht?«

»Ich hab versucht, es wiedergutzumachen«, sagte Genie und starrte jetzt hinab auf seine ramponierten Converse. »Aber es ging einfach nicht. Tut mir leid. Es tut mir so leid. Tut mir leid, dass ich Michael Jackson umgebracht hab und deswegen gelogen hab. Es tut mir leid, dass ich seine Leiche aus dem Käfig gestohlen hab, eh es draußen hell war, und sie auf eine Schaufel getan und sie in den Wald geschleudert hab. Es tut mir leid, dass ich eine Falle gestellt hab und eine andere Rauchschwalbe fangen wollte, die ich ins Haus schmuggeln und in den Käfig stecken wollte, und es tut mir leid, dass ich auch nur daran gedacht hab, ihn auch Michael Jackson zu nennen, aber dann hätte mir der neue Michael Jackson leidgetan, weil ich ihn gefangen und hier in den Käfig eingesperrt hätte, also tut mir der Teil, glaub ich, doch nicht leid, also … tut mir auch das leid.«

Die Wahrheit erbrach sich praktisch aus ihm. Alles. Mit Haut und Haaren.

Opa schien verdutzt. Genie sorgte sich, dass seine Entschuldigung nicht genügen könnte, obwohl ihm allmählich schon etwas besser zumute war. Doch nach einer kurzen Weile lächelte Opa. Es war ein leises Lächeln, aber es war genug, um Genie wissen zu lassen, dass es nun gut war.

»Noch etwas?«

»Also, stimmt ja, ich hab noch *eine* Frage.«

»Deine letzte Frage.« Opa stand auf und streckte die Hand nach Genie aus.

»Meine letzte Frage.« Genie nahm Opas Hand und stand ebenfalls auf. »Würdest du je die übrigen Jacksons freilassen?«

Opa ging zur Tür, seufzte und riss sie auf. Wieder sah er Genie richtig, richtig an, das Lächeln immer noch auf dem Gesicht. »Vielleicht.«

Und als Genie den Drinnen-Draußen-Raum verließ, trat er auf etwas drauf. Er sah hinunter, um zu sehen, was es war. Ein kleines, schartiges Stück Plastik, schwarz, mit ein wenig Silber in der Mitte.

DANK

Wie immer habe ich meiner Lektorin zu danken, der großartigen Caitlyn Dlouhy, die mich aus welchem Grund auch immer niemals aufgibt. Überdies meiner Agentin, meiner Freundin Elena Giovinazzo, die sich unermüdlich für meine verrückten Ideen einsetzt. Meinem Großvater Brooke, meinem älteren Bruder Allen und meinem Vater, die mich zu dieser Geschichte inspiriert haben. Auch muss ich meiner Cousine Tracie Smith Furgess für ihre Hilfe danken bei allem, was mit Zähnen zu tun hat. Ich hatte ja keinen blassen Schimmer! Und schließlich möchte ich allen danken, die mich unterstützt haben – den Bibliothekaren, Lehrerinnen, Studenten, Freunden und allen anderen, die ein wenig Zeit mit meinen schillernden Figuren verbracht haben. Das bedeutet mir unschätzbar viel.

Jason Reynolds studierte Literaturwissenschaften an der University of Maryland. Seine Bücher sind nicht nur Bestseller, sondern wurden von der Presse hochgelobt und mehrfach ausgezeichnet. In den USA gehört er zu den neuen Stars der Jugendbuchszene. Sein Buch »Ghost« wurde mit dem Luchs des Jahres der ZEIT und Radio Bremen ausgezeichnet. Jason Reynolds lebt in Washington, D.C.

Eine unvergessliche Freundschaft

Wer sich hinter eine Kuh stellt,
ist für die Folgen selbst verantwortlich!

ALLE LIEFERBAREN TITEL,
INFORMATIONEN UND SPECIALS
FINDEN SIE ONLINE

Auch als eBook   www.dtv.de   dtv
Reihe Hanser

EINE ATEMLOSE REIHE ÜBER FREUNDSCHAFT, FAMILIE UND VERTRAUEN

ALLE LIEFERBAREN TITEL,
INFORMATIONEN UND SPECIALS
FINDEN SIE ONLINE

Auch als eBook   www.dtv.de   dtv *Reihe Hanser*